3425

Van dezelfde auteur

De bezeten minnaar
Het stille huis
De dief
Asta's boek
Het huis met de trappen
Het stenen oordeel
Huiswerk voor een speurder
Zielsverduistering
Ongewenst weerzien
Vermist
Geen nacht is te lang
Praten met vreemde mannen
Het dertiende jaar
Een tweede huid
Uit de sleur
Het tweede levenslicht
Terugzien in duisternis
De fruitplukker
Dubbelleven

Ruth Rendell

De krokodilvogel

Zwarte Beertjes
Utrecht

Oorspronkelijke titel: The Crocodile Bird

Vertaling: Henja Schneider
Omslagontwerp: Wil Immink Design

Dit is een uitgave van A.W. Bruna Uitgevers B.V
in samenwerking met Zwarte Beertjes.

ISBN 978 90 461 1298 4
NUR 313

1

De wereld begon om negen uur 's avonds in te storten. Niet om vijf uur, toen het gebeurde, en ook niet om halfzeven, toen de politieagenten kwamen en Eve gezegd had dat ze naar het kasteeltje moest gaan en zich niet moest laten zien, maar om negen uur, toen alles weer rustig was en het buiten donker was geworden.

Liza hoopte dat het allemaal voorbij was. Ze zag de auto over het weggetje naar de brug rijden en ging toen terug naar het poorthuis om boven, vanuit het raam in haar slaapkamer, de auto na te kijken. Ze keek naar de rode achterlichten toen hij over de brug reed en naar het witte licht van de koplampen toen hij langs de door de heuvels klimmende en draaiende weg weer haar richting uit kwam. Pas toen ze de lichten niet meer kon zien, toen ze helemaal nergens meer licht zag, behalve dat van een rode maan en een handvol sterren, had ze het gevoel dat ze veilig waren.

Beneden trof ze Eve aan, die rustig op haar zat te wachten. Nu zouden ze praten, maar natuurlijk over andere dingen, of lezen of naar muziek luisteren. Eve glimlachte heel even, toen stond haar gezicht weer strak. Er lag geen boek op haar schoot en ze had ook geen naaiwerk in haar handen. Liza zag dat Eve's handen beefden en dat maakte haar bang. De eerste echte angst die ze voelde kwam doordat ze die kleine, gewoonlijk vaste handen licht zag trillen.

Eve zei: 'Ik heb je iets heel ernstigs te zeggen.'

Liza wist wat het was. Het ging om Sean. Eve was erachter gekomen en ze vond het niet prettig. Het gaf haar een schok toen ze eraan dacht wat Eve deed met mannen die ze niet aardig vond of die haar plannen in de weg stonden. Er zou een poging gedaan worden om haar van Sean te scheiden, en als dat niet lukte, wat zou Eve dan doen? Zijzelf was veilig, dat was ze altijd, zij was de vogel die naar de kaken van de dood pikte, maar Sean was kwetsbaar, en Sean, dat zag ze heel duidelijk, zou de volgende kandidaat kunnen zijn. Ze wachtte, nerveus.

Het ging over iets heel anders. 'Ik weet dat het moeilijk voor je zal zijn, Liza, maar je zult hier weg moeten.'

Weer vergiste Liza zich. Ze dacht dat Eve hen beiden bedoelde. Die dreiging had hen tenslotte al dagen boven het hoofd gehangen. Dit was een slag die Eve niet had kunnen winnen, een verovering die haar niet lukte.

'Wanneer moeten we vertrekken?'

'Niet we. Jij. Ik heb de politie verteld dat jij hier niet woont. Ze denken dat je alleen zo nu en dan bij me op bezoek komt. Ik heb ze je adres gegeven.' Eve keek Liza strak aan. 'Je adres in Londen.'

Op dat moment begon alles in te storten, begon de echte angst. Liza begreep dat ze tot op dat moment, een paar minuten na negenen op een avond aan het eind van augustus, eigenlijk nooit geweten had wat angst was. Ze zag dat Eve's handen niet meer trilden. Ze lagen slap in haar schoot. Liza kneep de hare samen.

'Ik heb geen adres in Londen.'

'Nu wel.'

'Ik begrijp het niet,' hakkelde Liza.

'Als ze denken dat je hier woont zullen ze je vragen stellen over wat je gezien en gehoord hebt en misschien – misschien over het verleden. Het is niet alleen omdat ik er niet op kan vertrouwen' – Eve liet een vreugdeloos lachje horen – 'dat je net zo goed kunt liegen als ik. Het is voor je eigen bestwil.'

Als Liza niet zo bang was geweest zou ze gelachen hebben. Had Eve haar niet verteld dat dat de methode was waarmee totalitaire heersers geheime politie en leugenachtige propaganda rechtvaardigden? Door te zeggen dat dingen gebeurden voor de bestwil van de mensen? Maar ze was te bang, ze was zo bang dat ze vergat dat ze Eve al jaren bij haar voornaam noemde en terugviel in de gewoonte uit haar kinderjaren.

'Ik kan niet in m'n eentje weggaan, moeder.'

Eve merkte het. Ze merkte alles. Ze huiverde, alsof die naam

haar een steek van pijn bezorgde. 'Jawel, dat kun je wel. Je moet. Bij Heather zit je goed.'
Dus dat was het adres. 'Ik kan hier blijven. Ik kan me verstoppen als ze terugkomen.' Als een kind, niet als iemand van bijna zeventien. En toen: 'Ze zullen niet terugkomen.' Ze hield even haar adem in, haar stem klonk niet als die van haarzelf, maar als die van een baby. 'Nee toch?'
'Ik denk het wel. Nee, ik weet het zeker. Deze keer wel. Waarschijnlijk morgenochtend.'
Liza wist dat Eve niet alles zou gaan uitleggen en ze wilde ook geen uitleg. Ze had liever te maken met wat ze zelf dacht te weten dan dat ze de afschuwelijke feiten, schuldbekentenissen of misschien zelfs excuses zou moeten aanhoren. Ze zei nog eens: 'Ik kan het niet.'
'Je moet. En liefst vanavond nog.' Eve keek naar de duisternis buiten. 'Morgenochtend, zo vroeg mogelijk.' Ze sloot even haar ogen, kneep ze dicht en er kwam een gekwelde trek op haar gezicht. 'Ik weet dat je opvoeding je niet heeft voorbereid op zoiets, Lizzie. Misschien heb ik het verkeerd gedaan. Ik kan alleen maar zeggen dat ik er de beste bedoelingen mee had.'
Laat haar alsjeblieft niet weer zeggen dat het voor mijn eigen bestwil is, bad Liza. Ze fluisterde: 'Ik durf niet te gaan.'
'Ik weet het... O, ik weet het.' Eve's stem klonk liefkozend en teder, maar ongelukkig, en haar donkere ogen stonden vol mededogen. 'Maar luister, het is niet zo moeilijk als je precies doet wat ik zeg, en daarna ben je bij Heather. Je doet toch altijd wat ik zeg, Lizzie.'
Nee. Dat deed ik vroeger. Haar angst maakte dat ze stug bleef zwijgen.
'Heather woont in Londen. Ik heb het adres opgeschreven, hier is het. Je moet naar de plek lopen waar de bus stopt. Je weet waar dat is, op de weg naar het dorp, tussen de brug en het dorp, en als de bus komt – de eerste komt om halfacht – moet je instappen en tegen de chauffeur zeggen waar je heen wilt. Het staat op dit papiertje. Je moet hem je geld geven en zeggen: "Naar het station, alstublieft." De bus zal je naar het station

brengen, hij stopt voor het station en jij moet naar het loket gaan waar "kaartverkoop" boven staat en een enkele reis naar Londen kopen. "Een enkele reis Londen", moet je zeggen. Hier staat het opgeschreven: Paddington, Londen.
Ik kan Heather niet bereiken om te zeggen dat je komt. Als ik naar het huis ga om op te bellen ziet Matt dat. Het kan trouwens zijn dat de politie daar is. Maar Heather werkt thuis, ze zal zeker thuis zijn. Bij het Paddington-station moet je naar het bord gaan waar "taxi" op staat, en dan neem je een taxi naar haar huis. Je moet de taxichauffeur het papiertje met haar adres erop laten zien. Dat kun je allemaal best, ja toch, Lizzie?'
'Waarom kun je niet met me meegaan?'
Eve zweeg even. 'Ze hebben gezegd dat ik niet weg mag. "U bent toch niet van plan om ergens heen te gaan, hoop ik," zeiden ze tegen me.' Ze haalde op haar bekende manier heel licht haar schouders op. 'Je moet alleen gaan, Liza. Ik zal je wat geld geven.'
Liza wist dat ze dat uit het kasteeltje zou gaan halen. Toen Eve weg was dacht ze na over de beproeving die haar te wachten stond. Het was onmogelijk. Ze zag zichzelf al, verdwaald, net zoals ze soms droomde. Ze had dat soort dromen, waarin ze verlaten ronddwaalde op een onbekende plek. Maar waren eigenlijk niet alle plekken onbekend voor haar? Ze zou alleen zijn in een grauwe troosteloosheid van stenen en beton, lege tunnels en hoge muren zonder ramen. Haar fantasie had dit beeld opgebouwd uit goed onthouden Victoriaanse romans en halfvergeten zwartwittelevisiefilms, een steegje uit een boek van Dickens of een filmstudio. Het was onmogelijk. Ze ging liever dood.
Het geld was honderd pond in biljetten en nog wat munten. Eve stopte het in haar hand en vouwde haar vingers eromheen, ongetwijfeld denkend dat Liza nog nooit eerder geld had aangeraakt, niet wetend dat Liza dat al eens had gedaan toen ze het ijzeren kistje had gevonden.
Het kleingeld was voor de bus, precies het bedrag van de rit. Wat moest ze tegen de chauffeur zeggen? Hoe moest ze het vra-

gen? Eve begon met haar uitleg. Ze ging naast Liza zitten en nam de instructies met haar door die ze had opgeschreven.
Liza zei: 'Wat gaat er met jou gebeuren?'
'Misschien niets, en dan kun je terugkomen en zal alles weer net zo worden als vroeger. Maar we moeten onder ogen zien dat ze mij misschien zullen arresteren en dat ik voor de politierechter moet verschijnen en daarna – daarna misschien een hogere rechter. Maar zelfs dan hoeft het niet zo slecht af te lopen, misschien krijg ik maar één of twee jaar. Ze zijn met dit soort dingen niet meer zoals vroeger, niet zoals' – zelfs nu kon ze nog een geruststellend grapje maken – 'in de geschiedenisboeken. Geen martelingen, Lizzie, geen kerkers, geen cellen waarin je je hele leven wordt opgesloten. Maar we moeten onder ogen zien dat het kan gebeuren – voor een tijdje.'
'Je hebt me nooit geleerd om iets onder ogen te zien,' zei Liza.
Het was alsof ze Eve een klap in haar gezicht had gegeven. Eve huiverde, hoewel Liza zacht had gesproken, wanhopig had gesproken.
'Dat weet ik. Ik deed het met de beste bedoelingen. Ik had nooit gedacht dat het zover zou komen.'
'Wat dacht je dan?' vroeg Liza, maar ze wachtte niet op een antwoord. Ze liep naar boven, naar haar kamer.

Eve kwam binnen om haar welterusten te zeggen.
Ze was vrolijk, alsof er niets gebeurd was. Ze glimlachte en was ontspannen. Die stemmingswisselingen maakten Liza banger dan ooit. Waarschijnlijk zou Eve onmiddellijk lekker in slaap vallen. Eve kuste haar goedenacht en zei dat ze de volgende ochtend vroeg weg moest gaan en een paar dingen mee moest nemen, maar niet te veel, want Heather had kasten vol kleren. Met een stralende glimlach zei ze dat het vreselijk klonk, maar dat ze zich op een vreemde manier eindelijk vrij voelde.
'Het ergste is gebeurd, begrijp je, Lizzie, dat werkt nogal bevrijdend.'
Het laatste dat Liza opviel voor haar moeder de kamer uitging, was dat ze Bruno's gouden oorbellen droeg.

Ze was van plan geweest om helemaal niet te gaan slapen, maar ze was jong en de slaap kwam toch. Ze werd wakker door het geluid van een trein. Ze ging overeind zitten in het donker en begreep ineens dat het een droom geweest was. Er was in geen jaren meer een trein door de vallei gereden, niet meer sinds ze een kind was. Zonder de treinen was de stilte dieper geworden dan ooit.

Haar angst kwam eerder terug dan de herinnering aan wat er was om bang voor te zijn. Er dreigde een vage, niet nader te omschrijven verschrikking, een grote zwarte wolk die zich splitste in al die dingen die haar angst aanjoegen. Eerst het vertrek, de bus – stel je voor dat die niet kwam? – de vreselijke trein die in haar verbeelding wel honderd keer zo groot was als de trein in de vallei, met zijn speelgoedlocomotief. En Heather, die ze zich herinnerde als lang, vreemd, afstandelijk en vol geheimen, die ze Eve toefluisterde achter een beschermende hand.

Bij dit alles had Liza Sean vergeten. Hoe kon ze het Sean laten weten? Haar verbijstering en wanhoop wierpen haar terug tussen de lakens waarin ze haar gezicht en haar oren begroef. Maar het gezang van de vogels liet haar niet met rust. De vogels waren hier soms de enige wezens die van 's ochtends vroeg tot 's avonds laat geluid maakten. Het ochtendkoor begon met een fluitende oproep, dan een enkele triller en daarna zaten al heel gauw honderden vogels in honderden bomen te zingen.

Ze kwam nu helemaal overeind. Het was stil in het poorthuis. Behalve de vogels leek buiten alles rustig, want de wind was gaan liggen. De gordijnen voor het raam waren wijd opengeschoven, zoals altijd, want de enige lichten die er ooit te zien waren, waren de lichten van Shrove. Ze knielde op het bed voor het raam.

Je kon een zekere afscheiding zien tussen de bovenrand van de hoge, beboste heuvels en de donkere, maar helder glanzende hemel. Daar, in het oosten, zou een rode streep verschijnen, een glimmend rode, gladde sjerp van licht. Je zou dan ook iets kunnen zien, de omtrek van het huis, een enkel licht in de stallen, de vage contouren van het dichte, donkere woud.

Omdat je wist hoe het er daar buiten uitzag, kon je de vormen al onderscheiden, of misschien had de koude gloed, die net voor de dageraad komt, het landschap al uit de duisternis naar het schemerige ochtendlicht getild. De uiterwaarden waren net zo bleek als de wolken en de dubbele rij elzenbomen aan weerszijden van de rivier leken uit het hun omringende duister te stappen. Nu kon Liza de vorm zien van de hoge heuvels erachter. Ze kon nog niet zien hoe groen ze waren en ook de weg niet die er halverwege als een witte riem omheen liep.
Ze stapte uit bed, deed heel zachtjes de deur open en luisterde. Eve, die overdag nooit rustte, die altijd oplettend, waakzaam, bijna bovennatuurlijk alert was, sliep 's nachts zo vast als een marmot. Vandaag zou ze gearresteerd worden, maar toch sliep ze. Liza werd bekropen door het onbehaaglijke gevoel dat haar moeder zonderling was, vreemd in haar hoofd. Ze had dat gevoel al eerder gehad, maar hoe kon ze dat weten? Ze had geen vergelijkingsmateriaal.
Als ze niet dacht over wat ze ging doen, maar zich op praktische dingen richtte, als ze niet dácht, was het niet zo erg. Je moest de dag van vandaag zien door te komen, niet de toekomst. Ze ging naar de badkamer beneden en kwam aangekleed terug. Ze had geen trek, ze dacht dat ze nooit meer iets zou willen eten. De gedachte aan voedsel, aan het eten van een stuk brood, aan het drinken van melk, gaf haar een misselijk gevoel. Ze trok de katoenen broek aan die Eve gemaakt had, een T-shirt uit de dumpwinkel, haar gymschoenen en Eve's oude bruine parka. Ze verdeelde de honderd pond over de twee zakken.
Wilde Eve dat ze afscheid van haar zou nemen?
Terwijl ze de deur van haar moeders slaapkamer opendeed, bedacht ze hoe lang het geleden was dat ze zonder te kloppen binnenkwam wanneer Eve in bed lag. Ze was daarmee gestopt sinds Bruno was gekomen, of zelfs nog langer geleden, sinds de eerste dagen van Jonathan. Eve lag op haar rug te slapen. Ze droeg een witte, hooggesloten nachtjapon en haar dikke donkerbruine haar lag over de kussens gespreid. Ze glimlachte in haar slaap, alsof ze droomde over prettige, aangename dingen. Die glim-

lach deed Liza huiveren. Ze trok de deur snel weer achter zich dicht.
Het was niet donker meer. De wolken werden als donkerblauwe veren opgetrokken van de dunne, rode gordel die langs de toppen van de bomen lag naar een steeds lichter wordende hemel. Vogelgezang vulde de voorbije stilte met luide en toch vreemd verre muziek. Liza was weer aan het denken, ze kon er niets aan doen. Het openmaken van de voordeur, het naar buiten gaan, het weer achter zich dichtdoen van de deur; dit alles was het moeilijkste dat ze ooit gedaan had. Het putte haar uit en ze bleef even tegen het hek geleund staan. Misschien zou er nooit meer iets zo moeilijk lijken. Ze had haar sleutel meegenomen, ze wist niet waarom.
De kilte van de dageraad betastte haar gezicht als een koele, vochtige hand. Het misselijke gevoel kwam daardoor terug en ze haalde diep adem. Waar zou ze morgen om deze tijd zijn? Het was maar beter daar niet over na te denken. Ze begon te lopen, eerst langzaam, toen sneller. Ze probeerde te berekenen hoe laat het was. Ze had nooit een horloge bezeten. Eve ook niet. Het moest ergens tussen halfzeven en zeven uur zijn.
Het was al zo licht dat auto's hun lichten niet meer aan hoefden te hebben, maar toch hadden twee auto's, die ze in de verte langs de slingerende weg naar de brug zag rijden, hun lichten wel aan. Ze begreep dat die twee bij elkaar hoorden, omdat ze allebei hun lichten aan hadden. Ze reden achter elkaar, duidelijk op weg naar een doel.
Ze was nu op het weggetje dat naar de brug leidde en waar geen elzenbomen groeiden. Ze kon het ochtendlicht op de rivier zien schitteren en zag ook de opening van de tunnel aan de andere kant, waar ooit de trein zich in de heuvel had geboord. Plotseling waren de autolampen van beide auto's uitgedaan. Liza kon de auto's niet eens meer zien, maar ze wist dat ze deze kant uit kwamen. Ze konden nergens anders heen.
Als ze de brug opliep moesten ze haar passeren, alleen zouden ze niet passeren, ze zouden stoppen. Ze klom op de oever en verstopte zich tussen de meidoorn- en braamstruiken. De auto's

gleden stil voorbij. Op het dak van de ene auto was een blauwe lamp gemonteerd, maar die brandde niet.
Liza had de hele tijd haar adem ingehouden en liet nu de lucht in een lange zucht ontsnappen. Ze zouden terugkomen – ze zouden terugkomen met Eve – en dan ook langs de bushalte komen. Ze kroop tussen de struiken vandaan en rende naar de brug. De rivier was breed, diep en glad en begon pas een eind verderop om rotsblokken heen te kolken. Op de brug bleef Liza staan, draaide zich om en keek.
Ze zou dit alles misschien nooit terugzien. Ze zou nooit terugkomen, dus bleef ze staan en keek achterom, net als de vrouw op het schilderij op Shrove, die lange, treurige vrouw in dat witte gewaad, van wie Eve verteld had dat het de vrouw van Lot was die achteromkeek naar haar verloren huis, naar de Steden van de Vlakte. Maar in plaats van die desolate, zondige plek zag ze tussen de uit mistige uiterwaarden oprijzende elzenbomen, balsembomen en Italiaanse populieren de elegante omtrekken van Shrove House.
De zon, die in gouden pracht was opgekomen, wierp amberkleurig licht op de stenen voorgevel, op het middenfronton met het familiewapen van onbekende oorsprong, op het brede terras met de trappen aan weerszijden, de smalle deur beneden en de fraaie, brede deur boven. Dit was de tuingevel, in alles identiek aan de gevel tegenover de hekken, alleen de gracieuze zuileningang ontbrak hier. Alle ramen waren aan het zicht onttrokken door dit licht, dat er als een huid overheen lag. Het huis zag er net zo onveranderlijk uit als het landschap waarin het rustte, net zo natuurlijk en net zo sereen.
Nergens anders had je zo'n uitzicht op Shrove als vanaf deze plaats. Het werd door bomen verborgen voor blikken vanaf de hoge heuvels. Ze wisten heel goed hoe ze hun huizen tegen nieuwsgierige blikken konden beschermen, die vroegere bouwmeesters van grote huizen, had Eve gezegd. Liza zei het huis zwijgend vaarwel en rende de brug over, de weg op. De plaats waar de bus stopte was een paar honderd meter verder, aan de linkerkant van de weg. Dat wist ze heel goed, wat Eve ook mocht denken.

Ze was dikwijls deze kant uit gelopen en had de bus gezien, een groene bus, maar had nooit de verleiding gevoeld om erin te stappen.
Hoe laat was het nu? Kwart over zeven? Wanneer zou de volgende bus komen als ze deze miste? Over een uur? Over twee uur? Weer doemden er onoverkomelijke problemen voor haar op. Onneembare vestingen verrezen op haar pad. Ze kon niet zomaar, open en bloot, op de bus blijven staan wachten en het risico lopen dat de politieauto's langs zouden rijden.
Ze liep desondanks door naar de bushalte, haar tas van de ene naar de andere schouder verhuizend, en begon zich nu zorgen te maken over de trein. Het zou misschien een hele tijd duren voor er weer een trein naar Londen zou gaan. De trein die ooit door de vallei had gereden was niet vaak langsgekomen, maar vier keer per dag in beide richtingen. Hoe kon ze trouwens weten of de trein waar ze instapte de trein naar Londen was?
Ze draaide zich om toen ze het geluid van een auto hoorde, maar het was niet een van hun auto's. Het was een rode auto met een linnen kap. Toen hij haar met een rammelend geluid voorbijreed bleef er een metalige, bijtende rookgeur hangen waaraan ze niet gewend was.
Er stond nog iemand te wachten bij de halte. Een oude vrouw. Liza had er geen idee van wie ze was of waar ze vandaan kwam. Tot het dorp waren er geen andere huizen. Ze voelde zich kwetsbaar, onbeschermd gadegeslagen door onzichtbare ogen toen ze bij de halte kwam. De vrouw keek naar haar, maar wendde snel haar blik af, alsof ze boos was of van afschuw vervuld.
Er reed nog een auto voorbij, en toen wist Liza zeker dat ze daar niet aan de kant van de weg op de bus kon blijven staan wachten. Wat moest ze hier doen? Staan en staren? Denken aan wat? Ze kon haar gedachten niet verdragen en haar angst leek een mondvol van iets wat te heet was om door te slikken. Als ze hier bleef wachten bij die oude vrouw met die sombere ogen zou ze instorten of gaan schreeuwen of zich op het gras laten vallen en gaan huilen.
Ze voelde de neiging om weg te rennen en ze gehoorzaamde aan

die opwelling. Zonder te kijken of er iets aankwam rende ze de weg over en dook ze tussen de bomen aan de andere kant. De oude vrouw stond haar verbijsterd na te kijken. Liza leunde tegen een boomstam. Ze sloeg haar armen eromheen en legde haar wang tegen de koele, gladde bast. Waarom had ze hier niet eerder aan gedacht? Plotseling had ze geweten wat ze moest doen. Als ze hier de vorige avond aan gedacht had, wat zou ze dan een heerlijke nacht gehad hebben! Alleen zou ze, als ze hieraan gedacht had, al de vorige avond weggegaan zijn, toen Eve haar had verteld dat ze weg moest, en zou ze in het donker over de velden gevlucht zijn.

Vlak bij haar liep een voetpad dat door de pas voerde. Je kon het eigenlijk niet echt een pas noemen, een pas was in de bergen, maar ze had het woord gelezen en het mooi gevonden. Om te beginnen moest ze nu honderd meter langs de helling omhoogklimmen. Toen ze het motorgeronk van de bus hoorde, die een ander geluid maakte dan de motor van andere auto's, keek ze naar beneden. Ze had zo'n vermoeden dat de bus precies op tijd was. De oude vrouw stapte in en de bus reed weg. Liza klauterde verder. Ze wilde hier niet meer zijn als de auto's langskwamen. Bij de wegwijzer klom ze over een hekje het pad op. Ze ging vlak bij de heg lopen. De zon was nu helemaal op en het werd al warm.

Het was een opluchting om een eind bij de weg vandaan te zijn, te weten dat ze, als ze terugkwamen, een heel stuk beneden haar zouden zijn. Aan het eind van het pad kwam ze terecht in een web van paadjes die begraven lagen onder bermen, schuilgingen onder heggen, ver van doorgaande wegen die ergens naartoe leidden. De dichtstbijzijnde stad lag tien kilometer verderop. Het zou haar van hier af niet meer dan een halfuur kosten. Even na achten zou ze bij hem kunnen zijn. Ze wilde er niet aan denken dat hij misschien weg was, dat hij verdergegaan was, dat hij boos op haar was, haar verlaten had en ervandoor was gegaan.

De vogels zongen niet meer. Het was doodstil, zelfs haar eigen voetstappen maakten geen geluid op het zandspoor. Overal in het gras stonden de wit met gouden gezichtjes van kamillebloemen en hingen de oudemannenbaarden die ooit clematisplanten geweest waren als watervallen van grijs krulhaar in de heg. Ze kwam voor het eerst dieren tegen, een stuk of zes rode koeien en twee grijze ezels, die liepen te grazen in het welige gras. Een rode kat die na een nachtelijke jachtpartij op weg was naar huis wierp haar een achterdochtige blik toe. Ze had niet veel katten gezien, bijna alleen op plaatjes, en deze bezorgde haar net zo'n aangename opwinding als wanneer het een exotisch, wild schepsel was geweest.

In de stralende ochtend en na haar fantastische besluit ebde haar angst snel weg. Ze had nog maar één angst over en dat was dat hij er niet zou zijn. Aan het eind van dit pad stond weer een hek. Ze kwam nu op een nog smaller weggetje. Als ze met haar armen boven haar hoofd op de grond zou gaan liggen zouden haar handen de ene kant raken en haar voeten de andere. Er zou een kleine auto langs kunnen rijden, door de tunnel van steile, bijna verticale bermen waarboven de takken van de bomen aan weerszijden elkaar ontmoeten.

Het weggetje was vlak, daalde ook een beetje, en ze begon te rennen. Ze rende omdat ze jong was en omdat haar gevoel van vrijheid groeide, maar ook uit gevoelens van hoop en angst. Als hij weggegaan was, met de bedoeling haar dat morgen of de dag daarop te laten weten... Haar handen sloten zich in haar zakken om de bankbiljetten en verfrommelden die, twee handjes vol – een heleboel of een klein beetje?

Ze rende verder door de groene tunnel. Een eindje voor haar uit stak een konijn over. Een fazantenhaan krijste en waggelde fladderend over de weg, een moeizame loper en een nog slechtere vlieger. Zijn twee vrouwtjes volgden hem en gedrieën zochten ze scharrelend beschutting in de berm. Ze wist dit soort dingen. Veel beter, vermoedde ze, dan de meeste mensen, maar zou het genoeg zijn? Zou ze zich ermee kunnen redden tot ze kon leren over andere dingen?

Het weggetje kwam uit op een driesprong met een klein, groen driehoekje in het midden. Ze nam de weg naar rechts, die nog verder daalde, maar ze moest eerst een bocht door en toen nog een voor ze de caravan beneden zich zag staan. Haar hart maakte een sprongetje. Het was goed. Hij was er. De caravan stond waar hij de afgelopen weken, sinds het midden van de zomer, had gestaan, op een zanderige plek waar een ruiterpad begon dat langs de grens tussen het veld en het bos liep. Het was de bedoeling dat het door paarden gebruikt werd, maar Liza had nooit een paard of een ruiter op dat pad gezien. Ze had er helemaal nooit iemand gezien, behalve Sean. Zijn oude Triumph Dolomite, zo'n auto uit een film over de jaren zestig, stond op dezelfde plek geparkeerd als altijd. De gordijnen voor de raampjes van de caravan waren dicht. Hij stond alleen vroeg op als hij moest werken. Ze had gerend, maar liep het laatste stukje naar de caravan heel langzaam. Ze liep de twee treden op, haalde haar rechterhand uit haar zak, samen met de bankbiljetten die ze nog steeds vasthield, en bracht die naar het gladde oppervlak van de deur.

Haar hand bleef zweven, ze aarzelde. Ze hield haar adem in. Hoewel ze alleen iets wist van natuurlijke historie en alleen maar flarden informatie uit Victoriaanse boeken had opgedaan, wist ze dat liefde onbetrouwbaar is, dat liefde riskant is, dat liefde je kan verraden. Deze wetenschap over het zuchten van de verlatenen, de verbittering van de verworpenen, had ze uit romantische drama's en liefdespoëzie, maar ook instinctief. Onschuld betekent nooit onwetendheid, behalve in negentiende-eeuwse romans en dan ook nog maar een enkele keer. Ze bedacht dat hij haar zou kunnen doden met een verkeerd woord of een afwezige blik, maar blies toen haar ingehouden adem uit en klopte op de deur.

'Ja? Wie is daar?' klonk zijn stem van binnen.

'Sean, ik ben het.'

'Liza?'

Alleen maar verwonderd, alleen maar ongelovig. Hij deed heel snel de deur open. Hij was naakt, had alleen een deken van het bed om zich heen. Met zijn ogen knipperend tegen het licht keek hij haar verbaasd aan. Als ze een teken van verbijstering in zijn ogen zou zien, als hij haar zou vragen wat ze kwam doen, zou ze sterven, het zou haar dood zijn.

Hij zei niets. Hij pakte haar arm en trok haar naar binnen, waar het stoffig en warm was en rook naar een man. Hij sloeg zijn armen om haar heen. Het was geen gewone liefkozing, maar een allesomvattende omhelzing. Hij vouwde zichzelf om haar heen en hield haar omsloten, zoals een hand een vrucht of een ijshoorntje vast kan houden, zacht, maar op een intensieve, sensuele manier.
Ze was van plan geweest om alles uit te leggen en had zich voorbereid op een lang verhaal, dat zou eindigen bij wat er gisteren was gebeurd. Ze had een rechtvaardiging in haar hoofd gehad en een verdediging. Maar hij gaf haar de kans niet om iets te zeggen. Op de een of andere manier had hij haar zonder woorden duidelijk gemaakt hoe gelukkig hij was door haar onverwachte komst op dit wonderlijke uur en dat hij haar wilde, zonder nadere verklaring. Toen de greep van zijn armen wat losser werd, hief ze haar gezicht naar hem op, om te kijken naar zijn mooie gezicht, naar zijn ogen die, als ze zacht werden van verlangen, zijn hele uiterlijk veranderden. Maar ook dat was haar niet gegund door zijn kus, door zijn mond op die van haar, zo zoet smakend en warm dat het haar verblindde en woordeloos maakte.
Als het bed uitgetrokken was, was de caravan één en al bed. Met haar gezicht nog steeds tegen het zijne wrong ze zich uit haar kleren. Ze liet ze stuk voor stuk op de grond vallen. Ze stapte uit de katoenen broek en schopte haar gymschoenen uit. Ze spreidde haar armen uit om hem vast te houden zoals hij haar had vastgehouden. Hij liet zich door haar op het bed trekken. Het plekje waar hij gelegen had was warm. Ze lagen naast elkaar, haar zachte, volle borsten tegen zijn borst, heup tegen heup, hun benen in elkaar gestrengeld. Hij begon haar te kussen met het puntje van zijn tong, licht, snel. Ze lachte, draaide haar gezicht om.
'Ik ben weggelopen! Ik ben voorgoed naar je toe gekomen.'
'Je bent een wonder,' zei hij. 'Je bent geweldig,' en toen: 'En wat vindt zij?'
'Ik weet het niet. De politie kwam, ze kwamen in twee auto's, ze

zullen haar wel meegenomen hebben.' Ze zag zijn verbaasde blik, zijn nieuwsgierigheid. 'Ik was toen al weg. Vind je het fijn?'
'Of ik het fijn vind? Ik ben zielsgelukkig. Maar wat bedoel je met de politie? Hoezo politie?'
'Ik weet het niet. De politie uit de stad.'
'Wat heeft ze gedaan?'
Ze bracht haar lippen vlak bij zijn oor. 'Zal ik je erover vertellen?'
'Vertel me alles, maar niet nu.'
Hij liet zijn handen langs haar lichaam glijden, langs haar rug, in één lange, langzame beweging, en trok haar dicht tegen zich aan, haar bovenlichaam delicaat naar achter gebogen. Zonder dat ze het zag voelde ze hoe hij naar haar keek en genoot van haar zachtheid, haar blankheid, haar warmte. Zijn heup raakte de hare, zijn dij drukte tegen de hare, warmte tegen warmte, huid tegen huid.
'Niets zeggen, nu, liefste,' zei hij. 'Dit moment is van ons.'

2

Ze sliep heel lang. Ze was erg moe. Ze voelde zich ook opgelucht en bevrijd. Toen ze wakker werd zat Sean op het bed naar haar te kijken. Ze stak haar hand uit om de zijne te pakken. Ze hield hem stevig vast.

Sean was prachtig om te zien. Ze kon hem niet met veel mannen vergelijken, alleen met de man op het schilderij in Shrove, met de korrelige zwartwitbeelden van acteurs in oude films, met de postbode, de olieman, Jonathan en Bruno, Matt en nog een paar anderen. Zijn gezicht was bleek en had scherpe trekken, zijn neus was recht, zijn mond rood en vol voor een man. Hij had donkere ogen waarin zij dromen en hoop dacht te zien, en wenkbrauwen die met het penseel van een Chinese schilder getekend leken. Ze had een schilderij gezien in de salon van Shrove, met wilgenbladeren en vogels met een roze borst en een vreemde bloem waarvan Eve zei dat het een lotus was. Er stonden letters op van zwarte boogjes, zoals Seans wenkbrauwen. Zijn haar was koolzwart. Liza had dat gelezen, want voorzover ze wist had zij nooit kolen gezien.

'Je hebt vijf uur geslapen.' Hij zei het met bewondering, alsof hij een bijzondere bekwaamheid prees.

'Toen ik wakker werd wist ik even niet waar ik was. Ik heb nooit ergens anders geslapen dan in het poorthuis.'

'Dat meen je niet,' zei hij.

'Nee? En waarom niet? Ik heb nooit ergens anders geslapen dan thuis.' Ze verbaasde zich erover. 'Nu is dit mijn huis.'

'Je bent geweldig,' zei hij. 'Ik heb geluk dat ik jou heb, denk niet dat ik dat niet weet. Ik had nooit gedacht dat je zou komen, ik dacht, ze zal nooit komen en bij mij blijven, ze zal weggaan en ik zal haar verliezen. Lach niet, ik weet dat ik een idioot ben.'

'Ik lach niet, Sean. Ik houd van je. Houd jij van mij?'

'Dat weet je.'

‘Zeg het dan.’
‘Ik houd van je. Zo, is het nu goed? Heb ik niet bewezen dat ik van je houd? Ik zou het je wel de hele tijd willen bewijzen. Laat me lekker bij je kruipen, liefje, laten we het nog eens doen, oké? Weet je wat ik het liefste zou willen? Het de hele tijd met je doen. We eten niet, we slapen niet en kijken geen tv, niets daarvan, we blijven gewoon eeuwig en altijd vrijen tot we doodgaan. Zou dat geen heerlijke dood zijn?’
Ze sprong op, ontweek zijn greep en schoof naar de verste hoek van het bed. Daar had hij haar kleren neergelegd, keurig gladgestreken en naast elkaar gelegd, zoals Eve gedaan zou hebben. Ze trok snel haar broek om haar benen en het T-shirt over haar hoofd.
Ernstig zei ze: ‘Ik wil niet dood. Niet op die manier en ook niet op een andere manier.’ Er kwam een gedachte bij haar op die nooit eerder bij haar was opgekomen. ‘Je zou het toch nooit met me doen als ik het niet wilde, hè, Sean?’
Even was hij boos. ‘Waarom zeg je dat soort dingen? Waarom vraag je me dat? Soms begrijp ik je niet.’
‘Laat maar. Het was zomaar een gedachte. Heb jij nooit nare gedachten?’
Hij haalde zijn schouders op. Het licht en het verlangen waren uit zijn gezicht verdwenen. ‘Ik ga een kop thee voor ons zetten. Of heb je liever cola? Iets anders is er niet. Ik heb verder niks geen eten in huis. We zullen naar de winkel moeten.’
Niks te eten, dacht ze. Ik heb verder niks te eten in huis. Ze zou het deze keer niet tegen hem zeggen. ‘Sean,’ zei ze vanuit de hoek, met haar rug tegen de wand, ‘Sean, we moeten weg. Ik bedoel, weg hiervandaan. We moeten een flink aantal kilometers afstand scheppen tussen ons en haar.’
‘Je bedoelt je moeder?’
‘Waarom denk je dat de politie kwam? Ik heb je toch verteld dat ze gekomen zijn.’ Terwijl ze dat zei wist ze dat hij er niet aan gedacht had, dat hij niet geluisterd had. Waarschijnlijk had hij het haar niet eens horen zeggen. Hij was verteerd door verlangen, gek van verlangen naar haar, afgesloten voor al het andere. Ze

wist hoe dat voelde, niets anders zijn dan een doof, blind, gevoelloos ding, opgezwollen en troebel, ademloos en zwak. 'Ik heb je verteld dat de politie is geweest.'
'O ja? Dat weet ik niet meer. Waarom was dat?'
'Mag ik die cola?' Ze aarzelde. 'Zij weet niet beter dan dat ik nu naar haar vriendin Heather ben. Daar wilde ze me heen sturen. Maar ik ben naar jou gekomen.'
'Vertel eens wat ze gedaan heeft.'
De uitdrukking op zijn gezicht was een beetje ongelovig en een beetje – nou, toegeeflijk, dacht ze dat het woord was. Hij zou nog raar opkijken. Het zou niet zijn wat hij dacht – ze zocht in haar verbeelding – zoiets als stelen of dingen met geld doen die tegen de wet waren. Hij ging weer zitten waar hij steeds had gezeten en keek haar aandachtig aan. Dat beviel haar, die totale geboeidheid.
'Ze heeft iemand vermoord,' zei ze. 'Eergisteren. Daarom hebben ze haar meegenomen. En ik ben bang dat ze mij ook willen hebben, dat ze me willen laten getuigen of zoiets. Ze zullen me vragen willen stellen en dan proberen ze me misschien ergens onder te brengen waar mensen voor me zorgen. Ik heb daar wel eens over gehoord. Ik ben nog zo jong, ik word in januari pas zeventien.'
Ze had zich vergist in zijn aandacht. Hij had niet geluisterd. Hij had haar weer niet gehoord, maar nu om een andere reden. Hij staarde haar aan en zijn mond stond een eindje open. Ze zag dat hij zijn bovenlip iets opgetrokken had, zoals mensen doen als ze met iets afschuwelijks geconfronteerd worden.
'Wat zei je?'
'Waarover? Hoe oud ik ben? Dat ik moet getuigen?'
Hij aarzelde, leek iets weg te slikken. 'Over dat ze iemand vermoord heeft.'
'Het was gisteren, toen ik terugkwam nadat ik jou gezien had, in het bos. Dat denk ik tenminste. Ik bedoel, ik heb het niet echt gezien, maar ik weet dat ze hem vermoord heeft.'
'Kom nou, liefje.' Een ongemakkelijke grijns. 'Ik geloof je niet.'
Dat maakte haar hulpeloos. Ze wist absoluut niet hoe ze hierop

moest reageren. Ze dronk een paar slokken door het open driehoekje in het blikje. Eve had haar eens verteld dat een kat met het topje van zijn staart zwaait als hij niet weet wat hij moet doen. Ze voelde zich net een kat, maar dan zonder staart om mee te zwaaien. Hij moest de volgende stap doen, want zij kon het niet.

Hij stond op en liep een paar stappen bij haar vandaan. De caravan was te klein om verder dan een paar stappen te lopen. Ze keek naar hem en dronk nog wat van haar cola.

'Waarom zei je dat?' vroeg hij. 'Over dat ze iemand vermoord heeft? Zei je maar wat? Probeerde je grappig te zijn?'

'Het is waar.'

'Dat kan niet.'

'Luister, Sean, ik heb het niet verzonnen. Daarom ben ik weggelopen, ik wilde niet dat ze me zouden meenemen en me in een of ander internaat stoppen. Ik wist dat ze deze keer zouden komen. Deze keer zouden ze erachter komen en het zou niet lang duren. Ik dacht de hele nacht dat ze zouden komen.'

Zijn van nature bleke gezicht was nog witter geworden. Ze zag het en vroeg zich af waarom.

'Je bedoelt zeker dat ze iemand per ongeluk gedood heeft?'

'Ik begrijp niet wat dat betekent.' Het was een zinnetje dat ze al vaak had moeten uitspreken sinds ze met hem te maken had.

'Ze was op vogels aan het schieten en heeft per ongeluk iemand geraakt, is dat het? Je hebt me verteld dat ze nooit vogels of konijnen zou doden, dat heb je me verteld toen we elkaar de eerste keer zagen.'

Alleen zijn laatste paar woorden drongen echt tot haar door. Ze glimlachte bij de herinnering. Ze gleed over het bed, sprong eraf en sloeg haar armen om hem heen. 'Was het niet enig dat ik jou tegenkwam en jij mij? Het was het beste dat me ooit overkomen is.'

Deze keer was hij degene die zich uit de omarming terugtrok. 'Ja, liefje, oké, dat was fantastisch. Maar je moet het me vertellen. Het is echt waar, hè, dat over die moord? Wat is er gebeurd? Was het een stroper?'

'Nee,' zei ze. 'Nee, je begrijpt het niet.'
'Dat kun je wel zeggen, verdomme, en ik zal het ook niet begrijpen als jij het me niet vertelt.'
'Ik zal het proberen.' Ze ging naast hem zitten en pakte zijn hand. 'Ze heeft hem vermoord, Sean. Mensen doen dat echt, weet je.' Het klonk merkwaardig wijs uit haar mond. 'Ze vermoordde hem omdat ze hem kwijt wilde. Ze wilde hem uit de weg hebben, het doet er niet toe waarom, dat is nu niet belangrijk.'
Deze keer zei hij niet dat hij haar niet geloofde, maar: 'Ik kán het niet geloven.'
Wat had Eve gezegd? 'Dan moet je het gewoon maar accepteren.'
'Maar wie heeft ze dan vermoord?' Ze kon aan de toon van zijn stem horen dat hij nog steeds dacht dat ze loog.
'Het doet er niet toe.' Dat maakte hem ongeduldig. 'Een man, iemand die je niet kent. Sean, het is de waarheid, je moet me geloven.' Ze leerde waarheden over zichzelf. 'Ik kan niet met iemand samen zijn die denkt dat ik hem leugens vertel.' Ze was nu bijna in tranen. Ze zocht naar een uitweg. 'Ik kan het niet bewijzen. Wat kan ik doen om het je te laten geloven?'
Zacht zei hij: 'Ik geloof je ergens wel – nu.'
'Ik zal je er alles over vertellen,' zei ze gretig. Ze pakte zijn schouders en bracht haar gezicht vlak bij het zijne. 'Ik zal je alles vertellen, als je wilt, vanaf de tijd dat ik nog klein was, vanaf de eerste dingen die ik me herinner.'
Hij kuste haar. Als haar gezicht zo dicht bij het zijne was als nu kon hij het niet laten haar te kussen. Zijn tong zou nu de karamelachtige zoetheid van cola proeven, dacht ze. Ze zaten op het bed, de enige zitplaats in de caravan, en haar lichaam werd slap, gleed onderuit en zonk weg in de matras. Ze verlangde net zo hevig naar hem als toen ze die ochtend gekomen was. Hij greep haar handen en trok haar omhoog.
'Ik wil dat je het me vertelt, Liza. Ik wil alles over je weten. Maar niet nu. Nu moet je me vertellen wat je moeder heeft gedaan.'
De frustratie maakte haar somber. 'Wat heeft dat nou voor zin? Je gelooft het toch niet.'

'Ik zal het wel geloven, dat heb ik toch gezegd.'
'Ik denk dat we hier weg moeten, we hadden al weg moeten zijn in plaats van hier te zitten praten.'
'Maak je daar nou maar geen zorgen over, dat zal ik allemaal wel regelen. Vertel jij me nu over je moeder en die man.' Ze zag het in zijn ogen toen de gedachte bij hem opkwam. 'Probeerde hij haar te verkrachten? Was dat het?'
'Hij leerde haar duiven schieten met een geweer. Hij was aan het schieten en zij zei: "Laat me eens zien hoe dat moet".'
'Dat meen je niet.'
'Echt waar! Als je zo begint zeg ik niets meer.'
'Goed dan. Ga door.'
'Ik haat schieten op vogels. Ik haat mensen die op iets schieten, of het nou op konijnen of eekhoorns of wat dan ook is, het is verkeerd. En ik dacht dat Eve – mijn moeder – ik dacht dat ze dat ook vond. Dat had ze gezegd, zij heeft me geleerd om zo te denken. Maar ze zei tegen hem dat de duiven haar groenten opvraten en ze vroeg hem om haar te laten zien hoe het moest en hij zei dat hij het haar zou laten zien. Ik denk dat hij alles gedaan zou hebben wat ze vroeg, snap je, Sean.'
'Ze is een aantrekkelijke vrouw.'
'Aantrekkelijker dan ik?'
'Doe niet zo belachelijk. Heb je dat allemaal gezien?'
'Ik was met jou in het bos,' zei Liza. 'Ze hebben me niet gezien. Ik kwam aanlopen door de tuin en zij stonden op het grasveld, waar de nieuwe bomen staan. Het geluid draagt daar ontzettend ver, weet je. Zelfs als mensen zachtjes praten kun je ze horen. Ik zag ze met hun tweeën met dat ene geweer en ik dacht dat zij tegen hem zei dat hij niet op duiven moest schieten. Hij had een vergunning, weet je. De fazantenjacht begint pas in oktober, maar je kunt duiven schieten wanneer je wilt. Die arme beesten! Wat kon het hem schelen, het waren zijn kolen niet die ze opvraten, en ook als ze dat wel deden, duiven moeten toch ook leven?
Ik dacht, mooi zo, ze houdt hem tegen, maar dat deed ze niet. Ze stond daar buiten met hem voor een schietles. Ik hoorde

haar erover praten, maar ik had niet gedacht dat ze het serieus meende. Toen ik ze zo zag vroeg ik me af, wat is ze in 's hemelsnaam aan het doen? Hij liet haar allerlei dingen zien aan het geweer en zij keek en toen gaf hij het aan haar.

Ik wilde niet zien dat er vogels vermoord gingen worden. Ik liep terug naar het poorthuis. Toen klonk het schot en vlak daarna die verstikte schreeuw. Dus ik draaide me om en rende het grasveld op, naar de plek waar zij naar hem stond te kijken. Hij lag op de grond. Ze had het geweer laten vallen, ze stond op hem neer te kijken, hij zat onder het bloed.'

Sean had zijn hand voor zijn mond geslagen. Zijn ogen waren heel groot geworden. Hij trok zijn hand weg en wreef ermee over zijn wang. 'Wat heb je toen gedaan?' vroeg hij zacht.

'Ik heb niets gedaan. Ik ben naar huis gegaan. Zij heeft het niet aan de politie verteld en ik ook niet, dus ik denk dat Matt dat gedaan heeft. Ken je Matt?'

'Natuurlijk ken ik hem.'

'Hij was er ook, bij het huis. Ik denk alleen niet dat hij meer gezien heeft dan ik. Hij heeft ernaar geraden.'

'Maar je zei dat de politie net kwam toen je wegging – wanneer was dat? Een paar uur geleden?'

'Ze kwamen gisteravond. Ze hebben me niet gezien. Ze zijn toen niet naar het poorthuis gekomen, snap je, toen niet. Er kwam eerst een zwarte bestelwagen om het lijk weg te halen. Ik heb het allemaal gezien vanuit mijn slaapkamerraam. Eve zei dat ik daar moest blijven en niet naar buiten mocht komen, zodat niemand me zou zien. Ik wilde niet dat ze me zagen. Zij ging naar Shrove en ik denk dat de politie daar met haar gepraat heeft. Ze hebben met haar gepraat en met Matt en Matts vrouw. Ze wist dat ze terug zouden komen, daarom zei ze dat ik weg moest. Voor mijn eigen bestwil, zei ze. Ik ben weggelopen, naar jou. Dat is het.'

'Is dat alles?'

'Niet alles, Sean. Het zou heel veel tijd kosten om je alles te vertellen.'

'Ik ga de caravan aan de trekhaak vastmaken,' zei hij.

Ze liep samen met hem naar buiten. Het was twee uur 's middags, het was een warme, benauwde dag en de zon lag als een poel van licht in een witte hemel. Ze keek naar hem en plukte intussen handen vol bramen die ze allemaal opat. Ze had enorme trek.
De gebutste Dolomite verplaatste de caravan met de trage, vermoeide bedrevenheid van een karrenpaard. Hij kreunde een beetje en stootte dikke rookwolken uit. Liza stapte in en sloeg het portier dicht. De auto en de caravan hobbelden over het gras naar het weggetje.
'Waar gaan we heen?'
'Ergens waar ik de caravan kan neerzetten. Misschien kunnen we het bij Vanner proberen. Ze vragen appelplukkers voor de coxen, dat zouden we alle twee kunnen doen.'
'De coxen zijn niet voor de derde week van september rijp,' zei ze, altijd blij wanneer ze kon laten zien dat ze iets wist wat hij misschien niet wist. 'Maar goed, hoe ver is dat?'
'Veertig kilometer, vijfenveertig misschien. Vind je dat ver genoeg?'
'Ik weet het niet. Wat kun je verder?'
Hij lachte. 'Elektriciteit, zo'n beetje, wasmachines installeren, messen slijpen, ik ben een halve automonteur, verder auto's wassen, de tuin opruimen – zoals jij zou moeten weten – glazenwassen, van alles, noem maar op.'
'Waarom dan appels plukken?'
'Dat is weer eens wat anders. Ik pluk altijd appels in september en kersen in juli.'
'Ik heb honger,' zei ze. 'Ik heb zo'n verdomde honger.'
'Niet vloeken, Liza.'
'Dat doe jij ook. Van wie denk je dat ik dat heb?'
'Voor mij is het wat anders. Jij bent een vrouw. Ik vind het niet prettig om een vrouw te horen vloeken.'
Ze haalde haar schouders op, zoals Eve dat kon doen. 'Ik heb verschrikkelijke honger. Kunnen we wat te eten kopen?'
'Ja, we kunnen wel wat halen bij een afhaalrestaurant.' Hij keek naar haar, herinnerde het zich en legde het uit: 'Dingen die ze al

voor je gekookt hebben, snap je? Of we zoeken een café, misschien een Little Chef, als er eentje is langs de hoofdweg.'
Ze was niet bang meer. De angst was misschien niet weggevallen, maar wel uitgesteld. Het vooruitzicht om naar een café te gaan wond haar op. En ze zou samen zijn met Sean. Ze was in de loop van de jaren wel een paar keer in een winkel geweest, maar een echt restaurant, als dat het juiste woord was, dat was heel iets anders. Ze herinnerde zich wat ze had meegenomen toen ze uit het poorthuis was weggegaan.
'Ik heb geld. Ik heb honderd pond.'
'Jezus,' zei hij.
'Het ligt in de caravan, in mijn jas.'
'Heb je het gejat?' Zijn stem klonk streng.
'Natuurlijk niet. Eve heeft het me gegeven.'
Hij zei niets. Ze keek uit het raam naar het voorbijglijdende landschap dat nieuw voor haar was, totaal onbekend. Ze reden door een dorp toen de kerkklok drie uur sloeg en tien minuten later waren ze in een redelijk grote stad, op de parkeerplaats op het marktplein.
Aan weerszijden van de parkeerplaats waren winkelstraten. Ze had zoiets wel eens eerder gezien, maar ergens anders: een stomerij, een makelaar, een Chinees restaurant, een Wereldwinkel, een broodjeszaak, een bouwmaatschappij, een verzekeringsbedrijf, een Indisch restaurant, een bank, een café, een ansichtkaartenwinkel. Een gewelfde doorgang met roze glas en goudkleurig metaal leidde naar een verlaten winkelgalerij. Misschien waren alle steden wel zo, misschien waren ze wel allemaal hetzelfde, misschien was dat regel.
Seans geoefende oog nam de situatie snel op. 'De cafés zijn dicht, het is al te laat. Het is de bedoeling dat cafés altijd open zijn, maar dat schijnt nooit te kloppen. Ik kan wat pasteitjes halen en patat of zo.'
Haar trek was groter dan haar teleurstelling. 'Wat je wilt. Moet je wat geld hebben?'
Ze zei het vrolijk, probeerde de juiste toon te treffen voor iets wat ze nooit eerder gezegd had. Toch was hij om de een of ande-

re reden beledigd. 'Ik hoop nooit mee te maken dat ik op de zak van m'n vriendin moet teren.'

Toen hij weg was stapte ze uit de auto. Ze strekte haar armen boven haar hoofd, proefde de vrijheid. Dat was koppig spul, want om een of andere reden huiverde ze, en dat kwam niet door het weer, want het was zomers warm. Ze had zich nog nooit zo gevoeld, duizelig, licht in haar hoofd, alsof ze zou vallen.

Ze deed de deur van de caravan open en klauterde naar binnen. Als ze vijf minuutjes ging zitten en een paar keer diep ademhaalde zou ze zich wel beter voelen. Het bed was opgeklapt tegen de wand, de lakens en dekens waren opgevouwen en de tafel stond klaar voor wanneer Sean terug zou komen met het eten. De zakjes die hij bij zich had zaten vol vetvlekken en roken scherp naar frituur.

Ze had geweldige trek en de geur van de patat en de vleespasteitjes die hij uitpakte was verleidelijk, maar ze kon niet eten. Zonder enige waarschuwing aan zichzelf of aan hem barstte ze in tranen uit. Hij hield haar dicht tegen zich aan en streelde haar haren terwijl zij snikte. Haar lichaam schokte en haar hart bonsde.

'Alles is goed, schatje, alles is goed. Het is de schok. Het is de nawerking van de schok. Het komt allemaal goed. Ik zal voor je zorgen.'

Hij wist haar te kalmeren. Hij streelde haar haar en veegde haar ogen af met zijn vingers toen ze alleen nog maar huilde en niet meer gierend snikte, net als Eve deed als ze in een lieve bui was. Toen ze rustiger werd deed hij iets wat ze heerlijk vond. Hij begon haar haar te kammen met zijn eigen kam, die dikke, stompe tanden had. De kam gleed gemakkelijk door haar lange, donkere haar, van boven naar beneden, en als hij even ophield voelde ze zijn vingers die haar licht aanraakten en dan bleven zwerven bij haar nek en haar oorlelletje. Ze huiverde, maar nu niet van de schok of door bevreemding.

'Geef me een kus,' zei hij.

De kus was enthousiaster dan hij verwacht had, een lange, sen-

suele kus, een stroom van tot dan toe beheerste energie. Hij lachte naar haar. 'Laten we wat eten. Ik dacht dat je honger had.'
'Maar dat is ook zo. Ik sterf bijna.'
'Daarnet kreeg ik een heel andere indruk!'
Dit was haar eerste vleespasteitje. Ze kon niet zeggen of het een goed pasteitje was, een pasteitje dat ermee door kon of een slecht pasteitje, maar ze vond het lekker. In het verleden had ze nooit met haar vingers mogen eten. Er waren veel vriendelijk opgelegde regels geweest en veel goedbedoelde beperkingen.
'Als we op ons nieuwe plekje zijn,' zei ze, 'zal ik je het verhaal over mijn leven vertellen.'
'Goed.'
'Weet je, ik geloof niet dat er veel levens zijn zoals het mijne.'
'Maar je hebt toch nog heel wat voor de boeg? Misschien wel zeventig jaar.'
'Mag ik het laatste patatje? Ik zal het je vertellen vanaf het eerste moment dat ik me iets kan herinneren. Dat was toen ik vier was, toen ze de eerste doodmaakte.'
Ze trok een stuk toiletpapier van de rol die hij naast het bed had staan om als tissue te gebruiken en veegde haar mond af. Toen ze zich omdraaide om te zeggen dat ze klaar was en dat ze weg konden zodra hij wilde, zag ze dat hij haar aanstaarde met een verbijsterde blik op zijn gezicht.

3

Een van de eerste dingen die ze zich kon herinneren was de trein. Het was zomer en zij en moeder waren gaan wandelen in de velden toen ze de trein hoorden fluiten. Het enkele spoor liep door de vallei tussen de rivier en de lagere hellingen van de hoge heuvels. Het was een klein zijlijntje en later, toen ze ouder was, vertelde moeder haar dat het de mooiste treinreis was op de Britse Eilanden. Haar ogen glansden toen ze dat zei.

Maar die middag, toen Liza vier jaar was, waren er niet veel passagiers en degenen die er wel waren keken kennelijk niet naar buiten om van het uitzicht te genieten, of anders keken ze allemaal naar de andere kant, naar de hoge heuvels, want toen moeder zwaaide en zij zwaaide, zwaaide er niemand terug. De trein tufte langs, niet heel snel, en verdween in de ronde, zwarte tunnel die zich in de helling van de heuvel boorde.

Liza vermoedde dat zij en moeder daar nog niet lang waren, die dag dat ze haar eerste trein zag. Anders zou ze wel eerder een trein gezien hebben. Het was best mogelijk dat ze pas een paar dagen in het poorthuis woonden. Ze had er absoluut geen idee van waar ze daarvoor vandaan gekomen waren en het zou ook nog een hele tijd duren voor ze dat wist. Maar ze kon zich niets herinneren van vóór die dag, geen gezicht, geen omgeving, geen stem en geen aanraking.

Alleen moeder was er.

Alleen het poorthuis was er, waar ze woonden, en de gewelfde poort met het kleine eenkamerhuisje aan de andere kant en Shrove House een eindje verder. Het werd half verborgen door prachtige, hoge bomen. Tussen de stammen door schemerden de muren, mysterieus en verleidelijk. Als moeder haar verhaaltjes voorlas en er kwam een paleis in voor, wat dikwijls het geval was, zei zij: ‘Net zoals Shrove, hè? Zo ziet een paleis eruit, een huis zoals Shrove.’ Maar alles wat Liza van het echte Shrove te

zien kreeg, tot ze bijna vijf was en de bladeren bruin geworden waren en van de bomen waren gewaaid, was een dromerige grijsheid, een stuk schitterend glas, een glimp van een in de zon gevangen daklei.
Later zag ze het in zijn geheel, de stenen baluster die het huis bekroonde, gebroken door een fronton met pluimen, de vele ramen, de trap en de standbeelden in hun nissen. Ze was er zich toen al van bewust dat het huis glimlachend tevreden lag te zijn met zichzelf, dat het zich glimlachend en lui koesterde in de zon.
Moeder ging bijna elke dag naar dat huis, dat een paleis leek uit een sprookje. Soms bleef ze een paar uur weg, soms niet meer dan tien minuten, en als ze erheen ging sloot ze Liza op in haar slaapkamer.
Het poorthuis was de personeelswoning van Shrove House. Later, toen Liza ouder was, vertelde moeder haar dat het in gotische stijl gebouwd was, maar bij lange na niet zo oud was als het huis zelf. Het was de bedoeling dat het eruitzag alsof het uit de middeleeuwen dateerde en had een torentje met kantelen en een smalle, hoge spits. Opzij van de spits begon de boog die boven langs de poort liep en aan de andere kant het kleine huisje raakte, dat eruitzag als een miniatuurkasteeltje met zijn smalle, spleetachtige ramen en beslagen deur.
De poortdeuren waren van ijzer. Ze stonden altijd open en erboven stond in sierlijke letters 'Shrove House' geschreven. Het poorthuis, de boog en het kleine kasteeltje waren gebouwd van kleine bakstenen met de donkere, roodbruine kleur van rozenbottels. Liza en moeder hadden twee slaapkamers boven, een woonkamer en een keuken beneden en een toilet buiten. Dat was alles. Liza had de slaapkamer in het torentje, met uitzicht over hun tuin, het bos en het park van Shrove en wat daarachter lag. Ze vond het niet prettig om in haar slaapkamer te worden opgesloten, maar ze was niet bang en voorzover ze zich kon herinneren had ze nooit geprotesteerd.
Moeder gaf haar dingen te doen. Ze was begonnen met Liza te leren lezen en gaf haar een boek van stof met grote letters bij de

plaatjes. Ze gaf haar ook papier en twee potloden en een boek om het papier op te leggen. Liza had een zuigfles met sinaasappelsap erin, omdat ze, als het in een glas of een beker had gezeten, sap op de grond zou morsen. Soms kreeg ze twee biscuitjes, precies twee, of een appel.
Liza wist toen niet wat moeder in Shrove House deed, daar kwam ze later achter, toen moeder haar mee begon te nemen. Ze werd toen niet meer in haar slaapkamer opgesloten – alleen als moeder boodschappen ging doen. Maar dat was meer dan zes maanden later, nadat het allemaal gebeurd was en het winter was geworden, toen er sneeuw op de heuvels lag en de enorme, blauwe ceders en de hoge, zwarte sparren de enige bomen waren die niet kaal waren.
Voor die tijd, in de zomer, waren de honden gekomen. Behalve op plaatjes had Liza nooit een hond of een kat of een paard of enig ander dier gezien, behalve in het wild levende. Ze dacht dat deze twee honden kwamen op de dag nadat zij en moeder door de velden hadden gelopen en de eerste trein gezien hadden, maar het kon ook wel een andere dag geweest zijn, een week of zelfs een maand later. Het was niet makkelijk om je iets van zo lang geleden te herinneren.
De honden waren van meneer Tobias. Hij kwam ze niet zelf brengen, er kwam een andere man. Liza had meneer Tobias nooit gezien, alleen maar over hem gehoord, en het zou ook nog heel lang duren voor ze hem zou zien. De man die de honden bracht kwam in een soort bestelwagen met een wit tralierek achter de bank om de honden achterin te houden. Hij heette Matt. Hij was een kleine, vierkante man met brede schouders. Hij zag er heel sterk uit en zijn haar, dat vanaf zijn brede, rode voorhoofd groeide, was net een borstel.
'Het zijn dobermannpinchers,' zei moeder. Ze legde alles altijd langzaam en zorgvuldig uit. 'In Duitsland, dat is een ander land, heel ver weg, werden ze altijd tot politiehonden opgeleid, maar dit zijn huisdieren.' Aan Matt, die haar op een vreemde manier stond aan te kijken, vroeg ze: 'Hoe heten ze?'
'Dit is Heidi en hij heet Rudi.'

'Zijn het lieve honden?'
'U en het kind zullen geen last met ze hebben. Ze vallen nooit vrouwen aan, daar zijn ze op getraind. Zelf zou ik in de eerste de beste boom klimmen als iemand "Kill!" riep terwijl ze in de buurt waren.'
'O ja? Daar heeft meneer Tobias niets over gezegd.'
'Ik zou het niet raar gevonden hebben als u niet voor ze had willen zorgen.' Hij keek om zich heen en staarde naar de hoge heuvels aan de andere kant van de vallei alsof het om de Himalaya ging. 'U zit hier wel een beetje geïsoleerd, hè? Niet wat je noemt veel te beleven.'
'Dat vind ik prettig.'
'Ieder zijn meug, maar ik zou denken dat een mooie meid als u een beetje meer leven in de brouwerij zou willen hebben. Vrolijke lichtjes, een beetje dansen, een bioscoop. U hebt zeker niet zoiets als een kop thee klaar, als ik vragen mag?'
'Nee, dat heb ik niet,' zei moeder. Ze pakte de riemen van de honden in haar ene hand en Liza's hand in haar andere, liep naar het poorthuis en sloot de deur. De man buiten op de stoep zei iets dat Liza niet verstond, maar waarvan moeder zei dat het een lelijk woord was dat ze nooit mocht gebruiken. Ze hoorden zijn auto met een brul starten, alsof hij boos was.
De honden begonnen Liza te likken. Ze likten haar handen en toen zij ze aaide, likten ze haar gezicht. Ze had nog nooit iets aangeraakt dat zo aanvoelde als hun vacht, glanzend als leer, zacht als bont, glad als de kruin van haar eigen hoofd als moeder haar haar net had gewassen.
Ze zei tegen moeder: 'Heidi en Rudi zijn zwart met bruin gestreept.' Moeder had gelachen en gezegd dat dat klopte, dat ze er inderdaad zo uitzagen.
'Je herinnert je toch niet woord voor woord wat je moeder en hij allemaal zeiden, hè?' vroeg Sean.
'Niet helemaal. Maar zoiets was het. Ik weet bijna alles wat ze gezegd heeft en wat ze zou kunnen zeggen. Ik ken haar zo goed, weet je, misschien wel omdat ik niemand anders ken.'
'En ik dan? Je kent mij toch.'

Ze begreep dat ze hem gekwetst had en probeerde het goed te maken. 'Ik ken je nu. Toen niet.'
'Ga maar verder, dan. Wat is er met de honden gebeurd?'
'Eve zorgde voor ze, voor meneer Tobias. Hij moest weg, hij ging zijn moeder bezoeken in Frankrijk en kon om de een of andere reden de honden niet meenemen.'
'Quarantaine.'
'Wat?'
'Als hij terugkwam zou hij die honden zes maanden in quarantaine moeten laten. Dan moeten ze in een soort kennel. Dat is de wet.'
'Dan zal het daar wel om geweest zijn.'
'Waarom kon die Matt niet voor ze zorgen? Waar woonde hij?'
'In het Lake District. Hij had een baan, hij moest de hele dag werken. Hij kon ze niet uitlaten – of wilde dat niet. Hoe dan ook, Eve wilde het wel doen voor meneer Tobias, ze wilde hem een plezier doen.
Het was de bedoeling dat ze een week of twee, drie bij ons zouden blijven, dat weet ik niet precies meer. Ik was dol op ze, ik hoopte dat wij een hond zouden nemen als ze weer weg waren, maar Eve wilde dat niet. Ze zei dat meneer Tobias dat niet prettig zou vinden.'
'Die honden heeft ze dus niet vermoord?'
'Ik heb je toch verteld dat het een mens was, een man.'

Liza wist absoluut niet wie hij was of wat hij geprobeerd had te doen. Nu er twaalf jaar voorbijgegaan waren en zij volwassen was geworden en zelf de dingen deed die volwassenen doen, kon ze het vermoeden.
Zij was degene die hem het eerst zag. Moeder was op Shrove, en Liza zat opgesloten in haar slaapkamer. Waar de honden waren wist ze niet. Waarschijnlijk in het kasteeltje, waar ze 's nachts sliepen, of misschien op Shrove, want op de een of andere manier was dat hun huis. Het huis was eigendom van meneer Tobias, net als zij.
Moeder was al een lange tijd weg. Wie zou nu nog kunnen zeg-

gen hoe lang precies? Als je vier bent is dat allemaal anders. Een halfuur? Een uur? Of maar tien minuten? Ze had de letters gelezen in het stoffen boek en er woordjes van gemaakt: 'aap', 'boom', 'poes', 'bed'. De zuigfles was leeg en het potlood had over elk leeg stukje papier gekrabbeld.

Ze klom op haar bed en kroop op handen en voeten naar het raam. De kamer had zes zijwanden en drie ramen, maar was zo klein dat het bed alleen maar tegen de muur kon staan, de muur met het raam vanwaar uit je het mooiste uitzicht had. De zon scheen sprankelend op de rivier en de schaduwen van de door de wind voortgeblazen wolken gleden langs de hellingen van de hoge heuvels. Ergens floot een onzichtbare trein en even later kwam hij tevoorschijn uit de tunnel. Ze klom op een stoel om uit het raam te kijken dat uitzicht bood op de poort en het kasteeltje.

Er was daar nooit iemand. Er was nooit iemand te zien behalve moeder, de melkboer en de postbode, 's ochtends, en op bepaalde middagen meneer Frost op zijn tractor. Soms kwam er een auto de heuvel af rijden, op weg naar de brug. Meestal was de weg verlaten en de enige die zijn gezicht liet zien in de schuur aan de overkant was de witte uil, dus toen ze de man zag veerde ze verbaasd op. Hij hield zich vast aan het hek en keek naar Shrove. Het was een lange man in een broek die moeder een spijkerbroek noemde, met een bruin leren jack aan en een canvas rugzak om.

Plotseling keek hij op naar haar raam en zag haar tussen de gordijnen. Ze wist dat hij haar gezien had en dat maakte haar bang. Ze zou niet hebben kunnen zeggen waarom ze bang was, maar het had iets te maken met zijn gezicht. Het was geen aardig gezicht, niet een soort gezicht dat ze ooit eerder gezien had. Het gezicht had starende ogen en een priemende neus en werd half verborgen door grote bossen krullerig, geelbruin haar. Later vroeg ze zich af of ze zijn gezicht niet aardig gevonden had vanwege de baard, die nieuw was voor haar. Ze had nog nooit een baard gezien en zag er pas weer een toen Bruno en moeder haar meenamen naar de stad om boodschappen te doen.

Ze was bang dat hij naar het poorthuis zou komen, dat hij binnen zou komen en haar zou komen halen. Ze dook weg van het raam, kroop over de vloer en verstopte zich onder het bed. Daarmee zou ze het allemaal niet tegen kunnen houden, dat wist ze. Dat wist ze zelfs toen. Ze voelde zich niet veilig onder het bed, alleen een beetje veiliger, en ze dacht dat het misschien even zou duren voor hij haar zou vinden. Moeder had de deur van haar kamer en de voordeur van het poorthuis op slot gedaan, maar dat zou vast niet kunnen verhinderen dat hij haar vond.

Er ging een hele tijd voorbij voor moeder terugkwam. Ze trok Liza onder het bed vandaan, knuffelde haar en zei dat ze geen man gezien had, en als er wel een man geweest was, had hij waarschijnlijk geen kwaad in de zin gehad. Als hij wel kwaad had gewild zou ze Heidi en Rudi op hem afgestuurd hebben.

'Maar hoe kun je dat weten?' vroeg Liza.

'Ik weet alles.'

Liza geloofde dat dat waar was.

Aan het eind van die middag werd er op de voordeur geklopt en toen moeder opendeed stond de man met de baard op de stoep. Hij vroeg een glas water. Liza dacht dat moeder nee zou zeggen. Ze hing aan haar moeders rokken en gluurde om haar heen tot moeder zei dat ze haar los moest laten en niet zo raar moest doen. De man zei dat hij hoopte dat het niet te lastig was.

'Ga eens wat water halen, Liza,' zei moeder. 'Geen glas, een kroes. Dat kun je best.'

Liza kon het. In bepaalde opzichten had moeder haar tot onafhankelijkheid opgevoed. Alleen maar in bepaalde opzichten, natuurlijk. Ze pakte al heel lang zelf water als ze iets wilde drinken. Dan klom ze op een stoel bij de gootsteen, pakte een kroes van de plank, draaide de kraan open en vulde de kroes. En dan draaide ze heel zorgvuldig de kraan weer dicht. Dat deed ze nu ook. Ze vulde de kroes met het plaatje van een dame met een kroon en droeg hem naar de voordeur. Ze morste een beetje water onderweg, maar dat kon ze niet helpen.

De man dronk het water. Ze zag zo weinig mensen dat ze alles opmerkte aan de paar mensen die ze ontmoette. Hij hield de kroes in zijn linkerhand, niet in zijn rechterhand zoals Liza en moeder, en aan de derde vinger van die hand zat een brede, gouden ring. Dat was voor het eerst dat ze een hand met een ring eraan had gezien, want moeder droeg geen ringen.

Hij zei 'Dank je, liefje' tegen Liza en gaf haar de kroes terug. 'Zijn hier mensen in de buurt die B en O doen?' vroeg hij moeder.

'Die wát doen?'

'B en O. Bed en Ontbijt.'

'Er doet hier helemaal niemand wat,' zei moeder. Ze leek blij dat ze dat kon zeggen. Ze deed een stap naar buiten, zodat hij een stap achteruit moest doen, en spreidde haar armen uit. 'Er is niet meer dan wat je ziet.'

'Dan ga ik maar gauw verder.'

Moeder gaf geen antwoord. Ze deed iets wat Liza altijd heel vervelend vond als ze het tegen háár deed. Het was de manier waarop ze haar schouders ophaalde en dan weer liet zakken, terwijl ze degene tegenover haar heel strak aankeek, maar niet lachend of op een manier waar je iets uit op kon maken. Tot op dat moment had Liza het moeder alleen maar tegen haar zien doen.

Vanuit een raam boven, in moeders kamer onder het puntdak, keken ze hoe de man wegliep. Alleen vanuit dit raam kon je zien hoe het weggetje naar de ene kant langs het bos naar de brug voerde, en naar de andere kant eerst tot een karrenspoor en daarna tot een voetpad versmalde. De man liep langzaam, alsof zijn last bij elke stap zwaarder werd. Op het punt waar de weg een bocht maakte en smaller werd bleef hij even staan. Hij keek om in de richting van Shrove, of misschien alleen maar naar de hoge heuvels.

Ze verloren hem uit het zicht toen hij tussen de bomen liep, maar ze bleven kijken, en even later zagen ze hem weer, inmiddels een klein figuurtje dat over het voetpad langs de esdoornhaag sjouwde. Toen maakten ze er een spelletje van door allebei te zeggen dat ze hem nog steeds konden zien. Maar toen Liza al te opgewonden werd tilde moeder haar bij het raam vandaan.

Ze gingen naar beneden om door te gaan met Liza's leesles. Elke middag waren ze daar een uur mee bezig. En elke ochtend kreeg ze een uur schrijfles van moeder. De lessen zouden al gauw veel meer tijd in beslag gaan nemen omdat rekenen en tekenen erbij kwamen, maar op het moment dat de man met de baard kwam kreeg ze elke dag nog maar twee uur les.
Elke ochtend, heel vroeg en lang voor de schrijfles, lieten ze de honden uit. Heidi en Rudi waren eraan gewend om binnen te zijn en konden dus niet in hokken buiten blijven, wat moeder eigenlijk het beste had gevonden. Daarom sliepen ze in het kasteeltje. Liza was daar nooit binnen geweest voordat de honden kwamen, maar moeder had een sleutel en nam haar mee. Ze zag een kamer die net zo'n vorm had als haar slaapkamer, met zes zijwanden en smalle, aan de bovenkant gewelfde ramen. Alleen zat er hier geen glas in. De vloer was van steen met stro erop en verder lagen er twee oude dekens en twee oude kussens voor de honden. Rudi en Heidi sprongen om haar heen en besnuffelden haar en likten haar gezicht. Ze maakten opgeluchte, blije geluiden dat ze naar buiten mochten.
Liza had eraan gedacht hoe afschuwelijk het zou zijn als ze de man met de baard tegen zouden komen terwijl ze in de uiterwaarden aan het wandelen waren. Maar ze kwamen niemand tegen, dat gebeurde ook bijna nooit, alleen een wijfjesvos met een konijn in haar bek. Moeder beval de honden om te gaan zitten en stil te zijn en ze gehoorzaamden haar. Ze vertelde Liza over vossen, hoe ze leefden en hun jongen grootbrachten in holen, dat mensen jacht op ze maakten en dat dat niet goed was.
Misschien was dat ook de ochtend dat ze haar eerste ijsvogel zag. Het was ongeveer in die tijd, ze wist het niet helemaal zeker. Moeder zei dat ijsvogels zeldzaam waren en dat je, als je er eentje zag, de County Kingfisher Trust moest opbellen. Het moest dus die ochtend geweest zijn, want nadat ze thuis waren gekomen en de honden weer in het kasteeltje hadden gelaten, sloot moeder haar op in haar slaapkamer en ging ze naar Shrove om op te bellen.
Liza las de woordjes in het stoffen boek en maakte een tekening

van moeder op een van de blaadjes papier. Misschien was het een andere dag dat ze dat gedaan had, maar ze dacht dat het op de Dag van de IJsvogel was. In die tijd was ze ervan overtuigd dat alle mannen blond en alle vrouwen donker haar hadden. De man die de olie kwam brengen was blond, net als de postbode en Matt en de man met de baard, maar moeder en zij waren donker. Ze maakte een tekening van moeder met haar lange, donkere haar, loshangend op haar rug, en met haar lange, gekleurde rok en haar sandalen.

De tekening was net klaar toen moeder de deur van het slot deed en haar uit haar kamer liet. Er was iets nieuws in de woonkamer, dat zag Liza direct. Het hing aan de muur boven de haard, een lange, donkerbruine buis met een houten handvat. Ze had nooit zoiets gezien, maar ze wist dat moeder het meegebracht moest hebben van Shrove.

'Het was een geweer,' zei Sean.

'Een jachtgeweer. Er waren een heleboel geweren op Shrove. Ik ben er later over gaan nadenken – ik bedoel jaren later – en ik denk dat de man haar echt bang had gemaakt. Bang is waarschijnlijk niet het juiste woord, ze is nooit bang. Laten we zeggen dat de man haar gealarmeerd had.'

'Ja, misschien had ze bedacht dat ze dat nooit had moeten zeggen, dat wat je zag alles was wat er was. Ik bedoel, dat er kilometers in de omtrek niemand anders was, snap je.'

'Dat denk ik ook.'

'Maar hij was toch weggegaan?'

'Hij kwam terug.'

Het bleef 's avonds tot bijna tien uur licht, maar Liza werd om zeven uur in bed gestopt. Ze kreeg 's avonds altijd volkorenbrood met ei of kaas. Koekjes en andere zoetigheid waren taboe en het duurde jaren voor ze erachter kwam wat dat voor dingen waren. Na het brood kreeg ze fruit, zoveel ze wilde, en een glas melk. De melkboer kwam drie keer per week. Dat was ook een man met blond haar.

Moeder las haar na het eten een verhaal voor, van Hans Andersen of Charles Kingsley, uit boeken die ze leende uit de bibliotheek van Shrove. Dan ging ze in bad. Ze hadden een bad in de keuken, met een houten deksel erop. 's Nachts werd ze niet opgesloten in haar slaapkamer; ze werd nooit opgesloten, behalve wanneer moeder naar Shrove ging of boodschappen ging doen in de stad. Als Liza niet in slaap kon komen wist ze dat het geen zin had om te gaan roepen of huilen, want moeder schonk daar geen aandacht aan, en als ze naar beneden ging zou moeder haar schouders ophalen en haar alleen maar aankijken voordat ze haar weer naar boven zou brengen.

Dus alles wat ze kon doen was boven rondlopen, uit de ramen kijken in de hoop dat ze iets zou zien, hoewel dat haast nooit gebeurde. Als moeder al wist dat Liza naar haar slaapkamer ging en met haar spulletjes speelde, dan liet ze dat niet merken. Moeder zat 's avonds boeken te lezen, wist Liza, of luisterde naar muziek die via draadjes uit een kleine, vierkante doos in haar oren kwam.

In moeders kamer deed ze de kast open en bekeek ze alle lange, felgekleurde rokken die moeder droeg en de andere dingen die ze nooit droeg, lange sjaals, een paar grote strohoeden, een gele jurk met een strook aan de onderkant. Ze keek in het juwelenkistje dat in de la van de toilettafel stond. Ze zou iedereen precies kunnen vertellen wat er in dat kistje zat: een lange ketting van groene kralen, een haarkam die van bruin, gevlekt spul was, met kleine, schitterende steentjes erin, een bewerkte, houten broche en eentje van parelmoer. Moeder had haar verteld dat dat zo heette toen ze de broche droeg, net zoals ze haar had verteld dat de kralen van jade gemaakt waren en de twee paar oorbellen van goud.

Die avond zaten de groene kralen en een paar oorbellen niet in het kistje omdat moeder ze droeg. Liza deed het kistje dicht, ging terug naar haar eigen kamer en knielde op het bed om uit het raam te kijken. De tuin van het poorthuis, waarin moeder later erwten en bonen en sla, zacht fruit aan struiken en aardbeien onder netten zou telen, was op dat moment grotendeels kaal. Moeder had er die dag in gewerkt en de grond omgespit. Er stond maar één boom, een eenzame kersenboom die uit de

zachte, roodbruine aarde kwam, en er liepen twee lange paden met gras.
Liza keek naar boven, wachtend op de laatste trein naar het zuiden, die iets over halfnegen langskwam. Ze wist in die tijd nog niets over noord en zuid en halfnegen, hoewel moeder haar klok leerde kijken en met kaarten leerde omgaan, maar ze wist dat de laatste trein uit de tunnel zou komen terwijl het nog licht was, maar de zon al wel onder was. De lucht was helemaal rood, maar je kon vanuit haar kamer niet zien waar de zon onderging. Als hij eenmaal onder was werden de hoge heuvels grijs en het bos verkleurde van groen naar een zacht donkerblauw.
De trein floot toen hij de tunnel uitkwam en reed puffend naar beneden. Er brandden lichtjes in de trein, hoewel het buiten nog behoorlijk licht was. De trein zou stoppen op het station, op Ring Valley Halt, maar je kon het station van hier niet zien. In de verte werd de trein steeds kleiner. Hij leek op een lange, kronkelende duizendpoot, zoals je die bij de achterdeur soms zag lopen. Als de trein weg was, was er door dit raam niets meer te zien. Liza klauterde van het bed en liep op haar tenen de overloop over naar de kamer van haar moeder.
Vanhier kon je de vleermuizen zien die onder het dak van de schuur aan de overkant van de weg woonden en achter nachtvlinders en muggen aan doken. Soms zag ze de grote, crèmekleurige uil die een gezicht had dat op dat van een kat uit een boek leek. Ze had nooit een echte kat gezien. Het was nog een beetje te vroeg voor uilen vanavond. Beneden haar, in het kleine stukje voortuin, begonnen de kleuren van de rode en roze geraniums te vervagen in de schemering en gingen de tabaksbloemen witter glanzen. Als het raam opengestaan had zou ze ze hebben kunnen ruiken, want die bloemen begonnen juist bij het vallen van de avond te geuren.
Net toen Liza dacht dat er niets zou gebeuren, dat het donker zou worden zonder dat er iets gebeurde, ging de voordeur open en kwam moeder naar buiten in haar groen met paars en blauwe rok en haar paarse topje. Ze droeg de groene ketting en een paar gouden oorbellen en had een zwarte sjaal om zich heen gesla-

gen. Ze deed het hek open in het muurtje dat om de tuin liep en toen de deur van het kasteeltje. De honden kwamen naar buiten rennen. Moeder zei: ‘Stil! Zit!’ en de honden gingen zitten, zij het trillend en bevend. Liza kon zien dat ze dat opgelegde stilzitten vreselijk vonden.

Moeder zei: ‘Ga maar.’ Het stel honden buitelde om haar heen, sprong tegen haar op en probeerde haar te likken, maar liet haar ten slotte met rust toen ze niet reageerde. Ze liep om het poorthuis heen, de honden achter haar aan. Ze verdween uit het zicht, maar Liza wist dat ze niet ver zou gaan omdat ze dat ’s avonds nooit deed.

Liza rende terug naar haar eigen slaapkamer, klom op het bed en drukte haar gezicht tegen het raam. Er scheerde een vleermuis zo dicht langs het raam dat ze haar hoofd met een ruk terugtrok, hoewel ze wist dat er glas tussen haar en de vleermuis zat. Rudi en Heidi waren aan het spelen in de achtertuin. Ze stoeiden met elkaar en rolden grommend over elkaar heen. Moeder was niet bij ze, moeder was zeker weer in huis.

Liza liep terug naar de overloop en luisterde, maar ze hoorde haar moeder niet beneden. Ze draafde naar het raam in moeders kamer. Moeder zat op het muurtje te luisteren naar de muziek die uit de band om haar hoofd kwam en hield de kleine, zwarte doos in haar handen.

Waar waren de honden? Ze waren niet meer in de achtertuin, ontdekte ze toen ze weer op haar eigen bed sprong. Ze moesten door de opening in het hek naar buiten gegaan zijn, naar het bos, zoals ze soms deden. Maar ze waren goed getraind, ze kwamen altijd terug als ze geroepen werden.

Het zou saai worden als er verder niets meer gebeurde dan dat moeder op het muurtje zat te wachten tot de honden uitgespeeld waren. Liza dacht er absoluut niet over om weer in bed te stappen en te gaan slapen als alternatief voor haar zwerftocht van de ene naar de andere kamer. Ze viel in slaap als ze toevallig op haar eigen bed zat, of moeder vond haar terwijl ze lag te slapen op de overloop of in de stoel bij het raam in de slaapkamer aan de voorkant. Ze werd ’s ochtends altijd wakker in haar ei-

gen bed. Maar ze wilde nu niet naar haar eigen bed, ze was niet moe.
Misschien had moeder besloten om iets anders te gaan doen. Liza draafde terug om te kijken. Moeder was er nog. Het was bijna donker, maar niet te donker om de man met de baard aan te zien komen langs de weg, uit de richting van de brug. De man zag er precies zo uit als de vorige keer, alleen had hij nu zijn rugzak niet om.
Zijn voetstappen maakten geen geluid op de zandgrond, maar als ze dat wel gedaan zouden hebben zou moeder ze niet gehoord hebben met dat ding op haar hoofd en de muziek die Wagner heette in haar oren. Liza begon bang te worden. Moeder had gezegd dat de honden hen zouden beschermen, maar de honden waren er niet, de honden waren ver weg in het bos.
Liza durfde niet te kijken.
Waarom had ze niet op het raam gebonsd om moeder te waarschuwen? Daar had ze pas achteraf aan gedacht. De eerste keer dat de man was gekomen had ze zich onder het bed verstopt, de tweede keer had ze water voor hem gehaald. Deze keer sloeg ze haar handen over haar ogen. Ze spraken met elkaar, ze kon hun stemmen horen, maar niet wat ze zeiden. Heel voorzichtig deed ze haar vingers een eindje uit elkaar en gluurde ertussendoor, maar ze waren weg, moeder en de man. Ze waren zo dicht bij het poorthuis dat ze hen niet meer kon zien, of anders waren ze achterom gegaan. Ze rende naar de achterkant en toen ze op haar bed sprong, hoorde ze moeder gillen.
'Wat deed hij met haar?' vroeg Sean.
'Dat heeft ze me nooit verteld, ze heeft er nooit iets over gezegd, toen niet en later ook niet. Nu weet ik het wel, natuurlijk. Toen ze gilde was ik zo bang dat ik m'n oren dichtstopte, maar ik kon ze nog steeds horen, het raam stond open. Ik dacht dat de man haar wou pakken en – nou ja, haar gevangen zou zetten of zo en dat hij daarna mij zou komen halen.'
'Je was nog maar een klein kind.'
'En er was verder niemand, kilometers in de omtrek. Dat weet je. Er was nooit iemand. Als er wel andere mensen waren ge-

weest zou het niet hebben kunnen gebeuren, dan zou het allemaal niet hebben kunnen gebeuren.'
Het was niet donker, het was het begin van de lange schemering midden in de zomer. Toen moeders kreet wegstierf hoorde ze de man lachen, maar ze kon niet horen wat hij fluisterde. Ze keek uit het raam, ze moest kijken, en moeder lag op het graspad en de man lag bovenop haar. Hij probeerde haar met zijn ene hand vast te houden en met de andere maakte hij zijn spijkerbroek los. Liza was zo bang dat ze niet in staat was om een geluid te maken of wat dan ook te doen. Maar moeder kon dat wel. Moeder wrong haar hoofd opzij onder de arm van de man die haar nek tegen de grond gedrukt hield en beet in zijn hand. Hij schrok en trok zijn hand weg. Hij schreeuwde het woord dat Matt gebruikt had toen hij op de stoep stond. En moeder gilde: 'Heidi, Rudi! Kill! Kill!'
De honden kwamen uit het bos. Ze kwamen aanrennen alsof ze tussen de bomen hadden zitten wachten tot ze het bevel zouden horen. In het halfdonker zagen ze er niet meer uit als lieve, brave honden die je gezicht likten, maar als hellehonden, hoewel Liza nog nooit van hellehonden had gehoord op dat moment.
Ze sprongen niet, nee, ze vlógen op de man af, met al hun acht machtige, zwarte poten in de lucht. Hun bekken stonden wijd open en Liza kon hun witte tanden zien blikkeren. De man was overeind gekrabbeld, maar viel achterover op zijn rug toen de honden hem aanvlogen. Hij bedekte zijn gezicht met zijn handen en rolde heen en weer. Heidi had zijn grote, gele baard tussen haar kaken en Rudi stond bovenop hem met zijn tanden in zijn nek. De honden maakten rauwe, grommende en snuivende geluiden.
Moeder sprong soepel overeind, alsof er niets gebeurd was. Ze sloeg met haar handen het stof van haar rok. Ze stond zoals ze wel vaker stond, met haar handen op haar heupen, de sjaal los om haar schouders, kalmpjes te kijken naar de schreeuwende en vloekende man.
Toen, na een poosje, zei ze: 'Genoeg, jongens. Zo is het genoeg. Rustig! Af!'

Ze gehoorzaamden haar onmiddellijk. Het was knap, de manier waarop de honden direct stopten toen ze dat zei. Op Rudi's kop zat bloed van de man en Heidi's bek zat vol baard. De man rolde zich om. Hij lag met zijn hoofd op zijn armen, maar hij schreeuwde niet meer, hij maakte geen enkel geluid. Moeder boog zich over hem heen en keek van vlakbij naar hem. Ze raakte hem niet aan met haar handen, maar porde wat met haar kleine, slanke voet.
Liza maakte een geluidje in haar slaapkamer, als een jankend hondje achter een gesloten deur.
Hees zei Sean: 'Was hij dood?'
'O nee, hij was niet dood.'
'Wat deed ze?'
'Niets. Ze keek alleen maar naar hem.'
'Haalde ze geen hulp? Je zei toch dat er telefoon was in Shrove House.'
'Natuurlijk haalde ze geen hulp,' zei Liza ongeduldig.
Moeder pakte de honden bij hun halsband en bracht ze naar het kasteeltje voor de nacht. Liza hoorde haar thuiskomen en de deur op slot doen. Ze liep naar de overloop en luisterde. In de zitkamer verschoof moeder een stoel. Het klonk alsof ze op de stoel klom en er weer afsprong. Liza klom over het bed om nog eens naar de man op het gras te kijken. Hij was er nog, maar niet meer met zijn gezicht naar beneden.
Het was nu echt donker, te donker om veel meer te zien dan de omtrekken van de man die daar zat met zijn gezicht op zijn knieën en zijn armen om zijn hoofd. Hij zou nu wel gauw opstaan en weggaan en dan zouden ze veilig zijn. Ze tuurde naar hem door de duisternis en hoopte dat hij er snel vandoor zou gaan.
Plotseling kon ze de man heel goed zien in een brede streep licht. De achterdeur stond open en het licht kwam uit de keuken. Haar gezicht vertrok, want het gezicht en de baard van de man waren een en al bloed. Haar knieën hadden er zo uitgezien toen ze op het grind gevallen was en zich bezeerd had.
Moeder kwam naar buiten in de lichtbundel en richtte met iets

wat ze in haar armen had, daarna klonk een enorme explosie. De man tuimelde achterover, schokte even, sidderde en lag stil. In het kasteeltje begonnen de honden wild te blaffen. Moeder liep het huis weer in. Ze sloot de deur en het licht ging uit.

4

Sean en Liza namen kleine weggetjes in plaats van de grote weg en kwamen in de namiddag bij Vanners boerderij aan. Deze lag midden tussen de boomgaarden met lange rijen kortgesnoeide appelbomen en daarnaast lange rijen perenbomen, Doyenné du Comice en Bonne Louise. De grote houten kratten waar de appels in moesten stonden in hoge stapels in de hoeken van de boomgaarden. Liza zag vrouwen die, op trapjes staande, stuk voor stuk de grote, groene Comice-peren plukten. De appeloogst, Discovery en Jonagold, was overvloedig geweest en de grond onder de bomen zag rood van het afgevallen fruit.

Sean reed met een bocht naar links Vanners land op. Hij was er al eens geweest en wist waar hij heen moest. Langs de lange, rechte macadamweg stonden aan weerszijden elzen, keurige, snelgroeiende bomen die hoge heggen vormden. Hij moest inhouden om een auto te laten passeren die uit de richting van de boerderijwinkel kwam. De linnen kap was open en er zat een vrouw achter het stuur. Ze had glanzend, blond haar, droeg rode lipstick en gouden oorbellen en had haar nagels roodgelakt. Liza keek haar gefascineerd na.

'Je denk toch niet nog steeds dat alle vrouwen donker en alle mannen blond haar hebben, liefje?'

'Natuurlijk niet. Ik was toen pas vier.'

'Want er zijn andere dingen waaraan je het verschil kunt zien.' Hij legde zijn hand op haar schoot en bewoog zijn vingers in haar kruis. 'Wedden dat je niet kunt praten terwijl ik dit doe. Toe dan, probeer het dan. Ik wed dat je dat niet kan.'

'Dat kan ik ook,' zei Liza, haar hand naar hem uitstekend. 'Voor jou is het nog erger, jij kunt niet rijden.'

Zijn adem stokte even. Hij lachte en greep haar hand. 'Laten we maar wachten tot we daar zijn, anders moet ik de auto stil-

zetten en veroorzaken we een verkeersopstopping.'
De parkeerplaats voor caravans lag op een afgelegen plek achter de boomgaarden, waar de aardbeienvelden begonnen. De aardbeientijd was allang voorbij, de plukkers waren weer vertrokken en de velden waren een desolate woestenij van bruine stengels en dode bladeren. Een rij hoge Italiaanse populieren op een aarden wal scheidde deze velden van de Discovery-boomgaard, en in de schaduw van de populieren stond op een stukje grond, met sporen in de opgedroogde modder en wat miezerig gras, een bordje met *Parkeerplaats voor Plukkers* erop. Naast het bordje was een waterkraan en een op een stuk karton getekende pijl gaf aan waar je je afval kwijt kon.
Er waren misschien wel andere plukkers, maar er stond maar één caravan. Hij stond achteraan geparkeerd, tegen de aarden wal, en zag eruit alsof er al heel lang niemand meer in gewoond had. De deur en de ramen waren gesloten en de rolgordijntjes waren naar beneden. Toch parkeerde Sean de auto en de caravan er zo ver mogelijk vandaan.
Hij koppelde de caravan niet los van de auto, zette de generator niet aan en ging de watertanks niet vullen. Zonder een woord, zelfs bijna zonder een blik te wisselen stapten Liza en hij de auto uit en de caravan in. Ze stelden het vrijen alleen nog zo lang uit als nodig was om het bed uit te trekken.
'Ik zal je eens wat zeggen,' zei Sean toen het voorbij was en zij warm en klam en zuchtend van genot in zijn armen lag. 'Nu we hier een vaste plek hebben kun je naar een consultatiebureau of zo toe en aan de pil gaan. Dan hoef ik deze dingen niet te blijven gebruiken. Ik haat ze.'
Ze keek niet-begrijpend naar hem op. Toen hij het had uitgelegd zei ze: 'Dan zal je met me mee moeten. Ik weet niet wat ik moet doen.'
'Ben je nooit bij geen dokter geweest?'
Het zou hem kwetsen als ze zou zeggen: 'Nooit bij een dokter,' dus zei ze het niet. 'Eve heeft me een paar keer meegenomen. Gelukkig ben ik gezond. Ze zei dat ik mijn injecties gekregen heb toen ik een baby was.'

'Ja, oké, maar injecties verhinderen niet dat je jezelf zwanger maakt.'
'Dat jij me zwanger maakt,' zei ze.
Hij lachte. Hij vond het leuk als ze een beetje ad rem was. Hij drukte haar stevig tegen zich aan en zei: 'Vind je het vervelend om erover te praten, is dit het verkeerde moment? Ik bedoel, over wat er gebeurde nadat je moeder die vent met die baard had neergeschoten.'
'Waarom zou ik dat vervelend vinden?'
Ze snapte niet waarom ze dat vervelend zou vinden. Eve zei dat mensen liever over zichzelf praten dan over wat dan ook, en nu, nu ze dit genoegen voor het eerst leerde kennen, begreep ze dat Eve gelijk had. Het denken over alles, het kiezen van de stukjes die ze hem wel en die ze hem niet vertelde, ze vond het heerlijk. Het was haar leven en ze begon in te zien wat een buitengewoon leven het tot nu toe was geweest.
'Ik begon te huilen, ik kon er niets aan doen. Ik lag op het bed te huilen en te snikken.'
'Dat verbaast me niet.'
'Nee. Nou ja. Eve kwam boven en knuffelde me. Ze liet me wat water drinken en zei tegen me dat ik niet moest huilen, dat ik me geen zorgen moest maken, dat alles goed zou komen. De man was weggegaan, ze had hem weggeblazen.'
'Christus.'
'Ze wilde niet dat ik zou denken dat zij hem gedood had. Ze wist niet dat ik had gekeken. Ik heb het haar niet verteld. Ik was pas vier, maar op de een of andere manier wist ik dat ik dat niet moest vertellen. Zij wist alleen dat ik de man had zien komen en dat ik het schot had gehoord. Ze kwam bij me in bed liggen en dat vond ik heerlijk. Ik wilde altijd graag met haar in hetzelfde bed slapen, maar dat vond ze nooit goed. Ze was zo aardig en warm en jong. Weet je hoe oud ze nu is?'
'Ongeveer vijfendertig?'
'Ze is achtendertig. Maar dat is toch jong? Ik bedoel, voor ons is het niet jong, maar andere mensen noemen dat toch jong?'
'Dat zal wel,' zei Sean, die eenentwintig was. 'Hoe kwam ze aan

die gekke naam Eve?'
'Eigenlijk is het Eva. Het is een Duitse naam. Haar vader was een Duitser. Ik wist niet hoe ze heette tot ik hoorde dat meneer Tobias haar Eve noemde. Voor mij was ze gewoon moeder. En toen Bruno haar later altijd Eve noemde ben ik dat ook gaan doen. Dat vond ze niet erg.'
'Wie is Bruno?'
'Gewoon, een man. Hij verscheen pas jaren later op het toneel. Ik zal je over hem vertellen als we zover zijn. We zaten met die andere man, die dood op ons gras lag, of liever gezegd, daar zat Eve mee, want ik had er eigenlijk niet veel mee te maken. Er kwam in die tijd niemand bij ons, helemaal niemand, behalve de melkboer en de olieman en de man die de elektriciteitsmeter in het huisje en in Shrove kwam opnemen. En die gingen niet naar de achtertuin en stelden ook geen vragen.
De melkboer was vreemd. Dat viel me meer op toen ik ouder was. Ik kende geen kinderen, dus ik weet niet of hij praatte als een kind, maar Eve zei dat hij geestelijk niet ouder was dan acht jaar. Hij had het alleen maar over het weer en de treinen, nooit over iets anders. "Daar komt de trein", zei hij, en: "We krijgen een wolkbreuk". De dingen gingen aan hem voorbij. Het lichaam van die dode man had bij ons op de stoep kunnen liggen en hij zou er gewoon overheen gestapt zijn.'
'Maar wat gebeurde er nou met dat lijk?' vroeg Sean.
Ze wist het niet precies. Hier liepen ware gebeurtenissen en dromen in elkaar over. Ze had die nacht vreselijke dromen gehad, ze was gillend wakker geworden en had gemerkt dat Eve weg was, naar haar eigen bed. Maar Eve was gekomen en had haar getroost en was, voorzover Liza wist, de rest van de nacht bij haar gebleven.
Maar dat kon niet, besefte Liza later, want toen ze 's ochtends uit het raam keek was de man weg. Wat betekent dood voor een kind van vier? Het was de avond tevoren niet echt tot haar doorgedrongen dat de man nooit meer op zou staan, dat hij nooit meer zou spreken of lachen of rondlopen. Ze was alleen maar verschrikkelijk bang geweest. Toen hij weg was had ze gedacht

dat hij uit eigen vrije wil weg was gegaan. Hij was weer hersteld, hij was weer beter geworden en was weggewandeld.
Jaren later, toen ze veel ouder was, herinneringen aan elkaar knoopte en vergeleek met soortgelijke dingen die ze had meegemaakt, begreep ze pas dat hij dood was en dat Eve hem gedood had met het jachtgeweer van meneer Tobias. Eve had hem niet alleen gedood maar ook zijn lichaam weggehaald.
Eve was een kleine vrouw met een smalle taille en slanke, elegante benen. Ze had kleine handen met lange, spits toelopende vingers. Ze had brede jukbeenderen en een smalle kin, een hoog voorhoofd en een mooie, volle mond. Haar enigszins scheefstaande maar mooie neus was iets te klein voor haar gezicht. Ze had grote, groenbruine ogen en zwarte wenkbrauwen die met het penseel van een Chinese schilder leken te zijn aangebracht, net als Sean, en haar dikke, glanzende, donkere haar reikte tot halverwege haar rug. Maar ze was heel klein, niet groter dan een meter vijftig. Liza wist niet hoeveel ze woog, ze hadden geen weegschaal, maar toen zij zestien was schatte Eve haar eigen gewicht op ruim tweeënvijftig kilo en dat van Liza op zesenvijftig kilo en een klein beetje, en dat klopte waarschijnlijk wel. Toch had dit kleine vrouwtje op de een of andere manier een man van zeker een meter tachtig verplaatst, een man die anderhalf keer zo zwaar was als zij.
En hem waar gelegd? Ergens in het bos, had Liza geconcludeerd toen ze daar op haar zestiende verjaardag over had nagedacht. Ze had het lichaam in de kruiwagen gelegd, was ermee door de opening in het hek gereden en had het in het bos begraven, die nacht, toen Liza lag te slapen, voordat ze gillend wakker was geworden. Of moeder was naar beneden gegaan en had het allemaal zachtjes in het donker gedaan nadat ze Liza in haar armen gehouden en gekalmeerd had, en Liza weer was gaan slapen.
Het eerste wat ze die ochtend zag door het raam – zelfs nog voor ze gezien had dat de man weg was – was dat Matt de deur van het kasteeltje opendeed en de honden uitliet. Dat had hij pas halverwege de ochtend mogen doen, zei moeder, die de kamer in kwam rennen. Ze klonk boos en opgewonden. Liza liep naar

het andere raam. De honden waren regelrecht naar de plek gelopen waar de man had gelegen. Ze snuffelden fanatiek in het gras en drukten hun neus in de aarde.
'Ze willen iets,' zei Matt toen Liza en moeder naar buiten kwamen. 'Hebben ze botten begraven?'
'Weet je hoe laat het is?' vroeg moeder. 'Het is halfzeven in de ochtend.'
'Dat is waar ook. Sorry! Ik moest hier gisteren in de buurt zijn, dus ik ben blijven slapen en direct hiernaar toe gekomen. Ik hoop niet dat ik jullie uit bed heb gehaald.'
Moeder ging er niet op in. 'Is meneer Tobias terug uit Frankrijk?'
'Hij komt vanavond terug. Hij wil graag dat zijn honden er zijn als hij thuiskomt. Hij heeft geen ander gezelschap, denk ik. Voor mij zou het niet hoeven, ik houd zelf ook wel van een beetje leven in de brouwerij, maar de een wil nou eenmaal dit en de ander dat.'
'Zeg dat wel,' zei moeder, niet erg vriendelijk.
'Je zou toch denken dat hij een vrouwtje zou nemen – nou ja, dat doet hij wel, maar niks blijvends.' Matt praatte alsof moeder dit allemaal niet allang wist. 'Hij heeft poen, natuurlijk, hij heeft z'n eigen huis, dit hier en dat in Londen, en de meisjes staan te dringen om hem te krijgen, maar tussen ons gezegd en gezwegen geloof ik dat hij gewoon niet geïnteresseerd is.' Hij gaf Liza een onbegrijpelijke knipoog. 'Niet in vastigheid, bedoel ik.'
Ondanks wat er gebeurd was, was Liza niet bang om haar armen om de nek van de beide honden te slaan en ze een tedere kus op hun glanzend zwarte kop te geven. Ze huilde een beetje toen ze weg waren. Ze vroeg moeder of ze niet een eigen hond konden nemen.
'Nee, absoluut niet. Vraag me daar niet om.'
'Maar waarom dan niet, moeder, waarom dan niet? Ik wil zo graag een hond, ik houd zoveel van Heidi en Rudi, ik wil zo graag een eigen hond.'
'Dan blijf je dat maar willen.' Moeder glimlachte toen ze dat zei, ze was niet boos en ze noemde Liza 'Lizzie', iets wat ze soms

deed als ze tevreden over haar was of niet al te teleurgesteld. 'Luister, Lizzie, stel je voor dat meneer Tobias op Shrove zou komen wonen? Dat zou best kunnen, het is zijn huis – een van zijn huizen. Dan zouden Heidi en Rudi met hem meekomen en wat zou er dan gebeuren met onze hond? Ze houden niet van andere honden, ze zouden onze hond aanvallen. Ze zouden onze hond pijn doen.'

Net zoals ze die man pijn gedaan hebben, lag Lizzie op de lippen, maar ze zei het niet. In plaats daarvan vroeg ze: 'Komt hij hier? Ik zou het leuk vinden als hij komt, want dan hebben we zijn honden en hoeven we er niet zelf een te nemen. Komt hij?'

Moeder zweeg even. Toen sloeg ze haar arm om Liza heen en trok haar dicht tegen haar rok. Ze zei: 'Ik hoop het, Lizzie, ik hoop dat hij zal komen,' maar ze lachte niet en slaakte een diepe zucht.

De volgende dag was moeders boodschappendag. Ze ging eens in de veertien dagen allerlei dingen halen die de melkboer niet bij zich had. Hij bracht boter, eieren, havermout, sinaasappelsap, brood en yoghurt, en melk natuurlijk, maar hij had nooit vlees of vis. Moeder moest groenten gaan kopen, zolang ze die zelf nog niet in de tuin hadden. Ze moest fruit en kaas kopen. De bus naar de winkels, dat wil zeggen naar de stad, ging vier keer op een dag en dan moest moeder het weggetje af lopen, de brug over de rivier over en dan nog honderd meter langs de weg naar de bushalte. Als moeder naar de stad ging nam ze Lizza nooit mee. Liza werd opgesloten in haar slaapkamer.

Ze was eraan gewend en ze accepteerde het altijd, maar deze keer niet. Aanvankelijk legde ze zich erbij neer. Ze ging op bed zitten met haar boek en de potloden en sabbelde aan haar fles met sinaasappelsap. Ze knielde op het bed en keek hoe moeder het weggetje afliep naar de grote weg. Toen haar blik naar dichterbij dwaalde zag ze plotseling de plek waar de man was geweest en de honden en waar de explosie had geklonken. Ze begon te krijsen.

Waarschijnlijk had ze niet al die tijd gekrijst dat moeder weg was, misschien was ze halverwege in slaap gevallen. Maar ze

krijste toen moeder terugkwam. Moeder zei: 'Ik zal je niet meer alleen laten,' en dat deed ze inderdaad een hele tijd niet, maar natuurlijk gebeurde het op een dag toch weer.
Misschien was het die avond of een avond een paar dagen of weken later, in elk geval was het nadat de honden weg waren gegaan, dat Liza na bedtijd haar kat-en-muisspelletje deed tussen de slaapkamers. Ze zette moeders strohoeden op, de gouden met het witte lint en de bruine met de crèmekleurige sjaal eromheen, en ze streelde moeders suède schoenen waar van die houten spanners in zaten. Toen ze daar genoeg van had keek ze in het juwelenkistje.
Moeder droeg een paar oorbellen en de parelmoeren broche, dus die dingen zaten er natuurlijk niet in. Liza hing de jade kralen om haar hals, stak de kam met de schitterende steentjes in haar haar en bewonderde het resultaat in de spiegel. Ze pakte de houten broche en zag dat daar een gouden ring onder lag.
Van wie zou die zijn? Ze had die ring nooit eerder gezien, ze had moeder nog nooit een ring zien dragen. Ze bekeek de ring met grote belangstelling en zag dat er binnenin iets geschreven was, maar ze was toen pas vier en kon nog niet erg goed lezen. Ze bracht op dat moment de ring ook niet in verband met de man met de baard.

'Was het zijn ring?' vroeg Sean.
'Dat moet wel. Ik bekeek hem later nog eens, toen ik wel kon lezen. De inscriptie was: "TMH en BHH, 3 maart 1974". Ik wist toen niet wat dat betekende, maar nu denk ik dat het zijn trouwring was. Victoria had een trouwring. Hebben mannen ook een trouwring?'
'Sommigen vast wel.'
'Dat waren zijn initialen en die van zijn vrouw, en die datum was hun trouwdatum, denk je ook niet?'
'Ze moet hem van zijn vinger hebben afgehaald,' zei Sean met een gezicht waarop de afkeer te lezen stond.
'Ik weet niet waarom ze dat gedaan heeft. Misschien dacht ze dat ze hem op een dag zou kunnen verkopen. Of misschien

dacht ze dat iemand de ring zou opgraven als ze hem met die man begroef.'
'Waarom deed ze het?'
'Deed ze wat? Die man doodschieten?'
'Waarom liet ze niet een ambulance komen en hem naar het ziekenhuis brengen? Jij zei dat hij ging zitten, dus hij had het misschien wel gered. Het was haar schuld niet, niemand had haar iets kunnen verwijten als ze verteld had dat hij haar had willen verkrachten.'
'Ik weet niet precies waarom ze het deed,' zei Liza, 'maar misschien ging het wel hierom. Later heeft iemand me een verhaal verteld over een kind dat door honden was aangevallen en toen heb ik een en ander bij elkaar opgeteld. Het was trouwens Bruno die het me vertelde. Die man zou het aan de mensen in het ziekenhuis verteld hebben en die zouden het weer aan de politie verteld hebben. Dat over de honden, bedoel ik. En dan zouden de honden vermoord zijn.'
'Afgemaakt.'
'Ja, dat is het woord, geloof ik. De honden zouden afgemaakt zijn, net als de honden uit Bruno's verhaal. Meneer Tobias hield van zijn honden. Hij zou het Eve kwalijk genomen hebben en haar ontslagen hebben en ons uit het poortgebouw hebben gezet. Dat zal ze wel gedacht hebben. Of hij het nou wel of niet gedaan zou hebben doet er niet toe, zij dacht dat hij dat zou doen en dat was het belangrijkste. Ze kon niet van Shrove weg, snap je, dat kon ze niet, dat was het allerbelangrijkste in de wereld voor haar. Shrove was zelfs belangrijker dan ik. Meneer Tobias was ook belangrijk voor haar, maar alleen op een speciale manier.'
Sean keek haar verbijsterd aan. 'Ik kan je niet volgen.'
'Geeft niet. Daar ging het alleen maar om. Als de honden de man hadden gedood had zij hem niet hoeven doden. Ik denk dat dat zo ongeveer haar gedachtegang was. Maar ze hadden hem niet gedood, dus ze moest wel, anders zou hij het aan de politie verteld hebben. Ze sloot de honden op, ging het huis in, pakte het geweer en schoot hem dood.'

'Alleen daarom? Alleen omdat ze niet wilde dat Tobias kwaad op haar zou worden?'
Liza keek hem weifelend aan. 'Ik weet het niet. Nu je het zo zegt weet ik het echt niet. Misschien was er meer aan de hand. Misschien had ze een andere reden, was er iets waardoor ze hem haatte, maar dat zullen we wel nooit te weten komen, hè?'
Ze keek hoe Sean opstond en zich waste bij de gootsteen. Hij trok zijn spijkerbroek weer aan en pakte een schoon T-shirt. Ze bedacht dat zij geen andere kleren bij zich had dan het hoopje dat op de vloer lag. Ze zou zijn kleren moeten dragen, dingen van hem die haar pasten, en als ze wat geld verdiend had met appels plukken... Die honderd pond, ze was de honderd pond vergeten.
'Ik wil even naar de stad, waar dat ook is,' zei ze, 'en iets gaan eten in een echt restaurant. Kunnen we dat doen?'
'Natuurlijk kunnen we dat doen. Waarom niet? We kunnen best Chinees gaan eten.'
Liza waste haar slipje en haar sokken in de gootsteen. Ze moest haar spijkerbroek over haar blote lijf aantrekken, maar dat was niet zo belangrijk. Ze was ontzettend trots op haar spijkerbroek, niet in de laatste plaats omdat ze er zo'n gevecht voor had moeten leveren met Eve. Ze was erin geslaagd om er zelfs twee te krijgen: deze en de spijkerbroek die ze thuis had gelaten. Eve had een hekel aan broeken en had nooit van haar leven een spijkerbroek gedragen. Liza leende een geblokt overhemd met lange mouwen van Sean en dacht even aan Eve. Ze vroeg zich af waar Eve nu was en wat er met haar gebeurde.
Sean had hetzelfde zitten denken. 'We moeten zien dat we een krant krijgen, morgen. Je hebt nog nooit een krant gezien, zeker? Een dagblad bedoel ik.'
'O ja, zeker wel.' Ze was een beetje geërgerd. In een lectuurbak op Shrove had ze ooit een krant gevonden. Hij heette *The Times* en hij was van een jaar vóór haar geboorte geweest. Eve had hem afgepakt voor ze er veel in had kunnen lezen. 'We zouden eigenlijk televisie moeten hebben.'
'Wedden dat je nog nooit een televisie hebt gezien?'

Haar antwoord klonk hooghartig. 'Ik ging elke dag op Shrove kijken. Eve heeft dat nooit geweten, anders zou ze er een eind aan gemaakt hebben, maar ik heb het haar nooit verteld. Ik deed het stiekem.'
'Net zoals met mij,' zei Sean.
'Nee, niet zoals met jou. Met jou is het veel leuker. Maar ik kende je toen nog niet. Ik heb jaren gekeken, tot het toestel kapotging en Jonathan het niet liet maken.' Ze moest lachen om de uitdrukking op zijn gezicht. 'Kunnen we er hier een nemen? Denk je dat je generator dat trekt?'
'Hopelijk wel,' zei hij. 'Natuurlijk trekt hij dat.'
'Dan ga ik er een kopen.' Plotseling bedacht ze iets. 'Alleen, ik weet niet – is honderd pond veel geld, Sean?'
Tamelijk bitter zei hij: 'Voor ons is het een heleboel, schat.' En toen: 'Hopelijk kunnen we er een kleine portable voor kopen, maar ik weet niet of we er een in kleur voor kunnen krijgen.'
Ze sperde haar ogen wijd open. 'Bestaat televisie ook in kleur? Echt waar?'
Toen ze buiten naar de auto liepen zagen ze dat de andere caravan, of liever gezegd de kampeerbus, niet onbewoond was zoals ze eerst gedacht hadden. Er brandde een lampje binnen en het gordijntje voor het raam bij de weg was opgetrokken. Ze moesten erlangs om van het terrein af te komen. Uit de felle, blauwe gloed die binnen zichtbaar was maakten ze op dat er een televisietoestel stond, en toen ze op een meter afstand van het raampje langsliepen zag Liza het kleine rechthoekje, gevuld met verblindende kleuren: smaragdgroen gras, geelgevlekte bladeren en een oranje en zwart gevlekte tijger op jacht.
'Wat moet ik toch veel inhalen,' zei ze.
Het leven in het poortgebouw was wel héél eenvoudig geweest. Een groot deel ervan zou Sean wel ongelooflijk saai toeschijnen. Er was ook veel wat ze hem niet zou vertellen, maar in haar herinneringen zou bewaren. Bijvoorbeeld hoe Eve Liza wel met zich mee móést nemen omdat Eve haar niet meer alleen achter wilde laten in het huisje, zelfs niet met de deuren op slot, omdat Eve dat niet meer op kon brengen als zij zo erbarmelijk tekeerging.

En op die manier was ze voor het eerst in Shrove House gekomen. Het paleis, het huis van schilderijen en geheimen, poppen en sleutels, boeken en schaduwen. Sean zou het nooit op die manier zien, niemand trouwens, behalve zijzelf en Eve. Vooral Eve.

5

Ze liepen over de oprijlaan tussen de bomen, de haagbeuken die bijna rond van vorm en de lariksen die puntig waren, de zilveren berken met blaadjes die trilden in de wind en de moerascipressen die uit Louisiana kwamen, maar het hier heel goed deden omdat het vochtig was bij de rivier. Er stonden reusachtige ceders, hoge douglassparren en mammoetbomen die nog groter waren, zwarte bomen waarvan je alleen kon zien dat ze donkergroen waren als je er vlak onder stond. De bomen weken uit elkaar en ze zag het huis voor het eerst; voor haar was het niet meer dan een groot huis met enorm veel ramen.

Een man boven op een hoge stoel op wielen was het gras aan het maaien. Ze had hem een of twee keer eerder gezien en zou hem nog vaak zien. Hij heette meneer Frost, hij was geen jonge man, maar had rimpels en wit haar, en hij kwam op de fiets uit het dorp aan de andere kant van de rivier. Wit haar was alleen maar een ander soort blond haar en dat bevestigde Liza in haar geloof. Hij hief een hand op naar moeder en moeder knikte, maar ze spraken niet met elkaar.

Er liepen treden aan de ene kant naar de voordeur van Shrove, dan kwam je op een soort platform en aan de andere kant daarvan liep de trap weer naar beneden. De trap had net zo'n leuning als hun trap in het poorthuis, maar de leuningen hier waren gemaakt van steen en hadden brede, stenen richels aan de bovenkant. Op die richels stonden stenen vazen waaruit klimop hing en tussen de vazen stonden stenen mensen naar de bomen te kijken.

Liza en moeder liepen de trap op en Liza hield zich vast aan de stenen leuning. Alles was heel groot, zodat ze zich nog kleiner voelde dan anders. Ze keek op, zoals moeder haar zei, om naar het wapen te kijken, naar het zwaard, het schild en de leeuwen. Het huis torende hoog boven haar met ramen die glanzend folie

leken en een dak dat ergens in de lucht verdween. Moeder maakte de voordeur open en ze gingen naar binnen.
'Je gaat niet rondrennen, Liza,' zei moeder, 'en je gaat niet op de meubels klimmen. Heb je me begrepen? Laat me je handen eens zien.'
Liza stak haar handen uit. Ze waren heel schoon omdat moeder haar haar handen had laten wassen voor ze weggingen en omdat zij de hele weg moeders hand had vastgehouden.
'Goed. Je kunt hier niet met vuile handen naar binnen. En denk eraan, lopen, niet rennen.'
De tapijten waren zacht en dik onder haar voeten en de plafonds waren heel hoog. De plafonds waren geen van alle wit, maar gemaakt van gouden en zwarte vierkantjes of beschilderd, als een blauwe hemel met witte wolkjes en met gevleugelde mensen die erdoor vlogen, met sjaals en linten en trossen bloemen achter zich aan. De lampen leken op grote regendruppels en aan sommige muren hingen een soort dunne kleden. Eén hele muur werd bedekt door een enorm schilderij. Moeder noemde het 'De Geboortedag van Achilles' en er stonden een heleboel mannen met helmen en vrouwen in witte jurken op die allemaal probeerden een gouden appel te pakken te krijgen, terwijl één vrouw tussen bloemen in het groen een dikke, blote baby in haar armen hield.
Moeder nam haar mee naar de salon en liet haar de haard zien met het vrouwengezicht erop, het kamerscherm dat beschilderd was met bloemen en de tafels die gemaakt waren van glanzend hout, met glimmende metalen stukjes erop. Sommige waren ingelegd met parelmoer, waar moeders broche ook van gemaakt was. De hoge, glazen deuren waren in mahoniehouten posten gevat, zei moeder, en ze waren meer dan tweehonderd jaar oud, maar ze zagen er als nieuw uit. Liza en moeder liepen door de deuren het terras aan de achterkant op, en toen Liza de trap afrende en vanaf het grasveld beneden opkeek naar moeder, schrok ze even, omdat de achterkant van het huis hetzelfde was als de voorkant, hetzelfde wapen en zwaard, dezelfde leeuwen, dezelfde reling langs het dak, dezelfde leuning langs de trappen,

dezelfde ramen en dezelfde standbeelden tussen de vazen.
Moeder riep tegen haar dat ze niet bang hoefde te zijn, dat het de bedoeling was dat het er hetzelfde uitzag, maar dat ze zou zien dat het niet allemaal precies hetzelfde was als ze goed keek. De standbeelden waren vrouwen, geen mannen, er was geen voordeur en in plaats van klimop stonden er kleine, donkere, puntige bomen in de stenen urnen.
Liza rende weer naar boven en ging samen met moeder naar de keuken. Moeder haalde een schort van een haakje achter een kastdeur, een groot, lelijk, bruin schort. Het bedekte haar witte, katoenen blouse en haar lange, groen met blauwe rok. Ze pakte een schone gele stofdoek van een stapeltje en bond die om haar hoofd zodat er geen haartje meer te zien was. Ze haalde een stofzuiger tevoorschijn en een groot blik lichtpaarse was die naar lavendel geurde.
Ze bleven drie uur in Shrove House. Moeder maakte de tapijten schoon met de stofzuiger, stofte alles af en zette de tafels in de was. Ze kon het vandaag niet allemaal klaarkrijgen, zei ze, en ze legde Liza uit dat ze de ene dag een gedeelte deed en twee dagen later een ander deel enzovoort, maar dat ze de laatste twee weken niet geweest was. Om diverse redenen, zoals ze zei. Ze was bang geweest dat Liza lastig zou zijn of iets zou breken, maar Liza had zich keurig gedragen.
Ze had eraan gedacht dat ze niet mocht rennen en was door alle kamers gewandeld. Ze had alles bekeken: een tafel met een glazen bovenkant en kleine, ovale foto's in lijstjes, een groen beeldje van een man op een paard, een groene kruik met zwarte vogels en roze bloemen erop die groter was dan zijzelf. Eén kamer was vol boeken. Waar in andere kamers de muren bedekt waren met schilderingen of panelen stonden de muren hier vol met boekenkasten. In een andere kamer waren geen boeken, maar hing het vol met dezelfde dingen als waarmee moeder de explosie had veroorzaakt. Ze bleef niet lang in die kamer.
In een kast in een van de kamers stonden allemaal poppen in verschillende klederdrachten. Die zou ze dolgraag even hebben

aangeraakt, ze uit de kast hebben gehaald, daar verlangde ze echt naar, maar ze deed altijd wat moeder haar zei. En als ze dat niet deed, zorgde ze ervoor dat moeder er niet achter zou komen. Maar meestal deed ze wat haar gezegd werd, omdat ze zoveel van moeder hield, maar ook omdat ze bang voor haar was.
De deur naar een aangrenzende kamer was dicht. Liza drukte op de knop en draaide eraan, maar de deur ging niet open. Hij zat op slot, net als haar slaapkamerdeur wanneer moeder wegging, en de sleutel was er niet. Natuurlijk wilde ze verschrikkelijk graag die kamer in, juist omdat die op slot was. Ze rammelde wat aan de knop, maar dat hielp niet.
Er waren drie trappen. Ze had inmiddels geleerd om tot drie te tellen – nou ja, eigenlijk tot zes. Ze liep langs de grootste trap naar boven en langs de kleinste naar beneden. Ze was in elke slaapkamer geweest, was op een van de vensterbanken geklommen – moeder zou dat niet merken, je kon de stofzuiger beneden horen huilen – en had uitgekeken over de groene vallei en een trein voorbij zien komen.
Ze was zich toen misschien niet bewust van de schoonheid, maar merkte wel op hoe licht, hoe stralend licht het overal in huis was. Er was nergens een donker hoekje of een schemerige doorgang. Zelfs als de zon niet scheen, zoals die dag het geval was, parelde er helder licht in elke kamer en glansden het glas en het porselein, het zilver en het koper en het verguldsel op het lofwerk en de kroonlijsten. In het hout van de grootste trap waren aan weerskanten bloemen en vruchten uitgesneden die blonken met een diepe, rijke glans, maar het enige waaraan Lisa op dat moment kon denken was de gepolijste leuning waarop je vast heerlijk naar beneden zou kunnen glijden.
Ze gingen om vier uur naar huis, op tijd voor Liza's leesles.
'Woont meneer Tobias hier wel eens?' vroeg ze, terwijl ze moeders hand pakte.
'Hij niet. Zijn moeder heeft hier een tijdje gewoond en zijn grootvader heeft hier altijd gewoond, dit was zijn enige huis.' Ze keek Liza peinzend aan, alsof ze overwoog of de tijd was gekomen het haar te vertellen. 'Mijn moeder, jouw grootmoeder

dus, was zijn huishoudster. En daarna zijn verpleegster. Wij woonden zelf in het poortgebouw, m'n moeder, m'n vader en ik.' Moeder kneep in Liza's hand. 'Je bent hier nog te jong voor, Lizzie. Kijk daar eens, in die es, zie je die groene specht? Zie je hoe hij met z'n snavel insecten uit de stam pikt?' Zoals de dag dat de man met de baard gekomen was de Dag van de IJsvogel was gaan heten, werd dit de Dag van de Specht, de dag van Liza's eerste bezoek aan Shrove.

Daarna ging Liza altijd met moeder mee naar Shrove en als moeder met de bus naar de stad ging, sloot ze Liza niet meer in haar slaapkamer in het huisje op, maar zette ze haar in een van de slaapkamers op Shrove. Meestal in de kamer die de Venetiaanse Kamer genoemd werd, vanwege het hemelbed dat er stond. De stijlen waren gemaakt van vaarbomen die door gondeliers in Venetië gebruikt waren, vertelde moeder. Liza kon toen ze vijf jaar was al heel aardig lezen en had een echt boek bij zich in de slaapkamer. Ze vond het absoluut niet eng om in de Venetiaanse Kamer op Shrove opgesloten te worden. Ze zou in haar eigen kamer trouwens ook niet bang meer zijn. Ze vroeg moeder waarom in Shrove House en niet thuis.

'Omdat er op Shrove centrale verwarming is en bij ons niet. Ik weet nu zeker dat je het warm genoeg hebt. Ze moeten de verwarming de hele winter aanhouden vanwege het vocht, ook al woont er niemand. De meubels zouden aangetast kunnen worden door het vocht.'

'Waarom is dat kleine kamertje naast de ontbijtkamer altijd op slot?'

'Is dat zo?' zei moeder. 'Ik heb zeker de sleutel ergens anders neergelegd.'

Shrove werd haar bibliotheek en haar schilderijenverzameling. Het werd meer dan dat, want de schilderijen waren een gids voor haar, een catalogus van gezichten van mensen. Ze nam haar toevlucht tot de schilderijen als ze een nieuw iemand moest identificeren of als ze bevestiging nodig had. Zij werden haar vergelijkingsmateriaal en haar portret van de buitenwereld uit de tweede hand. Dit was hoe andere mensen eruitzagen, wat ze droegen. Dit waren de stoelen waar ze op zaten, de andere landen waarin ze woonden, de dingen die hun ogen zagen.

In het koude hart van de winter, een heel koude winter, waarin de rivier bevroren raakte en de uiterwaarden een hele maand verdwenen waren onder de sneeuw, kwam er een zwarte auto met sneeuwkettingen langzaam over het weggetje aan rijden. Hij parkeerde in de diepe sneeuw naast het poortgebouw. Er zaten twee mannen in. De ene bleef in de auto zitten, de andere kwam naar de voordeur en belde. Het was een dikke man en zijn hoofd was kaal, op een randje haar na dat als een kransje om een groot, glimmend, bleek ei leek te liggen.
Toevallig hadden Liza en moeder naast elkaar voor het raam in moeders slaapkamer zitten kijken hoe de vogels kwamen eten van de zaadbollen die ze aan de takken van de balsemboom hadden gehangen. Ze zagen de auto aankomen en de man naar de deur lopen.
'Als hij iets tegen je zegt, zeg jij niets, alleen maar "Ik weet het niet",' zei moeder. 'En als je het leuk vindt mag je een beetje huilen. Misschien wil je dat wel, misschien vind je dat wel leuk.'
Liza kwam nooit te weten wie de man was. Natuurlijk vermoedde ze het later. Hij zei dat hij op zoek was naar een vermiste man die Hugh en nog wat heette. Ze was de achternaam vergeten, maar ze wist nog wel dat het om Hugh ging.
Hugh kwam uit Swansea en had hier in de buurt in juli een wandelvakantie gehouden. Hij was van de B en O waar hij twee nachten had gelogeerd vertrokken zonder te betalen. De dikke man zei nog een heleboel meer over Hugh en waarom ze naar hem zochten en waarom ze pas zes maanden later zochten, maar Liza begreep er niets van. Hij gaf ook een beschrijving van Hugh, dat begreep ze wel, ze herinnerde zich zijn blonde baard, ze herinnerde zich de plukken haar ervan in Rudi's bek.
'We leven hier erg achteraf, inspecteur,' zei moeder. 'We zien bijna niemand.'
'Een eenzaam bestaan.'
'Het hangt er maar van af wat je prettig vindt.'

'En u hebt deze man nooit gezien?' Hij liet moeder iets zien wat hij in de palm van zijn hand hield. Moeder keek ernaar en schudde haar hoofd. 'U hebt hem niet op de weg gezien of over het voetpad zien lopen?'
'Ik ben bang van niet.'
Moeder hief haar gezicht op en keek de dikke man diep in de ogen toen ze dat zei. Op dat moment drong het niet tot Liza door, maar toen ze er later, toen ze ouder was, aan terugdacht en een vergelijking maakte met haar eigen, persoonlijke ervaring begreep ze wat moeders blik de man gedaan moest hebben. Haar volle, rode lippen iets van elkaar, haar grote, glanzende ogen, haar romige huid en haar o zo charmante en vriendelijke uitstraling. Haar prachtige, dikke, donkere haar hing als een bruinglanzende, zijden cape om haar schouders en ze hield één slanke, blanke vinger tegen haar onderlip gedrukt.
'Het had gekund,' zei de dikke man. Hij kon zijn ogen niet van haar afhouden, maar omdat hij wel moest richtte hij zijn blik op Liza. 'Deze jongedame heeft hem zeker ook niet gezien?' zei hij. Hij liet haar de foto zien. Afgezien van de foto's op het omslag van moeders boeken was dit voor het eerst in haar leven dat ze een foto zag, maar dat zei ze niet. Ze keek naar het gezicht dat haar bang had gemaakt en dat Heidi en Rudi met hun tanden verscheurd hadden. Ze keek naar de foto en zei: 'Ik weet het niet.'
Dat prikkelde hem. 'Dus misschien wel?'
'Ik weet het niet.'
'Kijk nog eens, liefje, kijk nog eens heel goed en probeer het je te herinneren.'
Liza werd bang. Ze liet haar moeder in de steek, ze gehoorzaamde moeder, maar liet haar toch in de steek. Het gezicht van de man was vreselijk, dat gezicht met de baard van de man die Hugh heette, het grijnsde wreed, en wie weet wat de man gedaan zou hebben als moeder niet...
Ze hoefde niet net te doen alsof ze huilde. 'Ik weet het niet, ik weet het niet, ik weet het niet,' gilde ze en barstte in tranen uit.
De dikke man ging weg. Hij maakte zijn verontschuldigingen

tegen moeder, schudde haar hand en hield die heel lang vast. Toen hij weg was schaterde moeder van het lachen. Ze zei dat Liza het uitstekend gedaan had, werkelijk uitstekend. Ze omhelsde haar en drukte haar lachende gezicht in haar haar. Hoeveel ze ook van Liza hield, hoeveel ze ook om haar gaf, ze had niet begrepen dat Liza echt bang was geweest, echt verlegen en echt verbijsterd.
Het kostte de chauffeur heel wat tijd om de wagen te starten en uit de sneeuw weg te rijden zonder dat de banden gingen slippen. Liza kalmeerde en begon weer plezier in het leven te krijgen. Moeder en zij keken door het slaapkamerraam met grote belangstelling naar het geworstel van de chauffeur.

De sneeuw verdween en de lente kwam. De meeste coniferen bleven er hetzelfde uitzien, altijd datzelfde groenige zwart of lichte, rokerige blauw, maar de lariksen en de moerascipressen kregen nieuwe blaadjes die in het begin net tere dotjes van bleekgroen bont leken. Moeder legde uit dat lariksen ook coniferen waren, loof verliezende coniferen, de enige inheemse soort op de Britse Eilanden. Onder de heggen verschenen de sleutelbloemen met hun zonnige, ronde gezichtjes en aan de voet van de bomen stonden groepjes fluwelig paarse viooltjes. Op de open plekken in het bos bloeiden bosanemoontjes met bloemblaadjes die wel van vloeipapier leken. Moeder zei Liza dat ze moest opletten de naam goed uit te spreken en niet 'bosamenoontjes' moest zeggen, zoals veel mensen deden die beter zouden moeten weten. Liza praatte eigenlijk alleen maar met moeder, dus het was niet waarschijnlijk dat ze dat verkeerde woord zou horen.
Behalve met moeder sprak ze alleen met de postbode, maar met hem had ze het nooit over botanica. En ze zag de melkboer, maar die maakte alleen maar opmerkingen over treinen en over het weer, en de olieman, die in maart de tank van Shrove kwam vullen, en meneer Frost, de tuinman die het gras maaide en de heggen snoeide en soms onkruid uittrok.
Meneer Frost bleef zich in stilzwijgen hullen. Ze zagen hem op

zijn fiets langs het poortgebouw rijden en als hij hen zag, zwaaide hij vanaf zijn maaimachine wanneer ze over de oprijlaan van Shrove liepen. De olieman kwam maar twee keer per jaar, in september en dan weer in maart. Liza had nooit met hem gepraat, moeder nooit langer dan een minuut of vijf, of liever gezegd, ze luisterde. Ze luisterde ongeduldig naar zijn verhalen over zijn flat in Spanje en over de korting die hij had versierd voor zijn vlucht naar Malaga die daardoor niet te geloven zo goedkoop was. Liza wist niet wat dat allemaal betekende, dus legde moeder haar uit dat hij de zee overstak in zo'n ding dat soms boven hun hoofd vloog en een zoemend geluid maakte, heel anders dan vogels.

De melkboer zei: 'Het lijkt wel lente', wat onzin was, want het wás lente, en: 'Daar heb je de trein', wat hij niet had hoeven zeggen omdat iedereen de trein kon zien en horen.

Ze kregen maar heel weinig brieven. Liza nooit. Soms kwamen er brieven voor moeder, van iemand die ze haar tante noemde, hoewel ze nooit uitlegde wat een tante was, van haar vriendin Heather, uit Londen, en altijd één keer in de maand een brief van meneer Tobias. Daar zat dan een stuk roze papier in waarvan moeder zei dat het een cheque was. De volgende keer dat ze boodschappen ging doen nam ze het roze papier mee en dan bracht ze het naar een bank waar ze het in geld veranderden. Zoals een goede fee die met een toverstafje zwaaide, begreep Liza, die in die tijd erg met sprookjes bezig was, maar moeder zei, nee, niet op die manier, en legde uit dat dit geld was dat ze had verdiend met het schoonmaken van het huis van meneer Tobias, en door er een oogje op te houden.

In april kwamen de honden weer logeren. Matt bracht ze en hij vertelde moeder dat meneer Tobias ergens heen was waar het de Cariben heette, niet naar Frankrijk. Liza knuffelde Heidi en Rudi, die haar onmiddellijk herkenden en dolgelukkig waren haar te zien. Waren ze de man met de baard, die Hugh heette, vergeten? Waren ze vergeten hoe ze hem hadden aangevallen? Liza vroeg zich af of ze Matt zouden aanvallen als zij 'Kill!' zou roepen.

'Waarom komt meneer Tobias nooit zelf?' vroeg Liza aan moeder toen ze op de uiterwaarden waren met de honden.
'Ik weet het niet, Lizzie,' zei moeder. Ze zuchtte.
'Vindt hij het hier niet leuk?'
'Hij schijnt het leuker te vinden in Sri Lanka en Mozambique en Montagu Square en dat vreselijke Lake District,' zei moeder raadselachtig. 'Maar misschien komt hij wel een keer. Natuurlijk komt hij een keer, dat zul je zien.'
In plaats van zelf te komen stuurde hij een ansichtkaart. Er stond een foto op van een zilveren zandstrand en palmbomen en een diepblauwe zee. Op de achterkant had meneer Tobias geschreven: *Het is hier prachtig. Ik ben blij dat ik niet in dat koude, grijze Engeland ben in deze vreselijke maand, hoewel ik betwijfel of jij het ermee eens bent. Zeg Heidi en Rudi gedag van me, en je dochter, natuurlijk. Groeten, J.T.*
Liza kon geen schuinschrift lezen, zelfs niet het sierlijke, grote handschrift van meneer Tobias, dus las moeder haar de kaart voor. Moeder trok een scheef gezicht en zei dat ze het niet aardig vond dat hij eerst zijn honden noemde en daarna pas haar dochter, maar dat kon Liza niet schelen.
'Ik weet wat die T betekent,' zei ze, 'maar wat is de naam die met een J begint?'
'Jonathan,' zei moeder.
Toen het zomer werd kon Liza Beatrix Potter en de sprookjesboeken van Andrew Lang lezen, als de letters groot genoeg waren. Ze kon haar naam en adres en eenvoudige zinnetjes schrijven, in blokschrift natuurlijk, en ze kon klok kijken en tot twintig tellen en makkelijke optelsommen maken. Moeder nam haar mee naar de bibliotheek op Shrove en zei dat ze, als ze ouder was, daar alle boeken mocht lezen die ze wilde. Meneer Tobias had tegen haar gezegd dat ze gerust alle boeken mocht lezen die ze mooi vond, hij wist dat ze dol was op lezen, en die uitnodiging was natuurlijk ook voor haar dochter bedoeld.
'Jonathan,' zei Liza.
'Ja, Jonathan, maar jij moet meneer Tobias tegen hem zeggen.'
Er waren boeken over geschiedenis en aardrijkskunde, over ta-

len en filosofie en religie. Liza hoorde de woorden zonder hun betekenis te begrijpen. Moeder zei dat er ook een heleboel boeken waren die verhalen vertelden, die gingen over verzonnen dingen, niet over dingen die echt waren gebeurd. Dat waren romans. De meeste waren al lang geleden geschreven, meer dan honderd jaar geleden, wat geen wonder was omdat ze van meneer Tobias' overgrootvader geweest waren, die het huis had gekocht toen hij in 1862 rijk was geworden. De boeken waren nu een beetje ouderwets, zei moeder, maar misschien was dat nog niet zo slecht. Ze keek Liza aan, met haar hoofd een beetje schuin.
Het werd die zomer erg warm en op een dag ging moeder met Liza naar een deel van de rivier dat heel diep was, een bassin onder de stroomversnellingen die over de stenen kwamen stromen. Moeder ging haar leren zwemmen. Moeder was een goede, sterke zwemster en Liza voelde zich veilig bij haar, zelfs als het water zo diep was dat moeders voeten de bodem niet meer konden raken. De tweede of derde keer dat ze daar geweest waren en terugliepen over het weggetje – achteraf zei moeder dat ze wou dat ze over het terrein van Shrove gegaan waren, zoals ze meestal deden – moesten ze zich heel dicht tegen de heg aandrukken om een auto te laten passeren. De auto passeerde niet, hij stopte. Een dame stak haar hoofd uit het raam.
Dat was het moment waarop Liza haar ideeën moest herzien over aan sekse gebonden haarkleur, want het haar van de dame was blond. Verder zag het er niet erg als haar uit, het leek uit een soort bleekgele, doorzichtige substantie gevormd te zijn, een soort citroengelei misschien, en daarna gevernist. De dame had net zo'n gezicht als de aap in de illustraties van Liza's Jungle Book. Het leek of er kabels lagen onder de huid op de rug van haar handen. Ze droeg een bruinpapieren jurk waarvan moeder achteraf zei dat het linnen heette, een stof die gemaakt werd van een plant met blauwe bloemen die net als gras in de velden groeide.
De dame zei: 'O, lieve, ik heb je in geen eeuwen gezien. Kom je nooit meer naar het dorp? Ik moet zeggen dat ik je wel in de

kerk had verwacht. Je moeder was zo'n trouwe bezoekster van St. Philip's.'
'Ik ben mijn moeder niet,' zei moeder koel.
'Nee, natuurlijk niet. En is dit je dochtertje?'
'Dit is Eliza, ja.'
'Ze gaat zeker al gauw naar school. Ik weet niet hoe je haar daar naartoe wilt krijgen zonder auto, maar ik neem aan dat de schoolbus haar wel zal komen halen. Hij zal toch zeker komen tot waar het weggetje op de hoofdweg uitkomt.'
Met een stem waar Liza bang van werd als hij tegen haar werd gebruikt, en dat was zelden, zei moeder: 'Eliza krijgt privé-onderwijs.' Ze wandelde weg zonder erop te wachten dat de dame haar hoofd terugtrok en het raampje naar boven draaide.
Dat was de eerste keer dat Liza het woord school had horen noemen. Ze wist niet wat dat was. In die tijd kwamen er geen school of schoolkinderen voor in de boeken die ze las. Maar ze vroeg er moeder niet naar. Ze vroeg alleen hoe de dame heette en moeder zei dat ze mevrouw Hayden heette, Diana Hayden, en dat Liza haar waarschijnlijk nooit meer zou hoeven zien.
In oktober kregen ze de honden weer voor twee weken en zes maanden later nog eens. Toen de dag aanbrak waarop Matt ze met de bestelauto zou komen halen, kwam hij niet opdagen. Er moest iets misgegaan zijn, zei moeder. Ze kon er niet van op de hoogte gesteld worden, want ze hadden geen telefoon en telegrammen sturen was niet meer mogelijk.
Maar toen hij de volgende dag ook niet kwam, bedacht ze dat het misschien was omdat meneer Tobias zelf zou komen. Hij had de man vast gezegd het deze keer aan hem over te laten en zou de honden zelf komen ophalen als hij terug was. Maar hij zou pas vandaag terugkomen. Als hij lekker geslapen had en over zijn jet lag heen was zou hij in zijn auto stappen, of nog waarschijnlijker in de stationcar, en hierheen rijden vanuit Ullswater, waar hij woonde, maar waar hij niemand had die voor de honden wilde zorgen. Moeder was er zeker van dat hij zou komen. Zij en Liza gingen vroeg in de ochtend naar Shrove en moeder gaf het huis een speciale beurt.

Thuis nam ze een bad in de badkuip in de keuken en waste haar haar. Dat was de volgende dag, 's ochtends. Ze trok een van haar lange, felgekleurde rokken aan en haar strakke, zwarte topje. Ze hing de groene kralen om haar hals en deed de gouden ringen in haar oren. Het kostte haar een halfuur om haar haar te vlechten en het achter op haar hoofd vast te steken. En dat deed ze allemaal omdat meneer Tobias zou komen.
Hij kwam niet. Matt kwam. Hij kwam 's middags aan met de auto en liep langs moeder heen het poortgebouw binnen voor ze hem tegen kon houden.
'Ik ben door zo'n griepvirus te pakken genomen,' zei hij. 'Anders was ik hier wel eerder geweest.'
'Waar is meneer Tobias?'
'Hij belde op uit Mozam-weet-ik-veel. Hij zei dat hij vandaag thuis zou komen. Heeft hij u dat niet laten weten? Ach, ach. Nou ja, het maakt ook niets uit. Geen man overboord, hè?'
Geen man overboord! Toen Matt vertrokken was ging moeder in haar slaapkamer op bed liggen. Liza hoorde haar huilen. Ze stond op en stapte bij haar in bed, knuffelde haar en zei dat ze moest ophouden, dat ze niet moest huilen, dat het allemaal goed zou komen.
En het kwam goed. In de maand juni, toen alle wilde rozen bloeiden en de vlier bloemen droeg en de nachtegalen zongen in het bos, kwam meneer Tobias naar Shrove, in zijn donkergroene, glimmende Range Rover. Met de honden op zijn hielen kwam hij het tuinpad op gedraafd. Hij bonsde op de deur en riep: 'Eve, Eve, waar ben je?'
Zo kwam Liza erachter wat moeders voornaam was.
Ze noemde die dag de Dag van de Nachtegaal, omdat de nachtegalen van de vroege ochtend tot de late avond hadden gezongen en daarna ook nog. Mensen die er niets van wisten, zei moeder, dachten dat nachtegalen alleen 's nachts zongen, maar dat was niet waar, want ze zongen het klokje rond.

6

'Mijn echte naam is Eliza. Ik heb wel eens gedacht dat ze me heeft genoemd naar Eliza Doolittle uit Pygmalion.'
'Watte?' vroeg Sean.
'Omdat ze met mij hetzelfde van plan was als Pygmalion deed met Galatea en Professor Higgins met Eliza Doolittle. Hij maakte haar opnieuw, zoals hij haar wilde hebben, of laten we zeggen dat hij een ideaal had waarin hij haar probeerde te veranderen.'
Sean fronste zijn wenkbrauwen in een poging zich te concentreren. 'Volgens mij lijkt dat op My Fair Lady.'
'In elk geval zei ze dat ze dat niet gedaan had toen ik ernaar vroeg. Ze vond het gewoon een mooie naam.' Liza dronk haar aardbeienmilkshake op en veegde haar mond af. 'Sean, mag ik een hamburger? Weet je dat ik er nog nooit een gegeten heb?'
'Natuurlijk mag je dat. We nemen allebei een hamburger met friet.'
'Is het niet grappig? Ik was zo bang om weg te gaan uit het poortgebouw, weg te gaan bij haar, ik dacht dat ik dood zou gaan van angst.'
'Jij gaat altijd wel aan iets dood, geloof ik.'
'Alleen nooit écht, hè? Ik was zo bang en nu ben ik de wijde wereld in – zo zie ik het, de wijde wereld in – ik vind het echt heerlijk. Of misschien vind ik jou alleen maar heerlijk. Ik zou Heather niet heerlijk gevonden hebben.'
'Of misschien ook wel. Je kent haar niet.'
'O, jawel, ik ken haar wel. Ze kwam logeren. Maar toen kende ik haar nog niet, ze kwam pas toen meneer Tobias was geweest.'
Ze waren in de stad. Liza was verrukt van de winkels en het grote park waar oude mensen op houten bankjes zaten en kinderen de eendjes in de vijver voerden. Sean wilde haar geld niet gebruiken, hij had wat gespaard, en toen ze hadden gelunch

kocht hij twee flessen wijn en zestig sigaretten, alweer dingen die ze nooit eerder geprobeerd had. Sean stak een sigaret op zodra ze weer in de auto zaten.
'Eve zei dat je daar dood aan gaat.'
'Ze is niet de enige die dat zegt. Maar ik denk dat het altijd hetzelfde liedje is: ze gunnen je gewoon dat beetje plezier niet.Ik bedoel, je moet het zo bekijken: mijn opa is zevenentachtig, hij heeft sinds zijn veertiende, toen hij ging werken, veertig sigaretten per dag gerookt en er is niets mis met hem, hij is zo fris als een hoentje en zou zo een partijtje cricket kunnen spelen.'
'Wat is cricket, Sean?'
'Dat is een spel, weet je, wedstrijden en zo. Maar wat cricket betekent? Ik zou het echt niet weten.'
'Je moet geen woorden gebruiken waarvan je de betekenis niet kent.'
Sean lachte. 'Neem me niet kwalijk, juf.'
Hij wilde dat zij een sigaret zou proberen, dus dat deed ze. Ze moest ervan hoesten en toen werd ze er ziek van, maar Sean zei dat dat altijd zo was de eerste keer en dat je vol moest houden.
Ze stopten bij de boerderijwinkel toen ze teruggingen naar de caravan en spraken in het kantoortje met meneer Vanner. Hij had te weinig plukkers voor de Emile-peren en nam hen allebei aan voor de volgende dag. Toen ze het kantoor uitliepen pakte Liza een James Grieve uit een mand waarop een bordje stond: Proef en geniet van de heerlijke smaak. Ze had net een grote hap genomen toen mevrouw Vanner vanachter de toonbank snauwde: 'Die appels zijn bedoeld voor onze betalende klanten.'
Er had nog nooit iemand op zo'n toon tegen haar gesproken. Sean kneep in haar arm om te voorkomen dat ze iets terug zou zeggen, hoewel ze dat toch niet gedaan zou hebben omdat ze veel te geschokt was.
'Wat een afschuwelijke vrouw,' zei ze toen de deur achter hen dichtging.
'Gemeen oud wijf,' zei Sean.
Er was nog een kampeerauto op het terreintje gearriveerd. De bewoner had al een waslijn opgehangen met wasgoed eraan en

een zwarte terriër vastgebonden aan het trapje. Liza keek even naar de andere camper, degene die er al had gestaan toen ze kwamen, en zag de blauwe glans van een scherm door het opgetrokken gordijntje.
'Weet je wat we vergeten zijn, Sean? We zijn vergeten het televisietoestel te kopen.'
'Ik kan me wel leukere dingen voorstellen dan televisiekijken,' zei Sean. Hij sloeg zijn arm om haar schouders en streelde haar nek met zijn vingertoppen.
'En iets om te lezen,' zei ze, alsof hij niets gezegd had. 'Ik heb boeken nodig om te lezen. Hoe kan ik aan boeken komen?'
'Ik weet het niet.' Hij was niet geïnteresseerd.
'Ik kan niet leven zonder boeken.'
Maar ze kwam heel bereidwillig in zijn armen toen ze in de caravan waren en de deur dicht was. Ze begon al gauw haar kleren uit te trekken en klom over het bed naar hem toe. Ze hadden die ochtend niet de moeite genomen het bed in te klappen, wel wetend dat ze het ongetwijfeld weer snel nodig zouden hebben.

Moeder zei: 'Dit is meneer Tobias, Lizzie, over wie je zoveel hebt gehoord,' en tegen meneer Tobias zei ze: 'Ik wil je graag mijn dochter Eliza voorstellen, Jonathan.'
Het was voor Liza een nieuwe ervaring iemand de hand te schudden. De hand van meneer Tobias was warm en droog en zijn handdruk was heel stevig. Hij ging op zijn hurken zitten, zodat hun ogen op dezelfde hoogte waren. De zijne waren donkerbruin en zijn haar was lichtbruin, lichter bruin dan zijn huid die heel bruin was van de zon. Van alle mannen die Liza ooit gezien had, de melkboer, de postbode en de olieman, meneer Frost, de man van meneer Tobias die de honden bracht en die andere, die een baard had maar geen naam, van hen allemaal had meneer Tobias de mooiste handen. Ze waren slank en bruin met lange vingers en vierkante nagels.
En hij had een heel mooie stem. Hij klonk niet zoals die van Matt of van de olieman, of van de man met de baard of van de melkboer. Die klonken allemaal verschillend, maar zijn stem

leek meer op die van moeder, alleen dieper, natuurlijk, en op de een of andere manier zachter. Hij had een stem waarvan je graag zou willen dat die je een verhaaltje voorlas voor het slapengaan.
'Ze lijkt erg op jou, Eve,' zei hij. 'Twee druppels water, maar dan in het klein. Een kloon, misschien?'
'Ik ben bang van niet,' zei moeder. 'Maar ik ben blij dat ze op mij lijkt.'
Liza was heel verbaasd toen ze zag dat er een fles tevoorschijn werd gehaald. En twee glazen. In de fles zat een bruine vloeistof. Zij kreeg sinaasappelsap. Meneer Tobias was heel lang en moest zijn hoofd buigen om de deur naar hun woonkamer door te kunnen. Hij droeg geen spijkerbroek zoals de meeste mannen die ze had gezien, of de broek van een pak, zoals meneer Frost, maar een broek van zachtbruin spul, dat net leek alsof het gebreid was, en een wit overhemd waarvan de kraag openstond, en een bruin fluwelen jasje. Eve vertelde haar later dat het fluweel was. Het zag er net zo uit, en zou ook wel net zo aanvoelen dacht ze, als de mol die ze uit een hoopje aarde had zien kruipen op het grasveld van Shrove.
Ze voelde zich heel verlegen in zijn aanwezigheid. Als hij tegen haar praatte met zijn bedtijdverhaaltjesstem kon ze alleen maar met wijd opengesperde ogen naar hem kijken. Hij vroeg haar wat ze de hele dag zoal deed en of ze kon lezen en of ze iets voor hem wilde tekenen. Terwijl ze een tekening maakte van Shrove, met de rivier en de hoge heuvels en Heidi en Rudi die over het gras renden, zei hij dat ze wel gauw naar school zou gaan. Moeder zei kortaf dat dat alle tijd had en begon over iets anders. Ze wou dat hij haar had laten weten dat hij kwam, dan zou ze het een en ander ingeslagen hebben en het huis nog even een extra beurt hebben gegeven.
'Zou jij dat gedaan hebben? Daarvoor zou je toch een vrouw uit het dorp inhuren?'
'Dat weet ik, maar je kunt niet op ze rekenen en ze zouden een auto moeten hebben. Het is makkelijker om het zelf te doen. Ik vind het prettiger om het zelf te doen, Jonathan.'
'Ik vond het al raar toen ik met Matt de boeken doornam en zag dat er geen post was opgenomen voor een hulp.'

Moeder zei weer: 'Ik vind het prettiger om het zelf te doen.' Ze sloeg haar ogen neer op een nogal deemoedige manier. Haar lange wimpers lagen bijna op haar wangen. 'Je betaalt me zo royaal dat ik het gevoel heb dat het mijn plicht is, echt waar.'
'Mijn idee was dat je hier als een soort rentmeester zou fungeren. Jij had het huisje en een – nou ja, een salaris om alles te regelen hier.'
'Lieve Jonathan, er valt hier helemaal niets te regelen behalve meneer Frost en de olieman,' zei moeder. Ze lachten alle twee.
Liza maakte haar tekening af en liet ze aan meneer Tobias zien. Hij zei dat hij ze heel mooi vond en dat ze die moest signeren. Dus schreef ze Eliza Beck in de hoek rechtsonder. Ze vroeg zich af waarom meneer Tobias zo vreemd lang naar haar keek voordat hij zijn blik op moeder richtte, met een opgetrokken wenkbrauw en een grappig, scheef lachje.
De honden zouden deze keer 's nachts niet in het kasteeltje blijven maar op Shrove, bij meneer Tobias. Liza speelde met de honden tot ze moest eten en daarna brachten moeder en zij ze tot halverwege de oprijlaan naar Shrove. Daar lieten ze de honden los. Moeder stond onder de hoogste mammoetboom en riep tegen ze dat ze naar huis moesten rennen en hun baas zoeken. Meneer Tobias kwam de voordeur van Shrove uit. Hij liep de trap af en zwaaide naar hen.
Hij had iets aan een riem om zijn nek hangen. Liza kon het uit de verte niet goed zien, maar toen ze dichterbij kwamen zag ze dat het nogal leek op het ding dat moeder had en waar muziek uit kwam. Meneer Tobias wenkte en hield het ding met beide handen voor zijn gezicht. Moeder bleef zijn kant uit lopen en zei tegen Liza dat ze niet verlegen moest doen, dat meneer Tobias alleen maar een foto van hen wilde maken. Maar Liza wás verlegen, ze verborg zich achter een boom, zodat alleen moeder op de foto kwam.
Tegen die tijd was ze het spelletje ontgroeid dat ze altijd deed als ze naar bed was gebracht. Ze rende niet meer van de ene kamer naar de andere en van het ene raam naar het andere, maar om de een of andere reden had ze die avond zin om het weer te spelen.

Misschien was het omdat moeder naar boven was gekomen om te kijken of ze sliep. Liza was onder de deken gedoken en had rustig ademend en met haar ogen dicht in bed gelegen.
Ze gluurde tussen haar wimpers door toen moeder op haar tenen de kamer uit ging en zag dat ze zich verkleed had. Ze droeg haar mooiste rok, de rok die ze zelf gemaakt had van blauw met paars en rode stof die ze in de stad had gekocht, een heel wijde rok die bijna tot haar enkels reikte. Ze droeg een strak zwart topje en een glanzend zwarte riem om haar smalle taille. Ze had haar haar gedaan op de manier die Liza zo mooi vond en waarvoor ze wel een halfuur nodig had: uit haar gezicht naar achteren gekamd, in een dikke vlecht die boven op haar hoofd begon en in haar nek was vastgestoken.
Liza dacht dat ze de voordeur dicht hoorde gaan. Ze sprong haar bed uit en rende naar het raam in moeders kamer. Moeder liep het hek aan de voorkant door. Het was een zoele avond, het was nog licht, maar de zon stond al laag in de verblekend blauwe lucht. Moeder had geen jas aan en geen sjaal om. Ze liep naar de poort. Liza rende terug naar haar eigen kamer in de toren, ging op de stoel staan en keek hoe moeder door de open poort liep, de oprijlaan naar Shrove op.
Liza was nog nooit alleen thuis gelaten, behalve wanneer ze veilig opgesloten was. Moeder liep onder de bomen, door het park naar het huis. Ze was nog nooit eerder zo ver weg gegaan. Angst besprong haar en ze begon direct te huilen. Nog even, en ze zou gekrijst en gesnikt hebben, maar op dat moment, terwijl haar adem stokte, kwam meneer Tobias achter Shrove House vandaan. Hij bleef staan en strekte zijn beide handen uit. Hij en moeder keken elkaar aan.
Op de een of andere manier maakte het feit dat meneer Tobias er was, de wetenschap dat moeder alleen maar voor hem op weg was gegaan, alles goed. Moeder pakte zijn handen in de hare en zei iets en lachte. Hij liep om haar heen, bekeek haar van top tot teen, knikte, raakte de prachtig glanzende vlecht met een vinger aan. Toen pakte hij haar hand en legde die op zijn arm. Samen liepen ze naar het huis, heel dicht naast elkaar. Liza vond het

niet meer zo erg dat moeder daarheen ging, omdat zij samen waren en gewoon in Shrove House zouden zijn.
Ze voelde zich een klein beetje buitengesloten, omdat ze niet bij hen was. Maar ze was niet bang meer. Ze rende terug naar moeders kamer om te zien of er iets gebeurde aan de voorkant, al waren het maar konijnen die in de berm aan het gras zaten te knabbelen. Er waren 's avonds altijd konijnen, dat was niets opwindends. Ze konden niet bij moeders groenten komen, omdat de kroppen sla, de kolen, de erwten en de worteltjes met netten bedekt waren, De bonen en de aardbeien niet, want konijnen eten die niet.
De zon ging onder achter het bos en maakte de bomen zwart en de hemel zo verblindend goud dat je er bijna niet naar kon kijken. Ze zag de zon wegzinken en al het goud wegsmelten en de hemel veranderen van geel via roze in rood. Toen de zon eenmaal weg was kwamen de vleermuizen tevoorschijn. Moeder had uitgelegd hoe die in het donker op insecten kunnen jagen: de piepende geluiden die ze maken en die mensen niet kunnen horen, stuiten op vliegende objecten en komen als een echo bij ze terug.
Er vloog een vlinder tegen het raam en Liza dacht dat het een ligusterpijlstaart was, hoewel zijn lijf geel en bruin was in plaats van roze en bruin en zijn onderste vleugels gelig waren. Misschien was het gewoon maar een geel weeskind. Moeder had uit de bibliotheek in Shrove een boek voor haar meegebracht over vlinders, en ook *Frohawk's Complete British Butterflies.* Ze rende naar beneden om het boek te halen. Misschien zou ze ook een appel pakken, maar er waren geen appels in deze tijd van het jaar. Daarom at ze maar wat van de aardbeien die moeder en zij hadden geplukt voordat meneer Tobias kwam.
Ze kon de vlinder niet vinden en ook geen tekening waarvan ze zeker kon zijn dat het de vlinder voor het raam was. Ze moest direct toen ze weer in bed lag in slaap gevallen zijn, want ze herinnerde zich niets anders van die nacht. De volgende avond, of de daaropvolgende, keek ze veel later op de avond, toen het al halfdonker was, uit het raam van haar moeders kamer. Ze zag

hen bij de oprit naar Shrove staan, vlak bij de muur van het kleine kasteeltje. Meneer Tobias had zijn armen om moeder heen geslagen en kuste haar op een manier zoals Liza nog nooit iemand een kus had zien geven, op de mond.
De waarheid was dat ze nog nooit gezien had dat twee mensen elkaar kusten. Moeder kuste haar natuurlijk, maar dat was niet hetzelfde. Meneer Tobias liet moeder los en moeder kwam naar het huis. Liza sloop heel zachtjes over de overloop terug naar haar eigen kamer en hoorde haar moeder beneden zingen. Liza kende het liedje en wist dat het zoiets als Mozart heette, want ze had haar moeder vaak de plaat horen spelen waarop een dame zong hoe ze haar minnaar beter zou maken met het medicijn dat ze in haar hart bewaarde.
In het weekend kwamen er veel gasten op Shrove. Het waren allemaal vrienden van meneer Tobias, zei moeder, twee mannen en drie vrouwen. Ze kwamen langs het weggetje, langs het poortgebouw en reden rechtstreeks door de hekken van Shrove naar het huis. Liza vroeg of moeder en zij er ook heen konden gaan, om de mensen te zien, maar moeder zei, nee, ze zou er niet heen gaan voor maandag en Liza zou in geen geval gaan.
'Waarom niet?' vroeg Liza.
'Omdat ik het zeg,' zei moeder. 'Meneer Tobias heeft ons uitgenodigd, maar ik heb gezegd nee, deze keer niet.'
'Waarom niet?'
'Ik denk dat dat het beste is, Liza.'
's Zaterdagsavonds zag ze alle mensen terugkomen van een wandeling. Ze zat voor moeders raam en zag hen allemaal heel duidelijk terwijl ze langs de tuin van het poortgebouw liepen. Een van de dames was blijven staan om moeders grote, stenen bak te bewonderen die vol stond met bloeiende abutilon, geraniums en fuchsia's.
De mannen waren gewoon mannen, niets bijzonders, hoewel een van hen kale huid op zijn hoofd had in plaats van haar. De dames zagen er mooi uit, maar geen van hen was zo mooi als moeder. Misschien vond meneer Tobias dat ook, want hij draaide zijn hoofd om toen ze langsliepen en keek lang naar het

poorthuis. Liza dacht niet dat hij naar de bloemen keek. Maar toch was er iets bijzonders met de dames, ze zagen er anders uit dan de mensen die Liza ooit gezien had, zachter en schoner leek het wel. Hun haar was net zo gelijkmatig kortgeknipt als meneer Frost de rand van het grasveld knipte, waar de bloemenborders begonnen. Ze droegen alle drie een spijkerbroek, net als de melkboer en Hugh, maar eentje had een jasje van hetzelfde spul als moeders mooiste schoenen, de suède schoenen met de houten spanners erin, die Liza zo graag streelde, en een zijden sjaal, bedrukt met touw en wapenschildjes. De tweede droeg een wonderlijke trui met ingebreide bloemen en had haar gezicht net zo opgemaakt als Diana Hayden. De derde droeg een mannenoverhemd, maar dan lang en gemaakt van felgroene zijde.
Een halfuur later kwam een van hun auto's de oprijlaan van Shrove House af – of eigenlijk vanaf de stallen waar de auto's geparkeerd werden. Meneer Tobias' Range Rover reed voorop om de weg te wijzen. 's Ochtends vertelde moeder dat ze met hun allen ergens in een hotel waren gaan eten. Maandag waren ze vertrokken en gingen moeder en zij naar Shrove om de bedden te verschonen en de rommel op te ruimen. Moeder tenminste. Liza praatte met meneer Tobias en hij liet haar zijn vakantiefoto's zien. Hij nam haar mee naar de bibliotheek en zei dat ze elk boek mocht lenen dat ze wilde lezen. Ze gingen met de honden naar de rivier en zwaaiden naar de trein, en toen ze terugkwamen was moeder klaar.
'Ik vind het helemaal niet prettig dat je dit doet, Eve,' zei meneer Tobias, en hij zag er ook helemaal niet tevreden uit.
'Misschien probeer ik iemand te krijgen,' zei moeder.
Liza vond dat ze er nogal moe uitzag en dat was geen wonder, want het was een verschrikkelijke bende geweest in huis. Moeder had niets gezegd toen ze binnenkwamen, maar Liza had haar ogen uitgekeken toen ze overal vuile glazen, kopjes en borden zag staan. In de kleine, glazen asbakken lag grijs, poederachtig spul met verbrande papieren hulsjes en op het kleed in de salon zat een grote, bruine vlek.
'Ik had het zelf moeten opruimen,' zei meneer Tobias. Om de

een of andere reden moest moeder daarom lachen. 'Ga je vanavond mee uit? Laten we ergens gaan eten.'
'Dat gaat niet, Jonathan. Ik heb Eliza, weet je wel?'
'Die nemen we ook mee.'
Moeder lachte alleen maar weer, maar op een manier die duidelijk maakte dat ze niet ergens zouden gaan eten en dat het een absurd voorstel was.
'Kook jij dan voor me. In het poorthuis. Ik zal die hokkerige toestand van top tot teen voor je laten opknappen, maar we hebben geen keus, we moeten wel naar het poorthuis. Maar ja, als de duivel je op de hielen zit kun je een kerk ompissen. Jij hebt wel iets van een duivel, weet je dat, Eve? En je weet hoe je een man op de hielen moet zitten, maar jij gaat voor me koken. Als je tenminste niet te moe bent?'
'Ik ben niet te moe,' zei moeder.
Liza verwachtte niet dat ze zou mogen opblijven. Het was een prettige verrassing toen moeder zei dat dat mocht. Ze moest wel direct na het eten naar bed. Meneer Tobias kwam om zeven uur met een fles met iets dat eruitzag als priklimonade, maar er zat ijzerdraad om de bovenkant. Hij had nog een fles bij zich met iets dat de kleur had van moeders eigengemaakte frambozenazijn. De kurk kwam met een knal en een heleboel schuim uit de fles. Ze aten een salade en gebraden kip en aardbeien. Toen Liza de laatste aardbei had opgegeten moest ze naar bed. Vreemd genoeg viel ze direct in slaap.
De volgende ochtend deed ze wat ze 's ochtends altijd deed, ze rende naar moeders kamer om in bed lekker tegen haar aan te kruipen. Moeder lag altijd alleen in haar grote bed, maar deze keer niet. Meneer Tobias lag bij haar, aan de kant die het dichtst bij het raam was.
Liza bleef stomverbaasd staan.
'Ga even de kamer uit, Liza,' zei moeder.
'Even' betekende altijd tot twintig tellen. Liza telde tot twintig en ging de kamer weer in. Meneer Tobias was opgestaan en had zijn best gedaan om zijn brede schouders en lange lijf in moeders bruine, wollen ochtendjas te wurmen. Hij mompelde iets,

grabbelde zijn kleren van de stoel en ging naar beneden, naar de keuken. Liza stapte bij moeder in bed en knuffelde haar. Ze knuffelde haar zo hard dat moeder moest zeggen dat ze los moest laten omdat het haar pijn deed. Het bed rook anders dan anders. Het rook niet naar schone lakens en naar moeder en naar moeders zeep, maar een beetje zoals de rivier in een periode van droogte, een beetje zoals de aangespoelde dode vissen op het zand en als water dat met een heleboel zout erin aan de kook kwam.

Meneer Tobias kwam gewassen en aangekleed weer boven. Hij zei dat het verschrikkelijk was dat ze geen badkamer hadden en dat dat zo gauw mogelijk in orde gemaakt moest worden. En waarom had Eve in vredesnaam geen telefoon? Iedereen had telefoon. Hij ging na het ontbijt weg, maar kwam 's middags terug met een cadeautje voor Liza. Het was een pop. Liza had maar heel weinig speelgoed, en wat ze had was van Eve geweest: een lappenpop, een pop van celluloid, een hond op wieltjes die je aan een touwtje voort kon trekken, en een blokkendoos.

De pop die meneer Tobias voor haar gekocht had was geen babypop, maar een meisje met donker haar, zoals zijzelf, dat je kon wassen. En ze had armen en benen en een gezicht die aanvoelden als een echte huid en er was een kleerkastje bij met kleren voor wanneer de jurk die ze aanhad gewassen moest worden.

Liza kon geen woord uitbrengen en keek alleen maar met grote ogen naar de pop.

'Zeg maar dank u wel tegen meneer Tobias, Lizzie,' zei moeder, maar ze leek niet erg gelukkig en vervolgde: 'Dat moet je echt niet doen, Jonathan. Het brengt haar maar op ideeën.'

'Waarom niet? Ik ben ervan overtuigd dat het onschuldige ideeën zijn.'

'Nou, ik niet. Ik wil niet dat ze dat soort ideeën krijgt. Maar het is heel lief van je. Je bent erg royaal.'

'Hoe ga je haar noemen, Liza?' vroeg meneer Tobias met zijn zachtste, liefste stem.

'Jonathan,' zei Liza.

Daar moesten ze alle twee om lachen.

'Jonathan is een mannennaam, Lizzie, en die pop is een meisje. Denk nog eens na.'
'Ik ken geen meisjesnamen. Hoe heetten de dames die bij u hebben gelogeerd?'
'Dit weekend? Die heetten Annabel en Victoria en Claire.'
'Ik noem haar Annabel,' zei Liza.
Nadien sliep meneer Tobias de meeste nachten in moeders bed. Liza sliep met Annabel en bracht haar 's ochtends mee naar moeders bed. Ze klopte dan eerst op de deur, zoals haar gezegd was, om meneer Tobias de gelegenheid te geven om op te staan. Hij bleef drie weken op Shrove, toen vier, maar er werden in de weekends geen mensen meer uitgenodigd.
Moeder was erg gelukkig. Ze was heel anders en zong vaak. Ze waste elke dag haar haar en maakte een nieuwe rok voor zichzelf. Elke dag waren moeder en zij op Shrove of was meneer Tobias bij hen in het poorthuis, en het enige dat er mis was, was dat moeder altijd nee zei als meneer Tobias hen mee uit wilde nemen in de Range Rover. Liza wilde dolgraag naar het strand en hij was ook met dat voorstel gekomen, maar moeder had nee gezegd. Goed dan, zei meneer Tobias. Gaan jullie dan een weekend met me mee naar Londen, naar Montagu Place, maar moeder zei dat dat nog erger zou zijn dan het strand.
'Je vindt het hier prettig, hè, Jonathan? Het is het mooiste plekje ter wereld. Het is nergens zo prachtig als hier.'
'Ik houd van verandering zo nu en dan.'
'Doe dan eens wat anders. Dat is waarschijnlijk het beste. Ga ergens anders heen en kom dan weer bij ons terug. Ik kan me niet voorstellen dat het huis in Ullswater mooier is dan dit.'
'Kom dan zelf kijken. We gaan er dit weekend met z'n allen heen, dan kun je zelf oordelen.'
'Ik wil hier nooit weg en Liza ook niet. Ik dacht...' moeder wendde haar gezicht af en zei zachtjes: '...ik dacht dat het hier aantrekkelijk voor je zou zijn omdat ik hier ben.'
'Dat is ook zo, dat weet je best, Eve. Maar ik ben jong en, eerlijk gezegd, ook rijk. Je weet dat mijn vader me heel wat heeft nagelaten. Ik wil niet de rest van m'n leven ergens vastzitten en ver-

der niets van de wereld zien. Dat betekent niet dat ik niet zou willen dat jij die wereld samen met mij ziet.'
Moeder zei dat zij de wereld niet wilde zien. Ze had er genoeg van gezien, genoeg voor altijd, het was allemaal afschuwelijk. En ze wilde ook niet dat het poorthuis opgeknapt zou worden en dat er een badkamer in gebouwd zou worden. Ze wilde niet dat hij zijn geld aan haar verspilde. Dat soort luxe betekende niets voor haar en Liza. Als hij weg moest, en zij kon wel merken dat hij weg wilde, moest hij de honden bij haar laten. Dan zou hij in elk geval terugkomen.
'Ik heb geen reden nodig om terug te komen. Matt kan voor de honden zorgen.'
'Laat ze bij mij, dan weet ik dat je wel móét komen. Je moet ze altijd bij me laten.'
Hij sliep die laatste nacht in moeders bed en ging 's ochtends terug naar Shrove. Later kwam hij in de Range Rover naar het huisje om gedag te zeggen. Hij nam moeder in zijn armen en kuste haar en hij kuste Liza en Liza zei dat Annabel hem zou missen. Ze zwaaiden de Range Rover na toen hij wegreed over het weggetje en Liza rende naar boven om hem over de brug te zien gaan. Toen hij uit het zicht verdwenen was sloten moeder en zij de honden op in het kasteeltje. Moeder zei dat ze maar eens naar Shrove moesten gaan om schoon te maken en de dingen op hun plaats te zetten.
Meneer Tobias had een bende achtergelaten, hoewel hij er de laatste drie weken niet veel geweest was. Terwijl moeder met de stofzuiger in de slaapkamers in de weer was, ging Liza naar de ontbijtkamer. Ze keek naar de deur die altijd op slot zat. Ze probeerde de knop, je kon niet weten, misschien was hij deze keer toevallig open. Weer pech. Ze ging op haar hurken zitten, want ze was toen al tamelijk lang geworden, deed haar ene oog dicht en gluurde met het andere door het sleutelgat. Ze was verbaasd toen ze merkte hoeveel ze kon zien: een stuk van de rode bekleding van een stoel en het galon aan de armleuning, de hoek van een soort tafel met laden erin, de felgekleurde blauwe, groene en oranje ruggen van boeken op een plank. Wat kon daarbinnen zijn wat zij niet mocht zien?

Liza wilde dat ze meneer Tobias naar die gesloten deur had gevraagd, bij een van die keren dat hij en zij samen waren terwijl moeder boven of in de keuken bezig was. Maar natuurlijk waren ze nooit in de ontbijtkamer geweest; die werd niet veel gebruikt en daar was ook geen reden toe als je een salon en een eetkamer had en ook nog een bibliotheek. Liza was ervan overtuigd dat meneer Tobias de sleutel gepakt zou hebben en de deur opengemaakt als zij het gevraagd zou hebben.
De volgende keer dat hij kwam zou ze het hem vragen. Als hij terugkwam om de honden te halen. Maar de weken gingen voorbij en hij kwam niet. Hij schreef niet, stuurde zelfs geen ansichtkaart. Na bijna een maand kwam Matt in de Range Rover en nam de honden mee. Moeder zag de Range Rover toevallig over de brug aan komen rijden. Het was de goede kleur. Ze kon het nummerbord wel niet zien, maar ze was ervan overtuigd dat meneer Tobias zelf kwam en was daar nog zekerder van toen ze de Range Rover over het weggetje zag rijden. Meneer Tobias had Matt nooit eerder met de Range Rover gestuurd, maar deze keer had hij dat wel gedaan. Toen Matt vertrokken was met Heidi en Rudi ging moeder huilend naar haar slaapkamer.

Liza had dat nooit aan iemand verteld. Nou ja, ze had tot nu toe ook nooit iemand gehad om het aan te vertellen, maar ze vertelde het ook niet aan Sean. Ze hield het voor zichzelf, een geheim in haar hoofd. En toen Sean vroeg of die Tobias, die eigenaar van Shrove House, ooit nog teruggekomen was, zei ze alleen maar ja, dat wel, maar hij bleef niet lang.
'En ben je nooit naar school geweest?'
'Nee, nooit. Moeder gaf me thuis les.'
'Dat is tegen de wet.'
'Dat zal wel. Maar je weet waar Shrove ligt, in een uithoek, ver weg van alles. Wie wist er nou van? Eve loog erover. Ze was heel open tegenover mij. Ze zei dat het belangrijk was om geen leugens te vertellen, tenzij je moest, maar als je moest liegen was het belangrijk dat je wist dat het leugens waren. Ze vertelde sommige mensen die ernaar gevraagd hadden dat ik naar de dorpsschool

ging en aan anderen dat ik naar een particuliere school ging. We kwamen Diana Hayden op het weggetje tegen en Eve zei tegen haar dat ze me naar de bus bracht om naar school te gaan, en dat we haast hadden. Je moet bedenken dat er niet veel mensen waren. Ik bedoel, in feite had je alleen de melkboer, de postbode, de man die de meter kwam opnemen, meneer Frost en de olieman, en die zouden er niet naar vragen. Ze waren er nooit langer dan vijf minuten, behalve meneer Frost, maar die zei nooit iets.'

'Wilde je niet naar school? Ik bedoel, kinderen willen toch vriendjes en vriendinnetjes en zo?'

'Ik had Eve,' zei Liza eenvoudig. En toen: 'Ik wilde niemand anders. Nou ja, ik had Annabel, mijn pop. Zij was mijn denkbeeldige vriendin en ik praatte tegen haar en besprak dingen met haar. Ik vroeg haar om raad en ik geloof niet dat ik het erg vond dat ze geen antwoord gaf. Ik wist het niet, snap je. Ik wist niet dat het leven heel anders kon zijn.

Toen ik kon lezen, ik bedoel echt lezen, begon Eve me Frans te leren. Ik denk dat ik tamelijk goed Frans spreek. Op maandag en woensdag deden we geschiedenis en aardrijkskunde en op dinsdag rekenen. Toen ik negen was begon ze me Latijn te geven, dat was op vrijdag, maar daarvoor lazen we gedichten op donderdag en vrijdag en deden we muziekbespreking.'

Sean keek haar verbluft aan. 'Wat een leven!'

'Ik hoefde echt niet naar school. We praatten de hele dag met elkaar, Eve en ik. We liepen hele einden. 's Avonds speelden we kaart of maakten we legpuzzels of lazen we.'

'Arm kind. Wat heb jij een rottige jeugd gehad.'

Liza had geen rottige jeugd gehad. Fel zei ze: 'Ik heb een fantastische jeugd gehad. Ik verzamelde van alles, het poorthuis lag vol met m'n gedroogde bloemen en dennenappels en overal stonden kommen met kikkervisjes en schietmotten en waterkevers. Ik hoefde me nooit keurig aan te kleden. Ik at nooit iets dat slecht voor me was. Ik maakte nooit ruzie met andere kinderen, ik vocht nooit en niemand deed me pijn.'

Hij viel haar in de rede. 'Maar je weet wel dat dat allemaal bestaat,' zei hij scherp.

'Ja, ik weet het. Ik zal je ook vertellen hoe ik dat weet, maar nu niet, niet op dit moment. Nu wil ik alleen maar dat je weet dat mijn jeugd goed was, prima. Wat er met mij gebeurde valt haar niet te verwijten, ze was een fantastische moeder voor me.'

Weer had zijn gezicht die ongelovige uitdrukking en schudde hij zachtjes zijn hoofd. Ze zweeg en pakte met een teder gebaar zijn hand. Ze zou hem niet vertellen – nog niet, althans – dat er dingen veranderd waren, dat het geluk niet eeuwig geduurd had.

Eve vertelde haar het verhaal van Adam en Eva, er de nadruk op leggend dat het echt alleen maar een verhaal was, een mythe. Ze lazen het gedeelte over de schepping in Genesis en toen de verdrijving uit de Tuin in Milton, dus ze wist van de slang in het paradijs en stelde zich later voor dat zij het zelf waren, Eve en zij, die hand in hand door Eden hun eenzame weg gingen.

Maar alles wat ze Sean vertelde over de maanden voor haar zevende verjaardag was dat meneer Tobias één keer terugkwam, een dag en een nacht. Die nacht bracht hij niet in het poorthuis bij Eve door, maar in zijn eigen bed op Shrove. Toen ging hij weg, wel niet voor altijd, maar wel voor heel lange tijd.

7

In het begin was Sean beter in peren plukken dan zij. Hij wist hoe hij de vruchten moest optillen van het steeltje waaraan ze groeiden en dan voorzichtig naar achteren duwen tot de peer in zijn hand viel. Liza trok gewoon. De peren raakten gekneusd en soms ging haar nagel door de groengespikkelde schil in het witte vruchtvlees eronder. Meneer Vanner zou haar korten op haar loon, zei Sean, als ze zijn fruit beschadigde, dus probeerde ze voorzichtiger te zijn. Ze was eraan gewend dat haar gezegd werd wat ze doen moest, het irriteerde haar niet.

Ze plukten de peren voordat ze rijp waren, voordat de buitenkant geel werd met een rode blos, terwijl de binnenkant nog stevig en wit was. Vanaf het moment dat ze bij Vanner gekomen waren had de zon geschenen. Elke ochtend als ze wakker werden was de hemel bleekblauw en lag er een witte, stille mist over de velden. De Russische wingerd legde wolken van sneeuwwitte bloesems over de boerderij en de schuren, en de tuin van mevrouw Vanner was overwoekerd met gele en oranje Oost-Indische kers. Ze begonnen met plukken voor het warm werd en namen tussen twaalf en twee uur pauze. In die tijd lunchten ze met zakjes chips en een varkensvleespasteitje, blikjes cola en repen Mars die kleverig geworden waren in de hete zak.

De perenboomgaarden lagen een heel eind van de caravan, dus meestal gingen ze niet terug, maar aten ze op de bank bij de meidoornhaag. In het begin waren ze zenuwachtig, bang dat de andere plukkers hen zouden zien, maar niemand was in hen geïnteresseerd, niemand kwam hun kant uit. De tweede dag glipten ze naar het kleine, beschutte plekje waar de vlierbomen een tent van takken vormden en vrijden ze op het warme, droge gras. Ze wisten alle twee dat ze die avond weer zouden vrijen en weer als ze naar bed waren gegaan, maar dat leek nog veel te ver weg.

Erna viel Sean in slaap. Hij lag languit, zijn hoofd begraven in zijn armen. Liza lag naast hem met haar wang op zijn schouder en haar arm om zijn taille. Ze was wakker. Ze keek graag naar de manier waarop zijn donkere haar tot laag in zijn nek groeide, met twee punten, als de poten van de letter M, en ze bedacht voor het eerst dat dat ook de manier was waarop het haar van meneer Tobias groeide.

Moeder had haar het verhaal over haar moeder en de familie Tobias pas verteld toen ze ouder was. Ze moest ongeveer tien geweest zijn toen ze hoorde over haar grootmoeder, Gracie Beck, en de oude meneer Tobias, die ook Jonathan heette, en het testament. Het verhaal over de dochter van de oude meneer Tobias, Caroline, meneer Tobias' (dat wil zeggen, Jonathans) moeder, en haar enorm rijke echtgenoot die haar verlaten had omdat ze zo vreselijk was. Toen ze zeven was wist Liza alleen maar dat moeder en meneer Tobias elkaar al kenden sinds hij een groot kind was en zij een klein kind en dat Shrove House op de een of andere manier van moeder had moeten zijn en helemaal niet van meneer Tobias.

O, en dat moeder van meneer Tobias hield en hij van haar. Moeder vertelde dat op een avond in de winter toen ze bij het grote houtvuur zaten, Liza met Annabel op schoot. Liza had gemerkt dat moeder door Annabel dikwijls aan meneer Tobias moest denken.

'De moeilijkheid is,' zei moeder, 'dat meneer Tobias een rusteloze man is die de wereld wil zien, terwijl ik hier mijn hele leven wil blijven *en nooit weg wil gaan.*' Ze zei dat laatste tamelijk heftig, terwijl ze Liza recht in de ogen keek. 'Omdat er nergens in de wereld zo'n paradijselijke plek is als hier. Als je het paradijs gevonden hebt, waarom zou je dan ergens anders willen kijken?'

'Hebt u alles in de wereld gezien?' vroeg Liza, terwijl ze zorgvuldig Annabels haar kamde.

'Bijna genoeg,' zei moeder raadselachtig. 'Ik heb meer dan genoeg mensen gezien. De meeste mensen zijn slecht. Het zou een stuk beter zijn op de wereld als de helft van de bevolking bij een enorme aardbeving zou omkomen. Ik heb meer dan genoeg plekken

gezien. De meeste plekken zijn afschuwelijk, dat kan ik je wel vertellen. Je hebt er geen idee van hoe afschuwelijk, en ik ben blij dat je daar geen idee van hebt. Zo wil ik het ook. Op een dag, als je opgegroeid bent op de manier zoals ik wil, kun je uitvliegen en een kijkje nemen in de wereld. Ik garandeer je dat je als een haas terug zult komen, dankbaar dat je weer in de hemel mag zijn.'
Liza was absoluut niet geïnteresseerd in die dingen, ze wist niet wat ze betekenden. 'Meneer Tobias vindt andere plekken niet afschuwelijk.'
'Dat komt nog wel. Dat is alleen maar een kwestie van tijd, dat zul je zien. Als hij lang genoeg heeft gereisd en genoeg heeft gezien zal hij hier terugkomen. Hij heeft er alleen meer tijd voor nodig dan ik.'
'Waarom?'
'Misschien omdat ik vreselijker dingen heb gezien dan hij of misschien gewoon omdat ik wijzer ben.'
In de lente van dat jaar kwam Heather logeren. Moeder zei er niets over tot de dag voor ze zou komen en toen zei ze alleen: 'Jij slaapt volgende week in mijn kamer, Liza. Juffrouw Sawyer komt en die krijgt jouw kamer.'
Liza wist wie juffrouw Sawyer was door de brieven die moeder kreeg. Zij en Heather waren dezelfde persoon.
'Noem me in 's hemelsnaam niet zo, kind,' zei Heather vijf minuten nadat ze gearriveerd was. 'Ik heet Heather. "Juffrouw Sawyer" klinkt zo schooljuffrouwachtig. Hoe heet jouw juf?'
Liza, die bijna niets had begrepen van wat er gezegd was, staarde haar alleen maar aan. Wat was ze ontzettend dun en wat was ze ontzettend lang en wat had ze een ontzettend klein hoofd en ontzettend sluik, rood haar.
'Onderwijzeres dan? Ik weet niet meer wat voor termen ze tegenwoordig gebruiken.'
Moeder sneed een ander onderwerp aan. Ze legde Liza uit dat zij en Heather elkaar ontmoet hadden toen ze studeerden en dat Heather meneer Tobias ook kende.
'Is hij nog steeds in het spel?'
'Shrove is zijn huis, Heather. Dat weet je toch nog wel?'

Dit was de eerste keer dat Heather achter haar hand tegen moeder begon te fluisteren. Ze keek even naar Liza en wendde toen snel haar blik af, hield haar hand voor haar mond en begon te fluisteren. 'Bzzz, bzzz, bzzz', klonk het voor Liza.
Toen Heather boven was geweest en haar kamer had gezien zei ze dat ze nog nooit in een huis zonder badkamer gelogeerd had. Ze wist niet dat er nog huizen zonder badkamers bestonden. Maar nee, natuurlijk wilde ze absoluut niet dat moeder heet water voor haar naar boven zou brengen, zoals moeder aangeboden had. Ze zou de badkuip in de keuken gebruiken, net als zij deden, het zou alleen allemaal wel erg onhandig zijn.
Ook wat zij het 'gebrek aan tv' noemde was onhandig. Liza begreep daar evenmin iets van en het kon haar ook weinig schelen. Het was mooi weer, dus maakten ze vaak lange wandelingen. Heather maakte een treinreisje vanaf het Ring Valley-station. Ze moest alleen gaan. Moeder zei dat ze al zo vaak geweest was dat ze niet nog eens wilde, dus ging Liza ook niet.
Er was geen auto om mee uit te gaan – Heather was met een taxi van een station ergens ver weg gekomen – er was geen pick-up, er waren bijna geen boeken die na 1890 gepubliceerd waren, er was geen telefoon en het dichtstbijzijnde restaurant was twaalf kilometer verderop. Het dorp waar meneer Frost vandaan kwam had iets wat ze een 'pub' noemden, zei moeder, maar daar konden ze niet heen omdat ze in pubs geen kinderen wilden en hen dus niet zouden toelaten.
'Bzzz, bzzz, bzzz,' fluisterde Heather achter haar hand.
'Ach, praat toch gewoon, Heather,' zei moeder. 'Zo schep je mysteries die er niet hoeven te zijn.'
Dus stopte Heather met fluisteren en zei, recht voor z'n raap, de avond voor ze zou vertrekken: 'Je zult hier gek worden, Eve.'
'Nee, ik raak hier m'n gekte kwijt.'
'O hemel, wat doe je weer overdreven!'
'Laat maar. Ik bedoel dat ik weer normaal zal worden. Misschien zelfs gelukkig. Ik zal de ouderwetse waarden weer oppikken en een dochter grootbrengen die verschoond blijft van het verdriet en de ellende van onze wereld.'

'Het klinkt mij allemaal nogal hoogdravend en onnatuurlijk in de oren. Bovendien zul je dat niet kunnen. Daar zullen haar leeftijdgenoten wel voor zorgen. Als je er genoeg van krijgt om de nobele wilde uit te hangen, bedenk dan dat ik altijd wel een paar kamers voor je over heb.'

Eve moest zich die woorden herinnerd hebben toen ze een plek zocht waar Liza een toevlucht kon vinden. Of anders had Heather het geschreven, in een brief, want ze was nooit teruggekomen en het was de enige keer dat Liza haar ooit gezien had.

Moeder liet Liza aan zichzelf over als zij de kleden in de slaapkamers op Shrove stofzuigde ('Je moet nooit zeggen "stofzoog", Lizzie') en bij die gelegenheden ging Liza op onderzoek uit in de bibliotheek. Een van de boeken die ze vond was een sprookjesboek. Het verhaal van 'Blauwbaard' stond erin. Toen ze dat gelezen had begon ze de gesloten kamer in verband te brengen met Blauwbaard en vroeg ze zich angstig af of er misschien dode bruiden in die kamer zouden liggen. Ze bedacht dat die oude meneer Tobias misschien wel diverse vrouwen had getrouwd, hen allemaal vermoord had en hen achter die gesloten deur liet wegrotten.

Ze bleef het zich afvragen, zelfs toen moeder haar in de gang boven het portret liet zien van de oude meneer Tobias, een groot schilderij van een man met een trotse uitdrukking op zijn gezicht, grijs haar, maar geen baard, geen blauwe en ook geen andere. Ze wilde weten wat dat voor ding was dat uit zijn mond stak, een stokje met een klein potje aan het eind. Moeder zei dat dat een pijp was. Je stopte er gemalen bladeren in die je aanstak met een lucifer. Maar Liza, die zich herinnerde dat haar moeder van zichzelf vond dat ze een goede leugenaarster was, geloofde haar niet. Dat was voor het eerst.

Op een veel voornamere plek, waar veel licht was en het ieders oog trok, hing een portret van de dame die Caroline heette. Ze droeg een japon die Liza nooit in het echt had zien dragen door een vrouw. Het was een soepele, tot aan de enkels vallende, laag uitgesneden zijden japon van dezelfde rode kleur als haar mond.

Ze had kastanjebruin haar, een huid die leek op de bloemblaadjes van de magnolia die ook nu nog in de tuinen van Shrove bloeiden, en felle ogen. Liza besteedde veel tijd aan de portretten in het huis. Ze waren van echte mensen, mensen die nog leefden of allang dood waren. Er hing geen portret van meneer Tobias en ook niet van de rijke man die bij Caroline was weggegaan.

Heather schreef moeder een bedankbriefje, daarna gingen er weken voorbij zonder dat de postbode bij hen aan de deur kwam. De melkboer kwam en zei: 'De tien uur dertig is te laat' en 'Wat een zegen, dat zonnetje', maar de postbode zagen ze pas weer toen hij op een dag een envelop bracht met een klein boekje erin. Het stond vol met plaatjes van strijkijzers en haardrogers en handdoeken en lakens en jurken en schoenen. Liza had er even geboeid in staan kijken voordat moeder het van haar afpakte. Moeder scheurde het boekje in stukken en gooide die in het brandende houtvuur.

Daarna kregen ze weken lang geen post, ook niet van meneer Tobias, tot er een briefkaart kwam, zonder plaatje. In een paar zinnetjes op de achterkant werd hun gevraagd de honden te nemen.

'*Alleen als het niet te lastig is,*' schreef hij, '*anders is Matt bereid om voor ze te zorgen. Het is maar voor twee weken. Ik ga naar mijn moeder in Frankrijk.*'

'Caroline,' zei Liza.

Moeder zei niets.

'Woont zij in het huis waar het Dordogne heet?' Liza had uitgebreid de grote kaarten van Frankrijk in de atlas in de bibliotheek bestudeerd. 'Woont ze daar alleen? Heet zij mevrouw Tobias?' Ze dacht aan de felle ogen en de rode jurk die net zo'n kleur had als haar mond.

'Nu wel. Ze heet Caroline Tobias. Toen ze getrouwd was heette ze lady Ellison, maar onze meneer Tobias werd altijd Jonathan Tobias genoemd omdat zijn grootvader dat wilde. Ze woont in een huis in de Dordogne dat haar echtgenoot haar gaf toen ze gingen scheiden.' Moeder keek Liza peinzend aan, alsof ze over-

woog iets uit te leggen, maar kennelijk bedacht ze zich. 'Ze woont daar meestal alleen. Meneer Tobias gaat haar bezoeken.'
'We kunnen toch de honden wel nemen, hè?' vroeg Liza. 'Ook als Matt ze wel wil, kunnen wij ze toch nemen?'
'Natuurlijk nemen wij de honden.'
Zodat meneer Tobias zeker zou komen. Liza realiseerde zich dat pas achteraf en niet op dat moment.
Het was de dag van haar eerste Franse les ('Voici la table, les livres, la plume, le cahier.') dat Matt de honden kwam brengen. Ze tuitte haar lippen en probeerde dat gekke geluid te maken dat ergens tussen 'jie' en 'jee' in hangt, toen ze de auto hoorden en vervolgens de klop op de deur. Het was een behoorlijk koude dag, zelfs voor april, en het elektrische kacheltje stond aan, herinnerde ze zich.
De honden waren blij haar te zien, zoals altijd. Ze sprongen tegen haar op, likten haar gezicht en kwispelstaartten met het stompje aan het eind van hun rug dat ze nog over hadden. Maar Rudi was minder hevig in zijn liefdesbetuigingen dan in het verleden, hij stonk een beetje uit zijn bek en zijn vacht werd grijs. Hondenjaren tellen voor zeven mensenjaren, zei Matt, en dat betekende dat Rudi over de zeventig was. Heidi was natuurlijk pas zes, dus tweeënveertig.
'Gaat hij dood?' vroeg Liza.
Matts haar was veel langer dan de laatste keer en hing in grijze pieken naar beneden. 'Maak je daar maar geen zorgen over,' zei hij, 'dat duurt nog een hele tijd.'
Maar moeder zei: 'Ja, hij zal dit jaar of volgend jaar wel doodgaan. Dobermanns worden niet veel ouder dan elf.'
Liza kende haar tafels: 'Of zevenenzeventig.'
Dit had tot effect dat Matt haar vroeg waarom ze niet op school was. Voor Liza antwoord kon geven zei moeder koeltjes: 'Het is Pasen. De scholen zijn dicht met Pasen.'
Het duurde een paar jaar voor een belangrijk feit over die verklaring tot haar doordrong, hoewel ze op dat moment ook al had geweten dat er iets geks mee was. Moeder had geen leugen verteld, het wás paasvakantie, maar toch had ze Matt een ver-

keerde indruk gegeven. Later vielen haar meer van dit soort voorbeelden op en leerde ze om het zelf ook te doen.
'Jullie hebben nog steeds geen telefoon, zie ik.'
'En die krijgen we niet ook.'
'Dan moet het wel per briefkaart.'
'Dat kunnen we maar het best aan meneer Tobias overlaten,' zei moeder op de kille toon die ze soms aansloeg. Toen, iets vriendelijker, alsof ze het eigenlijk liever niet wilde vragen: 'Komt hij ze zelf halen?'
Liza vond de manier waarop Matt naar moeder keek niet prettig. Het was alsof hij inwendig lachte. 'Zoals u al zei, dat zullen we aan hem over moeten laten.' En met zijn bekende knipoog voegde hij eraan toe: 'Het zal ervan afhangen wat juffrouw Fastley ervan vindt.'
Liza had nooit van juffrouw Fastley gehoord. Moeder keek alsof ze wel van haar gehoord had, maar ze zei niets.
'Als ze terugkomen uit Frankrijk,' zei Matt.
Liza dacht dat ze zouden doorgaan met de Franse les zodra hij weg was, maar moeder zei dat het genoeg was voor die dag en dat ze met de honden naar de rivier zouden gaan. Ze kleedden zich warm aan en liepen door de tuin van Shrove. Er was waarschijnlijk een trein langsgekomen, Liza kon zich dat soort details niet herinneren, het was zo ongeveer die tijd van de dag. Het was ook waarschijnlijk dat ze naar de trein had gezwaaid en dat één of twee passagiers hadden teruggezwaaid. Er zwaaiden er altijd wel een paar terug.
Moeder stond over de vallei uit te kijken naar de hoge heuvels, waar de witte weg zich tussen de uitbottende bomen kronkelde. De bossen waren wit van de Japanse kers en onder de heggen bloeiden sleutelbloemen.
'Het is zo prachtig, het is zo prachtig!' riep ze, terwijl ze haar armen uitspreidde. 'Is het niet prachtig, Lizzie?'
Liza knikte. Ze wist nooit wat ze op zo'n moment moest zeggen. Er was iets in moeders uiterlijk en in haar licht hijgende stem dat haar een ongemakkelijk gevoel gaf.
'De treinen kunnen me niet schelen, in zekere zin is het juist

goed dat mensen vanuit de trein kunnen zien hoe prachtig het hier is.'
Ze vertelde Liza een verhaal over een man die George Borrow heette en die bijbels verkocht en boeken schreef en in Norfolk woonde, maar die verhuisde en jaren wegbleef omdat hij het niet kon verdragen dat er een spoorlijn werd aangelegd door het landschap waar hij zoveel van hield.
'Wie is juffrouw Fastley?' vroeg Liza op de terugweg.
Moeder had haar zeker niet gehoord, want ze moest het nog eens vragen.
'Dat is een van de dames die vorig jaar een weekend op Shrove kwamen logeren. Zij is degene die Victoria heet.'
'Annabel had de trui met de bloemen aan,' zei Liza, 'en Claire had het jasje van hetzelfde spul als jouw schoenen aan, dus die met het groenzijden overhemd moet Victoria geweest zijn.'
'Ja, dat geloof ik wel.'
Ze brachten de honden niet regelrecht naar het kasteeltje, maar hielden ze 's avonds bij zich. Rudi lag voor de elektrische kachel te slapen. Hij was moe van de wandeling. Moeder zei dat ze te ver met hem hadden gelopen. Liza zat aan de ene kant van de haard en moeder aan de andere. Liza was *Winnie the Pooh* van A.A. Milne aan het lezen en moeder *Eothen* van A.W. Kinglake. Soms lazen ze elkaar stukjes voor, en *Winnie the Pooh* was zo grappig dat Liza wel een heleboel stukjes had willen voorlezen, maar toen ze opkeek zag ze dat moeder niet meer las, maar verdrietig naar het haardkleedje zat te staren. Ze had tranen op haar wangen.
Liza bood niet aan om wat voor te lezen maar ging stilletjes door in haar boek. Ze dacht dat moeder huilde omdat Rudi oud was en gauw dood zou gaan.

Liza wilde het geld dat ze verdienden sparen. Eve was voor haar altijd een toonbeeld van zuinigheid geweest. Er was een bankrekening geweest en een blikje in de keuken. En, natuurlijk, het geheime kistje in het kasteeltje. Er werd precies bijgehouden wat Eve verdiende en wat ze uitgaven en dat werd allemaal precies

bekeken voordat er stof gekocht werd om een jurk voor Liza te maken of een nieuwe rok voor Eve. De grootste uitgave die Liza zich herinnerde was die voor de cassetterecorder die Eve gekocht had, zodat Liza iets over muziek kon leren en kon luisteren naar de werken van de grote componisten. Ze was bijna acht toen dat gebeurde.
Sean waardeerde haar zuinigheid. Hij zei dat verstandig omspringen met geld iets was dat zij hém kon leren. Ze konden pasteitjes en chips voor de lunch nemen en chocoladerepen toe eten, maar het zou verstandig zijn om 's avonds niet te vaak in de stad in de Burger King of in meneer Gupta's Indische restaurant te gaan eten. Op een avond zag Sean een briefje op het raam van de nieuwe supermarkt dat ze hulp zochten. Het ging alleen om prijsjes opplakken en schappen vullen, maar Sean zei dat hij ging solliciteren. Hij zou daar zeker twee keer zoveel verdienen als bij Vanner, misschien wel drie keer zoveel.
'Dan doe ik het ook.'
'Ik denk niet dat dat kan, liefje. Ze willen je sofinummer en dat heb je niet.'
'Kan ik dat niet krijgen?'
'Niet zonder je naam op te geven.'
Ze vonden ook het bureau voor geboorteregeling – Liza gaf Seans naam op en noemde zichzelf Elizabeth Holford – en een prikbord bij het plaatselijk persagentschap met vijf advertenties waarin een hulp in de huishouding werd gevraagd. Liza bestudeerde ze aandachtig. Huishoudelijk werk was iets dat ze kon.
Toen ze terugkwamen stak de man met de zwarte hond zijn hoofd om de deur van zijn caravan. Hij zei hallo en of ze een kop thee wilden.
Liza zag wel dat Sean er geen zin in had, maar het was onbeleefd om nee te zeggen, dus stapten ze de caravan binnen, in het keukengedeelte, waar de zwarte hond op de bar naar de televisie zat te kijken. In plaats van thee haalde de man, die zei dat hij Kevin heette, een fles whisky en drie glazen tevoorschijn. Liza zag wel aan Sean dat hij de uitnodiging nu een stuk leuker vond.
Het kleine, blauwe scherm fascineerde haar. Het beeld was zo

scherp en de kleuren waren zo helder. Maar eerst durfde ze bijna niet te kijken. Stel je voor dat er een politieman, of misschien wel Eve zelf, zou verschijnen om Lisa's uiterlijk te beschrijven. Ze hoefde zich geen zorgen te maken. Dit was een programma over kleine zoogdieren, op ratten en eekhoorns lijkende schepseltjes ergens aan de andere kant van de wereld. Misschien was de hond daarom wel zo geboeid.

Hij was veel kleiner dan Rudi en Heidi, minder glad en met een echte staart, die op de bar sloeg als de eekhoorns rondsprongen, maar toch moest ze door hem aan de honden van meneer Tobias denken, die nu allang dood waren. Moeder en zij hadden drie weken voor ze gezorgd toen Matt was gekomen, zonder enige waarschuwing, die ze had meegenomen. Toen moeder hem uit de auto zag stappen, zijn haar langer dan ooit en nu in een staartje, verdween alle kleur uit haar gezicht. Ze werd heel bleek.

Liza dacht dat ze hem zou vragen waar meneer Tobias was, maar dat deed ze niet, ze zei nauwelijks een woord tegen hem. De honden werden overgedragen. Liza had ze allebei omhelsd en boven op hun kop gekust. Toen ze de auto zag vertrekken wist ze op de een of andere manier dat de honden nooit terug zouden komen, in elk geval niet alle twee. Ze wist niet hoe ze hierbij kwam, want moeder zei er geen woord over. Ze keek zelfs niet uit het raam, maar legde het Franse boek voor Liza's neus en zei tamelijk bits tegen haar dat ze moest gaan lezen.

Die avond zei moeder dat ze naar Shrove House gingen, wat Liza verbaasde, want daar gingen ze nooit na drie uur 's middags heen. Het was even na zessen toen ze tussen de hoge bomen in het park liepen. Er stonden dotterbloemen in het gras en bij de heggen fluitenkruid en berenklauwen. Deze keer zei moeder niet hoe prachtig het was. Ze wandelden zwijgend, hand in hand.

Moeder nam haar mee naar de bibliotheek en gaf haar een opdracht: alle Franse boeken opzoeken, ze tellen en kijken of ze er een kon vinden dat *Emile* heette en geschreven was door Jean-Jacques Rousseau. Liza had het in minder dan geen tijd voor elkaar. Er waren niet veel Franse boeken, ze hoefde maar tot tweeëntwintig te tellen, en *Emile* zat ertussen. Ze pakte het van

de plank. Het was een heel oud, in blauw gebonden boek met vergulde letters erop. Toen ging ze moeder zoeken.
Moeder stond in de salon te telefoneren. Liza had nog nooit iemand zien telefoneren. Natuurlijk had ze de telefoon gezien en wist ze ongeveer waar die voor diende. Meneer Tobias had het haar uitgelegd en ze herinnerde zich dat moeder bij die gelegenheid haar wenkbrauwen gefronst en haar hoofd geschud had. Nu gebruikte moeder hem. Liza hield zich muisstil en luisterde.
Ze hoorde moeder zeggen: 'Ik zei je al dat het me spijt, Jonathan. Ik heb je nog nooit gebeld.' Haar stem werd zo zacht dat Liza haar bijna niet kon horen. 'Ik moest bellen. Ik moest het weten.'
Op de een of andere manier had Liza verwacht dat de stem van meneer Tobias uit de andere kant van de hoorn te horen zou zijn, maar het bleef stil. Ze kon merken dat moeder hem wel hoorde.
'Waarom zeg je dat er niets is wat ik moet weten? Als er niets was zou je wel gekomen zijn.'
Liza had moeder nog nooit zo horen praten, met een schorre, smekende, bijna angstige stem, en ze vond het helemaal niet prettig. Moeder had alles altijd onder controle, ze wist alles en was almachtig, maar zo klonk ze nu niet.
'Maar wil je dan komen? Wil je komen, Jonathan, alsjeblieft? Als ik het je vraag? Kom *alsjeblieft.*'
Zelfs Liza begreep dat hij niet zou komen, dat hij zei: 'Nee, ik kan niet', of 'Nee, ik wil niet'. Ze zag dat moeder haar schouders optrok en haar hoofd liet zakken. Ze hoorde haar zeggen, op die kille toon die ze ook wel eens tegen Matt gebruikte: 'Het spijt me dat ik je heb lastiggevallen. Ik hoop dat ik je niet gestoord heb. Tot ziens.'
Liza liep naar haar toe en strekte haar hand uit. Ze liet haar het blauwe boek zien dat *Emile* heette, maar moeder leek vergeten te zijn wat ze haar gevraagd had, ze leek alles vergeten. Moeders gezicht was zo bleek als was en zo strak als...
'Zit je te dromen, schat?' vroeg Sean. 'Ik bood je een dubbeltje

voor je gedachten en je hoorde niet eens dat ik wat zei. Kevin vroeg of jij een glas van zijn Raisling wilt proberen.'
Liza zei ja, bedankt, dat wilde ze graag, en toen ze de doos met wijn zag en de naam die erop stond kon ze zich met moeite bedwingen om niet te zeggen dat je Riesling als Riesling uit moest spreken, en niet als Raisling. Misschien zou ze daarmee hun gevoelens kwetsen. Kevin was een kleine man met een donkerbruin gezicht en zwart haar, hoewel daar niet veel van over was. Hij kon net zo goed dertig als vijfenveertig zijn. Liza kon het niet zeggen, ze was niet erg goed in het raden van leeftijden en dat was ook geen wonder.
De mannen praatten over voetbal en toen over de hond. Kevin zei dat het een goede rattenvanger was. Het was gaan regenen, Liza hoorde de druppels op het dak van de caravan roffelen. Wat zouden ze doen als het bleef regenen? Meneer Vanner zou hen niet betalen als ze niet konden plukken.
Ze vroeg Kevin hoeveel zijn tv gekost had en zag onmiddellijk aan Seans gezicht dat ze dat niet had moeten vragen, maar het scheen Kevin niet te kunnen schelen. Hij zei dat hij het niet wist, dat hij er geen flauw idee van had, omdat het een van de dingen was die hij uit huis had meegenomen toen hij en zijn vrouw uit elkaar gingen. Zij had dat ding ooit gekocht.
'Jullie denken nog niet aan trouwen, hè?' vroeg hij toen Sean en zij weggingen. 'Ik zou er maar goed over nadenken. Geniet maar van je vrijheid zolang je kan.'
'Natuurlijk denken we niet aan trouwen,' zei Liza, en ze moest lachen bij het idee, maar Sean lachte niet.

Ze had Sean helemaal niet veel verteld over Eve en meneer Tobias, alle herinneringen hadden zich in haar hoofd afgespeeld. Hij was degene die het onderwerp de volgende dag aansneed. Hij had er zeker nog over nagedacht, al begreep ze niet waarom. Ze lagen nog in bed. Het was al tamelijk laat in de ochtend, maar het had toch geen zin om eruit te gaan als het pijpenstelen regende.
Toen ze wakker werd had ze eerst niet geweten waar ze was. Ze

stelde zich voor dat ze in het poorthuis moest zijn. De regen maakte het onnatuurlijk donker. Nog half slapend had ze naar het boek gezocht dat opengeslagen, met de rug naar boven, op het nachtkastje moest liggen. Maar er was geen nachtkastje en er was geen boek, en toen ze zich omdraaide rolde ze in de warme, begerige armen van Sean. In plaats van te gaan lezen had ze hem gekust en overgehaald met haar te vrijen – wat absoluut geen moeilijke opgave was; hij had gezegd dat het elke dag beter ging en daarmee was ze het vaak eens.

Plotseling vroeg hij: 'Die vent, die Tobias, sliep die met je moeder? Ik bedoel, lagen ze in hetzelfde bed?'

'Ze waren minnaars, net als wij.'

'Dat was niet goed,' zei Sean heel ernstig, 'niet met jou in huis, niet met een klein kind.'

'Waarom niet?'

Ze begreep niet wat hij bedoelde en ze merkte dat hij het moeilijk vond om uit te leggen.

'Nou, het is gewoon niet goed. Iedereen weet dat. Ze waren niet getrouwd. Je moeder had beter moeten weten, zo'n gestudeerde vrouw als zij. Zij met z'n tweeën kan nog, maar niet met een klein kind in huis. Je moet nou eenmaal je principes hebben, snap je, schat.'

Ze zei nee, dat snapte ze niet, maar hij lette er niet op. 'Denk je dat ze dacht dat hij met haar zou trouwen?'

'Dat hoopte ze.'

'Tja, ze zal wel eenzaam geweest zijn. Het was niet netjes van hem om op zo'n manier misbruik van haar te maken.'

Liza vertelde over het telefoontje. Ze vertelde ook hoe stil en afwezig Eve daarna was geweest. Dat het soms geleken had alsof ze bang was.

'Nou, ze was verliefd, hè?' De romantische Sean drukte zijn lippen in haar nek en streelde haar haar. 'Ze hield van hem en ze dacht dat ze hem kwijt was. Je had medelijden met haar moeten hebben.'

'Ik weet niets van verliefd zijn,' zei Liza. 'Of misschien een beetje. Zij wilde Shrove House, daar ging het allemaal om. Zij wilde

Shrove House voor zichzelf, om er zeker van te zijn dat ze er nooit van gescheiden zou worden. Dat was de enige manier. Als ze met meneer Tobias trouwde zou het van haar geworden zijn.'

Sean was geschokt. 'Dat is niet goed.'

'Ik kan het niet helpen. Zo was het nu eenmaal. Het was altijd zo geweest. Zij wilde dat huis, ze wilde zeker weten dat ze er altijd zou kunnen blijven. Dat wilde ze meer dan wat ook ter wereld.'

'Dat klinkt echt krankzinnig.' Ze voelde dat hij zijn hoofd schudde dat naast haar hoofd op het kussen lag. 'En wat is er toen verder gebeurd?'

'Hij is met iemand anders getrouwd,' zei Liza. 'Hij trouwde met Victoria.'

8

Liza was acht jaar en voorzover ze zich kon herinneren nooit van Shrove weg geweest. Eens in de week ging moeder met de bus naar de stad om boodschappen te doen, maar Liza vroeg nooit of ze mee mocht. Nu ze erover nadacht kon ze zich niet voorstellen waarom ze dat nooit gevraagd had. Ze was er tevreden mee geweest om opgesloten te worden in haar slaapkamer of in een van de kamers op Shrove, of had zich er in elk geval bij neergelegd.

'Dat was verkeerd.' Sean was in een kritische bui. 'Stel je voor dat er iets met je gebeurd was.'

'Er gebeurde niets met me.'

'Kan wel wezen, maar dat kon zij niet weten. Je had jezelf wel pijn kunnen doen, of het huis had in brand kunnen vliegen.'

Ze dacht, maar zei het niet, dat het afbranden van het huis een veel grotere tragedie voor Eve zou zijn geweest dan dat Liza daarbij omgekomen was.

'Als ze erachter gekomen waren hoe het daar toeging hadden ze je misschien wel weggehaald en in een pleeggezin gedaan.'

'Ze wisten er niets van, wie "ze" dan ook mogen zijn.'

'Was je niet bang?'

'Nee, ik geloof niet dat ik ooit bang ben geweest. Nou ja, een beetje na die man met de baard, maar ik zag wat ze daaraan deed, snap je. Ze liet me zien dat ze altijd voor me zorgde. Ik vond het het leukste om in de bibliotheek in Shrove opgesloten te worden. Daar, of in de ontbijtkamer. Het was er warm.'

'Wat bedoel je met warm? Het huis stond toch leeg?'

'De verwarming brandde altijd van oktober tot mei.'

'Hij moet stinkend rijk geweest zijn,' zei Sean misprijzend. 'Een centrale verwarming laten loeien terwijl er niemand woont en er arme donders zo op straat moeten slapen.'

Het interesseerde haar niet, ze begreep nauwelijks wat hij be-

doelde. 'Ik las daar altijd boeken. Natuurlijk waren er een heleboel waar ik niets van begreep, waar ik nog veel en veel te jong voor was. Eve zei een keer tegen me: "Ik vraag me wel eens af wat de mensen zouden zeggen, de mensen die vinden dat je naar school zou moeten, als ze konden zien dat jij met je zevenenhalf jaar probeert om Ruskin en Matthew Arnold te lezen." '
Sean wist daar niets op te zeggen.
'Bovendien was ze nooit langer dan twee uur weg. Dan kwam ze me halen en had ze altijd iets leuks, een verrassing: kleurpotloden of een nieuw paar sokken of een beschilderd ei. Ik herinner me dat ze een keer thuiskwam met een ananas. Ik had er nog nooit een gezien. En toen bracht ze op een dag een schilderij mee.'
Het was een schilderij van Shrove House. Moeder moest haar vertellen wat het voorstelde, anders had ze het niet geweten. Het was zo vreemd geschilderd, met zulke harde kleuren. En het huis zag eruit zoals zij het nog nooit gezien had. Maar toen had moeder uitgelegd dat dit gewoon de visie was van één iemand, van de schilder. Ze zei dat hij gekozen had om het bij zonsondergang na een storm te schilderen, dat hij het huis zag als een symbool van rijkdom en macht en dat hij zoveel geel gebruikt had om een indruk van goud te geven en zoveel purper om kracht te onthullen. Toen begon ze het een beetje te begrijpen. Moeder had het schilderij zien hangen in iets wat ze een galerie noemde en had het 'in een impuls' gekocht. Het was niet duur geweest voor wat het was, had ze gezegd.
'Bovendien hebben we geld,' zei moeder, en voegde er trots aan toe: 'Wij smijten ons geld niet over de balk.'
Ze hing het schilderij aan de muur in hun woonkamer op de plek waar ooit het geweer had gehangen. Toen Liza op een stoel klom om het van dichterbij te bekijken zag ze dat er in rode letters *Bruno Drummond* en *1982* in de rechterbenedenhoek geschreven stond.
De volgende ochtend, of misschien de ochtend daarna, kwam de postbode een brief van meneer Tobias brengen. Moeder scheurde de envelop open en las. Ze gooide de envelop in de

prullenmand, las de brief nog eens en vouwde hem op. Ze zei iets vreemds terwijl ze naar de opgevouwen brief in haar hand keek.

'Vroeger werd een boodschapper die slecht nieuws kwam brengen ter dood gebracht. Gelukkig voor de postbode dat de tijden veranderd zijn.'

Liza hoorde zijn auto wegrijden over het weggetje. Ze wachtte tot moeder haar zou vertellen wat meneer Tobias geschreven had, maar ze vertelde het haar niet en er was iets in moeders gezichtsuitdrukking dat haar ervan weerhield ernaar te vragen. Er waren die week meer lessen dan gewoonlijk en soms gingen ze tot 's avonds door. Dit was een teken dat er iets gebeurd was dat moeder van streek maakte.

Op zaterdagochtend, toen Liza zat te ontbijten, zei moeder: 'Meneer Tobias gaat vandaag trouwen. Dit is zijn trouwdag.'

'Wat is trouwen?' vroeg Liza.

Moeder legde het haar uit. Ze maakte er een les van. Ze vertelde over huwelijkstradities in verschillende delen van de wereld. Ze vertelde bijvoorbeeld dat een man in sommige landen meerdere vrouwen kon hebben, maar hier niet, hier konden mensen maar met één ander mens tegelijk getrouwd zijn. Dat heette monogamie. Ze vertelde Liza over de islam en over de mormonen, over christelijke bruiden die in witte jurken in kerken trouwen en over joodse mensen die onder baldakijnen op glas stampen. Toen las ze iets voor uit het *Book of Common Prayer*, dat het huwelijk iets voor altijd was, tot de twee mensen gescheiden werden door de dood. Maar meneer Tobias zou wel niet zo getrouwd zijn, dat zou wel alleen op het stadhuis gebeurd zijn.

'Ben jij ooit getrouwd?'

'Nee, nooit,' zei moeder.

Om kwart over twaalf zei ze dat het nu wel allemaal voorbij zou zijn en dat ze nu man en vrouw waren. Liza vroeg of hij voor die tijd dan geen man geweest was en moeder zei dat ze gelijk had, het was maar een manier van spreken, niet zo'n erg goede manier. Ze waren nu *echtgenoten.*

'Komen ze hier wonen?' vroeg Liza.

Moeder antwoordde niet en Liza wilde haar vraag herhalen, maar zweeg omdat moeders gezicht donkerrood geworden was en ze haar vuisten gebald hield. Het leek Liza het beste om er maar niets meer over te zeggen. Ze liet Annabel in een zelfbedachte ceremonie trouwen met de lappenpop, maar dat deed ze pas boven, toen ze alleen op haar slaapkamer was.
En natuurlijk kwamen meneer en mevrouw Tobias helemaal niet op Shrove wonen, al logeerden ze er wel eens, de eerste keer twee weken na hun huwelijk. Er kwam eerst nog een brief. Moeder las hem, verfrommelde hem en keek kwaad.
'Wat bedoelt hij nou met dat ik een vrouw moet inhuren om het huis in orde te maken? Hij weet dat ik dat nooit doe. Hij weet dat ik het schoonmaak en dat ik het in orde zal maken voor zijn vrouw.' Die laatste twee woorden zei ze nog eens. 'Zijn vrouw.'
Liza en moeder waren de hele middag op Shrove. Meneer Tobias zou niet meer in zijn oude slaapkamer slapen, maar in de slaapkamer die van Caroline Ellison was geweest, in het hemelbed met de gele, zijden gordijnen. Met Victoria, dacht Liza, hoewel moeder daar niets over had gezegd. Het hemelbed was heel anders dan dat in de Venetiaanse Kamer. Het was gemaakt van donker, bewerkt hout en had een bewerkte, houten overkapping die moeder een hemel noemde. Vroeger, toen er nog geen glas in de ramen zat en de plafonds heel hoog waren, vlogen er vogels in en uit en in koude nachten zaten ze op de dakspanten te slapen, vertelde moeder. Je had een dak boven je bed nodig om het te beschermen tegen de poep van uilen en haviken.
Terwijl moeder schone witte lakens op het hemelbed legde en een kleedje van gele zij met witte kant op de kaptafel, probeerde Liza de knop van de deur naar de gesloten kamer. Je wist maar nooit, maar hij was op slot, zoals altijd.
Moeder had gezegd dat ze opstellen moest schrijven – verhaaltjes dus eigenlijk – en had haar gevraagd er een te maken over trouwen. Liza was er in haar hoofd al mee bezig. Ze zou een meisje dat Annabel heette laten trouwen met een man die Bruno heette. De man zou haar langs de rivier naar zijn grote huis

op het land brengen. Annabel vond de afgesloten kamer terwijl Bruno aan het paardrijden was en vond daarna de sleutel van de deur in de zak van zijn ochtendjas. De volgende keer dat hij weg was maakte ze de deur open en binnen vond ze de dode lichamen van drie vrouwen die hij vermoord had voor hij met haar trouwde, omdat alleen moslims meer dan één vrouw mochten hebben. Liza wist niet wat er daarna zou gebeuren, maar ze zou wel iets bedenken.

Ze verwachtte dat meneer Tobias, net als vroeger, snel naar hun huis zou komen, met de honden op zijn hielen. Moeder zat te naaien, met haar rug naar het raam. Haar voeten bewogen de trapper van de machine sneller dan anders en ook haar handen gingen sneller in het geleiden van de stof. Liza zat buiten op de stoep op hem te wachten. Het was al oktober, maar het was warm en zonnig, de bladeren van de balsemboom waren nog groen, en de hulstbessen waren van groen in goud veranderd. 's Ochtends was het mistig geweest, maar nu was de lucht helderblauw en alles heel stil.

Ze waren laat. Liza stond al op het punt om het op te geven en naar binnen te gaan toen de auto ten slotte kwam, niet de Range Rover, maar de Mercedes. Later zou Liza veel automerken leren herkennen, maar in die tijd kon ze alleen een Range Rover, een Ford-Transitbusje, een Mercedes en een politieauto van elkaar onderscheiden. De Mercedes reed recht op de openstaande hekken af. Toen meneer Tobias Liza zag stak hij zijn arm uit het raampje en zwaaide. Naast hem zat de dame die het groene overhemd gedragen had. Victoria. Mevrouw Tobias.

Het was jammer dat Liza haar niet goed kon zien. Ze had deze keer geen groen overhemd aan, maar een heel lichtbruine jumper met een omgeslagen kraag die tot aan haar kin reikte. Haar haar was blond, bijna dezelfde kleur als de jumper, maar zijig in plaats van wollig en pluizig. Haar gezicht was niet zichtbaar. Liza veronderstelde dat de honden wel achterin zouden zitten, maar ze kon ze niet zien. Ze zwaaide en zwaaide tot ze uit het gezicht verdwenen waren en ging toen naar binnen om moeder alle bijzonderheden te vertellen. Ze had verwacht dat ze die avond zouden komen. Of hij. Ze had het liefst dat hij alleen zou komen. Ze zat bij het raam met Annabel, alsof Annabel hem op een soort magische manier naar het poorthuis zou trekken.

'Het moet zoiets geweest zijn als een mes omdraaien in een wond,' zei ze tegen Sean, 'zoals ik maar over hem bleef praten. Wanneer kwam hij naar ons toe? Konden we niet naar Shrove? Arme Eve! Maar ik wist niet beter, ik was nog maar een kind.'

'Ik zou me daar maar geen zorgen over maken. Je hebt zelf gezegd dat ze hem alleen maar wilde vanwege dat huis van hem.'

'Zo eenvoudig zijn die dingen niet,' zei Liza. 'Maar goed, ze kwamen de volgende dag, allebei.'

Mevrouw Tobias was lang en slank. ('Heel elegant, zou ik zeggen,' zei moeder.) Haar blonde haar met de kleur van pasgezaagd hout was heel kortgeknipt, zoals van een man, en haar gezicht was opgemaakt zoals Liza nooit eerder had gezien. Totaal anders dan Diana Hayden. Het had meer het effect van een prachtig schilderij of een juweel. Haar mond deed Liza denken aan een bloemknop van een fuchsia en haar oogleden waren paars als krokussen. Ze had fuchsiakleurige nagels en ze droeg de ringen van meneer Tobias aan één vinger: schitterende diamanten in goud.

Ze was heel aardig en beleefd tegen moeder. Ze bedankte haar dat ze het zo mooi schoon had gemaakt en zei hetzelfde wat meneer Tobias altijd al gezegd had: dat ze echt, absoluut, een vrouw moest inhuren om Shrove schoon te houden. Moeder moest iemand zien te vinden, en als dat niet lukte zou zij, mevrouw Tobias, er zelf achteraan gaan. Meneer Tobias stond een beetje vreemd te kijken, hij wreef in zijn handen, liep op en neer en bestudeerde hun oude elektrische kachel alsof hij een hartstochtelijke belangstelling had voor dat soort dingen.

Liza vroeg: 'Waar zijn Rudi en Heidi?'

'Rudi is helaas gestorven,' zei hij.

Hij zag er steeds onhandiger uit en probeerde het uit te leggen. Rudi was oud, at haast niets meer, hij had een tumor in zijn lijf en het beste wat ze voor hem hadden kunnen doen was hem vredig te laten inslapen.

'Hebt u hem doodgeschoten met een geweer?' vroeg Liza.
'O, mijn God, waar haalt dat kind zulke ideeën vandaan?' riep hij uit.
'Ik heb hem naar de dierenarts gebracht,' zei meneer Tobias, 'en hij was heel rustig en tevreden en gelukkig. De dierenarts gaf hem een injectie en Rudi viel in slaap met zijn kop op m'n schoot.'
'Hij is nooit meer wakker geworden, hij is gestorven,' zei moeder. Mevrouw Tobias keek haar op een eigenaardige manier aan. Ze trok haar bovenlip op en liet haar kleine witte boventanden zien.
'En Heidi?'
Meneer Tobias zei dat ze bij Matt was, in Cumbria. Heidi woonde nu bij hem, in zijn gemeentewoning. 'Victoria is allergisch voor honden.'
'Daar kan ik niets aan doen,' zei mevrouw Tobias. 'Natuurlijk ben ik dol op honden, maar zelfs één hond in m'n buurt kan zo'n afschuwelijke astma-aanval veroorzaken.'
Daarna zagen ze meneer en mevrouw Tobias alleen nog maar in de verte. Op een avond zag Liza hen door haar slaapkamerraam uit het bos komen, met hun armen om elkaar heen. Af en toe hoorde ze de auto langskomen en toen ze er bijna een week waren hoorde ze schoten.
'Meneer Tobias heeft nooit geschoten,' zei ze tegen moeder. 'Waarom doet hij dat nu wel?'
'Misschien omdat zijn vrouw dat graag wil.'
'Waar schiet hij dan op?'
Moeder haalde haar schouders op. 'Fazanten, patrijzen – konijnen, misschien.'
Meneer Tobias kwam een paar dode fazanten brengen. Een koppel, noemde hij het. Hij kwam alleen. Mevrouw Tobias had pijn in haar rug en voelde zich niet lekker. Liza dacht niet dat ze dingen zou kunnen eten die ze in de weiden had gezien, zulke prachtige vogels, bijna net zo mooi als de pauwen die ze op plaatjes had gezien, maar toen puntje bij paaltje kwam en moeder ze gebraden had, merkte ze dat ze het wel kon. Toen ze het

zachte, bruine vlees at dat in haar mond leek te smelten, vergat ze de glanzende blauwe en gouden veren en de heldere kraaloogjes.
De Dag van de Fazant, noemde ze het. Ze schreef het opstel over het huwelijk voor moeder en kreeg het later terug met een rode streep eronder, maar zonder verder commentaar. Dat was in de week dat moeder haar sloeg, de eerste en de laatste keer dat dat gebeurde. Moeder zag haar 'echtgenootje spelen' met haar poppen, net op het moment dat de lappenpop Annabel doodschoot met een geweer dat van een takje was gemaakt.
Het was alsof ze er geen seconde over nadacht. Ze hief haar hand op en sloeg Liza tegen de grond. Achteraf zei ze dat ze er spijt van had en dat ze het niet had moeten doen.
Het werd plotseling heel koud en er kwam zo'n strenge nachtvorst dat het 's ochtends leek alsof er sneeuw was gevallen. De kou verdreef meneer en mevrouw Tobias. Ze kwamen even bij het poorthuis langs toen ze weggingen, en mevrouw Tobias, die een prachtige mantel droeg van witte schapenvacht, zei dat het te gek was dat ze geen badkamer hadden in het poorthuis en dat dat zo gauw mogelijk in orde gemaakt moest worden. Meneer Tobias had precies dezelfde woorden gebruikt, maar er niets aan gedaan, herinnerde Liza zich. Zijn vrouw drong er bij moeder nog eens op aan een werkster te zoeken. Als zij wist dat moeder het allemaal in haar eentje deed zou ze zich verplicht voelen om zelf op te ruimen.
'Alsjeblieft, Eve,' zei meneer Tobias, die zich ongemakkelijker leek te voelen dan ooit. 'En we zullen wat aan die badkamer laten doen.'
De auto was nog geen tien minuten weg toen moeder en zij al op weg waren naar Shrove House om de rommel op te ruimen.
Maar er was geen rommel. Alles was keurig opgeruimd en iemand had de afwas gedaan en afgestoft. Liza kon niet zeggen hoe ze het wist, maar had het merkwaardige gevoel dat moeder liever een grote bende had aangetroffen. Terwijl moeder het bed afhaalde en de lakens in de wasmachine stopte, probeerde Liza de gesloten deur nog eens. Deze keer, voor de allereerste keer,

zat de deur niet op slot. Ze draaide de knop om en de deur ging open.
Er lagen geen lijken, geen dode bruiden. Ze stond in een kleine zitkamer waar een bureau, een paar bijzettafeltjes, drie leunstoelen en een bank stonden. Aan de muren hingen in glanzend houten lijsten een soort saaie, grijze plaatjes waarvan moeder zei dat het etsen waren. Er stonden een paar vazen met Chinese mensen erop en boeketten gedroogde, rode rozen erin. Tegenover de bank en de stoelen stond een kast van licht gevlamd hout met daarop een grote bruine kist met een soort spiegel aan de voorkant. Ze kon zichzelf in de spiegel zien, maar niet heel duidelijk, eerder zoals je jezelf zag in een raam waarachter donkere gordijnen waren dichtgetrokken.
'Wat was dat?' vroeg Sean. 'Een tv?'
'Ja, maar dat wist ik toen niet. Ik kon niet bedenken wat het was. Het gekke was dat het me ook niet zo veel kon schelen. Ik was *teleurgesteld*. Ik had zoveel over die kamer gefantaseerd, snap je, ik dacht dat er op z'n minst een of ander wild beest in zou zijn, of een kist met juwelen, een schat of zo, of een skelet. Ik had in een van de boeken uit de bibliotheek een skelet gezien. Maar er was alleen die kist met de spiegel aan de voorkant, niet eens een echte spiegel, meer niet.'
'Maar je zette hem aan.'
'Nee, toen niet, dat zou nog tijden duren. Ik zou er niet meer aan gedacht hebben en waarschijnlijk ook nooit naar die kamer zijn teruggegaan als moeder niet was binnengekomen. Maar omdat ze binnenkwam en kennelijk zo – nou ja, verbaasd was dat ik daar was en dat ding gevonden had, wilde ik dolgraag weten wat het was.'
'Zo zijn kinderen,' zei Sean wijs.
'O ja? Ik weet het niet. Ik kende alleen mezelf. Ze was niet kwaad. Ze leek eerder bezorgd. Het is moeilijk te beschrijven, ik moet er een uitdrukking voor zoeken, zoiets als sprakeloos, alsof de wind haar uit de zeilen was genomen. Ze pakte me bij de hand, nam me mee de kamer uit, pakte de sleutel en deed de deur weer op slot.'

'Maar waarom?'
'Dat was toch precies waar het allemaal om ging? Waar mijn hele opvoeding om draaide? De wereld had haar zo slecht behandeld, het was daarbuiten zo vreselijk dat ze niet wilde dat ik daar iets van zou meemaken. Ik moest beschermd worden tegen de wereld, vandaar dat ik niet naar school ging, geen tochtjes naar de stad maakte, geen andere mensen ontmoette behalve degenen die niet te vermijden waren. Mijn hele kindertijd, mijn hele jeugd was volledig afgeschermd.'
'Ze heeft je wel geleerd hoe je je moet uitdrukken, hè?' zei Sean bewonderend. Hij stak een sigaret op, had dat kennelijk nodig. Liza had liever dat hij het niet deed. De caravan was zo klein, hij stond binnen de kortste keren vol rook en daar ging ze van hoesten. Ze zuchtte even voor ze verderging. 'Televisie zou zoveel tenietdoen. Als ik eenmaal televisie had gekeken, zou ik de buitenwereld leren kennen. Ik zou meer van die wereld willen zien, ik zou er met mensen over willen praten en dingen horen die zij slecht voor me vond.'
'Je zei dat de wereld haar slecht behandeld had. Ik bedoel, hoe dan? Wat heeft de wereld haar aangedaan?'
'Je zult het niet geloven, maar ik weet het niet. Dat wil zeggen, ik weet de details niet. Ze kreeg mij zonder dat ze een echtgenoot had, dat bijvoorbeeld, en ze kreeg Shrove niet toen ze dacht dat ze het wel zou krijgen, daar heeft ze me veel over verteld, maar nooit waarom ze zichzelf en mij daar heeft – nou ja, heeft begraven. Toen ze me die kamer uitzette en de deur weer op slot deed, begreep ik absoluut niet waarom, en ze legde het ook niet uit. Ik wist alleen maar dat het iets te maken had met die kist met de glazen voorkant.'
'Je zei dat ze de sleutel pakte. Waar haalde ze die vandaan?'
Dat was het interessantste geweest. Moeder had rondgekeken naar de sleutel en met haar tong geklakt toen ze hem zag liggen op de kast met de glazen deur waarachter al die poppen stonden. Nadat ze de deur op slot had gedaan, was ze in de ontbijtkamer op een stoel geklommen, en van die stoel op een dressoir waarin het ontbijtservies en bestek lag. Het dressoir was net zo

hoog als Liza lang was. Moeder deed geen moeite om voor Liza te verbergen wat ze ging doen.
Boven het dressoir hing een groot schilderij aan de muur. Liza hoorde later dat het een stilleven genoemd werd. Dit stilleven was van Johann Baptist Drechsler en stelde een boeket bedauwde rozen voor met kievitsbloemen en haagwinde. De schilder had er een distelvlinder op een grasspriet bij geschilderd en aan de bovenkant links een vlinder met bruin met gele vleugels en een vreemd patroon op zijn rug. Het schilderij hing in een vergulde lijst van wel vijftien centimeter breed. Moeder legde de sleutel op de rechterhoek van de lijst, terwijl ze Liza vertelde dat de bruingele vlinder ook wel doodshoofdvlinder werd genoemd omdat het patroon op zijn rug net een schedel was. Als dit alles bedoeld was om Liza's aandacht van de sleutel en de gesloten kamer af te leiden dan was het een vergeefse poging.
Liza wist dat haar kansen om bij die sleutel te komen even gering waren als die om een eigen hond te hebben. Maar ze moest die sleutel in handen zien te krijgen, het werd al gauw een obsessie. Ze dacht aan dat kleine boekje dat ooit met de post gekomen was en waarin ze vijf minuten had kunnen kijken voor het haar werd afgenomen en verscheurd. Daarin had een plaatje gestaan dat er net zo uitzag als de kist in de afgesloten kamer in Shrove House.
Als moeder 's winters boodschappen ging doen, werd ze altijd opgesloten in Shrove House omdat het daar warm was. Soms in de ontbijtkamer, soms in de bibliotheek, soms in een van de slaapkamers. Als ze in de ontbijtkamer werd opgesloten had ze altijd de poppen in de kast bestudeerd. Ze stelden historische personen voor, had moeder gezegd. Ze had er een paar genoemd: koningin Elizabeth de Eerste, koningin Mary van Schotland, twee mannen van wie de een Beau Brummell en de ander Lodewijk de Veertiende heette, en verder Florence Nightingale en lord Nelson. Maar nu stond ze steeds naar het schilderij met de bloemen, de distelvlinder en de doodshoofdvlinder te staren, wetend dat de sleutel daarboven op de lijst lag, al kon ze hem niet zien, zelfs niet als ze op een stoel klom.

Haar negende verjaardag kwam en ging voorbij. Het was heel koud en er lag vijftien centimeter sneeuw. Na een lichte dooi bevroor de half gesmolten sneeuw opnieuw, en het huis, de stallen en het koetshuis, het poorthuis, het kasteeltje en de uilenschuur hingen vol ijspegels. De bomen leken door de rijppiramides wel watervallen en torens van zilveren kant. Het weggetje lag zo dik onder de opgewaaide sneeuw dat moeder niet naar de bushalte kon om naar de stad te gaan. Toen de weg eindelijk weer begaanbaar was liet ze Liza achter in de bibliotheek.
Liza las boeken, speelde met de wereldbol, keek uit de ramen naar de vogels in de sneeuw en kwam in een hoek van de bibliotheek waar het tamelijk donker was. Op die donkerste plek in het lichte huis zag Liza ineens iets dat ze al eerder had gezien maar totaal vergeten was. De bibliotheektrap stond tegen de muur en was acht treden hoog. Zo hoog dat zelfs iemand die klein was bij de bovenste boekenplank kon komen. Maar Liza was opgesloten in de bibliotheek. De trap zou trouwens toch te zwaar voor haar zijn, dacht ze. Hij zag er zwaar uit. Ze legde een hand op een stalen trede en greep met de andere het frame vast. Met al haar kracht probeerde ze de trap op te tillen. De trap schoot naar boven. Hij was licht, bijna zo licht alsof hij van karton was gemaakt. Een kind kon hem optillen, zij kon hem met één hand optillen.
Maar ze zat opgesloten. Moeder zou haar straks komen halen en dan gingen ze door de sneeuw terug naar het poorthuis. Er viel die nacht nog veel meer sneeuw en de volgende ochtend moesten ze sneeuw wegscheppen om naar buiten te kunnen. 's Middags maakten ze vetbolletjes voor de vogels. Er gingen twee, drie weken voorbij voor moeder weer naar de stad kon. Al gauw daarna, ergens in maart, toen alle sneeuw grotendeels was weggesmolten, bracht de postbode de brief die hun leven zou veranderen.
'Weer van Tobias?' vroeg Sean.
'Nee, van hem hoorden we niets meer. Nou ja, Eve kreeg keurig haar geld en mevrouw Tobias stuurde een ansichtkaart uit Aspen in Amerika waar ze waren gaan skiën, maar er kwam nooit iets van hem. Deze brief kwam van Bruno Drummond.'

'Die kunstenaar.'
'Ja. In de Phoenix Gallery hadden ze hem gezegd dat Eve een schilderij van hem had gekocht. Hij zal wel nooit veel verkocht hebben – ach, ik wéét dat hij bijna nooit wat verkocht. Hij schreef dat hij haar had willen opbellen, maar dat hij haar nummer niet kon vinden in het telefoonboek. Logisch, ze wilde geen telefoon, net zomin als televisie. Hij schreef dat het schilderij gevernist moest worden en vroeg of ze het bij hem kon brengen. Hij gaf zijn adres en schreef dat je daar makkelijk je auto kwijt kon.
Natuurlijk beantwoordde ze de brief niet. Ze zei dat ze het schilderij best zelf kon vernissen als dat nodig was. En ze was woedend dat ze hem in de galerie haar adres hadden gegeven. Ze bleef maar zeggen: "Is er dan niets heilig? Is er dan helemaal geen privacy?" '
In februari begonnen de lessen in Latijn. *Puella, puella, puellae, puellam, puella.* En *Puella pulchra est.*
'Het meisje is mooi,' zei moeder, maar ze keek naar zichzelf in de spiegel terwijl ze dat zei.
Liza vond het leuk om Latijn te leren, het was net zoiets als een legpuzzel maken. Moeder zei dat het haar hersens lenig maakte en ze las voor uit de *Invasie in Britannia* van Caesar, zodat Liza een beetje aan het geluid van de taal kon wennen.
In maart begon ze met het verzamelen van gedroogde, wilde bloemen. Moeder kocht een groot album voor haar om ze in te bewaren. Op de linkerpagina plakte ze de gedroogde bloem en op de rechterpagina maakte ze er met waterverf een afbeelding van. De eerste bloem die ze inplakte was een sneeuwklokje, daarna kwam een klein hoefblad. Moeder liet haar *Wild Flowers* van Gilmour en Walters uit de bibliotheek van Shrove halen, zodat ze de bloemen en hun Latijnse namen kon opzoeken.
Het werd warmer en in april kwamen meneer en mevrouw Tobias op Shrove logeren. Ze brachten vier andere mensen mee: Claire en Annabel, een man die Liza nooit eerder gezien had en de moeder van meneer Tobias, lady Ellison.
'Caroline,' zei Liza.

'Ja,' zei moeder, 'maar zo mag jij haar niet noemen.'
Uiteindelijk bleek dat Liza niet de kans kreeg haar wat dan ook te noemen.
Voordat ze kwamen had mevrouw (niet meneer) Tobias moeder een briefje geschreven waarin ze weer begon over een werkster.
'Moet je je voorstellen dat zo iemand hier komt!' Moeder was kalm, maar Liza merkte wel dat ze kwaad was. 'Zo iemand komt met een auto en wij zitten met dat kabaal en al die viezigheid. Ik moet haar binnenlaten, want ik kan zo iemand niet zomaar de sleutel geven, en dan moet ik haar laten zien wat ze moet doen en, net zo belangrijk, wat ze niet moet doen. Waarom bemoeit Victoria Tobias zich ermee? Waarom laat ze het gewoon niet aan mij over?'
Liza kon die vraag niet beantwoorden. Moeder dacht er de hele dag over na, ze maakte er zich zorgen over, ze bleef maar zeggen dat ze niet nóg meer indringers wilde. Meneer Frost was al erg genoeg, om nog maar te zwijgen over de postbode én de melkboer én de man die de meters kwam opnemen én de man die de centrale verwarming op Shrove kwam controleren, er kwam geen eind aan.
'Je zou het zelf kunnen doen en net doen alsof je iemand anders had.'
In het begin zei moeder: 'Nee, dat kan niet' en 'Hoe moet het dan met het geld?' Toen zei ze: 'Waarom ook niet? Het is niet oneerlijk om het geld aan te nemen zolang het werk maar gedaan wordt.' Dus bedacht moeder een vrouw en verzonnen Liza en zij samen een naam voor haar. Ze huilden bijna van het lachen bij sommige namen waar Liza mee kwam. Ze haalde ze uit het boek met de wilde bloemen, Meizoentje Paardebloem en mevrouw Melkdistel en Roos Keverorchidee. Maar moeder zei dat het niet grappig moest zijn, dat het als een echte naam moest klinken, en uiteindelijk noemde ze haar mevrouw Cooper, Dorothy Cooper.
Moeder schreef aan meneer (niet aan mevrouw) Tobias dat ze een werkster gevonden had, Dorothy Cooper, die eens in de week kwam schoonmaken en dat moeder haar zou betalen als

hij het geld stuurde. In de week voor Pasen hield moeder grote schoonmaak op Shrove House, terwijl Liza in de bibliotheek *Jane Eyre* zat te lezen. Dat wil zeggen, het grootste deel van de tijd las ze *Jane Eyre*. Ze droeg ook de trap uit de bibliotheek naar de ontbijtkamer.

In de ontbijtkamer hingen lange, zware gordijnen van blauwgrijs fluweel voor de ramen. Zelfs als je ze aan de koorden voor het raam wegtrok, bedekten ze nog ruim een halve meter van de grijs met witte muur aan weerszijden. Liza zette de trap tegen de muur aan de rechterkant van het rechterraam en doordat hij helemaal door het gordijn werd verborgen, kon je de trap niet zien.

Het was maar goed dat ze de trap niet had gebruikt om de sleutel te pakken en de deur open te maken, want toen ze boven klaar was kwam moeder de ontbijtkamer binnen, klom op een stoel en vervolgens op het buffet om de sleutel van de lijst van het schilderij te pakken. Liza kwam uit de bibliotheek tevoorschijn en keek naar moeder vanuit de deuropening van de ontbijtkamer. Moeder maakte de deur open en ging met de stofzuiger achter zich aan de geheime kamer binnen.

Ze bleef er een halfuur. Liza bleef heen en weer lopen tussen de bibliotheek en de ontbijtkamer om haar in de gaten te houden. Toen ze het geloei van de stofzuiger uit de ontbijtkamer hoorde komen liep ze naar de deur. Ze zei dat ze honger had en vroeg of ze naar huis konden gaan om te eten.

De sleutel stak in de deur van de geheime kamer. De sleutel moest natuurlijk in het slot zitten omdat meneer en mevrouw Tobias en hun vrienden kwamen. Liza en moeder lunchten in de keuken van Shrove en Liza dacht er de hele tijd aan dat de sleutel misschien nog wel in het slot zou zitten nadat ze weer weg waren gegaan.

Dat was niet zo. Liza dacht dat moeder waarschijnlijk al vóór zij wakker geworden was naar Shrove was gegaan en de sleutel had teruggelegd op de lijst van het schilderij. Liza had maar heel weinig gezien van meneer en mevrouw Tobias en hun vrienden, alleen de Mercedes, die een paar keer langs was gekomen met een andere auto erachteraan. En ze had een glimpje opgevangen van Claire en een lange, oude vrouw in een tweedrok. Ze liepen op het grasveld van Shrove en hadden golfclubs bij zich. Zou dat Caroline kunnen zijn? Zou dát de Caroline kunnen zijn met de mollige, witte schouders en de jurk met de kleur van lippenstift? Maar op een avond, nadat ze naar bed was gegaan, hoorde ze iemand bij de voordeur. Er klonk een zacht gemompel van stemmen, de stem van een man en die van moeder.

Ze was er bijna, maar niet helemaal zeker van dat de andere stem die van meneer Tobias was. Ze zaten beneden in de kamer te praten en Liza kroop uit bed om boven aan de trap te gaan luisteren. Maar moeder had haar zeker gehoord, want ze kwam de kamer uit en riep naar Liza dat ze onmiddellijk weer naar bed moest.

Het gemompel ging almaar door. Toen hoorde ze de voordeur dichtgaan en moeder naar boven komen. Het zou haar niet verbaasd hebben als moeder gehuild had, ze wist niet waarom, maar moeder huilde niet, ze praatte hardop in zichzelf. Het was geheimzinnig en nogal beangstigend.

'Het is allemaal voorbij,' zei moeder. 'Je moet jezelf nu inprenten dat het allemaal voorbij is. Je zult opnieuw moeten beginnen. Morgen. Nieuwe horizonten.'

Betekende dat dat ze weg zouden gaan?

'Morgen. Nieuwe horizonten,' mompelde moeder, terwijl ze de deur van haar slaapkamer dichtdeed.

'Nee, natuurlijk gaan we niet weg,' zei moeder 's ochtends. 'Hoe kom je in 's hemelsnaam op dat idee? Meneer en mevrouw Tobias gaan weg en de lieve God mag weten wanneer ze weer terugkomen.'

Liza zag de auto's aankomen over de oprijlaan, de Mercedes met meneer Tobias achter het stuur en mevrouw Tobias naast hem en Claire achterin. Een minuut later kwam de andere auto met de man achter het stuur en Caroline Ellison naast hem. De auto stopte bij het poorthuis en de man toeterde. Liza begreep niet wat hij daarmee bedoelde, maar moeder wel. Moeder was woedend. 'Ik ga niet naar buiten, ik laat me niet op zo'n manier

commanderen, ze doen net alsof ze de koninklijke familie zijn,' tierde ze, maar ze ging toch naar buiten en praatte even met lady Ellison.
Daardoor kreeg Liza de kans om meneer Tobias' moeder, die uit de auto gestapt was, goed te bekijken. Ze was zo lang dat moeder bij haar vergeleken een kind leek. En door moeder zag ze er niet alleen uit als een reuzin, maar ook lelijker dan wie dan ook. Liza vond dat haar handen leken op haviksklauwen die in het bloed van een weerloos diertje waren gedoopt.
Terwijl moeder terugliep naar het poorthuis trok ze allerlei grimassen van woede en afkeer. De mensen in de auto's konden dat niet zien, want zij zagen alleen haar rug. De auto's waren nog maar nauwelijks uit het gezicht verdwenen of moeder en zij gingen naar Shrove House, waar het een verschrikkelijke bende was. Mevrouw Tobias dacht ongetwijfeld dat Dorothy Cooper het op zou ruimen. Bij die gelegenheid merkte Liza dat de geheime kamer op slot was en dat de sleutel, voorzover ze wist, weer op de lijst van het schilderij lag.
Het was nu mei, maar niet erg warm, hoewel het er prachtig uitzag, zoals moeder steeds zei. De nieuwe blaadjes waren frisgroen en de brem bloeide, zoet geurend en overdekt met bijen. De vorige herfst had meneer Frost honderden muurbloemen geplant. Het leken net veelkleurige stukjes fluweel, rood en amber en goud en kastanjebruin. Ze bedekten een heel stuk grond en er was geen groen blaadje tussen te zien. Liza plukte ereprijs voor haar wilde-bloemencollectie en moeder zei dat ze ook een echte sleutelbloem mocht plukken, maar echt alleen eentje.
Ze lunchten thuis. 's Middags zouden ze Latijn, rekenen en aardrijkskunde doen. Liza was net met een lange staartdeling bezig toen de bel ging. Omdat de deurbel bijna nooit ging schrokken ze altijd als het gebeurde.
'Dat zal meneer Frost wel zijn die iets wil,' zei moeder, hoewel hij bijna nooit iets wilde.
Ze deed de deur open. Er stond een man. Zijn auto, die de oranje kleur had van mandarijnen en eruitzag alsof hij van beschilderd karton was gemaakt, stond buiten het hek geparkeerd.

Het was een nog jonge man met krullend, bruin haar tot op zijn schouders en heel grote, blauwe ogen met lange wimpers als van een meisje. Nou ja, zoals die van haar of van moeder. Op zijn kleine, rechte neus zaten bruine vlekjes. Later legde moeder uit dat dat sproeten waren. Hij had rode lippen en kleine, heel witte tanden. Hij had een spijkerbroek aan en een spijkerjasje over een geblokt overhemd en om zijn nek hing een ketting met een gouden sieraad. Liza keek gefascineerd naar de oorringen die hij droeg, twee gouden ringen, alle twee in hetzelfde oor. Hij had een tas bij zich die gemaakt was van een kleedje. Het leek of de tas gemaakt was van een van de Perzische tapijten op Shrove.
'Hé, hallo,' zei hij. 'Wat een uithoek, zeg! Het verbaast me dat ik jullie heb kunnen vinden. Laat ik me voorstellen. Mijn naam is Bruno Drummond.'

9

Liza zei dat ze net Scheherazade was, die haar man elke avond verhalen vertelde. Alleen zou Sean 's ochtends niet haar hoofd afhakken, hè, als ze misschien op een avond te moe was om haar gedachten te ordenen.

'Wie was dat dan, die Scheher-en-nog-wat?' vroeg Sean, maar Liza was te moe om het uit te leggen.

Ze waren allebei uitgeput van het coxen plukken. De oogst was dit jaar bijzonder groot. Ze plukten van 's ochtends vroeg tot zonsondergang, langer liet meneer Vanner hen niet werken. Hij zei dat hij extra mensen aan zou nemen om de oogst binnen te halen, en zij wilden dat voorkomen om zoveel mogelijk geld te verdienen, maar het was een verloren strijd. De derde ochtend verscheen er een groep vrouwen om te helpen, huisvrouwen uit het dorp dat anderhalve kilometer verderop lag.

Sean wilde meer horen over Bruno, maar ze was er te moe voor, te moe om naar het kleine televisietoestel te kijken dat ze uiteindelijk had gekocht met de honderd pond en wat appelgeld, te moe voor alles, behalve om te vrijen, en zelfs dat gebeurde alleen maar omdat ze toch al in bed lagen. Ze vielen direct erna in slaap.

Liza had maar zelden het nieuws op de televisie kunnen zien, al had ze dat graag gewild. Het werd bijna nooit tussen twee en vijf uur 's middags uitgezonden. Toen ze erachter kwam dat het 's ochtends en 's avonds was, keek ze ernaar tijdens het ontbijt en, toen de vrouwen er eenmaal waren en het toch geen zin had om zo hard te werken, om zes uur en om negen uur. Ze keek vooral of er iets over Eve gemeld werd, maar dat gebeurde nooit.

'Dat is omdat ze voor de rechter is geweest,' zei Sean, 'en nou is ze in, hoe heet dat ook weer, voorlopige hechtenis, zo heet dat, voorlopige hechtenis. En de kranten en de televisie kunnen pas iets over haar publiceren als ze weer voor de rechter komt.'

Dit was ongeveer hetzelfde wat Eve haar verteld had. Liza vond het prachtig dat Sean dit wist en ze realiseerde zich dat ze begon te accepteren dat zij over bijna alles veel meer wist dan hij, alleen niet over echt praktische dingen. Natuurlijk dacht hij dat hij meer wist dan zij, maar zij merkte wel dat dat meestal niet het geval was. Als het om boeken of muziek of natuur of kunst of geschiedenis ging wist zij alles en hij niets, dus was ze nu aangenaam verrast.

'Wanneer gaat dat gebeuren, dat Eve voor de rechter moet komen?' vroeg ze.

'Dat duurt nog weken, misschien wel maanden.'

Ze was teleurgesteld. 'Waar doen ze dat, die voorlopige hechtenis?'

'In de gevangenis.'

Haar kennis daarover was gebaseerd op de romans die ze gelezen had, *Little Dorrit* en *The Count of Monte Cristo.* Ze zag helse, Victoriaanse holen voor zich en kerkers met een heel klein raampje met tralies hoog in de muur.

'Wat zal je je daar nou druk om maken?' vroeg hij. 'Je bent weggelopen, je bent er mooi tussenuit geknepen.'

'Ik ben moe, Sean. Ik moet slapen.'

Ze kroop in zijn armen, haar naakte lijf dicht tegen het zijne. De nachten begonnen koud te worden. Zijn mond vond de hare en hij gleed bij haar binnen, alsof dat de volgende, natuurlijke stap was. Ze lagen nog met elkaar verstrengeld, toen ze midden in de nacht wakker werd en kleine bewegingen maakte met haar lichaam om hem opnieuw op te winden. Slaperig zei hij dat hij van haar hield en zij zei: 'Ik houd ook van jou, Sean.'

Niet de volgende dag, maar vrijdag zou de laatste dag zijn van het appels plukken. Kevin zei dat hij voor het eind van de week zou vertrekken. Waarom kwamen ze niet achter hem aan? Bij de Styrofoam Packings-fabriek op een industrieterrein vijftien kilometer verderop vroegen ze ongeschoold personeel. Kevin was van plan om het daar te proberen.

Maar Sean had geen belangstelling. Hij was vroeg uit de veren, trok een schoon overhemd en een schone spijkerbroek aan en ging naar de stad om te solliciteren bij de supermarkt. Het verbaasde Liza niet te horen dat hij was aangenomen. Ze nodigden Kevin uit om een paar flessen wijn met hen te komen drinken. Kevin zei dat zijn televisie het niet haalde bij de hare, de kleuren waren zo helder en natuurlijk en het beeld was zo scherp op een scherm van die afmeting.

Liza nam afscheid van de hond. Ze sloeg haar armen om hem heen en hij stopte zijn koude neus in haar nek. Het was een vriendelijk, zachtaardig schepsel. Toen ze de gladde, zwarte vacht van zijn mooie kop onder haar lippen voelde moest ze aan Heidi denken. Ze werd nog steeds verontwaardigd als ze eraan dacht hoe meneer Tobias Heidi eenvoudig aan de kant had gezet toen hij met Victoria trouwde en haar aan Matt had overgedaan alsof ze een meubelstuk was dat hij niet langer nodig had. Haar genegenheid voor meneer Tobias had hierdoor een klap gekregen, en om hem te rechtvaardigen had ze er Victoria de schuld van gegeven dat hij zo veranderd was, net als haar moeder, veronderstelde ze. Victoria bracht hem ertoe op dingen te schieten en Victoria hield hem weg van Shrove.

Misschien zou Victoria wel doodgaan. Honden gingen dood, dus waarom mensen niet? Het was ongeveer in deze tijd dat ze erover begon te fantaseren hoe het leven zou zijn als meneer Tobias met Eve trouwde en ze op Shrove House zouden gaan wonen. Dan zou ze een vader en een moeder hebben, net als kinderen in boeken.

Sean moest op maandag met zijn werk beginnen. Ze moesten een andere plek voor de caravan vinden, maar zolang ze nog op het land van Vanner waren zou hij daar een nuttig gebruik van maken.

Hij noemde haar vaak 'Juf' als Liza hem informatie verschafte. Deze keer, zei hij, zou hij haar iets leren. Hij zou haar leren autorijden. Ze was nog wel niet oud genoeg om haar rijbewijs te halen, daar moest ze zeventien voor zijn en dat zou ze in januari worden, maar ze kon op de karrensporen om de boomgaarden rijden, dat was particuliere grond. Ze plukten vrijdagochtend de

laatste appels en namen hun laatste loon in ontvangst. Toen zei Sean dat ze achter het stuur van de Dolomite moest gaan zitten en leerde hij haar hoe ze de auto moest starten en de versnellingen moest gebruiken. Het was niet moeilijk.
'Alsof je nooit anders gedaan hebt,' zei Sean tevreden.
Ze wilde naar de weg rijden om hen naar hun nieuwe standplaats te brengen, waar dat dan ook mocht zijn, maar Sean zei nee, dat was het risico niet waard en een boete konden ze zich niet veroorloven. Het zinde Liza niet, maar ze moest het wel met hem eens zijn.
'Ik kan ook eigenlijk het risico niet nemen dat de politie me te pakken krijgt.'
'Het is hoe dan ook tegen de wet,' zei Sean ernstig.
Ze zat naast hem coxen te eten. Ze had een kartonnen doos gevuld met appels die ze geplukt had. Ineens zei Sean: 'Heeft jouw moeder wel eens geprobeerd om die Tobias bij zijn vrouw weg te krijgen?'
'Waarom vraag je dat zo ineens?'
'Ik zat over de politie na te denken, en toen dacht ik eraan dat ze haar opgepakt hadden en toen dat je nooit verteld hebt of hij nog teruggekomen is nadat al die mensen daar het weekend gelogeerd hadden. Heeft ze hem nog gesproken?'
'Zij niet, nee. Voorzover ik weet niet tenminste. Ze kreeg de kans niet, denk ik. Hij woonde ver weg en wij hadden toen geen telefoon en geen auto, we zaten daar in zekere zin gevangen.'
'Maar dat was toch wat ze wilde?'
'O ja, dat was wat ze wilde. Ze wilde op Shrove zijn en een ongestoord, geïsoleerd leven leiden, maar wat ze het allerliefst wilde was Shrove bezitten. Ik denk dat ze dat idee opgaf toen hij trouwde. Ik bedoel dat ze het voorlopig opgaf. Het was heel moeilijk voor haar, ze had er zo lang op gerekend, maar ze moest het opgeven. Natuurlijk weet ik niet wat er in haar omging, ik was nog maar een kind, maar ik denk dat ze spijt had van een heleboel dingen, dat ze zichzelf bittere verwijten maakte.'
'Hoe bedoel je?'
'Ik bedoel dat ze spijt had dat ze zich niet anders gedragen had.

Als we met hem meegegaan waren naar Londen, toen hij dat vroeg, of met hem op reis waren gegaan, zou hij heel dichtbij geweest zijn, snap je. Dan had hij misschien gedacht dat hij zonder haar niet zou kunnen leven. Misschien waren we dan na een of twee jaar met z'n drieën teruggegaan naar Shrove. Ze waren in die tijd stapelgek op elkaar, daar ben ik van overtuigd, net als jij en ik.'

'Dat laatste is in elk geval waar,' zei Sean met een glimlach. Hij vond het zichtbaar prettig dat ze dat had gezegd.

'Maar dat wilde ze niet vanwege mij. Ze was vastbesloten om me op te voeden zonder – nou ja, de vervuiling van de wereld. Ik mocht niet zo lijden als zij geleden had. Als ze met meneer Tobias naar Londen gegaan was, had ze me daar naar school moeten sturen en zou ik andere kinderen ontmoet hebben en van alles gezien hebben. Je zou kunnen zeggen dat ze mij het belangrijkste vond, of misschien vond ze gewoon Shrove het belangrijkste. De ironie was dat ze meneer Tobias kwijtraakte omdat ze Shrove het belangrijkste vond. Wat mij betreft, ik zou het heerlijk gevonden hebben om op Shrove House te wonen, met Jonathan Tobias als mijn vader. Je zal er wel om moeten lachen, maar ik dacht altijd dat ik, als ik daar woonde en het van mij was, die kamer in zou kunnen.'

Sean moest inderdaad lachen. 'Maar hij trouwde met iemand anders en dat was het einde van haar liefdesleven.'

'O nee, je kan beter zeggen dat dat het begin was. Dat was toen Bruno kwam. Nu ik volwassen ben denk ik dat ik weet wat ze dacht. Ze dacht, ik ben Jonathan kwijt, ik kan niet mijn hele leven over hem blijven treuren, dus kan ik maar beter m'n plannen opgeven en een nieuwe minnaar zoeken. Ze was pas even over de dertig, Sean, ze was nog jong. Ze kon niet zomaar alles opgeven.'

'En die badkamer? Heeft hij die nog laten maken?'

'Uiteindelijk wel. Het duurde jaren. Hij was het vergeten zodra Shrove uit het zicht verdwenen was. Hij was wel van plan om het te laten doen, maar hij vergat het gewoon, hij was heel verstrooid. Als ik er nu over nadenk geloof ik dat hij Eve ook was vergeten zodra Shrove uit zijn gezichtsveld verdween. En de paar keer dat hij aan haar dacht stuurde hij een ansichtkaart.'

Ze vonden een plek voor de caravan op een stukje braakliggend terrein langs een weggetje bij de afslag van een ruiterpad dat niet veel gebruikt werd. Eventuele ruiters zouden ze misschien wel opmerken, maar het kon weken duren voor de eigenaar van het land hen in de gaten zou krijgen. De gezagsgetrouwe Sean had vergeefs geprobeerd erachter te komen wie de eigenaar was. Het grootste probleem was dat er geen water was, behalve dan uit het stroompje dat over de rotsblokken tuimelde onder het stenen bruggetje, een eindje verderop. Dat water was best te drinken, zei Liza tegen de aarzelende Sean. Ze kookten het trouwens toch bijna altijd. Ze konden zich wassen in het openbare zwembad, naast de supermarkt waar hij zou gaan werken. Ze zat vol plannen. Ze mocht dan weinig weten over wat er in de wereld te koop was, ze wist heel goed hoe ze zich moest redden.
De dag dat hij begon bleef ze alleen achter. De winter was in aantocht en het begon koud te worden. Ze verwarmden de caravan met flessengas en een oliekachel, dus dat ging best, maar voor het eerst in haar leven had ze niets te doen.
Hoewel het regenachtig was en koud ging ze naar buiten en liep langs de beek en over de brug bij de doorwaadbare plaats. De bladeren dwarrelden treurig van de takken naar de natte, glibberige grond. Ook op het traag stromende water van de beek lag een deken van bladeren. De lucht was grijs door een ononderbroken wolkendek. Ze liep kilometers ver langs bospaden en weilanden, maar zorgde dat ze de kerktoren steeds kon zien, zodat ze de weg terug zou kunnen vinden. Een hertenbok verscheen onder de bomen, stond even te showen met zijn topzware gewei en vluchtte toen weg door de varens. Vlaamse gaaien waarschuwden elkaar voor haar komst. Ze verzamelde allerlei paddestoelen, maar durfde ze, hoewel ze er veel over wist, niet voor het eten klaar te maken. Ze liet een spoor van zwammen en boleten achter zich. Toen het naar haar schatting ongeveer twaalf uur moest zijn, ging ze terug.

Ze voelde zich nogal verloren en wist eigenlijk niet wat ze moest doen. Sean zou pas over een uur of vier thuiskomen en ze was nog nooit in de situatie geweest dat ze niets te lezen had. Er was geen papier in de caravan en ook niets om mee te schrijven, er was niets om je in te verdiepen of je mee bezig te houden, dus zette ze ten slotte de televisie maar aan. Een oude film van Powell en Pressburger met Wendy Hiller bracht haar in verwarring, net als dat soort films die ze in Shrove House op televisie had gezien. Hadden er echt ooit zulke mensen bestaan, die zo praatten en zo gekleed waren? Of was het meer een sprookje, net als Scheherazade?
Toen Sean thuiskwam was ze in slaap gevallen. De televisie stond nog aan. Sean werd kwaad, zei dat ze stroom verkwistte. De volgende dag ging ze met hem mee naar de stad en solliciteerde naar een van de baantjes waarvan ze advertenties had zien staan.

Liza zei dat ze achttien was. Ze had geen referenties omdat ze nooit eerder een baan had gehad, maar ze wist alles van huishoudelijk werk. Ze had gezien hoe Eve het deed en haar later ook geholpen.
Het huis in Aspen Close leek een beetje op het huis waarin Bruno met hun drietjes had willen gaan wonen. Maar binnen was het anders. Ze had nog nooit zo'n grote, saaie, lelijke kamer gezien. De vloerbedekking en de gordijnen waren beige, er hingen geen schilderijen of spiegels aan de muren en voorzover ze kon zien waren er geen boeken. In beige vazen stonden bloemen die niet echt konden zijn: kunstmatig witte pioenen en blauwe riddersporen en roze chrysanten. Over het midden van de tafel en op een kast lag een bleekgroene, kanten loper.
Mevrouw Spurdell had dezelfde kleur, met uitzondering van haar haar, dat wit was. Haar dikke lijf was in een bleekgroene, wollen jurk geperst en daaronder, dacht Liza, moest een soort kledingstuk van rubber zitten dat haar lichaam in toom hield, want haar figuur leek gladgestreken, maar toch in golvende segmenten verdeeld. Ze leek op een plompe rups die bijna aan ver-

poppen toe was. Haar enkels puilden over haar hooggehakte, glanzende beige schoenen. Dat zou wel pijn doen.
Aanvankelijk was Liza verlegen. Als mevrouw Spurdell aardig en vriendelijk was geweest had ze het misschien makkelijker gevonden, maar door deze dikke, oude vrouw met haar wrevelige gezicht ging ze kortaf en misschien een beetje al te netjes praten.
'Zo te horen ben je niet het soort meisje dat ik zoek,' zei mevrouw Spurdell. 'Eerlijk gezegd klink je meer als iemand die naar de universiteit gaat dan als iemand die een baantje zoekt.'
Daar moest Liza even over nadenken. Het bracht haar op ideeën, maar die sprak ze natuurlijk niet uit. Ze zei: 'Als ik voor u mag werken, krijgt u er geen spijt van.'
Mevrouw Spurdell zuchtte. 'Bekijk eerst de rest van het huis maar eens. Misschien is het wel te veel voor je.'
'Nee, vast niet.'
Liza ging achter mevrouw Spurdell aan mee naar boven. Ze kon haar lachen bijna niet houden bij het zien van de rupsbandentaille en de wiebelige, dikke benen, dus dwong ze zichzelf om aan treurige dingen te denken. Het treurigste wat haar voor de geest kwam was Eve in de gevangenis. Haar gedachten gingen naar Eve en even voelde ze een scherpe angst.
De slaapkamer van mevrouw Spurdell was helemaal in het roze. Een wit knuffelkonijn zat midden op het roze, satijnen bed. Een andere slaapkamer was blauw en een derde een soort perzikkleur. Liza begon steeds meer te hopen dat ze het baantje zou krijgen, want er waren hier zoveel dingen die ze dolgraag van dichtbij zou willen bekijken, die ze zou willen bestuderen, dingen die haar nieuwsgierig maakten. Toen bracht mevrouw Spurdell haar in een kamer waarvan ze zei dat het meneer Spurdells werkkamer was en zag Liza de boeken, een boekenkast vol. Er stond een doos vol wit papier op het bureau en er stonden pennen en potloden in een pot die gemaakt was van een soort groengeaderd steen.
Ze zag nog een paar boeken in de sombere kamer die mevrouw Spurdell de eetkamer noemde, er stonden er een stuk of twintig op een plank. Ineens kreeg Liza een heel ander gevoel over het

huis. Het was niet langer grotesk en belachelijk, het was een huis met boeken en papier en potloden.
'Ik kan het hier best schoonhouden,' zei ze. 'Dat is niet te veel voor me.'
'Ik neem je op proef. Je lijkt me nog erg jong.'
Maar niet zo jong als ik ben, dacht Liza. Het bedrag dat mevrouw Spurdell haar aanbood leek zelfs haar, met al haar onwetendheid, erg laag. Ze zou sterk moeten zijn en voor zichzelf moeten opkomen. Tot haar verrassing hoorde ze zichzelf heel beslist tegen mevrouw Spurdell zeggen dat twee pond vijftig per uur niet genoeg was en dat ze drie pond wilde hebben. Mevrouw Spurdell zei: in geen geval, ze dacht er niet over, en toen zat Liza met de vraag wat ze moest doen. Het enige wat erop leek te zitten was weg te gaan, maar toen ze opstond, zich totaal niet bewust van het feit dat dit een onderhandelingstactiek was, niet eens wetend wat onderhandelingstactieken waren, zei mevrouw Spurdell dat ze niet direct weg moest lopen en dat het goed was, maar dat ze wel moest bedenken dat ze op proef was. Twee ochtenden en een middag per week en volgende week beginnen. Morgen, alstublieft, zei Liza.
'Grote goedheid,' zei mevrouw Spurdell, 'je bent wel bijdehand.'
De rest van de dag zwierf ze door de stad. Ze deed allerlei avontuurlijke dingen die haar hart sneller deden kloppen, ze ging naar een café en toen naar de bioscoop. In het café werd ze, zij het enigszins achterdochtig, bediend. Ze kon kennelijk voor achttien doorgaan. De film die ze zag schokte haar diep. Hij wond haar ook op. Bestonden dat soort plaatsen? Bestonden er enorme steden met stenen gebouwen die hoger waren dan de hoogste bomen, en met glooiende straten op stelten, waarover miljoenen auto's heen en weer reden en achter elkaar aan joegen, en waar mannen vrouwen aanvielen? Ze bleef kalm onder de aanblik van een man die een kreet slaakte en stierf, terwijl zijn bloed op de muur achter hem spatte. Ze had dat tenslotte in het echt gezien.
De rest van de film kon ze bijna niet geloven. Schoorvoetend

kwam ze tot de conclusie dat de film tot het genre moest behoren dat Eve in de literatuurlessen had genoemd: sciencefiction. H.G. Wells, kwam in haar op, en John Wyndham. Ze kende hun namen, maar hun werk had ze niet gelezen.

Als ze contact met Eve had gehad, had ze het kunnen vragen. Nu vroeg ze het maar aan Sean, terwijl ze in de auto terugreden naar huis.

'Dat is Miami.'

'Wat bedoel je met dat is Miami? Wat is Miami?'

Hij was niet zo goed in het uitleggen van dingen. 'Dat is een plek, hè, ergens in Amerika. Je hebt het op de televisie gezien.'

'Nee.' Op een dag zou ze hem vertellen waarom niet. 'Ben jij daar geweest?'

'Ik? Kom nou, liefje, je weet toch dat ik daar nooit geweest ben.'

'Maar dan weet je het toch ook niet? Misschien hebben ze het maar verzonnen. Ze hebben het misschien wel gebouwd – in een studio. Zoiets als speelgoed.'

'De kerels die met revolvers schieten, die waren heus geen speelgoed.'

'Nee, dat waren acteurs. Ze gingen niet echt dood, het was geen echt bloed, dat kan niet, dus hoe weet je nou dat de rest niet ook nep was?'

Daar had hij geen antwoord op. Hij kon alleen maar blijven zeggen: 'Natuurlijk is het echt, iedereen weet dat het echt is.'

Terwijl ze naar de caravan liepen zei ze: 'Als het echt is wil ik daarheen. Dan wil ik het zien.'

'Dat zou best leuk kunnen zijn,' zei Sean.

Het gaat dikwijls zo in het leven dat je iets ziet of hoort dat nieuw voor je is en dat je dat later op de dag in een heel andere context nog eens tegenkomt. Die avond was Miami op de televisie. Niet Miami, L.A., zei Sean, maar voor haar zag het er hetzelfde uit. Dan bestonden zulke plaatsen dus waarschijnlijk wel, net zoals, in een ander programma, dat grote kasteel dat Caernarvon heette en die plaats die Oxford heette.

'Eve is daar geweest,' zei ze, reagerend op het lampje dat bij haar ging branden.

'Wat deed ze daar?'
'Ze was daar op school. Een universiteit heette dat. Mevrouw Spurdell dacht dat ik naar een universiteit ging. Zoiets zei ze tenminste.'
'Heeft jouw moeder in Oxford gestudeerd?'
Ze begreep het niet. 'Waarom niet?'
'Kom nou, liefje, ze heeft je maar wat op de mouw gespeld.'
'Nee, dat denk ik niet. Ze moest er weg, ik weet niet waarom, ik geloof omdat ik geboren werd of zo.'
Sean ging er verder niet op in, maar ze had de indruk dat hij dat wel wilde, dat hij worstelde om iets te zeggen, maar niet wist hoe hij het onder woorden moest brengen. Ten slotte zei hij: 'Ik wil je niet van streek maken.'
'Dat doe je niet.'
'Nou goed, weet je wie je vader was?'
Liza schudde haar hoofd.
'Sorry dat ik het gevraagd heb.'
'Geeft niks. Ze weet het alleen niet, Eve weet het niet.'
Je kon zien dat ze hem hiermee een schok bezorgde. De kogels die over het scherm floten en het bloed dat vloeide deden hem net zo weinig als de overweldigde vrouwen of de bommen waarmee steden werden platgegooid, maar het feit dat Eve de identiteit niet kende van de vader van haar kind schokte hem diep. Hij was sprakeloos. Ze sloeg haar armen om hem heen en trok hem dicht tegen zich aan.
'Dat zei ze in elk geval,' probeerde ze hem gerust te stellen. 'Maar ik denk er het mijne van. Ik denk dat ik weet wie het was, wát ze ook zei.'
'Toch niet die Bruno?'
'O, Sean! Ze leerde Bruno pas kennen toen ik zeven was. Zal ik je verder vertellen over hem?'
'Als je zin hebt.' Hij zei het wat korzelig.
'Goed dan. Hij bleef om het schilderij te vernissen. Hij had alles wat hij nodig had meegenomen in zijn tas. Ik dacht dat Eve het niet goed zou vinden, maar ze liet hem toch z'n gang gaan. Ik dacht dat ze niet met hem zou praten, maar ook daar vergiste ik

me in. Ze vroeg hem hoe hij er ooit toe gekomen was om Shrove House te schilderen en hij zei dat hij het huis gezien had vanuit de trein.
' "Maar toch niet met de ondergaande zon erachter," zei ze. "Je moet met je gezicht naar het oosten gezeten hebben." "Ja, maar ik kon me wel indenken hoe prachtig het zou zijn vanaf de andere kant," zei hij. "Daarom ben ik op een zomeravond teruggekomen en heb ik het opgezet. Ik ben hier heel wat zomeravonden geweest." "Ik heb je nooit gezien," zei Eve, en hij zei: "Ik heb jou ook niet gezien. Als ik jou gezien had zou ik wel eerder teruggekomen zijn." '
Het was alsof Sean geen woord meer gehoord had sinds ze gezegd had dat ze niet wist wie haar vader was. 'Ze moet de ene vent na de andere gehad hebben,' zei hij. 'Elke nacht een andere, of misschien wel twee op dezelfde dag. Dat is echt walgelijk. Het is toch verschrikkelijk om een kind in zo'n, hoe noem je dat, te laten opgroeien, vooral een meisje.'
'Milieu,' zei ze. 'Waarom vooral een meisje?'
'Ach kom nou, Liza, dat is toch duidelijk?'
'Voor mij niet,' zei ze. En toen: 'Wil je niet verder horen over Bruno Drummond?'

10

De tweede keer dat hij kwam, de belangrijke keer, was op de dag dat ze de doodshoofdvlinder zag. Het was juni.

Hij was eenendertig en woonde in de stad, op kamers boven de groentewinkel van Mullins. Zijn vader was dood, maar zijn moeder woonde in Cheshire. Hij had ooit een vrouw gehad, maar ze was bij hem weggegaan en woonde met een tandarts ergens waar het Gateshead heette. Liza, die zat te luisteren, vroeg: 'Wat is een tandarts?'

Bruno Drummond keek haar aan met een blik alsof hij dacht dat ze hem in de maling nam en zei dat ze daar vast wel eens geweest was. Maar moeder zei: 'Een soort dokter die voor je tanden zorgt.'

De reden voor zijn bezoek, zei hij, was dat hij de vallei en de trein wilde schilderen. Misschien had hij daarvoor al iets geschilderd, maar hij belde om iets over tienen bij het poorthuis aan, bleef lunchen en was er 's avonds nog altijd. In plaats van op een stoel zat hij op de grond. Hij vertelde zijn levensverhaal.

'Ik had nooit moeten trouwen,' zei hij. 'Ik geloof niet in het huwelijk, maar ik liet mezelf overreden. Trouwen is echt de eerste stap naar de moordmachine die je opslokt.'

'Wat bedoel je met moordmachine?' informeerde moeder.

'De maatschappij, slavernij, aanpassing, de arme os die dag in dag uit rondjes loopt om het koren te pletten en waarschijnlijk ook nog gemuilkorfd is. Ik ben anarchist. Nu zul je je wel afvragen wat voor anarchist dat is, die trouwt en een baantje als ambtenaar aanneemt om de hypotheek te kunnen betalen? Niet direct het prototype. Mijn verdediging is dat ik er na een hel van drie jaar uitstapte.'

'Ben je echt ambtenaar geweest?'

'Een lage. Ik was natuurlijk naar de kunstacademie geweest. Ik zat op het Royal College. Toen ik getrouwd was werkte ik voor de sociale dienst in Shrewsbury.'

'En waar leef je nu van?'
'Ik schilder, dat heb ik altijd willen doen, maar het is niet erg lucratief. Ik schilder ook huizen, dat wil zeggen kamers. Ik zal je vertellen hoe ik daarin gerold ben. Op een gegeven moment vroeg een vrouw me wat ik deed en ik zei dat ik schilderde. Toen vroeg ze of ik haar eetkamer wilde komen schilderen. Ik had haar wel in haar gezicht kunnen spugen, dat rare mens. Maar toen dacht ik, ach, waarom niet? Bedelaars kunnen nu eenmaal niet kieskeurig zijn. En ik ben dat sindsdien regelmatig blijven doen – hoewel ik een hekel heb aan regelmaat. Ik betaal geen belasting, ik betaal niet voor de sociale verzekering. Er zal ergens wel iemand zijn die een dossier van me heeft en die vorderingen blijft sturen naar mijn oude adres. Maar ze weten niet waar ik uithang. Dat weet niemand, behalve mijn moeder. Mijn ex weet het ook niet. Dat is vrijheid en de prijs die ik moet betalen is betrekkelijk klein.'
'Welke prijs is dat?' vroeg moeder.
'Nooit geld hebben.'
'Ja, dat is vrijheid,' zei moeder. 'Alleen zouden sommige mensen het een heel hoge prijs noemen.'
'Ik niet. Ik ben anders.'
Bruno speelde daarna gitaar en zong het lied van Johnny Cash over het zoeken van de vrijheid op de weg en over mannen die weigerden te doen wat ze werd opgedragen. Liza merkte wel dat moeder hem aardig vond. Ze keek naar hem op de manier zoals ze soms naar meneer Tobias gekeken had. Misschien vond ze dat hij een prettige stem had en vond ze de manier waarop hij woorden uitsprak leuk. Hij sprak heel anders dan andere mensen. Liza herinnerde zich Hugh met de baard, zijn pluizige wangen en bovenlip. Als je naar Bruno keek dacht je dat er op zijn zachte, meisjesachtige gezicht nooit haar gegroeid had of zou kunnen groeien.
's Zomers kwamen de blauwe bloemen van de nachtschade die langs de achterkant van het poorthuis naar boven klom tot bij Liza's raam. Moeder noemde de plant de bloeiende aardappel, omdat deze plant en de aardappel- en de tomatenplant allemaal

tot dezelfde familie behoorden. Toen ze die avond naar bed ging knielde Liza op het bed bij het raam en zag, een paar centimeter bij haar ogen vandaan, de doodshoofdvlinder. Hij zat onbeweeglijk en met gespreide vleugels op een blad van de nachtschade.
In het vlinderboek had ze gelezen dat de *Acherontia atropos* graag bladeren van de aardappelplant eet. Ze had er ook in gelezen hoe zeldzaam deze vlinder op de Britse Eilanden is. Maar ze twijfelde geen moment, dit was geen ligusterpijlstaart. Er was geen andere vlinder die zo'n duidelijke afbeelding van een schedel op zijn rug had, tussen zijn voorvleugels: een bleek, geelachtig doodshoofd met zwarte oogkassen en een gewelfd voorhoofd. Dit was de vlinder die Drechsler op zijn schilderij had afgebeeld, het schilderij dat in Shrove House hing, in de lijst waarop de sleutel lag.
Ze wist dat moeder de vlinder ook zou willen zien. Moeder zou heel teleurgesteld zijn als ze haar niet over de *Acherontia* voor het raam vertelde. Ze ging naar beneden en deed de deur open. Bruno zat zachtjes op zijn gitaar te tokkelen en ze hadden allebei een glas rode wijn. Ze zagen er niet uit alsof ze druk in gesprek waren, maar moeder zei toch dat ze nu niet binnen mocht komen, dat Liza in bed behoorde te liggen en dat de doodshoofdvlinder, als het er echt eentje was, de volgende dag ongetwijfeld terug zou komen.
Maar de volgende ochtend was hij weg, voor eens en voor altijd. Omdat ze meneer Tobias na een soortgelijke avond met wijn en eten en plezier in moeders bed had gevonden, verwachtte ze ook Bruno daar 's ochtends aan te treffen. Ze was nu ouder, liep aarzelend naar de deur en duwde hem voorzichtig open. Moeder was alleen, en toen Liza naar het raam liep zag ze dat de kleine, oranje auto er niet meer stond.
De dag die voorbij was, de dag waarop moeder zich voor het eerst onverschillig had getoond ten opzichte van dingen waar ze van hield, noemde Liza de Dag van de Doodshoofdvlinder.
Pas een week later zagen ze Bruno weer. Het was de dag waarop moeder met de bus naar de stad ging. Ze had een lijstje bij zich

van dingen die ze in de winkel met groenten en fruit moest kopen. Liza had er een plaatje van gezien in een kinderboek toen ze klein was. Een groentewinkel noemde je dat, zei moeder.
'Mag ik mee?'
Moeder schudde haar hoofd.
'Goed dan, maar ik wil niet in m'n slaapkamer blijven. Dat is zo vervelend.'
'Je mag naar de bibliotheek of naar de ontbijtkamer op Shrove als je dat liever wilt. Zeg jij het maar.'
'De ontbijtkamer.'
Omdat het daar veel lichter was en je vanuit de ramen de treinen langs kon zien komen, moest moeder gedacht hebben. Of omdat de beroemde mensen uit de geschiedenis daar in hun glazen vitrine stonden. Maar misschien dacht ze wel alleen maar aan Bruno Drummond en helemaal niet aan Liza.

Toen moeder weg was en zij een trein naar het zuiden had zien rijden en voor de zoveelste keer de trouwfoto had bestudeerd van meneer Tobias in zijn zwarte pak en mevrouw Tobias met haar grote hoed en spikkeltjesjurk, schoof ze het gordijn voor de trap vandaan. Hij stond er nog net zo als ze hem had neergezet. Ze droeg hem de kamer door en zette hem vlak bij het schilderij met de bloemen en de doodshoofdvlinder. Ze drukte heel zorgvuldig de bovenste tree op zijn plaats zodat de trap veilig stond. Het was natuurlijk mogelijk dat de sleutel er niet meer lag. Moeder was vaak in deze kamer geweest sinds Liza haar de sleutel op de lijst van het schilderij had zien leggen en het was een wonder dat ze de verstopte trap nooit tegengekomen was. Nu naar boven klimmen en kijken of de sleutel er nog was.
Hij was er. Liza kwam de trap weer af, stak de sleutel in het slot en deed de deur open. Ze stond vlak voor het kistje met het raam aan de voorkant. Ze bekeek het goed. Er zaten schakelaars en knoppen onder het raam, zo ongeveer als de schakelaars en knoppen aan moeders elektrische kachel. Liza drukte erop en draaide eraan, maar er gebeurde niets.
Ze begreep wel iets van elektriciteit. Hun oude kachel werkte al-

leen maar als het snoer in het stopcontact zat en de knop daarvan was ingedrukt. Hier zat het snoer in het stopcontact, maar de knop was niet ingedrukt. Liza drukte de knop in. Nog altijd niets. Nog eens alle andere knoppen en schakelaars indrukken of eraan draaien.

Toen ze aan de grootste knop draaide gebeurde er niets, maar toen ze erop drukte kwam er een zoemend geluid uit de kist en verscheen er tot haar stomme verbazing een lichtpuntje op het raam. De lichtvlek werd trillend groter en langzamerhand begon er een plaatje in grijs en wit en donkergrijs te verschijnen. Het waren dezelfde kleuren van de etsen in de ontbijtkamer, maar je kon wel een bepaald beeld herkennen.

En het was geen stilstaand beeld, zoals op een ets, maar een beeld dat bewoog en waar iets mee gebeurde, zoals in het echte leven. Er verschenen mensen van ongeveer haar eigen leeftijd. Ze spraken niet, maar dansten op muziek. Liza had de muziek eerder gehoord, ze had zelfs kunnen zeggen wat het was: het heette zoiets als het Zwanenmeer van Tsjaikowski.

Even was ze bang. De mensen bewogen, ze dansten, ze gooiden hun benen hoog in de lucht, ze waren duidelijk echt, maar toch ook weer niet echt. Ze had een stap achteruit gedaan en toen nog een, maar nu kwam ze weer dichterbij. De kinderen bleven dansen. Eén meisje ging midden op het toneel staan en danste alleen. Ze draaide op één been in het rond en hield het andere hoog naar achteren gestrekt. Liza keek aan de achterkant van de kist. Het was gewoon een kist, zwart, met ribbels en gaten en nog meer knoppen.

Nu verschenen er een heleboel letters, wit op zwart en grijs, in het raam, daarna een gezicht en toen – dat was wel heel alarmerend – een stem. De eerste woorden die Liza ooit uit een televisietoestel hoorde komen kon ze zich absoluut niet herinneren. Ze was veel te diep onder de indruk van het idee dat er daarbinnen iemand zat die praatte. Ze was met stomheid geslagen.

Maar dat gevoel ebde langzamerhand weg. Ze was bang, ze was geschokt, ze was verbaasd, en toen begon ze het leuk te vinden, aangenaam, ze begon er zelfs van te genieten. Ze ging in kleermakerszit op de grond zitten en keek geboeid. Een oude man en een hond waren aan het wandelen in een landschap dat veel leek op het landschap dat ze kende. Soms stond de oude man stil om iets te zeggen. Dan werd zijn gezicht heel groot, zodat ze alle rimpels in zijn gezicht en zijn witte snorharen kon zien. Toen kwam er een vrouw die een andere vrouw leerde hoe ze iets moest koken. Ze roerden dingen door elkaar in een schaal, eieren en suiker en bloem en boter, en nog geen twee minuten later haalde de eerste vrouw een gebakken cake uit de oven, helemaal mooi bruin en glanzend en gerezen. Het was magie. Het was de magie waarover Liza gelezen had in sprookjes.

Ze keek een uur. Na het koken kwam er een hond die schapen bij elkaar dreef op een heuvel, en toen een man met een heleboel glazen flessen en buizen en een kaart aan de muur. Ze begreep er geen woord van. Ze ging naar de ontbijtkamer om op de klok te kijken. Moeder zou niet voor vijf uur terug kunnen zijn en het was nu tien over vier. Liza ging weer op de grond zitten en keek naar een serie tekeningen die eruitzagen als de illustraties in een boek: een kat en een muis en een beer in het bos. Ze keek naar een man die de mensen de namen van de sterren aan de hemel vertelde en naar een andere man die praatte met een jongen die een motor voor een trein had gebouwd. Wat haar betreft had ze wel de hele avond willen kijken, maar dat kon nu eenmaal niet. Als moeder terugkwam en haar zou betrappen, zou ze nooit meer de kans krijgen nog eens te kijken, want ze voelde instinctief dat de deur op slot zat omdat moeder beslist niet wilde dat ze zou kijken.

Om vijf voor vijf zette ze met tegenzin het toestel af door de knoppen die ze ingeduwd had weer uit te trekken en de schakelaar bij het stopcontact uit te zetten. Ze deed de deur weer op slot en klom de trap op om de sleutel weer boven op de lijst van het schilderij te leggen. Ze was maar net op tijd, want toen ze de trap terugzette achter het gordijn zag ze door het raam moeder over de oprijlaan naar Shrove House komen. Bruno Drummond was bij haar.

Ze waren vroeg omdat hij moeder met zijn auto terug had gebracht. Liza had die avond niet veel belangstelling voor hem. Haar hoofd zat vol met wat ze had gezien op, of via, of door het raam van die kast. Ze vroeg zich af wat het was, hoe het werkte en of er maar één zo'n ding was in de wereld, die ene op Shrove, of dat er nog andere waren. Hadden meneer en mevrouw Tobias er eentje in Londen? Had Caroline er een in Frankrijk en had Claire er eentje, waar ze dan ook mocht wonen? Hadden Mat en Heidi, meneer Frost en de bouwvakker er eentje? Had iedereen er misschien eentje?

Ze kon het niemand vragen. Waarom was het slecht voor haar om ernaar te kijken? Zou het haar pijn doen? Aan haar ogen of haar oren? Daar was niks mee aan de hand. Het was raar om te bedenken dat moeder alles wist van deze tovenarij, maar er nooit iets over gezegd had. Het was raar om te bedenken dat Bruno Drummond het ook wist, waarschijnlijk had hij zelf zo'n ding bij hem thuis, boven de groentewinkel.

Waarom hadden ze er niet een in het poorthuis? Er was niemand aan wie ze het kon vragen. Ze was erg stil die avond en zei bijna niets tijdens het eten – waar Bruno voor gebleven was. Moeder vroeg haar zelfs of ze niet ziek was.

Toen ze naar bed was gegaan hoorde ze hen door de voordeur naar buiten gaan. Ze stond op en keek uit het raam waarvoor ze vroeger eerst op een stoel had moeten klimmen. Nu had ze geen stoel meer nodig. Ze gingen naar het kasteeltje. Moeder deed de voordeur open en ze gingen naar binnen. Het deed haar denken aan de honden die bij hen gewoond hadden, en plotseling werd ze verdrietig. Ze had veel liever dat Heidi en Rudi daar geweest waren dan Bruno Drummond. Ze wist niet waarom, maar ze mocht hem niet erg.

Ze bleven niet lang in het kasteeltje en al gauw hoorde ze Bruno's auto wegrijden, maar de volgende dag kwam hij alweer terug met verf en linnen en kwasten en iets dat hij een ezel noemde. Hij zette de ezel aan de rand van de uiterwaarden en begon een schilderij van de brug te maken. Liza stond naar hem te kijken terwijl moeder op Shrove aan het schoonmaken was.

Hij vond het niet prettig dat ze daar stond, dat merkte ze wel, ze voelde golven van kilte op haar af komen. Bruno zag er vriendelijk en aardig uit, maar ze vermoedde dat hij dat helemaal niet was. Moeder keek naar haar vanuit het raam, 'hield een oogje op haar' en ze lachte en zwaaide, dus zag Liza niet in waarom ze niet naar hem zou kijken terwijl hij zijn kleuren mengde uit die interessante tubes verf en dan dikke lagen wit en blauw op het linnen smeerde. Ze kwam langzamerhand zo dichtbij dat ze bijna zijn arm aanraakte. De koude golven werden heel sterk.
Bruno roerde met zijn kwast in grote cirkels door het witblauwe mengsel en zei: 'Heb je niks om mee te spelen?'
'Ik ben te oud om te spelen,' zei Liza.
'Dat staat nog te bezien. Je kunt niet ouder zijn dan negen. Heb je geen pop?' Zijn stem klonk als de stemmen die uit de kist in de afgesloten kamer kwamen.
'Als je niet wilt dat ik naar je kijk, ga ik wel weg. Dan ga ik m'n Franse boek lezen.'
Ze liep Shrove House binnen, maar ging niet haar boek lezen. Ze ging naar boven, naar de Venetiaanse Kamer, waar een schilderij hing waarvan ze dacht dat het misschien op Bruno leek. Of misschien leek Bruno op het schilderij. En ze had gelijk. Er stond een vrome heilige op het schilderij. Hij lag geknield in een rotsachtige woestijn, zijn handen biddend ineengeslagen en een gouden halo om zijn hoofd. Liza zat op het gondeliersbed en keek aandachtig naar het schilderij. Bruno zag er net uit als die heilige, tot en met zijn lange, zijdeachtige, bruine haar, zijn wimpers en zijn mond, die op zichzelf al iets heiligs had. De verrukte ogen van de heilige waren gericht op iets onzichtbaars in de wolken boven zijn hoofd.
Bruno droeg twee gouden ringen in één oor, de heilige had geen oorringen, dat was het enige verschil tussen hen. Liza pakte haar sprookjesboek en ging op het terras aan de tuinkant lekker in de zon zitten lezen.

Hij was veel aardiger voor haar als moeder erbij was. Dat had ze al snel in de gaten. Ze hadden met z'n drieën geluncht en hij zei

dat het verbazingwekkend was dat ze Franse sprookjes las. 'Als een geboren Française,' zei hij. 'Dat kind van jou is echt een ster, moeder. Wat zeggen ze op school over haar?'
Moeder ging er niet op in. Ze zei er ook niets van dat Bruno haar 'moeder' had genoemd. Ze spraken over de mogelijkheid van een studio voor Bruno in het kasteeltje en moeder legde uit wat een studio was. Liza wist niet of ze het wel zo'n prettig idee vond dat Bruno de hele dag in de buurt zou zijn.
'Het is toch van meneer Tobias,' zei ze.
'Ik zal meneer Tobias schrijven,' zei moeder, 'en vragen of Bruno ruimte van hem kan huren.'
Maar Liza kwam er nooit achter of meneer Tobias ja of nee gezegd had, want Bruno kwam bij hen in het poorthuis wonen. Dat gebeurde nauwelijks twee weken later. Hij verhuisde naar het poorthuis en sliep in moeders kamer.
In tegenstelling tot Heather klaagde hij nooit over het ontbreken van een badkamer. Het was burgerlijk om je te wassen, zei hij. Liza vermoedde dat 'burgerlijk' het tegenovergestelde was van 'anarchistisch'.
In het kasteeltje had je licht uit het noorden en Bruno zei dat dat heel goed was voor kunstenaars. Goed of niet, hij scheen er niet vaak heen te gaan, al zette hij het vol met spullen: stapels linnen en lijsten, maar ook kwasten en potten en vuile lappen met verf. En hij ging nooit naar de stad om huizen van mensen te schilderen.
In die tijd hield Liza ermee op 's ochtends naar moeders slaapkamer te gaan. Een keer was ze, na op de deur te hebben geklopt, naar binnen gegaan en had Bruno op haar moeder zien liggen. Hij kuste haar mond, en zijn lange, bruine krulhaar verborg haar gezicht. Liza voelde een brandende hitte naar haar wangen stijgen, ze wist niet waarom. Ze trok zich stilletjes terug.
Haar leven was veranderd. Ze zou nooit meer zo gelukkig zijn als ze in die vroege jaren was geweest. Er was een wolk gekomen die haar zon gedeeltelijk verduisterde. Tot Bruno kwam was ze soms alleen geweest en had ze het ook leuk gevonden om alleen te zijn, maar nu wist ze wat het was om eenzaam te zijn.

Haar troost was het televisietoestel op Shrove. Via Bruno kwam ze erachter hoe zo'n ding heette. Niet dat ze hem vertelde dat ze er in het huis naar keek wanneer ze de kans kreeg. Hij vroeg moeder waarom ze geen televisie hadden.
'Ik kan de mijne wel uit de flat halen,' zei hij. Met 'de flat' bedoelde hij zijn kamer boven de groentewinkel.
Moeder zei, nee, bedankt, ze konden heel goed zonder. Maar hij kon altijd in zijn eigen huis televisie kijken, als hij wilde.
'Je weet wat ik wil,' zei hij. Hij keek net zo naar moeder als de heilige naar de wolken.
Omdat ze steeds vaker alleen was, en vaak eenzaam, was het voor Liza nogal makkelijk om naar Shrove te gaan als ze zin had. Ze werd er reuze handig in om de sleutel te pakken en de trap te verbergen. Maar – en ze had geen idee waarom – moeder was niet meer zo geneigd haar ergens op te sluiten sinds Bruno gekomen was. Ze ging nu regelmatig naar het huis en droeg de trap heen en weer tussen de bibliotheek en de ontbijtkamer. Toen ze tien was ontdekte ze tot haar aangename verbazing dat ze de trap niet meer nodig had. Ze was gegroeid. Ze kon nu, net als moeder, bij de sleutel door op een stoel te klimmen en op het dressoir te gaan staan.
Als moeder bij Bruno zat te kijken terwijl hij schilderde, keek Liza televisie. Tijdens de zeldzame gelegenheden dat Bruno moeder mee uit nam in de auto keek ze televisie. Door de televisie begon ze iets te leren over de wereld daarbuiten.
Bruno was degene die het idee in haar hoofd plantte dat het tijd werd dat ze de werkelijkheid zelf eens ging bekijken.

Ze zat achter in de kleine, oranje auto. Moeder zat voorin, naast Bruno, en Liza kon aan haar stijve lichaamshouding zien hoe ernstig ze nog steeds op dit uitje tegen was. Ze had zich door Bruno en Liza laten overhalen.
Bruno had gezegd: 'Ik ben hierin nogal zelfzuchtig, moeder, maar ik wil gewoon met je uit, en om met jou uit te kunnen moeten we het kind meenemen.' Hij noemde haar altijd 'het kind', net zoals hij moeder altijd 'moeder' noemde als Liza on-

derwerp van gesprek was. 'Laten we haar om te beginnen een dagje mee naar de stad nemen, dan kunnen we daarna met z'n allen een dagje uit.' Het volgende zei hij fluisterend, maar Liza kon het horen. 'Ik zeg niet dat ik niet liever alleen met jou zou gaan, als die kans erin zit.'
'Ik kan ook niet aldoor uitgaan,' zei moeder. 'Daar heb ik geen tijd voor. Om te beginnen moet Liza haar lessen krijgen.'
'Dat kind zou naar school moeten.'
'Ik dacht dat jij een anarchist was,' zei moeder.
'Anarchisten zijn niet tegen opleidingen. Ze zijn allemaal voor het juiste soort opleiding.'
'Liza krijgt de juiste opleiding. Als je haar vergelijkt met andere kinderen van haar leeftijd zul je merken dat ze hen ver vooruit is. Ze is jaren op ze voor, het zou een lachertje zijn.'
'Ze moet naar school om sociale redenen. Ze moet leren hoe ze met andere mensen om moet gaan.'
'Mijn moeder ging met andere mensen om en ze stierf als een zielige, teleurgestelde vrouw in een gehuurde kamer in het huis van haar zuster. Ik ging met andere mensen om, en kijk eens wat er met mij gebeurd is. Ik wil Liza zuiver houden, onaangetast, en het meest van alles wil ik dat ze gelukkig is. "Een viooltje bij een bemoste steen, half verborgen voor het oog." '
Bruno keek bedenkelijk. 'Ik weet niet hoe het met dat kind moet aflopen. Hoe kan ze ooit haar brood verdienen? Relaties opbouwen?'
'Ik verdien m'n brood,' zei moeder. 'Ik heb wat jij relaties noemt, een afschuwelijk woord. Ze zal net zo worden als ik, alleen zonder de pijn en de gekwetstheid. Ze zal worden zoals ik misschien geweest zou zijn als ik hier had mogen blijven: gelukkig en onschuldig en aardig.'
'Alles tot je dienst,' zei Bruno, die graag het laatste woord had, 'maar ik vind toch dat ze met ons mee moet gaan naar de stad, moeder, voor haar eigen bestwil.'
En ten slotte had moeder het goedgevonden. Voor één keertje. Ze mocht één keertje mee.
Een tijdlang gebeurde er niets dat Liza onbekend was. Eerst het

weggetje en dan de brug, het dorp en ten slotte de grotere weg. Ze werden gepasseerd door auto's en zij haalden zelf een keer een auto in, een heel langzame auto, want Bruno's oranje wagentje reed ook niet zo snel. De meeste dingen die Liza zag had ze al eerder gezien of anders op de televisie, al was het dan niet in kleur. In de stad was het anders, voornamelijk omdat er zoveel mensen waren. Het aantal mensen onthutste haar en maakte haar bang.
Bruno zette de auto op een parkeerplaats waar al honderden andere auto's stonden. Liza kon niet geloven dat er zoveel auto's waren in de wereld. Stilletjes liep ze tussen moeder en Bruno in. Tot haar eigen verbazing, ze was er zich nauwelijks van bewust, pakte ze moeders hand. De mensen verdrongen elkaar op het trottoir, ze waren overal: snel lopend, lanterfantend, pratend met elkaar, stilstaand met elkaar in gesprek, rennend, kleine kinderen met zich mee trekkend of hen voortduwend in stoeltjes op wielen. Je moest oppassen dat je niet tegen hen op liep. Sommigen rookten sigaretten, zoals op de televisie, en je rook ze als ze voorbijliepen. Een heleboel mensen liepen dingen uit zakjes te eten.
Liza keek haar ogen uit. Ze was graag op het lage muurtje gaan zitten voor het gebouw waarvan moeder zei dat het een kerk was, om gewoon naar de mensen te kijken. In haar ogen waren de meesten lelijk en onhandig, dik of misvormd, grotesk of half verwilderd. Ze kon haar ogen niet van hen afhouden, werd door hun lelijkheid gefascineerd, zoals door een pad of door een angstaanjagend plaatje in een boek.
'Wat is de mensheid toch mooi!' zei moeder met de speciale stem die ze gebruikte als ze iets voorlas uit een boek. 'O geweldige, nieuwe wereld, waarin zulke mensen wonen.' De lach die ze liet horen was een onaangename lach, alsof ze niet meende wat ze zei.
Liza vond de meeste winkels in deze geweldige, nieuwe wereld maar lelijk en vervelend. In de ene etalage lagen kleren, in de andere tijdschriften. De bloemen in de bloemenwinkel waren lang zo mooi niet als die op Shrove. De winkels die haar het meest

interesseerden waren die met de vier kisten in de etalage die er net zo uitzagen als die in de afgesloten kamer op Shrove, en de winkel die vol boeken stond, vol nieuwe boeken met felgekleurde afbeeldingen op de omslagen.

Ze wilde die winkel ingaan, maar dat vond moeder niet goed. Ze mocht ook de winkel niet in waar ze kranten verkochten, hoewel moeder Bruno naar binnen stuurde om een cassette te kopen met Mozarts klarinetconcerten. Ze gingen naar de groentewinkel om fruit te kopen. Daarna gingen ze door een zijdeur naar boven, waar Bruno woonde. Het rook daar net zo vies als in de keuken op Shrove nadat meneer en mevrouw Tobias en hun gasten waren vertrokken. Bruno stopte wat spullen in zijn koffer en grabbelde van de deurmat de post bij elkaar die tijdens zijn afwezigheid gekomen was. Hij kreeg heel wat post voor een man van wie niemand wist waar hij uithing.

Terwijl Liza om zich heen keek begon ze te begrijpen wat moeder bedoelde als ze zei dat de meeste huizen vreselijk waren. Ze trok haar neus op. Bruno's flat was heel vreselijk, smerig en oncomfortabel. Er stond niets in dat eruitzag alsof ervoor gezorgd werd, alle meubels waren beschadigd of stuk, je kon nauwelijks door de ramen naar buiten kijken en er zaten dode vliegen tegenaan geplakt. De enige boeken die er waren lagen in slordige stapels op de grond.

Ze was blij toen ze weer naar buiten gingen en zei dat ook, hoewel buiten zijn betekende dat je weer op moest passen niet tegen mensen op te lopen. Er leken er meer te zijn dan ooit, een groot deel van haar eigen leeftijd of iets ouder. Ze kwamen uit school, zei Bruno met een veelbetekenende blik op moeder. De school ging elke dag om halfvier uit.

Liza had nooit eerder kinderen gezien, behalve op de televisie dan. Ze had nooit iemand die jonger was dan twintig in het echt gezien. Haar idee dat de hele mensheid lelijk was nam ze terug. Deze mensen waren niet lelijk. Er was een jongen met een zwart gezicht en een meisje waarvan ze dacht dat ze misschien Indiaans was, gezien haar diepliggende, donkere ogen en lange, zwarte vlecht. Ze vroeg zich af hoe het zou zijn om met hen te praten.

Toen stak een jongen die voor haar uit liep zijn been uit en liet de jongen naast hem struikelen, zodat die bijna op straat viel, vlak voor een rijdende auto. Een meisje gaf een gil en een ander begon te schreeuwen. Liza deinsde achteruit en merkte dat ze moeders hand steviger vasthield. Ze besefte wat haar zo'n duizelig gevoel gaf: het kabaal.
Op een keer had ze het geluid van de televisie per ongeluk hard gezet. Dat had net zo geklonken als het kabaal hier, een constant, zinloos gebrul waar het gieren van remmen doorheen klonk, en muziek uit de autoraampjes die geen echte muziek was, en het piepsignaal van de voetgangersoversteekplaats bij de verkeerslichten, en het ronken van optrekkende motoren. Terwijl ze terugliepen naar de parkeerplaats waar de auto stond begon er een sirene te loeien. Bruno zei haar dat dat de sirene van een politieauto was en dat ze met dat geluid het gegil van een vrouw wilden imiteren.
'Ach, schei toch uit, Bruno,' zei moeder. 'Hoe kom je in 's hemelsnaam bij dat verhaal?'
'Het is waar, je kan het iedereen vragen. Ze hebben het uitgevonden in Amerika en wij hebben het nagedaan. Ze denken dat dit geluid de meeste indruk maakt, het geschreeuw van een vrouw.'
'Ik wil er geen woord meer over horen,' zei moeder, zo luid en scherp dat een van de lelijke mensen zich naar haar omdraaide. 'Hiermee laten mannen hun slechtste kant zien.'
'Rustig maar,' zei Bruno. 'Sorry dat ik wat zei, neem me niet kwalijk dat ik leef. Is mevrouw zo goed om een lift naar huis te accepteren voor haar en haar charmante, welgemanierde nageslacht?'
Zodra ze in de auto zat viel Liza in slaap. Ze was uitgeput. De mensen, de herrie en de nieuwigheid van alles hadden haar doodmoe gemaakt. Thuis ging ze op de bank verder liggen slapen, maar ze sliep niet vast, want ze hoorde moeder tegen Bruno zeggen dat ze toch van tevoren gezegd had dat Liza het niet prettig zou vinden en dat het te veel voor haar zou zijn. En was het een wonder? Was het geen verschrikkelijk oord, een karikatuur

van wat een provinciestad ooit geweest was? Was het er niet vreselijk lawaaierig, smerig en ordinair?
'Ze zou dat niet zo voelen als jij haar niet zo tegen alles had beschermd.'
'Maar ik voel het ook, en God weet dat ik niet beschermd ben opgevoed.'
'Je weet toch wel waar je mee bezig bent, hè moeder? Jij maakt dat kind psychotisch of schizofreen of zoiets.'
'Als jij nou eens alleen zou praten over dingen waar je wat van snapt, Bruno.'
Liza lag door haar wimpers te kijken en dacht dat ze weer zouden gaan ruziën. Ze hadden altijd ruzie, wat ook nu weer eindigde zoals altijd: ze keken elkaar aan, strekten hun handen naar elkaar uit en begonnen elkaar wild te kussen, waarna ze even later grommend en kreunend over de grond rolden. Liza draaide zich om en deed haar ogen stijf dicht.
De daaropvolgende dagen voelde ze zich niet lekker of, zoals het Bruno het noemde, 'katterig'. Dat was ongebruikelijk voor haar. Ze dacht aan de stad en aan de mensen, niet met verlangen of heimwee, maar met afkeer. De vredigheid van Shrove en het land eromheen was prettiger dan ooit. Ze lag in het lange gras tussen het fluitenkruid te kijken naar het insectenleven dat zich tussen de mysterieuze groene stengels en de knikkebollende zaaddozen afspeelde. Ze zag een frambozenrode jakobsvlinder tegen een jakobskruiskruidstengel opklimmen. Het was doodstil, alleen het zware gezoem van een hommel die over haar heen vloog was zo nu en dan te horen.
Een week na hun dagje in de stad kreeg ze waterpokken.

11

'Heb je dat soort dingen nooit gehad, mazelen en zo?'
'Ik was wel ingeënt, als baby, maar ik kreeg waterpokken omdat ik geen enkele natuurlijke weerstand had opgebouwd. Ik was nooit onder de mensen geweest.'
'Is de dokter gekomen?'
'Eve ging naar Shrove House om hem te bellen. Hij zei dat hij zou komen als het slechter met me ging, anders kon hij toch niets doen, het moest gewoon uitzieken. Eve was heel streng over het krabben. Ze zei dat ze m'n handen vast zou binden als ik me in m'n gezicht krabde, dus deed ik dat niet. Nu heb ik alleen nog een vreselijk grote plek op m'n voorhoofd.'
Liza duwde een lok donker haar naar achteren en liet hem het kleine ronde litteken op haar linkerslaap zien. 'Ze was bang dat ik dit overal zou krijgen.'
'Ik weet dat dat niet is gebeurd,' zei Sean, haar van opzij hitsig aankijkend.
'Nee, absoluut niet. Het enige wat er gebeurde was dat ik Bruno gordelroos bezorgde.'
'Wat bezorgde je hem?'
'Het virus of hoe het ook mag heten dat waterpokken veroorzaakt bij kinderen en gordelroos bij volwassenen. Dat is hetzelfde. Eve kreeg niets, maar Bruno kreeg gordelroos.'
'Mijn grootmoeder had dat ook. Ze had het om haar middel en ze was doodsbang, want als het een hele cirkel om je middel vormt ga je dood. Dat is een feit.'
Liza betwijfelde dat, maar ze zei niets. 'Hij kreeg het aan de zijkant van zijn gezicht en achter in zijn nek. Hij was behoorlijk ziek en zag er vreselijk uit met al dat rood in z'n gezicht. Ik dacht dat hij een hekel aan me had omdat ik hem gordelroos bezorgd had. Zo redeneerde ik toen ik negen was. Maar als hij er niet op gestaan had dat ik meeging naar de stad zou ik geen waterpok-

ken hebben opgelopen en had hij geen gordelroos gekregen, dus eigenlijk was het zijn eigen schuld. Zo zag ik dat toen. Natuurlijk weet ik nu dat dat helemaal de reden niet was. Ik liep in de weg, ik hinderde hem, ik kwam tussen hem en Eve.'

Nu ze zelf min of meer volwassen was en een seksuele relatie had, kon Liza begrijpen wat Eve en Bruno bij elkaar gehouden had. Ze had dat indertijd niet begrepen. Het verwarde haar en ze begon het hoe langer hoe vervelender te vinden dat twee mensen zo vaak ruzie konden hebben, dat ze zich konden gedragen alsof ze elkaar haatten, maar dat ze op een hongerige manier elkaars gezelschap toch nodig leken te hebben.

Ze was zich ook nog van iets anders bewust. Er was iets wat Bruno met moeder wilde doen en dat kon hij alleen maar doen als Liza er niet bij was. Het had iets te maken met zoenen en worstelen en boven op moeder liggen. Liza wist al een hele tijd over de bijtjes en de bloemetjes, Eve had haar daar van alles over geleerd, maar om de een of andere reden had zij dat nooit in verband gebracht met wat Bruno met moeder wilde doen. En wat moeder met Bruno wilde doen, al was het voor haar kennelijk minder dringend. Liza wist dat Bruno haar het liefst zo vaak mogelijk het huis uit wilde hebben en dat moeder dat, zij het in mindere mate, ook wilde.

Zonder te zeggen waar ze heen ging, verdween ze naar Shrove om in de ooit afgesloten kamer naar de televisie te kijken. Het was altijd laat in de ochtend en vroeg in de middag dat ze keek. Ze zag oude films en natuurprogramma's, schooltelevisie en programma's van de Open Universiteit, kattenshows en spelletjes. Sommige programma's kwamen uit Amerika. Hierdoor merkte ze dat Bruno met een soort Amerikaans accent praatte.

Toen hij weer beter was, ging het slechter. Het was aan het eind van de zomer en mooi weer. Hij nam moeder elke dag mee uit in de auto. Liza had met hen mee kunnen gaan. Moeder stelde dat nu elke keer voor, met evenveel vuur als waarmee ze het vroeger verboden had, maar Liza wilde niet. Ze dacht met afschuw terug aan het dagje in de stad, alsof die ervaring onlosmakelijk verbonden was met politiesirenes en krabben en waterpokken. Dus gingen moeder en Bruno samen en bleef zij alleen achter. Vaak deed ze niet veel anders dan buiten zitten, op het muurtje van het poorthuis, of in het gras liggen, zich afvragend wat er met haar zou gebeuren als Bruno de overhand zou krijgen en zij weggestuurd zou worden.

Meer dan eens had hij het erover gehad haar naar wat hij een kostschool noemde te sturen. Moeder zei dat ze een heleboel geld had toen ze zijn schilderij kocht, maar dat er nu niets van over was en dat kostscholen een heleboel geld kosten. Daar klampte Liza zich aan vast. Moeder had geen geld en Bruno had geen geld en ook niet het vooruitzicht dat hij iets zou krijgen. Bruno zelf zou nooit weggaan, daar was ze zeker van met al het pessimisme van een tienjarige die gelooft dat goede dingen nooit blijvend zijn en dat slechte dingen altijd maar doorgaan. Hij was iets slechts dat nooit zou veranderen, hij was de gehate derde in hun huishouding. En hij had net zo'n vaste plaats in hun leven als de balsemboom en de trein.

Er gebeurden die herfst twee dingen. Bruno's moeder werd ziek, heel erg ziek, en moeder hoorde op de radio dat British Rail van plan was de trein door de vallei op te heffen.

De eerste keer dat mevrouw Spurdell uitging nam Liza de gelegenheid waar om een bad te nemen. Het was tien uur 's ochtends. Het bad had een modderige, beige kleur en het badkamerkleedje was grasgroen en beige geblokt, maar het water was heet en de zeep geurde naar lathyrus. Toen ze klaar was maakte ze de badkamer goed schoon en boende en poetste al het tegelwerk.

Mevrouw Spurdell had het huis met grote tegenzin verlaten. Liza had niet veel ervaring met menselijk gedrag, maar zelfs zij kon merken dat mevrouw Spurdell verwachtte dat bij haar terugkeer de werkster verdwenen zou zijn en met haar de video, de magnetron en het tafelzilver. Ze moest bijna hardop lachen om het gezicht van haar werkgeefster toen die door de achterdeur binnenkwam en Liza aan de keukentafel datzelfde tafelzilver zag zitten poetsen. Dit was de eerste keer dat Liza een kopje koffie kreeg in het huis in Aspen Close.

Als ze samen waren was mevrouw Spurdell het grootste deel van de tijd aan het woord. Haar conversatie was in de eerste plaats bedoeld om haar superioriteit, en die van haar echtgenoot en haar volwassen dochters, te demonstreren. Die superioriteit gold ten opzichte van bijna iedereen, maar met name voor haar werkneemster. Hun overwicht lag op maatschappelijk en intellectueel terrein, op het terrein van geld en succes in de wereld, maar vooral op het terrein van materiële bezittingen. Mevrouw Spurdells bezittingen waren duurder en beter van kwaliteit dan die van andere mensen, er was meer voor betaald en ze gingen langer mee. Dit was van toepassing op haar verlovingsring, een massieve klont diamanten, op het zilverwerk, op de tapijten van Wilton, de gordijnen van Colefax en Fowler en de leunstoelen van Parker-Knoll. Mevrouw Spurdell liet Liza de objecten zien en toonde haar waarom ze zo waardevol waren. Liza moest heel voorzichtig met alles zijn, behalve met de verlovingsring, want die deed mevrouw Spurdell nooit van haar vinger. Die vinger was onder en boven de ring zo dik en gezwollen dat Liza betwijfelde of de ring er ooit nog af zou kunnen.

Haar echtgenoot en kinderen kon ze niet demonstreren, maar ze kon er wel over praten en foto's laten zien. Na die eerste kop koffie, haar beloning omdat ze er niet met de kostbaarheden vandoor was gegaan, werd de koffiepauze 's morgens een gewoonte. Liza kreeg te horen over Jane, die na het halen van diverse graden onderwijsdeskundige was geworden, en over Philippa, een met een advocaat getrouwde advocate, voormalig topstudente van haar jaar en nu moeder van een tweeling die zo knap was dat Philippa voortdurend benaderd werd door reclamebureaus die het tweetal voor televisiespotjes en advertenties wilden gebruiken. Dat weigerde ze natuurlijk verontwaardigd. Liza luisterde en probeerde de voor haar ongewone uitdrukkingen te onthouden.

Meneer Spurdell, zei zijn vrouw, was docent. Liza dacht dat die leraren werden genoemd, zo had Bruno ze genoemd en Sean noemde ze ook zo, maar mevrouw Spurdell zei dat haar echtgenoot docent was en hoofd van een departement, wat dat dan ook mocht zijn.

'Op een onafhankelijke school,' legde ze uit, 'niet zo'n scholengemeenschap, ik zou niet willen dat je dat dacht.'
Liza, die niet in staat was om wat dan ook over scholen te denken, lachte alleen maar. Ze zei nooit veel. Ze leerde.
'Hij had ik weet niet hoe vaak directeur kunnen worden, maar hij is niet iemand die graag in de schijnwerpers staat. Natuurlijk heeft de familie geld, anders zou hij misschien gedwongen geweest zijn om een hogere positie te accepteren.'
Er kwam een nieuwe serie foto's op tafel. Jane in toga en met baret, Philippa met de tweeling. Op subtiele wijze werd duidelijk gemaakt dat hun moeder trotser – en doller – was op Philippa, omdat zij een echtgenoot en kinderen had. Liza gaf de voorkeur aan Jane, die geen lippenstift op had en niet zo onnozel lachte. Ze verlangde ernaar dat mevrouw Spurdell zou opstaan en zeggen dat ze uitging, zodat ze nog een bad kon nemen. Baden in de caravan was onmogelijk en het zwembad was duur. Bovendien ging je dan naar chloor stinken.
Eindelijk legde mevrouw Spurdell de foto's weg en maakte zich klaar om weg te gaan. Het was die dag wat kouder, dus trok ze een andere jas aan. Hij was gemaakt van dikke, harige, steenkleurige stof en had revers en manchetten van glanzend bruin bont. Liza kreeg te horen dat deze jas twintig jaar geleden gekocht was – 'in de tijd dat nog niemand het belachelijke idee had dat je geen bont mocht dragen' – en had toen het enorme bedrag van zestig pond gekost. Ze moest de kwaliteit van de stof voelen en het bont strelen. 'Hij weigert gewoon om te verslijten,' zei mevrouw Spurdell met een lachje. Om haar witte haar knoopte ze een sjaal waarop overal 'Hermes' stond. Liza vroeg zich af wat een zijden sjaal te maken had met de boodschapper van de goden.
Ze ging uiteindelijk toch weg zonder een bad te nemen. Op weg naar de badkamer was ze op de drempel van meneer Spurdells werkkamer blijven staan. Dit was een kamer waar ze niets aan mocht raken, waar ze alleen maar mocht stofzuigen, want zijn boeken waren heilig en mochten nooit afgestoft worden, en de papieren op zijn bureau moesten precies zo blijven liggen als ze

lagen. Maar Liza was nu alleen in het huis en mevrouw Spurdell zou niet weten dat ze hier was geweest, net zomin als ze wist voor welk doel haar hete water dikwijls werd gebruikt.

Ze had een paar keer een vluchtige blik geworpen op de boekenplanken als ze met de stofzuiger rondliep, maar ze had de boeken nooit goed bekeken. Nu zou ze dat wel doen. Het was een heel ander soort boeken dan die in de bibliotheek op Shrove. Hier stonden geen achttiende-eeuwse werken over ontdekkingsreizen, theologie, filosofie of geschiedenis, geen essays uit de vorige eeuw, geen poëzie van nog een eeuw eerder, geen Darwin en Lyell en geen Victoriaanse literatuur. De romans van meneer Spurdell waren allemaal paperbacks.

Het soort boeken dat op deze planken stond had Liza nog nooit gezien. Het waren verhalen over het leven van mensen van wie ze sommige namen herkende: Oscar Wilde, Tolstoi, Elizabeth Barrett Browning. Maar wie was Virginia Woolf en wie was Orwell? Daarnaast waren er boeken over – voorzover ze begreep tenminste – hoe schrijvers schreven wat ze schreven. Eén heette *The Common Pursuit* en een ander *The Unquiet Grave.* Liza ging achter meneer Spurdells bureau zitten en vroeg zich af, terwijl ze zijn boeken doorbladerde, waarom ze zo weinig begreep van wat ze las, terwijl ze het zo hartstochtelijk graag wilde begrijpen.

De tijd ging snel als ze zo in iets opging. De tijd leek altijd snel te gaan als mevrouw Spurdell uit was, maar deze keer leek de tijd te vliegen. Tot haar spijt moest ze ophouden met lezen omdat ze minstens tien minuten nodig had om de papieren op het bureau te bekijken en omdat mevrouw Spurdell nooit langer dan anderhalf uur wegbleef. Gelukkig kon zij haar werk doen in de helft van de tijd die ze ervoor kreeg.

Op de papieren stonden opstellen, zag ze. Boven aan de eerste pagina's stonden namen geschreven, vermoedelijk van de auteurs. Er was maar weinig speurwerk voor nodig om te concluderen dat het leerlingen van meneer Spurdell waren. Met een rood potlood had hij hun spelling gecorrigeerd en zure opmerkingen in de kantlijn geschreven. Soms moest Liza erom lachen. Maar wat haar het meest interesseerde waren de gele stukjes papier die hij op het eerste vel van elk opstel had geplakt. Het waren kleine, papieren vierkantjes die aan één kant kleefden, maar die je toch weer los kon trekken. Ze probeerde het voorzichtig en kon het stukje papier tot haar tevredenheid ook weer vastplakken.

Op elk geel vierkantje had meneer Spurdell iets anders geschreven. Op het ene stond: 'Zou ten minste een tien en een acht moeten krijgen' en op een ander: 'Universitair niveau twijfelachtig' en op een derde: 'Oxbridge?' Liza had gehoord van Oxford en van Cambridge, maar nooit van Oxbridge. Ze moest nu echt ophouden, het zou een ramp zijn wanneer mevrouw Spurdell haar erop betrapte dat ze zat te snuffelen. Ze legde de papieren precies zo terug als ze ze gevonden had, pakte de stofzuiger en was bezig met het tapijt in de slaapkamer toen de voordeur open- en weer dichtging.

Even later kwam mevrouw Spurdell de trap opsjokken om haar dure mantel in de slaapkamer op te hangen. Toen Liza daar klaar was, ging ze zuigen in de werkkamer, waar ze zich afvroeg of ze een boek zou durven lenen. Zou hij het merken als er een weg was? Als een boek niet langer dan twee dagen weg was? Ze zou dolgraag over het leven van Elizabeth Barrett Browning lezen. Toen ze Sean ontmoet had, had ze de *The Sonnets from the Portuguese* gelezen en er een aantal uit haar hoofd geleerd. ('*How do I love thee? Let me count the ways.*') Als ze in meneer Spurdells schoenen stond – of in zijn slippers, die keurig naast elkaar onder het bureau stonden – zou ze beslist weten dat er een boek van haar ontbrak. Als ze boeken had. Had ze maar boeken.

Mevrouw Spurdell betaalde haar, knorrig en heel langzaam, zoals gewoonlijk. Ze zocht de oudste en meest verfrommelde vijfpondbiljetten van het stapeltje in haar handtas. Ze gaf Liza nooit een biljet van tien. De rest van het bedrag gaf ze in klein geld, in munten van twintig en tien pence en soms zelfs van twee pence. Deze keer was het erger dan ooit: ze gaf Liza zeven pond in munten van vijftig, tien en vijf pence en liet haar wachten tot ze ergens in huis een briefje van vijf had gevonden. Ein-

delijk kwam ze terug met een verfomfaaid biljet waarvan een scheur met plakband was gerepareerd.
In de tweedehandsboekwinkel accepteerden ze het biljet. Liza was bang geweest dat ze het zouden weigeren toen ze drie oude paperbacks wilde betalen die ze gevonden had tussen de boeken die buiten in dozen op schragen stonden. De echte boekwinkel, waar alle boeken nieuw waren, was veel te duur voor haar.
Het was bijna halfzes en Superway ging bijna dicht. Ze liep door High Street en stak het marktplein over. Het zou al gauw donker worden, binnenkort zouden ze de klok weer terug moeten zetten, en de avonden werden al duidelijk killer. Was het koud in de gevangenis? Ze dacht aan Eve, in de gevangenis, zoals zo vaak, elke dag, maar ze zei er nooit iets over tegen Sean.
Hij stond buiten, voor de hoofdingang, op haar te wachten met een tas vol eten. Superway moedigde de werknemers aan om tegen zeer gereduceerde prijzen de producten te kopen waarvan de uiterste verkoopdatum bereikt was. Liza en Sean liepen samen naar de auto. Hij vertelde haar wat hij gekocht had voor het avondeten en vroeg toen wat zij in haar tas had zitten. Ze liet hem *Middlemarch* zien, *Life of Mary Wollstonecraft* en Aubrey's *Brief Lives*, en zag ineens de geërgerde uitdrukking op zijn gezicht.
'We kunnen het ons niet veroorloven om geld aan boeken uit te geven.'
'Het is mijn geld,' zei ze. 'Ik heb het zelf verdiend.'
'Stel je nou eens voor, Liza, dat ik dat zou zeggen als jij mij gevraagd had om eten te kopen.'
Ze zweeg. Het had zo verwijtend geklonken, en hij sprak op zo'n oudere-mannen-toon. Meneer Spurdell praatte vast ook zo, dacht ze.
'Jij hebt je televisie,' zei hij. 'Ik zou niet weten waarom je nou ook nog boeken moet hebben.'
Ze zorgde voor het avondeten en daarna, terwijl hij naar zijn favoriete serie keek, begon zij *Middlemarch* te lezen. Er waren heel wat Victoriaanse meisjes die net zo'n soort leven hadden geleid als zijzelf: ze werden thuis opgevoed, kenden alleen de naaste

buren, werden tegen alles beschermd. Ze kon zich heel goed identificeren met Dorothea Brooke, hoewel de maatschappij Dorothea niet toegestaan zou hebben er een Sean op na te houden.

Toen het programma was afgelopen, zag ze dat hij haar wat onzeker zat te observeren. Hij zal eraan moeten wennen, dacht ze. Hij zal eraan moeten wennen dat ik door boeken in beslag genomen word. Terwijl hij zo naar haar zat te staren, moest ze ineens aan Bruno denken, die het ook nooit prettig had gevonden wanneer haar moeder zat te lezen. Hij had van alles gedaan om haar aandacht te trekken: rondlopen, ijsberen, zelfs fluiten, of hij ging naast haar zitten, pakte haar hand en streelde haar gezicht. Liza herinnerde zich dat moeder toen wel eens was opgesprongen, zijn hand had weggeduwd en gesnauwd dat hij haar met rust moest laten.

Kort daarna was Bruno weggegaan naar zijn zieke moeder. Hij was vertrokken op de dag dat de laatste trein door de vallei reed. Liza had niet geweten dat het de laatste trein was. Hoe had ze dat ook kunnen weten? Ze las nooit een krant en ze kon nooit televisie kijken op een tijdstip dat het nieuws werd uitgezonden. Het was een mooie, warme dag in oktober, iets meer dan zes jaar geleden, een jaar voor de orkaan. De bramentijd was voorbij en de wilde appels waren rijp. In de weiden en langs de heggen zocht Liza wilde appels om gelei van te maken. Je kookte de appels, dan zeefde je ze door een doek die je tussen de vier poten van een omgekeerde stoel had opgehangen en dan deed je de suiker erbij. Ze had het moeder vaak zien doen en ze vond dat het tijd werd om het zelf eens te proberen.

Voordat ze nog maar één appel had geplukt, nog voordat ze zelfs maar een boom gevonden had, zag ze de mensen langs de spoorbaan staan. Ze dacht dat ze droomde, ze sloot haar ogen en deed ze weer open. Nooit in haar leven had ze zoveel mensen gezien, behalve op de televisie, en dat telde niet. Het moesten er honderden zijn. Ze stonden aan weerszijden langs de spoorbaan, tussen de grens van de landerijen van Shrove en het stationnetje dat Ring Valley Halt heette, en ze droegen allemaal grote plakkaten.

Vanwaar ze was kon Liza niet lezen wat er op de plakkaten stond. Ze vergat de wilde appeltjes en de gelei, stopte de grote, plastic tas die ze meegenomen had in haar zak en draafde langs het pad door de velden naar de rivier.
Op sommige plakkaten stond: 'Red onze Spoorlijn' en op andere: 'Lees USSR voor BR' en 'Laatste Trein naar Chaos'. Aan het andere eind stond een groep mensen met een spandoek waarop stond: 'Kan het BR iets schelen als wij de trein missen?' Liza voelde dat er iets stond te gebeuren, al wist ze niet wat. Bovendien boeide het haar zoveel mensen bij elkaar te zien. Er waren er meer dan op die dag in de stad, er waren er meer dan in de film over het oude Rome die ze gezien had.
Omdat ze misschien van nature, maar zeker door haar opvoeding nogal terughoudend was, overwoog ze om zich in de struiken te verstoppen en af te wachten wat er zou gaan gebeuren. Ze wilde niet met iemand praten, praten met vreemden begon ze moeilijk te vinden, ze ontmoette er maar zo weinig.
Het was een droge herfst en de rivier stond laag. Op dit punt was het ondiepe water dat over de keien spoelde en spetterde niet breder dan een flink laken. Als ze aan deze kant bleef hoefde ze met niemand te praten, maar terwijl ze het dacht, trok ze haar schoenen en sokken uit en waadde ze naar de overkant.
Het was te laat om zich nog te kunnen verstoppen. Het was alsof ze allemaal naar haar keken. Ze wilde net doen alsof ze gewoon wat aan het wandelen was, toen ze bij haar arm werd gegrepen door een vrouw die haar kennelijk voor een ander kind aanzag en vroeg waar ze in vredesnaam al die tijd geweest was en zei ogenblikkelijk het spandoek vast te pakken. Het doek, dat door vier mensen gedragen moest worden, was een kopie van dat van de andere kant. Liza pakte het deel met de letters BR. Links van haar stond een man en rechts van haar een jongen. Ze zeiden alle twee 'hai' en de jongen vroeg of ze hier in de buurt woonde. In een van de huisjes, zei Liza. Je kon het vanhier af niet goed zien, maar het was nog geen kilometer verderop.
'Hij reed dus zo ongeveer bij jullie over de stoep,' zei de man. 'Jul-

lie nemen zeker vaak de trein, hè? Of moet ik zeggen: "namen"?'
'Elke dag,' zei Liza.
Het was niet haar eerste leugen. Ze had regelmatig gelogen tegen moeder over waar ze geweest was, terwijl ze in werkelijkheid televisie had gekeken.
'Ze gaan er gewoon maar van uit dat iedereen een auto heeft,' zei de man. 'Heeft je vader een auto?'
Een vrouw naast hem zei: 'Seksist! Waarom vraag je niet of haar moeder er een heeft? Vrouwen mogen hier ook autorijden, weet je. We zijn hier niet in Saoedi-Arabië.'
Liza zei dat ze geen auto hadden – die van Bruno telde ze niet mee – en overwoog of ze zou zeggen dat ze geen vader had, toen ze de trein hoorde fluiten aan de andere kant van de tunnel. Hij floot altijd als hij de tunnel in- of uitging, want het was een enkelspoor en er bestond de minieme mogelijkheid dat een tegemoetkomende trein in het donker op de andere in zou rijden. Die mogelijkheid zou nu uitgesloten worden.
'De laatste trein,' zei de man. 'De allerlaatste trein, verdomme.'
Toen de trein de tunnel uit kwam en weer floot, begonnen sommige mensen te juichen. Liza kon haar ogen nauwelijks geloven toen vier mensen met spandoek en drie anderen met plakkaten de berm af kwamen, richting spoorbaan. Zeven mensen, vier mannen en drie vrouwen, gingen tussen de rails staan en hielden hun spandoek en hun plakkaten in de lucht. Je kon de trein nu in de verte zien. Hij kwam steeds dichterbij.
Wat zou er gebeuren als de trein niet stopte? Als hij gewoon op hen inreed en hen zou verpletteren, zoals Liza eens een keer in een televisiefilm over het wilde Westen had gezien? Ze klemde het spandoek zo stevig in haar vuisten dat ze witte knokkels kreeg.
'Moet je kijken!' riep de vrouw die haar arm gepakt had. 'The Magnificent Seven!'
Toen de trein dichterbij kwam begon de menigte te zingen. Ze zongen '*We shall overcome*'. Liza had het lied nooit eerder gehoord, maar de melodie was zo makkelijk dat ze al gauw mee begon te zingen. '*We shall overcome one da-a-a-a-ay. /Deep in my heart/ I do believe/ That we shall overcome one day!*'

De machinist zag hen op tijd. Je kon de remmen horen, een lang gehuil, als van een jankende hond. De trein kwam steeds langzamer dichterbij en stopte ruim honderd meter vóór de *Magnificent Seven* met hun spandoek en plakkaten. De menigte begon '*Jerusalem*' te zingen. De machinist en een andere man in een soortgelijk uniform stapten uit de trein en kwamen over de spoorbaan aanlopen om met de demonstranten te discussiëren. Alle deuren en ramen van de trein gingen open en de passagiers staken hun hoofden naar buiten. Toen begonnen ook zij uit te stappen en over de spoorbaan te lopen.

Het leek nu echt precies op een western, wanneer de Indianen eraan kwamen, of een bende rovers uit Dodge City. Liza en de anderen die het spandoek droegen gingen dichter naar de spoorbaan om zich met de discussies te kunnen bemoeien. Er werd geschreeuwd en gedreigd en één man moest worden tegengehouden, anders zou hij de machinist hebben neergeslagen. Het was tenslotte niet zíjn schuld. Liza genoot van elke minuut, ze had in geen tijden zoiets leuks meegemaakt, zeker niet sinds Bruno was gekomen. Eigenlijk, bedacht ze achteraf, had ze niets meer leuk gevonden sinds Bruno was gekomen.

Ze bleef bij de demonstranten tijdens de lunch en nog een flink stuk van de middag. Ze gaven haar boterhammen en koekjes uit hun eigen lunchpakketjes. Ze dachten allemaal dat haar ouders bij de demonstranten hoorden en dat ze hen op de een of andere manier was kwijtgeraakt. De mensen van de trein bleven discussiëren. De *Magnificent Seven* hielden stand. Na een tijdje kwamen er een paar functionarissen van British Rail en er gingen geruchten dat de politie zou komen. De demonstranten gingen langs de spoorbaan op het gras zitten en een paar mensen vielen in slaap. Liza luisterde naar een discussie over atoomenergie, afbraak van het milieu en verraad van de democratie. Ze sloeg al die woorden op in haar herinnering zonder dat ze er iets van begreep. Ten slotte begon het haar te vervelen en liep ze weg.

Ze liep nog steeds op haar blote voeten, haar schoenen had ze aan haar ceintuur gebonden, met haar sokken erin gepropt. Gezien de stand van de zon en de temperatuur moest het zeker al halfvier zijn. Ze ging op het gras zitten om haar sokken en schoenen aan te trekken en terwijl ze haar schoenveters vastmaakte, hoorde ze de trein optrekken. Ze draaide zich om, nieuwsgierig naar wat er zou gebeuren.

De demonstranten waren blijkbaar door overreding of bedreiging overgehaald de spoorbaan te verlaten. De trein kwam langzaam op gang, reed langs de rijen verslagen demonstranten en arriveerde bij het station. Liza zag de trein wegrijden en ten slotte verdwijnen in de bocht om de heuvels. De laatste trein voor altijd.

Ze ging naar huis via de tuin van Shrove, over het grasveld dat die ochtend door meneer Frost gemaaid was. Moeder zat op het muurtje voor het huis een appel te eten. De oranje auto was er niet.

'Waar heb je gezeten? Ik was ongerust toen je niet thuiskwam voor de lunch.'

Leugens waren makkelijker en veiliger. 'Ik heb m'n lunch meegenomen. Ik heb boterhammen gemaakt.'

Moeder kon dat toch niet weten. Zij had in bed gelegen met Bruno. Waar was hij trouwens?

Nog voor ze dat kon vragen zei moeder: 'Bruno is naar Cheshire, naar zijn moeder. Ze is erg ziek.'

Niets had haar gelukkiger kunnen maken, behalve de mededeling dat hij nooit meer terug zou komen.

'Hij blijft misschien wel lang weg,' zei moeder.

Ze nam Liza mee het huis in en toen ze binnen waren en de deur dicht was, sloeg ze haar armen om haar heen en zei: 'Het spijt me, Liza. Ik heb je verwaarloosd, ik ben de laatste tijd geen goede moeder voor je geweest. Ik kan het je niet uitleggen, maar op een dag zul je het begrijpen. Ik beloof je dat alles weer net zo zal worden als vroeger, nu we weer samen zijn. Wil je het me vergeven?'

Moeder had zich nog nooit tegenover haar verontschuldigd. Dat was ook nooit nodig geweest voordat Bruno kwam. Liza zou haar met liefde alles vergeven hebben nu Bruno weg was.

Dit was de Dag van de Laatste Trein.

Een beetje kortaf vroeg Sean: 'Heeft hij je ooit iets gedaan, die Bruno?'
'Me geslagen of zo, bedoel je?'
Sean zei, nee, dat niet, en legde uit wat hij bedoelde.
'Daar heb ik nog nooit van gehoord,' zei Liza. 'Doen mannen dat echt?'
'Sommigen.'
'Nou, hij niet. Ik zei je al dat hij een hekel aan me had. Hij wilde alleen zijn met Eve en ik liep hem in de weg. Het was niet altijd zo geweest, in het begin vond hij me wel aardig. Hij heeft dat portret van me geschilderd waar ik je over vertelde. Hij maakte altijd schilderijen van Eve en toen zei hij dat hij er ook een van mij wilde maken. Ik moest op een stoel in het kasteeltje gaan zitten en toen heeft hij me geschilderd. Hij was toen heel aardig. Ik moest een hele tijd stilzitten en hij bracht veenbessensap voor me mee. Dat had ik nog nooit gedronken. En hij had ook biscuitjes bij zich, die met een suikerlaagje erop, die ik van Eve niet mocht hebben. Hij kocht altijd van alles voor me als ze boodschappen gingen doen. Als ik er nu op terugkijk denk ik dat hij alleen maar probeerde bij Eve in de gratie te komen.'
'Wat?'
'In de gratie te komen. Dat ze hem nog aardiger ging vinden. Maar toen drong het kennelijk tot hem door dat ze hem zo al aardig genoeg vond. Toen veranderde hij. Toen hij ziek was en ging beseffen dat Eve me nooit naar een dagschool zou sturen, toen veranderde hij. Ik kan je niet vertellen hoe opgelucht ik was toen ik hoorde dat hij weg was, ik was dolgelukkig.'
Sean zette de televisie af. Dat was een concessie, besefte Liza. Ze deed haar boek dicht. Hij sloeg zijn arm om haar heen.
'Wie was die vrouw waar je het over had, die vrouw die haar man verhalen vertelde?'
Hij wist het nog, dacht Liza tevreden. 'Scheherazade. Ze was een oosterse vrouw, een Arabische, denk ik. Haar man was een koning die met vrouwen trouwde en ze dan de ochtend na hun huwelijksnacht liet executeren. Hij liet hun hoofd afhakken.'
'Maar waarom?'

'Dat weet ik niet meer. Scheherazade was in elk geval niet van plan om het hare af te laten hakken. In hun huwelijksnacht begon ze hem een verhaal te vertellen, een heel lang verhaal dat ze niet kon afmaken, maar waarvan hij de afloop zo graag wilde weten dat ze tot de ochtend na de volgende nacht in leven mocht blijven, zodat hij het eind kon horen. Maar het verhaal eindigde niet, of ze begon aan een ander en zo ging het door tot hij zo'n beetje verslaafd was aan haar verhalen. Daarom kon hij haar niet laten doden en op het laatst werd hij verliefd op haar en leefden ze nog lang en gelukkig.'

'En al die arme vrouwen die hij vermoord had?'

'Die hebben pech gehad,' zei Liza. 'Ik denk niet dat ze zich daar druk over maakte. Waarom vroeg je naar Scheherazade?'

'Ik weet het niet. Je moet me meer vertellen over wat er gebeurd is, je praat er nog maar zo weinig over.'

'Dus ik bof dat ik nog leef?' Ze lachte, maar hij niet. 'Het volgende wat er gebeurde, dat wil zeggen nadat Bruno weggegaan was, is dat meneer en mevrouw Tobias naar Shrove kwamen, voor het eerst sinds ongeveer een jaar. Meneer Tobias zei dat hij Bruno wilde ontmoeten en Eve zei waarom Bruno vertrokken was. Dan maar zijn schilderijen bekijken, zei meneer Tobias, dus nam Eve hem en mevrouw Tobias mee naar het kasteeltje. Het eerste wat ze zagen was mijn portret.

Natuurlijk zagen ze de andere schilderijen ook, en mevrouw Tobias, Victoria, zei dat ze er een wilde kopen. Ze wilde het schilderij dat hij gemaakt had van Shrove bij maanlicht. "O, ik vind het prachtig," zei ze terwijl ze in haar handen klapte. Toen Eve zei dat het vierhonderd pond kostte knipperde ze niet eens met haar ogen. Meneer Tobias – Jonathan, waarom blijf ik hem toch als een klein kind meneer Tobias noemen? – schreef een cheque uit en gaf die aan Eve.'

'Heeft ze niet gewacht om het aan Bruno te vragen?'

'Waarschijnlijk wist ze dat hij de schilderijen wilde verkopen. Ze wachtte in elk geval niet. Ze vond het leuk dat ze geld voor hem in ontvangst kon nemen. De volgende dag begon Jonathan te schieten en Victoria ook. Er was een koppel patrijzen dat altijd bij ons in de buurt paradeerde. Ik vond ze enig, met hun rode poten en die mooie patronen op hun rug. Ze heeft ze allebei geschoten. Ik wou dat ik een geweer had gehad, dan zou ik háár geschoten hebben. Toen ze naar hartelust vogels hadden geschoten gingen ze terug naar Londen en zodra ze weg waren kwam Eve bij me zitten en vertelde ze me het hele verhaal over de oude meneer Tobias en Caroline en haar moeder, en waarom ze Shrove nooit gekregen had.'

12

Eve's ouders waren voor de oude meneer Tobias en zijn vrouw gaan werken toen Eve vijf was en Jonathan negen. Jonathan woonde in die tijd niet op Shrove, maar kwam er in de vakanties met zijn moeder en vader, met Caroline, die toen lady Ellison heette, en haar echtgenoot, sir Nicholas Ellison. Toen verliet sir Nicholas Caroline en ging Caroline terug naar haar ouders.

Eve's vader was een Duitser. Hij heette Rainer Beck en was krijgsgevangene geweest. Na de oorlog ging hij niet terug naar Duitsland, maar bleef in Engeland en trouwde met Gracie, de dochter van de boer voor wie hij werkte. Ze waren al tijden getrouwd zonder dat er kinderen kwamen en Gracie had de hoop al opgegeven. Ze kon het, na tien jaar, bijna niet geloven dat ze zwanger was. Het werd een meisje en ze noemden haar Eva, naar Rainers moeder in Hildesheim.

Landarbeiders werden zo ongeveer het allerslechtst betaald, bovendien werd de landbouw gemechaniseerd en konden enorme lappen grond met maar een paar mensen bewerkt worden, dus was er ook niet veel vraag naar landarbeiders. Gracie zag in de wachtkamer bij de tandarts in het blad *The Lady* de advertentie staan waarin werd gevraagd om een huishoudster en een klusjesman. Ze solliciteerde en kreeg de baan. Een van de aantrekkelijke kanten was dat er een huis bij hoorde.

De oude meneer en mevrouw Tobias hadden een gesprek met Gracie en namen haar direct aan. De naam 'Rainer' vonden ze te moeilijk om uit te spreken, dus hem noemden ze Ray.

Meneer en mevrouw Tobias vonden het leuk om mensen hun naam te laten veranderen. Jonathan was 'Jonathan Tobias Ellison' gedoopt, maar op voorstel van zijn grootvader liet hij de naam 'Ellison' vallen en werd hij Jonathan Tobias. Hij ging naar kostschool, maar was in de vakanties op Shrove, en hij en Eve groei-

den samen op. Zo zei ze het, groeiden samen op. Ze waren onafscheidelijk, ze waren de beste vrienden.
De oude mevrouw Tobias werd ziek en stierf toen Gracie en Rainer er een jaar waren, en spoedig daarna ging Caroline ervandoor met een man die ze tijdens een vakantie in Barbados had ontmoet. Jonathan bleef op Shrove. Soms ging hij een tijdje naar zijn vader, maar meestal was hij op Shrove en vertelde hij Eve dat hij met haar zou trouwen als hij groot was. Hij en Eve zouden trouwen en samen op Shrove gaan wonen, voor altijd, tot de dood hen zou scheiden.
Ray was geen tuinman en geen butler, maar een klusjesman. Meneer Frost, die toen nog heel jong was, kwam op zijn fiets uit het dorp – dezelfde fiets, zei Eve – om de tuin te onderhouden. Er was niet genoeg werk om Ray de hele dag bezig te houden, maar hij kon gelukkig een baan in het dorp krijgen als metselaar bij een aannemer, het vak waarvoor hij jaren geleden in Duitsland ook was opgeleid. Ray droeg wekelijks een paar uur zijn steentje bij op Shrove door de ramen en de auto's te wassen. Gracie speelde de belangrijkste rol, als zij er niet geweest was zou het een chaos geworden zijn op Shrove. Met hulp van de dochter van meneer Frost, die drie keer per week kwam, hield ze Shrove schoon. Zij was ook degene die altijd kookte. Ze waste en streek, bestelde de boodschappen, maakte jam en pickles, fungeerde als secretaresse voor meneer Tobias en, in toenemende mate, als zijn verpleegster. Ze was onmisbaar.
Eve ging eerst naar de school in het dorp, toen naar de school in de stad, waarvoor je schoolgeld moest betalen. Meneer Tobias betaalde dat. Ze was heel intelligent, intelligenter dan Jonathan, zei meneer Tobias, en dat terwijl hij Jonathan adoreerde. Gracie dacht dat hij niet meer helemaal goed bij zijn hoofd was, dat het misschien het begin van Alzheimer was toen hij zei dat Eve waarschijnlijk naar Oxford zou gaan. Gracies zuster had een secretaresseopleiding van negen maanden gevolgd en Gracie beschouwde dat als het toppunt van academische ambitie.
Meneer Tobias had geen Alzheimer, maar een heel langzaam groeiende tumor. Hij was tachtig en bij mensen van die leeftijd

groeien kwaadaardige gezwellen traag. Hij kon opstaan en rondlopen, in de auto uit rijden gaan met Ray achter het stuur en een tamelijk gewoon leven leiden. Er was geld genoeg en hij zou zich makkelijk een particuliere verpleegster hebben kunnen veroorloven, maar hij wilde alleen Gracie om zich heen hebben.
De dokters in het ziekenhuis – die heetten oncologen, legde Eve uit – noemden hem hun langst overlevende kankerpatiënt. De kanker was negen jaar geleden ontdekt en hij leefde nog altijd.
Het was niet meneer Tobias die stierf, maar Rainer Beck. Er was een bouwvergunning afgekomen voor wat 'invulwerk' in het dorp en Ray's werkgever bouwde een huis op een plek tussen een rij arbeidershuisjes en het gemeentehuis. Terwijl hij bezig was met het metselen van de voorgevel zakte hij plotseling in elkaar. Hij stierf aan een hartaanval, met zijn troffel in de hand.
'Hij klemde het ding vast en het cement werd hard,' zei Liza. 'Het cement plakte de troffel aan zijn dode hand, ze moesten hem loswrikken. Ze moesten zijn vingers breken. Ze hadden geen keus, anders hadden ze hem met die troffel in zijn hand moeten begraven.'
Sean trok zijn mondhoeken naar beneden. 'Toe maar.'
'Ik vertel je alleen maar wat er gebeurd is.'
'Zo gedetailleerd hoeft nou ook weer niet.'
Toen Ray dood was begon Gracie zich zorgen te maken over haar toekomst. Van de ene week op de andere kon ze niet meer rekenen op het inkomen van haar man. En dat zou nooit meer kunnen. Ze had geen eigen huis, maar wel een zestienjarige dochter die afhankelijk van haar was en een werkgever die elk ogenblik dood kon gaan. Dan zou ze zonder werk zitten. Zo nu en dan verscheen Caroline nog wel eens op Shrove, prachtig aangekleed, en in een grote, nieuwe auto, nog altijd getrouwd met sir Nicholas, die haar onderhield, maar dikwijls met een vriend op sleeptouw. Ze had Gracie nooit gemogen, keurde de vriendschap tussen haar zoon en 'de dochter van de huishoudster' af en maakte wel duidelijk dat ze Gracie geen week langer zou laten blijven als haar vader eenmaal was gestorven.
Gracie besprak haar zorgen met meneer Tobias. Ze was jong ge-

noeg om nog werk te vinden als ze nu wegging. Haar zuster had een klein reisbureautje in Coventry en haar compagnon had zich net teruggetrokken. Als Gracie bij haar zou gaan werken, het vak zou leren en de plaats van de compagnon innemen, zou haar zuster haar helpen met een hypotheek op een flat. Maar het zou nu moeten gebeuren, niet volgend jaar of over vijf jaar, wanneer Gracie al een eind in de vijftig zou zijn.

Dit vertelde ze op het moment dat de artsen een nieuw gezwel bij meneer Tobias hadden ontdekt, op zijn rug. Als dat was weggehaald zou hij weer bestraald worden en weken nodig hebben om te herstellen. Hij smeekte Gracie hem niet in de steek te laten. Caroline was weer vertrokken. Ze had nooit een hand uitgestoken in huis. Ze was te teergevoelig, zei ze, om verpleegster te zijn. Jonathan was in Oxford. Als Gracie wegging zou hij een particuliere verpleegster in dienst moeten nemen en dat zou zijn dood worden.

Gracie zei tegen haar zuster dat ze wat meer tijd nodig had om een beslissing te nemen. Intussen ging meneer Tobias naar het ziekenhuis, waar het gezwel aan zijn rug chirurgisch werd verwijderd. Hij werd heel erg ziek.

'Ik denk dat ze hoopte dat hij dood zou gaan,' zei Liza.

'Kom nou, Liza, die arme, ouwe man. Hij stond er helemaal in z'n eentje voor, het kon niemand een bliksem schelen wat er met hem gebeurde. Logisch dat hij niet wilde dat zij wegging.'

'Zij moest aan haar toekomst denken. Rijke mensen zoals hij gebruiken mensen als mijn grootmoeder gewoon, zei Eve. Het was niet zo dat hij geen verpleegsters kon betalen.'

'Geld maakt niet gelukkig,' zei Sean met een zucht.

'Hoe weet jij dat nou? Heb jij ooit rijke mensen gekend? Ik wel. Jonathan was ook rijk, en hij was heel veel jaren gelukkig.'

Meneer Tobias kwam naar huis en Gracie verpleegde hem. Ze verhuisde met Eve van het poorthuis naar Shrove. Het duurde twee weken voor hij op kon staan. Ze moest hem in bed op de po zetten en de wond op zijn rug, die begon te etteren, verbinden. De dokter kwam elke dag en zei dat ze geweldig was. Intussen zat Eve voor haar eindexamen. Ze slaagde met glans. Meneer Tobias riep haar bij zich in zijn slaapkamer om haar te feliciteren en gaf haar vijftig pond 'om een paar jurken te kopen'.

'En wat moet er van mij worden?' vroeg Gracie toen hij weer op de been was. 'Mijn zuster begint ongeduldig te worden.'

Meneer Tobias had erover nagedacht en hij vertelde haar tot welke beslissing hij was gekomen. Als zij wilde garanderen dat ze bij hem bleef tot hij stierf, dat zij als enige voor hem zou zorgen en hem zou verplegen – in huis kon ze net zoveel hulp krijgen als ze wilde – als ze dat zou doen, zou hij haar Shrove House nalaten in zijn testament. Hij wist hoeveel ze van het huis en de prachtige omgeving hield.

'Vooral mijn dochter is aan Shrove gehecht,' zei Gracie, die zo geschokt was door wat hij zei dat ze geen ander antwoord wist te bedenken. Het was vooral Eve die de gedachte dat ze daar ooit weg zouden moeten niet kon verdragen. Dit was voor Gracie net zo veel reden om niet op het voorstel van haar zuster in te gaan. Eve werkte zo hard en deed het zo goed op school, het was een gelukkig kind omdat ze zoveel hield van Shrove en de omgeving en de prachtige vallei. En omdat ze met Jonathan samen is als hij thuis is, dacht Gracie, zonder dat hardop te zeggen. Ze durfde niet tegen Eve te zeggen dat er een kans bestond dat ze naar Coventry zouden verhuizen.

'Wat vind je van mijn idee?' Meneer Tobias had misschien meer enthousiasme verwacht. Dat kwam. Gracie was verbijsterd, Gracie kon haar oren niet geloven. 'Meende hij dat echt? En Caroline dan? Had Caroline niet het wettelijke recht op Shrove?'

'Caroline haat Shrove,' zei meneer Tobias, daarmee iets bevestigend wat Gracie al lang wist. 'Ze kon nauwelijks wachten tot ze hier weg kon. Bovendien heeft ze de laatste tien jaar dan wel niet bij Nicholas gewoond, maar is hij nog steeds gek op haar en zal haar alles nalaten wat hij heeft, begrijp je. Hij is geen gezond mens, die arme Nicholas, hij zal het niet zo lang uithouden als ik, en als hij gaat zal Caroline een rijke vrouw zijn.'

Het kostte Gracie vijf minuten om ja te zeggen. Ja, ze zou blijven. 'Bel m'n notaris dan maar en vraag hem om volgende week even langs te komen,' zei meneer Tobias.

Het nieuwe testament werd opgesteld en meneer Frost en de dokter van meneer Tobias tekenden als getuigen.
Meneer Tobias herstelde daarna snel. De zekerheid dat Gracie zou blijven hielp hem beter te worden. Hij was op en wandelde al in de tuin tegen de tijd dat Jonathan naar huis kwam voor de zomervakantie. Gracies zuster haalde een vriendin van haar in de zaak, een vrouw die directiesecretaresse geweest was van een binnenlandse luchtvaartmaatschappij.
Omdat Gracie geen geheimen voor haar dochter had vertelde ze Eve over het testament. Het gaf Eve het gevoel dat Shrove al van haar was. Ze had altijd al een gevoel gehad alsof meneer Tobias haar grootvader was en nu zag ze zichzelf eigenlijk als de natuurlijke erfgename van Shrove. Het was waar wat haar moeder gezegd had, ze hield van Shrove. Het enige dat ze met haar zeventien jaren wilde, was hier altijd blijven wonen. Met Jonathan natuurlijk. Jonathan zou bij haar komen wonen.
Eve haalde hoge cijfers en ging naar Oxford. Jonathan studeerde ook nog, dus ze zagen elkaar veel.
'Hoe bedoel je?' vroeg Sean. 'Wil je zeggen dat ze minnaars waren?'
'Dat denk ik, ja, ik weet het eigenlijk wel zeker. Eve heeft het niet met zoveel woorden gezegd. Dat deed ze toen niet. Niet tegen mij. Ik was pas tien.'
'Maar oud genoeg om haar met de ene na de andere man in bed te zien liggen.'
Liza haalde haar schouders op. Wat moest ze daar nou op zeggen. Eve en Jonathan moesten wel minnaars geweest zijn. Wat zou hen ervan weerhouden hebben? Bovendien had Liza haar eigen, heel persoonlijke redenen om te weten dat het zo was geweest. Thuis, op Shrove, ging meneer Tobias door met leven. Hij had dikwijls inzinkingen en op een keer maakte hij een lelijke val toen hij de trap van het terras wilde aflopen. Hij brak zijn arm en bij het maken van de röntgenfoto's ontdekten ze kanker in het bot. Gracie verpleegde hem weer dag en nacht.
Aan het eind van haar eerste jaar in Oxford kwam Eve naar huis. Ze zou de maanden juli, augustus en september thuisblijven,

net als Jonathan. Ze brachten al hun tijd samen door. Maar toen Eve terugging, ging Jonathan niet met haar mee. Hij bleef bij zijn grootvader. Iedereen zei dat hij nu echt zou sterven. Er waren in die tijd geen cassettes van ingesproken boeken en Jonathan las meneer Tobias elke dag urenlang voor.
Jonathan zou 'iets in de City' worden. Dat was wat Eve gezegd had. Liza wist niet wat het betekende en Sean had alleen een vaag idee.
'Misschien iets bij een bank,' zei hij, 'of een effectenmakelaar.'
'Wat is dat?'
'Ik weet het niet precies. Het heeft iets te maken met aandelen.'
'Hoe dan ook, dat werd hij niet. Hij hoefde niet omdat zijn vader doodging en hem alles naliet, al zijn geld, en dat waren miljoenen – nou ja, een miljoen of twee – en het huis in Londen en het landgoed in het Lake District. Hij werd ook iets bij Lloyd's, wat precies weet ik niet. Het was in elk geval geen werk. Caroline kreeg het huis in Frankrijk en een zogenaamde lijfrente van een heleboel geld. Alleen wist niemand dat.'
'Wat bedoel je met niemand wist dat?'
'Niemand op Shrove wist het. Gracie en meneer Tobias wisten dat sir Nicholas Ellison dood was, natuurlijk wisten ze dat. Gracie stuurde namens meneer Tobias een krans naar de begrafenis, maar ze dachten allemaal dat zijn hele bezit naar Caroline was gegaan. Eve wist er wel van, Jonathan had haar in Oxford geschreven en het haar verteld, maar het kwam niet bij haar op om het haar moeder te vertellen, het interesseerde haar niet zo erg wie het geld kreeg, Jonathan of Caroline, een van hen moest het zijn.
Meneer Tobias moet gedacht hebben dat al het geld naar Caroline gegaan was. Hij had ten slotte ook voorspeld dat het zo zou gaan. 'Er was zoveel geld, snap je, Liza,' had Eve gezegd. 'Die mensen, die weten niet hoeveel geld ze hebben. Mensen zoals wij weten dat altijd, tot op de laatste gulden, misschien wel tot op het laatste kwartje, maar de Tobiassen en de Ellisons in deze wereld hebben twee miljoen, of drie, of iets ertussenin, ze weten het niet precies. Het zit allemaal op verschillende plaatsen, het groeit, neemt toe, en ze raken gewoon de tel kwijt.'

Er stroomde van alle kanten geld binnen, veel geld, steeds meer, hiervandaan, daarvandaan. Misschien kon het meneer Tobias niet eens wat schelen, maakte hij er zich geen zorgen over, dacht hij er niet eens aan. Hij was heel oud en heel ziek en heel rijk, en het laatste waar hij zich druk over maakte was de vraag wie wat had als het op geld aankwam.

Toen gebeurde er iets onverwachts. Eve was twee jaar in Oxford geweest, Jonathan verdeelde zijn tijd tussen haar en zijn grootvader. De vierentachtigjarige meneer Tobias was heel zwak en had voortdurend aandacht nodig, maar verkeerde niet in levensgevaar. Het was herfst. Gracie, die zich haar leven lang fit had gevoeld, vertoonde plotseling alarmerende symptomen. Ze deden onderzoek en zeiden haar dat ze baarmoederkanker had. Ze werd met spoed naar het ziekenhuis gebracht voor een hysterectomie.

Verpleegsters in dienst nemen was het enige wat erop zat, verpleegsters voor overdag en verpleegsters voor 's nachts. Jonathan wist zich geen raad met de po's en het wassen van de patiënt. Er waren de hele tijd verpleegsters, ze losten elkaar voortdurend af. Jonathan zat bij zijn grootvader, schreef brieven aan Eve en schoot fazanten. Wat er verder gebeurde terwijl Gracie in het ziekenhuis lag, werd duidelijk nadat meneer Tobias gestorven was.

Hij vond het vreselijk toen ze hem in de steek liet. Het was hem niet aan zijn verstand te peuteren dat ze geen keus had, dat haar leven op het spel stond. Misschien had zij hem zorgvuldiger moeten uitleggen wat er met haar aan de hand was, maar ze was bang. Voor het eerst dacht ze alleen maar aan zichzelf.

De oude meneer Tobias leek niet te willen toegeven dat ook iemand anders dan hijzelf een levensgevaarlijke ziekte kon hebben. Hij sprak tegen haar als de teleurgestelde vader tegen de dochter die hem te schande maakt door immoreel of crimineel gedrag. Hij maakte voortdurend toespelingen op 'de tijd dat je me alleen hebt gelaten'.

Gracie nam de zorg voor hem weer over. De verpleegsters vertrokken. Jonathan ging naar zijn moeder in Frankrijk. Gracie

had te horen gekregen dat ze de eerste zes maanden geen zware dingen mocht tillen en meneer Tobias mocht dan oud en mager zijn, hij was toch heel zwaar. Als ze hem niet goed op bed in de kussens kon tillen mopperde hij en maakte hij haar verwijten.
Eve kwam met de kerst thuis en ging in januari terug naar Oxford. Ze zou waarschijnlijk cum laude slagen.
'Wat is dat?' vroeg Sean.
'Op de beste manier. Het is zoiets als een eerste prijs krijgen.'
Toen het lente werd kon meneer Tobias niet langer thuis blijven, hij was te ziek. Hij werd naar een verpleeghuis gebracht en daar raakte hij in coma. Hij bleef nog een paar weken in leven en stierf in mei. Gracie was op een bepaalde manier verdrietig, maar hij was de afgelopen maanden zo onvriendelijk tegen haar geweest dat ze het grootste deel van haar liefde voor hem kwijt was. Ze wist dat Shrove nu van haar was. De ochtend na de dood van meneer Tobias was ze wakker geworden en naar buiten gegaan. Ze had haar handen op het metselwerk van een muur gelegd en gezegd: 'Je bent van mij, je bent van mij.' Ze overwoog wanneer ze de notaris moest bellen om te vragen wanneer ze de wettige bezitster zou zijn.
De notaris vertelde haar dat zijn cliënt alles had nagelaten aan Jonathan Tobias Ellison, bekend onder de naam Jonathan Tobias. Nou ja, niet helemaal alles. Er was voor haar een legaat van duizend pond.
'Hij had een nieuw testament op laten stellen toen zij in het ziekenhuis lag,' zei Liza.
'Hij had Jonathan de notaris laten halen en de verpleegsters waren getuige. In aanwezigheid van de testateur en van elkaar.'
'Je bedoelt dat Jonathan dat had versierd.'
'Eve zegt van niet. Zij zegt dat hij tegen zijn grootvader had gezegd dat hij Shrove niet nodig had, dat hij genoeg had aan wat hij van zijn vader had geërfd. Maar meneer Tobias begreep het niet of wilde het niet begrijpen. Hij zei tegen Jonathan dat hij Shrove niet wilde geven aan "die vrouw die me in de steek heeft gelaten".'
'En wat heeft je oma toen gedaan?'

'Wat kon ze doen? Het kon Eve niet zoveel schelen. Toen niet. Voor haar zou het allemaal toch op hetzelfde neerkomen omdat zij en Jonathan zouden gaan trouwen.'
Jonathan vroeg Gracie of ze in het poorthuis wilde blijven. Hij zou misschien ooit op Shrove komen wonen, maar nu nog niet. Het enige wat zij zou hoeven doen was een oogje in het zeil houden. Ze hoefde niet te verplegen, niet te koken, het zou bijna hetzelfde zijn alsof het echt van haar was. Gracie wilde dat niet, ze voelde zich te vernederd. Eve was er woedend over. Waar moest zij in de vakanties heen tot Jonathan en zij getrouwd waren? Gracie was verbitterd. Ze ging naar Coventry en huurde de logeerkamer van haar zuster.
Dit was zo'n beetje het einde. Eve kwam een tijdlang niet in het verhaal voor en toen ze weer opdook had ze geen titel, maar wel een baby.
'Mij,' zei Liza.
'Is dat alles wat je ervan weet?'
'Ze zei tegen me dat ze het me zou vertellen als ik ouder was.'
Eve wist dat Jonathan naar Zuid-Amerika zou gaan. Hij had er al wat rondgereisd, 'gewoon om te kijken hoe het daar was'. 'Kom ook,' had hij gezegd, maar ze kon natuurlijk niet naar Brazilië of Peru of waar dan ook heen, aan het begin van het studiejaar. Ze hadden er een beetje ruzie over en zagen elkaar twee weken niet, maar op de dag dat hij het vliegtuig naar Rio zou nemen ging Eve met hem mee naar Heathrow om hem uit te zwaaien.
Hij werd na drie maanden terugverwacht, toen na zes maanden, maar hij kwam niet terug, hij bleef en bleef maar weg. Eve moest Oxford verlaten omdat ze in verwachting was. Gracie lag op haar sterfbed in een ziekenhuis in Coventry. De baarmoederoperatie was zinloos gebleken.
Na Gracies dood logeerden Eve en Liza bij Eve's tante. Die maakte zeer wel duidelijk dat ze geen zin had in een nicht en een achternichtje in haar kleine huis en dat ze niet van baby's hield, maar dat ze vond dat ze haar plicht moest doen. Het was voor Eve moeilijk om de eindjes aan elkaar te knopen in die tijd. Om

te beginnen was ze er psychisch slecht aan toe, ze kon maar niet verwerken wat er gebeurd was vóór Liza geboren werd. Anderzijds had ze er nooit spijt van dat ze geen abortus had laten plegen. Ze had dat nooit overwogen en ze wilde dat Liza dat wist.
'Leuk om dat te vertellen aan een kind van tien,' zei Sean.
'Oké, ik weet hoe je over haar denkt. Je hoeft daar niet de hele tijd over te zeuren.'
Heather nam contact met haar op en vroeg Eve bij haar te komen wonen. Eve voelde zich zo ongelukkig bij haar tante dat ze op het aanbod inging, hoewel Heathers kleine flat in Birmingham maar één slaapkamer had. Ze woonden daar met z'n drieën zo goed en zo kwaad als het ging. Heather vond een baan voor Eve als lerares op een particuliere school, waar ze ook mensen in dienst namen die niet over de juiste papieren beschikten. Eve bracht Liza naar een babysitter, maar dat beviel niet zo. Wanneer ze Liza 's middags ging halen trof ze haar en de andere vijf baby's vastgebonden aan in wandelwagentjes die voor de televisie waren opgesteld.
'Dus ik had al eerder televisie gekeken, toen ik één jaar was, maar ik kon het me niet herinneren.'
Dit deed Eve ertoe besluiten dat ze haar kind nooit televisie zou laten kijken. En dat was de aanzet geweest voor een hele serie alternatieve ideeën over de manier waarop ze haar kind wilde opvoeden. Als ze maar ergens een plek had om te wonen; maar er was eigenlijk maar één plek waar ze werkelijk wilde wonen.
Jonathan wist niet waar ze was. Ze was twee keer van baan veranderd en drie keer van babysitter voor hij haar vond. Liza was drie en Eve deelde gratis krantjes uit op straat; verder had ze een baantje waar ze zo'n beetje secretaresse was en waar ze kon leren typen. Liza was bij de oppas gevallen en had een gat in haar hoofd. Jonathan had op Shrove een brief gevonden met het adres van haar tante erop. Hij probeerde haar via die tante te vinden en op een avond belde hij aan bij Heathers flat.
Toen hij zei dat hij haar een voorstel wilde doen dacht ze één krankzinnig moment lang dat hij haar zou vragen met hem te trouwen, zelfs toen nog, na alles wat er gebeurd was. Hij was

vriendelijk maar koel. Zou ze in het poorthuis van Shrove willen wonen en in ruil daarvoor een oogje op het huis willen houden? Zo zei hij het: of ze er een oogje op wilde houden. Hij zou haar een salaris betalen, een heel behoorlijk salaris, zoals later bleek. Ze ging op zijn voorstel in. Ze had werkelijk geen keus.
'Ze kon daardoor terug, snap je. Ze kon daardoor terug naar de enige plek ter wereld waar ze wilde wonen, al leek ze in het poorthuis net een peri buiten de hekken van het paradijs.'
'Een wát?'
'Een peri. Peri's waren bovennatuurlijke wezens in de Perzische mythologie, een soort elfen. Het waren kwade geesten die hun slechtheid verborgen onder een betoverend uiterlijk. Maar natuurlijk konden ze het paradijs niet binnen.'
'Natuurlijk niet,' zei Sean sarcastisch.
'En dat was het, snap je. Zo zijn we daar terechtgekomen en zo is het allemaal begonnen.'

13

Bruno was weg en het leven hernam zijn oude vertrouwde gangetje. Ze gingen weer verder met de lessen. Het was maar goed dat Liza leren leuk vond, want nu Bruno weg was had ze maar zelden gelegenheid om op Shrove televisie te gaan kijken. Moeder gaf haar aan één stuk door les. De intensiteit waarmee ze zich op het lesgeven stortte was bijna gewelddadig.

De winter met zijn zonloze dagen en lange avonden deed zijn intrede. Elke ochtend gingen ze samen wandelen, maar meestal bleven ze maar een uurtje weg en besteedden ze de rest van de dag aan Liza's boeken. Soms stond moeder erop dat ze alleen maar Frans spraken, bij het ontbijt, de lunch en het avondeten, en ook tijdens hun gesprekken over andere onderwerpen. Ze nam Liza examen af in Engels, geschiedenis en Latijn. Liza leerde hele pagina's poëzie uit haar hoofd en 's avonds lazen moeder en zij elkaar toneelstukken voor. Moeder nam de mannelijke rollen voor haar rekening. Ze lazen *Peter Pan* en *Where the Rainbow Ends* en *The Blue Bird*.

Over Bruno werd niet gerept. Als er al brieven van hem kwamen, zei moeder daar niets over. Nu Liza wat ouder was stond ze niet meer zo vroeg op. Moeder was altijd eerder uit de veren, dus Liza wist niet eens of er brieven kwamen of niet. Ze wist dat Heather soms schreef omdat haar brieven rondslingerden. Jonathan en Victoria stuurden een kerstkaart, net als Heather. Sturen wij hun ook kaarten, wilde Liza weten. Moeder zei nee, absoluut niet. Het was absurd om Kerstmis te vieren als je niet in de god van de christenen geloofde of in welke god dan ook, maar ze koppelde er direct een les aan vast over het christelijke geloof, op dezelfde manier als ze Liza over het jodendom, de islam en het boeddhisme onderwezen had.

Op een dag, vlak voor Liza's elfde verjaardag, terwijl Liza in moeders bureau op zoek was naar schrijfpapier dat volgens moeder in de middelste la lag, kwam ze een brief tegen in het handschrift van Bruno. Ze herkende zijn handschrift meteen. Zonder dat het haar ooit verteld was wist ze op de een of andere manier dat het niet netjes was om de persoonlijke correspondentie van andere mensen te lezen. Waarschijnlijk had ze dat uit de moralistische, Victoriaanse boeken die ze uit de bibliotheek van Shrove haalde, van schrijfsters als Charlotte M. Yonge en Frances Hodgson Burnett. Ze las de brief toch.

Moeder was naar boven gegaan, Liza kon haar boven horen rommelen. Liza las het adres, een plaats die Cheadle heette, de datum – van de vorige week – en het eerste blaadje van de brief. 'Mijn allerliefste, mooie Eve', begon hij. Liza trok haar neus op, maar las wel verder. 'Ik mis je zo. Ik wou dat ik je kon bellen, het is belachelijk dat we elkaar niet kunnen bellen in deze moderne tijd. Bel mij alsjeblieft. Als je bang bent dat J.T. daar moeilijk over zal doen kun je mij op mijn kosten bellen. Nu mijn moeder dood is ben ik niet arm meer, besef je dat wel? Het zal nu niet lang meer duren, ik moet hier alleen van alles in orde maken, dat is onvermijdelijk, daar moet ik maar doorheen bijten. Alleen al het horen van je stem zou...'

Ze moest hier stoppen omdat ze moeders voetstappen op de trap hoorde. Ze durfde het blaadje niet om te slaan. Wat ze had gelezen over 'bellen' en 'op mijn kosten' begreep ze niet, maar 'het zal niet lang meer duren' begreep ze heel goed. Hij kwam terug. Een ogenblik vroeg ze zich af waarom hij niet arm meer was nu zijn moeder overleden was, maar toen herinnerde ze zich het verhaal van Shrove en de oude meneer Tobias en begreep ze het.

Het was een strenge winter. Er viel al een beetje sneeuw voor de kerst, maar de echt zware sneeuwval begon vroeg in januari. Er viel zo'n dik pak dat je de afscheiding tussen het wegdek en de berm niet meer kon zien. De sneeuw stapelde zich daarna verder op, vulde de greppel en legde een dikke, alles verhullende mantel over de heg. Hoewel het er even op leek dat de dooi in zou zetten ging het daarna weer vriezen, nog strenger dan daarvoor. De smeltende sneeuw veranderde in messcherpe ijspegels.

De ijspegels die van de dakrand van het poorthuis hingen leken op de franje aan een sofa. De dikke sneeuwlaag was nu bedekt met ijs. Het was al twee dagen geleden dat een auto erin geslaagd was over het weggetje te rijden. Moeder zei dat de gemeente het niet nodig had gevonden om hier sneeuw te ruimen omdat zij de enigen waren die hier woonden en ze toch geen auto hadden.
De postbode kwam niet meer en dat vond Liza best, want dan kwamen er ook geen brieven van Bruno. Zolang het weggetje onbegaanbaar was, kon Bruno niet komen. Het oranje autootje zou er nooit doorheen kunnen komen als het de postauto al niet lukte. En het bleef maar sneeuwen, elke dag werd de witte, knisperige, alles bedekkende deken dikker.
Ze voerden de vogels. Ze hadden een voedertafel voor de broodkruimels en twee metalen mandjes met noten erin en ze hingen vetbollen op. Op een ochtend zag Liza een specht op een van de mandjes zitten en een boomkruiper die aan zijn staart hangend in een vetbol pikte. Het schoot haar te binnen dat Jonathan foto's had gemaakt en ze zei dat ze wou dat ze een fototoestel hadden, maar moeder zei nee, je eigen geest is het beste apparaat om dingen vast te leggen, laat je geheugen het maar fotograferen.
En toen zei ze dat de vogel op een *Trochilus* leek, een soort kolibrie. Dus zocht Liza *Trochilus* op in een vogelgids. Ze dacht dat ze zag wat moeder met dat fotograferen van het geheugen bedoelde. Toen ze verder bladerde, stuitte ze op de krokodilvogel, ook wel krokodilwachter genoemd, omdat dit vogeltje het enige schepsel was dat ongestraft in de bek van een krokodil kon gaan zitten om voedselresten tussen zijn tanden uit te pikken. Het maakte ook een geluid waardoor de krokodil voor een naderende vijand werd gewaarschuwd.
Liza vond de sneeuw heerlijk. Ze was eigenlijk te oud om sneeuwpoppen te maken, maar ze deed het toch. En ze maakte een iglo. Toen hij klaar was ging ze er boterhammen en biscuitjes in zitten eten, dolgelukkig met al de sneeuw die Bruno weghield. Ze hoopte met heel haar hart dat er steeds meer sneeuw zou blijven vallen en dat het weggetje tot maart of april onbe-

gaanbaar zou blijven. Moeder had haar verteld over een zeer strenge winter toen zij nog een klein meisje was, in de tijd dat Gracie en Ray en zij nog niet op Shrove waren. Toen was het in januari gaan sneeuwen. Die sneeuw was zeven weken blijven liggen en alle waterleidingen waren bevroren. Het was een strenge winter, maar Liza noemde het voor zichzelf een 'aardige' winter. Moeder kreeg een griep, die ze waarschijnlijk had opgelopen toen ze de laatste keer in de stad was geweest voordat het ging sneeuwen. Het hoesten hield haar de hele nacht uit haar slaap, dus deed ze 's middags een dutje. Liza nam dan de kans waar om naar Shrove te gaan en een paar uurtjes televisie te kijken. Ze had ze gemist, de oude films, de quizzen en de schooltelevisie. Ze begon ook op een vage, verwarde manier te begrijpen dat dit kleine, vierkante scherm haar venster was op een wereld waarvan ze verder heel weinig wist.

De tweede keer dat ze naar Shrove liep zag ze de sneeuwploeg komen toen ze het hek uitging. Het weggetje werd schoongemaakt. De grote schuif aan de voorkant van de wagen duwde hele pakken sneeuw tegelijk naar de kant. Liza was ervan overtuigd dat ze de weg voor Bruno vrijmaakten. Ze had het gevoel dat hij aan de andere kant van de brug stond te wachten om met zijn oranje autootje achter de sneeuwruimer aan te kunnen rijden.

Maar toen ze terugkwam was er geen auto en geen Bruno. Ze had het moeder moeten vragen, dat wist ze, ze zou tegen moeder hebben moeten zeggen: 'Komt Bruno terug?' Maar ze kon er niet toe komen. Ze was bang dat moeder ja zou zeggen en een bepaald tijdstip zou noemen. Je kon maar beter twijfelen dan het zeker weten.

De sneeuw smolt en hij was niet gekomen. Er lagen alleen nog hier en daar kleine hoopjes sneeuw op de koudste schaduwplekjes, grillig gevormde witte plakken op het groene gras. Moeders griep verdween met de sneeuw, dus televisie was er niet meer bij, wel veel lessen. Op een ongewoon warme dag in februari ging Liza het bos in om te kijken of er al monnikskap opgekomen was en toen ze terugkwam stond er een auto bij het

huisje geparkeerd. Het was een donkerbruine auto van een model en een merk dat ze nog nooit eerder had gezien. En er stonden geen letters aan het begin van de nummerplaat, maar aan het eind. Dat had ze ook nog nooit gezien. Het merk van de auto was Lancia.
Jonathan en Victoria Tobias, dacht ze. Ze noemde ze bij zichzelf al lang niet meer beleefd meneer en mevrouw. Ze hadden altijd nieuwe auto's. Ze ging behoedzaam naar binnen, zich erop voorbereidend om koeltjes hallo te zeggen voor ze naar boven ging. Dat met de patrijzen stond haar nog helder voor de geest en nu was het verhaal van Gracie en de grootvader erbij gekomen.
Ze zag Bruno voor hij haar in het oog kreeg, zo stilletjes bewoog ze zich. Hij zat op de bank naast moeder, hield haar beide handen in de zijne en keek haar in de ogen. Liza bleef doodstil staan. Hij was niet veranderd, alleen zijn lange, zachte, golvende haren waren langer geworden en zijn sproeten waren verbleekt. Hij droeg nog steeds een spijkerbroek en een leren jasje en had nog steeds de twee gouden ringetjes in zijn ene oor.
Misschien klopte er toch wel iets van de theorie waarover ze had gelezen, dat je het kunt voelen als iemand je heel strak aankijkt, want hoewel ze geen vin verroerd had keek Bruno plotseling op en kruiste zijn blik de hare. Een moment, heel even maar, lag er een uitdrukking van zoveel haat en verachting op zijn gezicht dat ze een rilling langs haar ruggengraat voelde lopen. Ze had nog nooit zo'n blik gezien, maar ze wist onmiddellijk wat hij betekende. Bruno haatte haar.
Bijna direct daarna was die vreselijke uitdrukking van zijn gezicht verdwenen. Er kwam een neutrale blik van berusting voor in de plaats. Moeder keek ook op. Ze liet Bruno's handen los en zei: 'Lieve hemel, Lizzie, wat ben jij muisstil.'
Bruno zei: 'Hai, Liza, hoe gaat het?'
Dat was de manier waarop hij sprak. Niet Brits en niet Amerikaans – dat had ze genoeg gehoord op de televisie – maar alsof hij ergens tussen die twee landen in woonde. Dat was natuurlijk onmogelijk, want dat zou de Atlantische Oceaan zijn. Ze zag

een rode blos op moeders gezicht. Moeder had haar niet verteld dat hij zou komen. Ze moest het geweten hebben. Waarom had ze het haar niet verteld?
'En, wat vind je van m'n nieuwe brik?'
'Hij bedoelt zijn auto,' zei moeder.
'Die is oké,' zei Liza. Het was een manier van zeggen die ze van de televisie had. Moeder fronste haar wenkbrauwen. 'Ik vond de oranje leuker,' voegde Liza eraan toe.
'De oranje, zoals je hem noemt, is naar de plek waar alle slechte oude auto's heen gaan als ze doodgaan, de schroothoop.'
'Waar gaan de goede heen, Bruno?' vroeg moeder.
'Die gaan naar mensen zoals ik, liefje. Dat ding dat buiten staat, dat bedoel ik met een goede. Hij was van mijn moeder, nog steeds eigenlijk, want ik heb hem nog niet op mijn naam laten zetten. Ze had hem al tien jaar en er is nog geen tienduizend kilometer in gereden.'
Moeder moest lachen. Liza dacht, ze heeft het me niet gezegd omdat ze weet dat ik een hekel aan hem heb. Zou ze ook weten dat hij mij haat? Op dat moment verloor ze iets van haar respect voor moeder, hoewel ze nog steeds evenveel van haar bleef houden. Dit was de avond waarop ze moeder vroeg, zodra ze haar even alleen kon spreken, of ze haar Eve mocht noemen.
'Waarom wil je dat?'
'Iedereen noemt je zo.'
Moeder vond 'iedereen' misschien nogal overdreven, maar ze zei er niets over. 'Als je het graag wilt mag het,' zei ze, maar erg vrolijk klonk het niet.
Liza had het mis gehad toen ze dacht dat Bruno niet veranderd was. Ook als Eve er niet de aandacht op gevestigd had zou ze het begrepen hebben. Onder het eten had Eve gezegd: 'Je vond geld vroeger absoluut niet belangrijk, toen liet het je koud.'
Dat was toen hij had zitten praten over alle dingen die 'ze' konden doen nu hij het huis van zijn moeder kon verkopen.
'Wacht nou maar tot je het echt verkocht hebt,' zei Eve op het droge toontje dat ze soms gebruikte.
'Ach, dat is een fluitje van een cent,' zei Bruno met zijn nasale

stem. 'Ik heb een koper gevonden die er meer op gebrand is het huis te kopen dan ik om het te verkopen.'
Dat was vijfenhalf jaar geleden, toen de huizenmarkt op zijn top was. Eve zei dat ze had begrepen dat je vandaag de dag alles kon verkopen, een opmerking die niet goed viel bij Bruno. Hij begon te vertellen hoe mooi het huis van zijn moeder wel was, hoe heerlijk hij en zij er hadden kunnen wonen als het niet zo ver naar het noorden was geweest.
'Laat mij er maar buiten,' zei Eve. 'Ik woon hier en ik zal hier de rest van m'n leven blijven wonen.'
Bruno was geen anarchist meer. Hij was vergeten dat geld en bezit onbelangrijk waren. Het feit dat hij een groot huis te verkopen had, dat hij een mooie auto had en een paar duizend pond op de bank, dat was hem allemaal naar het hoofd gestegen.
'Toen ik de vorige keer hier was had ik niet eens een bankrekening, Eve.'
'Kunnen we nog over iets anders praten dan over geld?' zei Eve. Ze deed zo grof tegen hem, vernietigend zou je bijna zeggen, dat Liza echt verwachtte dat hij ergens anders de nacht door zou brengen. Maar hij tokkelde zachtjes op zijn gitaar en zong liedjes met zijn Johnny Cash- of Merle Haggard-stem. Ze was niet echt verbaasd toen ze uren later wakker werd van hun voetstappen op de trap en ze hen samen Eve's slaapkamer binnen hoorde gaan.

Het enige prettige van Bruno's terugkeer was dat er nu weer vrije middagen waren om televisie te kijken. De lessen hielden niet helemaal op, maar het werden er minder en er zat meer tijd tussen. Bruno was er bijna altijd bij en dan zat hij de hele tijd spottende opmerkingen te maken over de manier waarop Eve lesgaf en over het feit dat ze niet bevoegd was. Hij bleef er maar over zeuren dat 'het kind' op school zou moeten zitten.
'En waarom zou dat moeten?' vroeg moeder uiteindelijk.
'Kom nou toch, moeder, ze krijgt zo toch geen goed onderwijs.'
'Noem me geen moeder, je bent maar twee jaar jonger dan ik. Hoeveel kinderen van elf ben jij tegengekomen die kunnen le-

zen, schrijven en praten in het Frans, die Latijnse teksten vertalen zonder ze te hebben voorbereid, die voor kunnen dragen uit Lycidas en een uitstekende samenvatting van minstens vier toneelstukken van Shakespeare kunnen geven?'
'Ze weet niets van exacte vakken en wiskunde.'
'Natuurlijk niet. Ze is pas elf!'
'Dat is de leeftijd waarop ze daarmee moeten beginnen, weet je nog?'
'Geef jij haar dan les. Jij was goed in wiskunde, dat zeg je altijd.'
'Ik ben geen onderwijzer,' zei Bruno. 'Ik ben niet zoals jij, ik ken m'n grenzen. Ze heeft echte leraren nodig. Ik wed dat dat kind niet eens een eenvoudig sommetje kan maken. En dan heb ik het niet over vergelijkingen oplossen of logaritmen en zo, maar over, laten we zeggen een staartdeling. Vooruit Liza, je hebt daar een stuk papier. Deel achthonderdvierentwintig eens door tweeënveertig.'
Eve griste het papier weg. 'Niemand hoeft tegenwoordig op papier achthonderdvierentwintig door tweeënveertig te delen. Dat weet ik zelfs, wereldvreemd als ik ben. Daar heb je rekenmachines voor.'
'Rekenmachines kunnen geen algebra,' zei Bruno.
En zo ging het maar door. Hoewel Eve het niet door leek te hebben, begreep Liza heel goed dat Bruno haar alleen maar naar school wilde hebben om haar kwijt te zijn. Het maakte hem niets uit of ze wel of geen wiskunde of biologie zou krijgen, hij wilde haar gewoon uit de buurt hebben als hij er was. Omdat Bruno haar dat had verteld begreep ze ook dat Eve de wet overtrad door haar niet naar school te sturen. Bruno maakte er een enorme toestand van en bleef er maar op hameren dat ze in overtreding was, terwijl hij het zelf ook was door de auto niet op zijn naam over te laten schrijven en geen wegenbelasting te betalen.
Maar hoeveel kritiek Bruno ook op Eve had, hij wilde toch graag bij haar zijn, haar bij zich hebben. Toen het huis van zijn moeder verkocht was wilde hij een ander huis kopen, waar Eve en hij samen in konden gaan wonen. Het mocht best in de buurt van Shrove zijn, alleen wel in de stad of in een van de dor-

pen aan de andere kant van de vallei. Hij hield van de omgeving en vond het best om in de buurt te blijven wonen nu hij wist dat Eve zo van deze plek hield.
'Ik dacht dat je vrij wilde zijn,' zei Eve. 'Dat zei je tenminste altijd. Vrijheid ging je boven alles en je wilde niet gebonden zijn.'
'Ik ben veranderd. Je verandert als je huiseigenaar wordt. Dan begin je te begrijpen wat verantwoordelijkheid betekent.'
'O, ja hoor, Bruno. Straks vraag je nog of ik met je wil trouwen.'
'Dat kan niet. Ik ben al getrouwd, dat weet je. Maar ik wil wel de rest van m'n leven met je samenwonen.'
'Echt waar?' zei Eve. 'En ik wil de rest van m'n leven hier blijven wonen.'
'Maar dat zeg ik toch ook. We blijven hier. Je kunt hier blijven. Alleen maar een kilometer of zeven, acht verderop.'
'Ik bedoel hier. Hiér, op deze plek. Laat dat nu eens tot je doordringen, Bruno. Voor mijn part koop je een huis, en als je het leuk vindt zal ik af en toe langskomen, maar ik blijf hier wonen.'
Bruno had het er nooit over dat Liza ook in zijn huis zou komen wonen. Ze wilde Eve vragen wat er nou eigenlijk ging gebeuren. Meende ze het echt dat ze hier onder geen voorwaarde weg zou gaan? Wist ze heel zeker dat ze niet in Bruno's huis wilde wonen? En wat ging er met Liza gebeuren? Zou Eve Bruno zijn zin geven en haar naar school sturen? Liza had dit alles dolgraag willen vragen, ze wilde zo graag de waarheid weten, maar ze was nooit alleen met Eve. Bruno was er altijd bij.
Toen het in maart wat warmer werd begonnen Bruno en Eve autoritjes te maken in de bruine auto. Eve probeerde Liza mee te krijgen, maar Liza wilde niet. Ze ging in plaats daarvan naar Shrove om televisie te kijken. Bruno had gezegd dat ze naar huizen gingen kijken die te koop werden aangeboden en Eve had niet tegengesputterd.
'Als ik met je mee zou gaan,' zei Eve op een avond toen ze met z'n drieën om het haardvuur zaten, 'hoewel geen haar op m'n hoofd erover denkt, maar stel dat ik het zou doen, waar zouden we dan van moeten leven? Heb je daar wel eens over nagedacht? Dat beetje geld van je moeder is niet onuitputtelijk. Dat is

straks op. Als je hier bent leef je op mijn kosten, voor het geval je dat vergeten bent, en als ik hier weg zou gaan heb ik geen bron van inkomsten meer. Ik word ervoor betaald om hier te zijn, weet je nog wel?'

'Ik ben schilder. Als ik nu niet veel verdien is dat omdat ik geen compromissen wil sluiten, dat weet je. Maar ik zit in de lift. Je weet wat ze zeggen: de duivel schijt op de grote hoop. Die Tobiassen hebben toch een schilderij van me gekocht? Of we zouden samen een bedrijf kunnen beginnen, jij en ik, binnenhuisarchitectuur of zo.' Toen leek eindelijk iets van wat ze gezegd had tot hem door te dringen. 'Wat bedoel je met geen haar op je hoofd? Waarom ben je dan met me naar al die huizen gaan kijken als je er toch niet over piekert om bij me te komen wonen?'

'Dat zei ik al,' zei ze. 'Dat heb ik al honderd keer gezegd. Als jij een huis wilt kopen, ga je gang maar. Ik wil je best helpen zoeken, maar ik ga er niet zelf wonen. Ik woon hier, in dit huis, op Shrove. Is dat duidelijk?'

Elke avond hadden ze dit soort gesprekken en Liza luisterde er niet meer naar. Ze zat te lezen of ging naar bed als ze zaten te ruziën. Maar op een avond liep het allemaal anders. Het was een slechte dag geweest, een dag waarop er iets angstaanjagends gebeurde, iets wat niemand had zien aankomen.

Het was prachtig weer, zo'n mooie dag in april waarop het wel juni lijkt. Bruno was ergens aan het schilderen. Dat betekende dat Liza haar Latijnse les kreeg zonder dat ze bang hoefde te zijn dat die verstoord werd door sarcastische opmerkingen of door zijn aanwezigheid alleen al, als hij er zwijgend, broeierig, soms zijn ogen ten hemel geslagen, bij zat.

Als Liza het onder woorden had kunnen brengen, zou ze gezegd hebben dat Bruno hen aan het onderwerpen was, dat hij de touwtjes in handen nam, de toon aangaf. Maar ze kende die uitdrukkingen niet, ze wist alleen maar dat waar Eve het vroeger voor het zeggen had, hij nu de boventoon begon te voeren. Eve was scherp en vernietigend tegen hem, maar ze bood steeds minder weerstand. Langzaam maar zeker hield ze op met Liza les te geven, omdat hij het afkeurde.

Deze les ging door omdat hij er niet was. Ze moesten het stiekem doen, alsof ze iets slechts deden, iets tegen de wet. De Franse les moest buiten, in de tuin, plaatsvinden. Liza vermoedde dat dat was omdat hij, als hij eerder terug zou komen dan hij gezegd had, zou denken dat ze aan het wandelen waren. Hij zou zeker niet onder de kersenboom naar hen zoeken.
Overal bloeiden de kersenbomen en alles zag wit, niet gespikkeld, zoals toen de sleedoorn had gebloeid in maart, maar echt, zuiver wit, alsof er een wolk was neergedaald. Toen ze klaar waren met de les gingen Liza en Eve een eind wandelen om te kunnen genieten van de kersenbomen omdat Eve, een dichter citerend, zei dat je dit maar één keer per jaar kon zien. Dat betekende dat zij op haar leeftijd waarschijnlijk nog maar een keer of veertig de kans zou krijgen. Ze gingen naar het bos bij de brug, daarna ging Eve naar huis voor het geval Bruno er al was.
Liza slenterde in haar eentje verder. Ze ging de brug over en liep langs de oude spoorbaan die nu al zes maanden niet meer in gebruik was. De rails en de dwarsbalken lagen er nog. Als je de rails volgde en dan door de tunnel ging naar de vallei aan de andere kant zou je uiteindelijk bij de stad komen en daarna bij een andere stad en ten slotte bij de grote stad. Misschien zou ze dat ooit eens doen, maar nu nog niet.
Het was zes uur, maar de zon was nog niet onder. Het was nog steeds warm en er was geen wind. Ze liep langs de andere kant terug, naar het stationnetje Ring Valley Halt. Zouden ze het bord hebben weggehaald? En wat was er gebeurd met het roodstenen gebouwtje met de overkapping, met de plantenbakken in de vensterbank en de potten met bloemen, het gebouwtje waarin ook de seinwachter had gewoond?
Ze zag Bruno pas toen ze nog maar een paar meter bij hem vandaan was, toen ze hem niet meer kon ontwijken of zich verstoppen. Het stationsgebouw zag er van een afstandje nog precies hetzelfde uit, maar toen ze dichterbijkwam zag ze dat boven de gordijnen waren weggehaald en dat de deur waar 'privé' op te lezen was openstond. In plaats van bloemen groeide er nu overal onkruid in de bakken en de bedden langs de twee perrons. Waar

een jaar geleden nog narcissen en hyacinten gebloeid hadden, stonden nu paardebloemen. Liza klom het perron op en liep door de deur waar 'uitgang' op stond naar binnen, naar de hal waar de mensen vroeger kaartjes kochten. Ze liep de ruimte door en wandelde nietsvermoedend de hoofdingang uit naar het zanderige pad.
Daar zat Bruno, niet op zijn klapstoeltje, maar op een laag muurtje, met zijn schildersezel voor zich. Hij hield een penseel met roodachtig gele verf omhoog en keek haar recht aan.
Natuurlijk keek hij eigenlijk naar de ingang van het station waardoor zij naar buiten kwam. Ze deed een paar stappen dichterbij en liep toen recht op hem af, omdat ze onmogelijk terug kon. Hij was een schilderij aan het maken van wat je door de open deuren kon zien: de lege rails, het verlaten perron, de afbladderende verf van de overkapping, de zonnige gezichtjes van de paardebloemen.
Als Eve er niet bij was, nam hij de moeite niet om 'hai, hoe gaat het' te zeggen. Hij sloeg zijn ogen ten hemel, zoals hij wel vaker deed als hij haar zag. Ze voelde zich van haar stuk gebracht, plotseling bang, zonder een echte reden. Zou ze gewoon door kunnen lopen? Kon ze hem negeren en het pad aflopen tot ze uit zijn gezichtsveld verdwenen was?
Het penseel kwam dichter bij het linnen, raakte het aan, schilderde paardebloemblaadjes. Zijn verfdoos en het potje met natte penselen stonden naast hem op het muurtje. Hij trok de kwast van het schilderij weg en begon hem af te vegen aan een lap die ze herkende van een rok die Eve jaren geleden gedragen had, toen ze net op Shrove waren komen wonen.
Hij praatte tegen haar op een toon die aanvankelijk vriendelijk en terloops klonk. 'Je bent oud genoeg om te beseffen wat je wordt aangedaan. Ze ontzegt je je geboorterecht – ik bedoel het geboorterecht van kinderen die in de beschaafde wereld wonen. Dit is niet de Derde Wereld, dit is Groot-Brittannië in de twintigste eeuw, al lijkt ze dat niet te beseffen.'
Liza zei niets.
'Ze verminkt je. Ze zou net zo goed een van je armen of benen

kunnen afhakken. In zekere zin heeft ze je begraven. Je bent niet dood, maar ze heeft je toch begraven. In een van de meest afgelegen gebieden van Engeland. Ze heeft je geïsoleerd. Je bent niet veel beter af dan die arme stakkers die als baby zoekraken en door beren of wolven worden grootgebracht.'
'Romulus en Remus,' zei Liza.
'Kijk, zie je, dat bedoel ik nou. Dat soort dingen weet je wél, al die nutteloze flauwekul, maar ik wed dat je niet weet wie de president van de Verenigde Staten is.'
Liza haalde haar schouders op, net als Eve dat kon doen.
'Je lijkt zo ontzettend veel op die verdomde moeder van je dat je haar kloon zou kunnen zijn, niet haar dochter. Misschien is dat ook wel zo, hè? Alleen weet je niet wat een kloon is, net zomin als je weet wat H_2O is of pi of wat dan ook dat niet met die kloterige Shakespeare of Vergilius te maken heeft.'
Dat woord was nieuw voor haar. Gek toch dat ze aanvoelde dat hij het niet had moeten gebruiken, dat hij dat niet had moeten uitspreken in haar aanwezigheid. Er kroop een blos langs haar hals omhoog en haar gezicht begon te gloeien.
'Ik zeg je nog één ding en dan kun je naar huis gaan, naar haar, om uit de school te klappen. Ha, dat is grappig, hè? Uit de school klappen. Ik zal je nog één ding zeggen en wel dit. Als jij niet zorgt dat je nu op z'n laatst binnen zes maanden naar school wordt gestuurd kun je het wel schudden. Dan heb je geen kans om te overleven. Dan is alles wat je geleerd hebt verspild. Het is allemaal leuk en aardig als ze zegt dat onderwijs geen doel heeft, dat het een doel is in zichzelf en ze kan dan wel ouwe zakken als Aristoteles of Plato of wie dan ook citeren en zeggen dat onderwijs dient om je zielenoog naar het licht toe te keren en dat soort gelul, maar ga jij dat maar eens vertellen als je naar de universiteit wilt, of als je wilt solliciteren terwijl je geen enkel diploma hebt. Dan geeft heus niemand een flikker om jouw Frans en jouw Romulus en Remus.'
'Ik haat je,' zei Liza zachtjes.
'Kijk aan. Dat verbaast me niets. Ik zeg dit allemaal in je eigen belang en misschien dringt dat nog eens tot je door. Als het te

laat is. Het beste wat je kunt doen is nu naar huis gaan en haar zeggen dat je naar school wilt. De scholen beginnen volgende week weer. Ga nou maar naar huis en zeg het.'

Liza ging. Ze liep tot ze er zeker van was dat hij haar niet meer kon zien en begon toen te rennen. Ze beefde vanbinnen, en iets wat ze haar hart noemde, voelde aan alsof het zo was opgezwollen dat het te groot werd voor haar borstkas en eruit zou barsten. Als ze op dat moment, toen ze over het voetpad langs de esdoornhaag rende, Eve was tegengekomen, als Eve was komen kijken waar ze bleef, zou ze zich in haar moeders armen geworpen hebben en haar alles verteld hebben wat hij gezegd had. Maar dat gebeurde niet, Eve was thuis aan het koken. En tegen de tijd dat Liza thuiskwam was ze al langzamer gaan lopen om weer op adem te komen en had ze haar gedachten op een rijtje gezet.

Er was een afschuwelijke wetenschap tot haar doorgedrongen. Wat ze Eve ook zou vertellen over wat Bruno gezegd had, het zou niets uitmaken. Eve was op een of andere manier door hem veroverd, op een manier die Liza's begrip te boven ging. Het was alsof Eve, net als Liza, niet erg op Bruno gesteld was, maar dat ze hem toch dicht bij zich wilde hebben en dat ze wilde dat hij haar aardig vond. Hoe grof ze ook tegen hem deed, ze wilde wel dat hij naar haar keek alsof ze een engel op een wolk was.

Ze kleedde zich zelfs anders om hem een plezier te doen: haar haar los op haar rug, de jaden ketting om haar hals en veel kleurige sjaaltjes en kettinkjes, dingen die hij tijdens hun uitstapjes voor haar gekocht had. Hij praatte met dat rare accent van hem en soms deed Eve, de precieze, pedante Eve, hem na. Waarom was Liza er toch zo van overtuigd dat Eve hem, net als Liza, liever kwijt dan rijk was, ook al zou ze hem nooit wegsturen?

Ze riep naar Eve dat ze weer thuis was en liep naar boven. Ze bekeek haar gezicht aandachtig in de spiegel. Het was haar nooit eerder opgevallen, maar nu zag ze wel dat er in elk geval iets waar was van wat hij gezegd had: ze leek op Eve, ze was een jongere uitgave van Eve, met dezelfde gelaatstrekken, dezelfde goudbruine huid, dezelfde helderbruine ogen, hetzelfde goudglanzende, donkerbruine haar, net zo krullerig en net zo lang. Die dag noemde ze voortaan de Dag van de Paardebloemen, vanwege de zonnige gezichtjes van het onkruid en de gele verf op het penseel. Ze werd nu eigenlijk te groot om namen te geven aan speciale dagen en het gebeurde daarna dan ook nog maar één keer.

Na een poosje hoorde ze Bruno binnenkomen. Zijn komst werd gevolgd door een doodse stilte. Ze hoopte op iets, maar ze wist niet op wat. Misschien hoopte ze dat Eve, zonder dat het haar gezegd was, op de een of andere manier haar ongelukkige bui en de reden daarvoor zou aanvoelen. Ze zou het vermoeden en de dingen weer rechtbreien, zoals ze vroeger altijd had gedaan als Liza zich akelig voelde. Ze verlangde er wanhopig naar dat Bruno ter verantwoording werd geroepen over zijn gedrag tegenover haar. Ze zou Bruno wel kunnen verdragen als Bruno een beetje veranderde, een beetje aardiger zou worden.

Net zo muisstil als zij zich hielden sloop Liza naar beneden.

Ze zaten samen in een omhelzing op de bank, om elkaar heen gestrengeld, elkaar verslindend, zo dicht tegen elkaar aangedrukt dat het leek alsof ze elkaar pijn deden. Toen ze dit zag werd Liza's gevoel van eenzaamheid, het gevoel te zijn afgewezen, zó groot dat ze bijna in paniek raakte. Ze kon het niet helpen, er ontsnapte haar een kreet, een snik van pijn. Ze gingen te zeer in elkaar op om het te horen.

Dat gold althans voor moeder. Bruno's blauwe engelenoog verscheen boven de ronding van moeders wang. Het staarde Liza koud aan, zonder te knipperen. Het ergste was dat het oog bleef staren terwijl Bruno's mond doorging met zuigen aan moeders mond en Bruno's handen haar rug bewerkten.

Liza draaide zich om en rende weg. Ze moest aan de oude sprookjes van Andrew Lang denken en dacht dat hij moeder had behekst.

14

'Beheksen,' zei Sean goedig, 'dat gebeurt tegenwoordig niet meer.'
'Toen wel.'
'Wat heb je gedaan? Een poppetje gemaakt en er naalden in gestoken?'
Ze begreep hem niet. 'Ik hoefde niets te doen. Hij deed het zelf. Ik had hem kunnen vertellen dat er dingen waren die voor Eve belangrijker waren dan hij. Nou ja, twee dingen.'
'Shrove en jij.'
'Shrove in elk geval. Ik was niet zo belangrijk als Shrove.' Ze aarzelde. 'Ik kan er niets aan doen, maar ik vraag me nu af hoeveel ik er eigenlijk toe doe, Sean. Ik weet dat ze in de gevangenis zit, maar zoals ze zei, het is geen kerker, het is niet de *Tower of London.* Ze zouden haar toch wel toestaan om contact op te nemen? Ze weet niet waar ik ben, ze denkt dat ik bij Heather ben, maar dat heeft ze niet gecontroleerd, anders zou ze weten dat dat niet zo is. En zouden ze dan de politie niet naar me laten zoeken?'
'Je kunt niet de kool en de geit sparen, schat. Je kunt niet willen dat ze je niet zoeken en tegelijkertijd dat ze dat wel doen.'
'Nee, je hebt gelijk. Maar toch denk ik dat ze van me hield toen ik een kind was, toen ze me nog kon vormen, van me kon maken wat ze wilde, maar dat ze haar belangstelling verloor toen ik ouder werd. Ik vóélde dat ze haar belangstelling voor me verloor.'
'Maar nu heb je mij.'
'Dat weet ik. Ik zal doorgaan met m'n verhaal over Bruno en het verbreken van de betovering, goed? Hij moet wel erg stom geweest zijn als hij niet in de gaten had dat ze zich niet liet bedreigen. Dat zie ik nu, maar toen niet, toen was ik te jong. Ik dacht dat ze me weg zou sturen en dat zij Shrove zou verlaten, en ik dacht dat ik dood zou gaan als dat zou gebeuren.'

Bruno bleef er maar over doorzeuren dat Eve bij hem moest komen wonen in het huis dat hij wilde kopen. Hij had iets gevonden dat hem wel aanstond, maar hij wilde geen bod doen voordat hij Eve de belofte had ontfutseld dat ze mee zou gaan. Het huis van zijn moeder was inmiddels verkocht en hij had er veel meer voor gekregen dan het waard was, zoals zo vaak gebeurde aan het eind van de jaren tachtig. Het huis dat hij gevonden had was groot en vijftig jaar geleden gebouwd. Het stond aan de rand van het dorp waar Eve altijd heen ging om de bus naar de stad te nemen.

Zelfs Liza was er gaan kijken. Ze hadden haar meegenomen in de auto. Ze vond het erg lelijk, met die donkere houten balken tegen de geel gepleisterde muren. Ze hadden dat zo gedaan om het huis te laten lijken op huizen die in de tijd van koningin Elizabeth de Eerste gebouwd werden. Het had een rood dak en de ramen waren gemaakt van honderden kleine, diamantvormige vlakjes.

De tuin was heel groot, en Bruno zei voortdurend hoe heerlijk Eve die zou vinden. Hij was aan drie kanten afgeschermd door hoge heggen van cipressen. Liza wist dat die *leylandii* heetten. De lelijkste boom ter wereld, had Eve ooit gezegd. Ze reden door het dorp en Eve wees de plek aan waar Rainer Beck de dood had gevonden terwijl hij een muur aan het metselen was. Iemand anders had de bouw van het huis voortgezet, want daar stond het. Het zag er nu al oud uit, alsof het er al honderd jaar stond.

In een buitenwijk van de stad gingen ze een supermarkt binnen die wel iets weg had van Bruno's nieuwe huis, alleen was hij vijftien keer zo groot en was er alleen een begane grond. Het was voor Liza de eerste keer dat ze in zoiets binnenging en ze genoot ervan. Ze liep langzaam langs de schappen, telde hoeveel soorten vruchtensap er waren en hoeveel soorten ingeblikte groenten. Er waren meer dan honderd verschillende soorten koekjes en biscuits. Veel artikelen herkende ze helemaal niet. Ze zou niet eens geweten hebben dat het om voedsel ging. De zeep, sprays en andere schoonmaakmiddelen fascineerden haar. Ze

had hier met liefde de rest van de dag doorgebracht, maar Eve werd onrustig en nam haar mee naar buiten zodra ze hun fruit en cornflakes hadden afgerekend. Liza werd hier blootgesteld aan het soort dingen die Eve het ergst vond.
Toen zij die avond weer begonnen te ruziën over het huis en Liza met opgetrokken knieën in een leunstoel zat te lezen in een in leer gebonden uitgave van *Kim,* uit de bibliotheek van Shrove, zei Bruno plotseling: 'Weet jouw heer en meester, meneer Jonathan Tobias, eigenlijk dat het kind niet naar school gaat? Dat ze nog nooit naar school is geweest?'
Die vraag leidde Liza af van Kim Rishti Ke en het Oog van Schoonheid. Ze keek op. De waarheid was dat Jonathan Tobias het niet wist. Zelfs zij wist dat, ze vermoedde het althans. Natuurlijk was ze altijd thuis als Jonathan en Victoria naar Shrove kwamen, maar als ze kwamen was dat altijd tijdens schoolvakanties. Als Jonathan Eve ooit vroeg hoe het met Liza ging op school, dan loog ze daar ongetwijfeld over. Liza had het haar nooit horen doen, maar het zou haar niet verbaasd hebben.
'Hij weet het niet, hè?'
'Het gaat hem niets aan,' zei Eve.
'Het gaat de hele gemeenschap aan. Ik vraag me af of hij je hier zou laten blijven als hij het wist. Het gaat niet alleen om het niet naar school gaan, het gaat om alles wat erbij komt. Dat je haar hier zo geïsoleerd laat opgroeien, dat je niet eens een werkster laat komen omdat je geen nieuwsgierige ogen om je heen wilt hebben, en dat je het geld achterhoudt dat bedoeld is om aan die niet-bestaande werkster te betalen. En dan heb ik het nog niet over de manier waarop je haar in de bibliotheek van Shrove laat grasduinen en haar daar alles laat pakken wat ze wil. Moet je nou kijken. Dat is waarschijnlijk een eerste druk die ze daar in handen heeft. Een eerste druk in handen van een elfjarig kind dat nog nooit naar school is geweest!'
'Ik heb haar niet genóég geïsoleerd,' zei Eve rustig. 'Ik heb mezelf niet zo geïsoleerd als ik mezelf beloofd had. Ik ben zwak geweest, ik ben stom geweest. De grootste fout heb ik gemaakt toen ik jou binnenliet.'

'Ga naar bed,' zei Bruno tegen Liza. 'Het is bijna negen uur en je hebt hierbeneden niets te zoeken.'
'Hoe durf je zo tegen haar te praten!' Eve stond op en keek hem woedend aan. 'Dit is Liza's huis, ze kan hier doen en laten wat ze wil. Denk je nou echt dat je me hier weg krijgt door te gaan dreigen? Denk je echt dat ik dan bij jou in dat nep-tudormonster van een huis kom wonen? Snap je dan helemaal niets van mensen?'
Hij kromp ineen onder haar bliksemende ogen. 'Ik dacht dat je het huis leuk vond,' zei hij gemelijk. 'Dat dacht ik echt. Je hebt helemaal niet gezegd dat je het monsterlijk vond.'
'En jij noemde huiseigenaars burgerlijk! Eerlijk, geld is inderdaad de wortel van alle kwaad als het in staat is om mensen te veranderen zoals het jou heeft veranderd.'
Liza stond op, pakte haar boek en zei dat ze naar bed ging. Ze liep de trap op tot halverwege en bleef toen staan om te luisteren. Daar gingen ze weer. Wilde ze eigenlijk wel horen wat ze zeiden? Ze wist het niet zeker. Als hij Eve ervan wist te overtuigen dat hij het aan meneer Tobias zou vertellen, zou ze dan niet toegeven? Zou ze Liza dan niet naar school sturen en bij hem gaan wonen, ook al zei ze dat ze zich niet door bedreigingen zou laten dwingen? Zou de school net zo erg zijn als die in *Jane Eyre*? Ze sloop weer naar beneden en luisterde.
'Ik hoef het Tobias niet te vertellen.' Bruno was opgehouden met Eve 'moeder' te noemen. 'Ik hoef alleen maar contact op te nemen met de onderwijsinspectie. Nee, dat is geen kwaadaardigheid, Eve, dat is geen wraak, dat is mijn plicht. Het is ieders plicht.'
Met een vleiend stemmetje dat Liza nog nooit van Eve gehoord had, zei ze: 'En als ik het nou doe, als ik met jou in dat huis ga wonen, houd je er dan je mond over?'
'Min of meer. Hopelijk zou ik je dan zover krijgen dat je inziet dat je er verkeerd aan doet, maar ik zou niet direct stappen ondernemen. Voorlopig niet, in elk geval.'
'Ik denk dat je gelijk hebt als je zegt dat de autoriteiten haar waarschijnlijk in een tehuis zouden plaatsen. Waarschijnlijk zou

ik dan ook dit huis en deze baan kwijtraken. Zonder dit huis weet ik echt niet wat er van ons terecht moet komen.'

Liza ging nog dichter bij de deur staan.

'Je hoeft niet zo verdomd sarcastisch te doen.'

'Ik doe niet sarcastisch. Ik meen het. Ik ben gewoon duidelijk over de feiten. Zonder dit huis zou ik niet weten wat er van ons terecht moest komen. Ik kan nergens anders naartoe.'

'Je kunt wel ergens naartoe. Naar een echt huis. Een veel beter huis dan dit antieke krot, deze bouwval die niet eens een badkamer heeft!'

Liza hoorde Eve's kleine lachje. 'En jij noemde jezelf een anarchist. Jij was zo'n vrije geest!'

'Oké, ik kan ook eerlijk zijn. Heb je ooit van een anarchist met geld gehoord, of van een vrije geest met een vet banksaldo? Begrijp je dan niet dat ik het beste voor heb, Eve? Laat het kind naar school gaan en een normaal leven leiden, net als andere kinderen. Ik kan best een kostschool betalen, weet je, een goede, gemengde, particuliere school. Ze zou in de weekeinden naar huis kunnen komen.'

Het bleef stil. Liza hield haar adem in. Plotseling werd de deur opengegooid en keek Liza recht in dat wilde gezicht dat Eve niet mocht zien, met de opengesperde ogen, de opgekrulde lip en neusvleugels die trilden als espenblaadjes.

'Ga onmiddellijk naar bed! Hoe haal je het in je hoofd om aan de deur te luisteren! Misschien moet je inderdaad naar school, misschien heb ik het inderdaad verkeerd gedaan al die jaren. Ik heb je niet alleen beschermd, ik heb je ook verwend. Ga onmiddellijk naar bed.'

Liza huilde zelden, maar die avond huilde ze. Ze huilde zichzelf in slaap en later schrok ze wakker van de geluiden die Eve en Bruno maakten toen ze naar bed gingen. Ze fluisterden teder tegen elkaar, ze waren niet kwaad meer, hadden zich verzoend, waren weer blij met elkaar.

Een jaar of vier later ging ze terug naar het huis dat Bruno had willen kopen.

Het lag aan de andere kant van de vallei, ongeveer drie kilometer verderop als je over de weg ging en anderhalve kilometer hemelsbreed. Zij nam de kortste weg, op ondiepe plekken door de rivier wadend en de ongebruikte spoorbaan overstekend. De bielzen en de rails waren nu weggehaald en de spoorbaan was veranderd in een spoor van gras op een dijk, begroeid met steekbrem en wilde bloemen. Ze klom de helling op en keek om naar het seinwachtershuis, waar ze op die vreselijke dag Bruno tegen het lijf was gelopen. Het schilderij dat hij toen aan het maken was had Eve heel mooi gevonden en dus hing het in de woonkamer van het poorthuis. Elke keer dat Liza naar de paardebloemgezichtjes op de voorgrond keek moest ze denken aan het guttegomgeel dat op zijn penseel had gezeten toen hij zo scherp op haar ingepraat had.

Ze klom langs de heuvel omhoog, nam het voetpad, liep toen dwars door de velden die privé-bezit waren, maar waar nooit iemand kwam, behalve de schapen die er graasden. Een dorp kon je het nauwelijks noemen, er stonden alleen een kerk, een gemeenschapsgebouwtje, wat oude huizen om een grasveld en vier nieuwere langs een weg die in een halvemaanvormige bocht liep. Bruno's huis stond er nog. Ze noemde het nog altijd zo, hoewel het nooit van hem was geweest en hij er zelfs geen bod op had gedaan. De nieuwe eigenaars hadden alle cipressen omgehakt en de muren roze geverfd. Midden op het grasveld stond een klimrek en binnen een afrastering lag een grote, gele hond met een pluizige staart en lange oren te slapen.

Ze had hier zelf kunnen wonen. Maar misschien ook niet, misschien was daar nooit echt kans op geweest. Ze bleef een tijdje in het gras zitten en ging toen liggen, met haar gezicht tussen de prikkelige, sterk geurende stengels. Toen ze opstond kon ze de afdrukken die het gras op haar wangen had achtergelaten voelen.

Voor de verandering ging ze deze keer door de bossen terug, al was dat een omweg. Er waren nog steeds grote, open stukken waar enorme bomen waren omgevallen en niemand nieuwe had geplant. Overal op de heuvel, tussen de bomen en op het heideland, lagen bleekgrijze rotsblokken. Ze leken als botten tussen de bruine beukenbladeren en verwrongen boomwortels te liggen. Je kon je voorstellen dat het een schedel was, tot je dichterbij kwam en zag dat het alleen maar een ronde steen was, net zoals de mergwitte strepen tussen de bramen geen verweerde arm- of dijbeenbotten waren, maar kalksteen.

'Gaf ze hem z'n zin?' vroeg Sean.
'Ik weet het niet. Ik weet niet precies wat er gebeurd is, ik heb hem nooit meer gezien.'
Sean trok zijn wenkbrauwen op. 'Wat? Bedoel je dat je hem na die avond nooit meer gezien hebt?'
'Ik heb je al verteld dat ik nooit vroeg opstond. Ik kwam om een uur of negen naar beneden en Eve zei dat hij ergens buiten aan het schilderen was. Het was hoogzomer, snap je, en soms was het vroege ochtendlicht het mooist om bij te schilderen. Hij ging dikwijls vroeg op pad. Nu hij zijn brood niet meer hoefde te verdienen schilderde hij de hele tijd. Nu deden we altijd de lessen wanneer hij weg was. Ik weet het niet precies meer, maar ik geloof dat we die ochtend Frans deden, en misschien geschiedenis. Ja, het was geschiedenis, want ik kan me herinneren dat Eve wilde dat ik *French Revolution* van Carlyle las en dat kon ik niet, het was te moeilijk voor me. Te veel moeilijke woorden.'
'Daar kijk ik nou echt van op...' zei Sean.
'Ze was boos. Ze zat op me te mopperen en noemde me laf omdat ik niet beter m'n best deed. Ik bedoel, je moet begrijpen dat ze bijna nooit boos op me was en zeker niet over dit soort dingen, maar die ochtend was ze geïrriteerd en lichtgeraakt. Tegen de middag zei ze dat ze een picknickmandje voor me had klaargemaakt omdat het veel te mooi weer was om binnen te blijven. Dat was ook niet gewoon. We gingen altijd samen picknicken, maar deze keer niet. Je zult je afvragen waarom ik me deze details allemaal herinner, maar sindsdien heb ik dikwijls over deze dag en alles wat er gebeurde nagedacht. Heel vaak en heel lang.'
Bruno's auto stond bij het poorthuis geparkeerd, waar hij hem altijd neerzette. Dat kon alleen maar betekenen dat hij niet ver

weg was, want als hij meer dan een kilometer verderop ging schilderen nam hij altijd de auto. Met de picknickmand aan haar arm liep Liza voorzichtig in de richting van Shrove House. Het zou haar niet meer overkomen dat ze plotseling voor zijn neus stond, zoals die keer dat ze zo onbekommerd naar het station was gelopen. Hij was nergens te zien en zou wel door hun bos naar het noorden gegaan zijn, of het pad af, naar de brug over de rivier.

Het was te warm om in de zon te lopen of te zitten en in de schaduw onder de bomen zat het vol vliegen. Ze ging Shrove House binnen en liep door de stille kamers, die in de zomer heerlijk koel waren. Ze zette *Kim* weer terug op de plank in de bibliotheek en pakte *Stalky and Co.* De volgende vier uur zat ze televisie te kijken.

Op dit soort dagen, als ze lang op stap was geweest, moest ze altijd moed scheppen om naar huis te gaan en hem weer onder ogen te komen. Dat was erger geworden naarmate ze hem beter had leren kennen. Op de terugweg bedacht ze hoe vreselijk de toekomst eruitzag, al die dagen met Bruno, of anders – en ze wist eigenlijk niet wat erger was – al die dagen op een school die hij had uitgekozen. Maar ook dan zou ze hem nog zien, want de weekeinden en de vakanties zou ze in het 'monsterlijke huis' moeten doorbrengen, verbannen van Shrove.

Zijn auto was weg. Haar hart sloeg een slag over en klopte toen weer in het normale ritme door. Natuurlijk betekende dat alleen maar dat Eve en hij ergens heen waren gegaan en op tijd terug zouden zijn voor het eten. Ze ging moedeloos het huis in. Eve was thuis en ze was alleen. Ze was bezig een kip te vullen.

'Waar is hij heen?' Ze gebruikte al lang zijn naam niet meer als ze het over hem had.

Er viel niets van Eve's gezicht af te lezen, geen blijdschap en geen treurigheid, het stond neutraal en haar grote, bruine ogen waren uitdrukkingsloos. 'Hij is weg. Hij is voor altijd weg. Hij heeft ons verlaten.'

Er sloeg een golf van geluk door Liza heen, haar hart stroomde over van vreugde en verrukking. Alleen haar vroegrijpe gevoel

voor wat wel en wat niet gepast was weerhield haar ervan in juichen uit te barsten. Ze zei niets, keek alleen maar naar Eve. Haar moeder legde de lepel die ze in haar hand had neer, spoelde haar handen af onder de kraan, droogde ze af en sloeg haar armen om Liza heen. Ze trok haar dicht tegen zich aan.
Die avond lazen ze Shakespeare. Liza nam de rol van Macbeth voor haar rekening en Eve die van lady Macbeth. Zoals Eve al had voorspeld, was er in de scène waarin de vrouw haar man probeert over te halen de oude koning te doden veel wat Liza niet kon begrijpen, maar Eve werd niet kwaad als Liza de zinnen niet goed zei of de klemtoon op de verkeerde woorden legde. Daarna draaiden ze een bandje met de *Sinfonia Concertante* van Mozart en voerden ze een gesprek in het Frans, allemaal dingen die ze niet hadden kunnen doen toen Bruno er was.
Liza was zo blij dat ze die avond eigenlijk als een blok in slaap had moeten vallen, maar dat was niet zo. Ze verbeeldde zich dat ze allerlei geluiden hoorde, krakende vloeren en doffe klappen en iets zwaars dat de trap af werd gesleept. Misschien had ze het ook allemaal maar gedroomd, dat kon ze onmogelijk zeggen. Ze had bijvoorbeeld geen reden om te geloven dat Eve pas om vier of vijf uur in de ochtend naar bed was gegaan, maar ze had wel het gevoel dat dat zo geweest was, ook al had ze niet in de andere slaapkamer gekeken. De auto die ze op een gegeven moment gehoord meende te hebben was waarschijnlijk verder weg geweest dan ze gedacht had, niet vlak bij de deur van het poorthuis, maar een paar honderd meter verderop op het weggetje.
Ze zei er niets over die ochtend, want Eve en zij hadden niet de gewoonte elkaar hun dromen te vertellen. Eve had wel eens gezegd dat niets zo vervelend was als te moeten luisteren naar andermans dromen. Maar later, toen haar moeder naar Shrove was om daar in haar rol van mevrouw Cooper schoon te maken, ging Liza naar het kasteeltje dat Bruno als atelier gebruikt had. Zijn ezel was er nog en ook zijn twee verfdozen en de talloze extra tubetjes waarvan de namen haar fascineerden, hoewel ze haar belangstelling nooit had laten blijken waar hij bij was. Meekraprood, licht chroomgroen, Chinees wit, gebrande omber. Raar

dat hij zonder zijn verfspullen weg was gegaan. Nog vreemder was dat hij zijn kwasten niet eens had schoongemaakt, terwijl hij er altijd over klaagde dat die zo duur waren. Hij had ze gewoon in een laagje terpentijn in een jampotje laten staan. Tegen de muur stonden schilderijen, af en half af, en onbeschilderde stukken linnen. Ook haar eigen portret stond er.

Het zou nog een hele tijd duren voor ze de verflappen in het kasteeltje in verband zou brengen met Bruno's vertrek. Die ochtend waren het voor haar alleen maar lappen op een grote hoop die bijna de helft van de vloer bedekte. Het was wel een veel grotere hoop dan anders. Oude, in repen gescheurde rokken van Eve, een laken dat als beddengoed was gebruikt tot er een gat in was gekomen, een gerafelde handdoek.

Er was nog iets raars met de verflappen dat op dat moment niet echt tot haar doordrong, maar dat toch in haar herinnering werd opgeslagen: de verflappen hadden allemaal dezelfde kleur vlekken. Er was er een die aan de rand een groene veeg had en een andere lap zag eruit alsof er wat pruisisch-blauw mee was afgeveegd, maar de meeste lappen waren roodachtig bruin – niet gevlekt, maar doordrenkt met die kleur.

Liza probeerde te bedenken welke kleur dat kon zijn. Niet vermiljoen of scharlaken, daar was het niet helder genoeg voor. Het was te donker voor meekrap, maar niet donker of dof genoeg voor grijsbruin. Lichte siena? Gebrande siena? Dat was allebei mogelijk, maar het verklaarde niet waarom Bruno er zoveel van had gebruikt.

Betekenden de rommel en de stapel doeken hier dat hij weer terug zou komen? Ze zocht naar zijn kleren in Eve's klerenkast, het leren jasje, de geblokte overhemden, het sweatshirt met merkwaardigerwijs '*University of California, Berkeley*' erop gedrukt. Alles was weg. Soms liet hij zijn gouden oorringetjes op Eve's kaptafel liggen, maar die waren nu ook weg. De vreselijke mogelijkheid dat hij, ook al was hij weg, evengoed verhalen over Eve zou kunnen vertellen aan Jonathan Tobias of aan de onderwijsinspectie maakte een einde aan haar euforie.

Ze moest het vragen.

'Hij zal niemand iets vertellen,' zei Eve. 'Geloof me maar. Ik beloof het je.'
Er kwam een aan hem geadresseerde brief die Eve openmaakte. Dat had hij haar gevraagd, zei ze. Er zat een briefje in van de makelaar die schreef dat hij had willen bellen, maar dat gebleken was dat de heer Drummond en mevrouw Beck niet in het telefoonboek stonden. Was de heer Drummond nog steeds geïnteresseerd in 'De Coniferen'? Om de een of andere reden moest Eve ontzettend lachen om die naam.
Ze schreef een brief aan de makelaar, maar Liza kreeg niet te zien wat ze had geschreven. Ze gingen de brief samen op de post doen bij de hoofdweg waar een oud brievenbusje stond met VR erop, van Victoria Regina. Dat betekende dat de bus daar al honderd jaar was.
Het was juli en Liza was elf en een half. Het mooie weer duurde niet lang, het werd koud en regenachtig. Liza en Eve bleven veel binnen en er waren meer lessen dan er in maanden geweest waren. Liza kon nu opstellen schrijven in het Frans en uit haar hoofd gedeelten opzeggen van Keats' *Ode to a Grecian Urn*.
Omdat het zulk regenachtig weer was kwamen Jonathan en Victoria niet naar Shrove zoals het plan was geweest. In augustus kwam Jonathan Tobias alleen. Liza zag dat hij al grijs begon te worden. Hij bracht meer tijd bij hen door dan de afgelopen jaren, misschien omdat Victoria er niet bij was. Liza kon het niet helpen dat ze af en toe dingen hoorde die gezegd werden, want Jonathan scheen te denken dat iemand die zat te lezen doof was voor alles.
Hij zei dat Victoria in Griekenland was met vrienden. Voor Liza betekende Griekenland grijze, stenen tempels met grote pilaren en marmeren beelden, een land waar goden in rivieren en bomen woonden. Dat beeld klopte niet erg met wat ze hoorde over de stranden waarop Victoria en haar vrienden lagen te zonnebaden, en de grote hotels waarin ze logeerden. Liever dan Shrove of Ullswater, zei Jonathan.
Soms, als hij merkte dat ze opkeek uit haar boek, boog hij zich dichter naar Eve toe en sprak hij fluisterend verder. Dat deed

haar denken aan Heather, die ook zo had zitten fluisteren. En Eve knikte, keek meelevend en fluisterde iets terug. Het zat Liza dwars dat Jonathan scheen te denken dat Bruno maar tijdelijk weg was, want daardoor leek zijn vertrek ook minder definitief.
'Ik kan het niet helpen, maar ik benijd je, Eve,' zei Jonathan op een zonnige middag.
De zomer was teruggekeerd en ze zaten thee te drinken in de tuin, onder de kersenboom. De kersen begonnen geel en rood te worden en er zaten al rode bloemen aan Eve's pronkbonen. De courgetteplanten hadden bloemen in de vorm van gele lelies en de kruisbessen zagen eruit als donkerrode kralen, maar dan kralen met haar op hun vermiljoenrode huid.
'Mij?' vroeg Eve. 'Je benijdt mij?'
'Jij hebt iemand met wie je gelukkig kunt zijn. Jij hebt een goede relatie.'
Liza zat erop te wachten dat Eve het zou ontkennen of hem zou zeggen dat 'relatie' niet het goede woord was. Ze deed het niet. Ze wierp Jonathan een mysterieuze blik toe, haar ogen half gesloten.
'Ik wil niet dat je me benijdt,' zei ze. 'Ik zou liever hebben dat je jaloers was.'
Er viel een stilte. Ten slotte vroeg Jonathan: 'Op hem?'
'Waarom niet? Hoe denk je dat ik me voelde over Victoria?'
Eve stond op en droeg het theeblad naar binnen. In plaats van achter haar aan te lopen bleef Jonathan mistroostig in het gras zitten. Hij plukte een madeliefje en trok de blaadjes eraf. Liza vond dat hij er oud uit begon te zien. De frisheid was van zijn gezicht verdwenen en er liepen groeven over zijn voorhoofd. Zijn ogen, die eens helderblauw geweest waren, waren nu vertroebeld, zoals een kopje van blauw porselein met vies water erin.
Ze verwachtte dat hij zou blijven eten en misschien zelfs zou blijven slapen. Op de plek van Bruno, naast Eve in bed. Maar hij bleef niet eens eten en ging tegen zevenen weg. De volgende dag zag Liza dat Eve blij en opgewekt was en ze bracht dit in verband met Jonathan, die om negen uur 's ochtends afscheid was komen nemen omdat hij naar Londen terugging.

'Je praat nu dus over vijf jaar geleden, ja toch?' vroeg Sean.
Ze knikte. Ze lagen dicht tegen elkaar aan onder de twee dekbedden. Sean had er een in de uitverkoop gezien en die erbij gekocht. Het was 's nachts bitterkoud in de caravan, maar als ze het kacheltje lieten branden stroomde het condenswater 's morgens met straaltjes langs de wanden en voelden hun kussens vochtig aan. Liza lag met haar hoofd op zijn schouder en hij had zijn armen stijf om haar heen geslagen. Ze moest denken aan al die warme, droge weken, waarin haar slaapkamerraam 's nachts wijd open had gestaan en aan al die lessen, lessen en nog eens lessen in de tuin, dag in, dag uit. En aan Eve die gezegd had: 'Zie je nou, als je naar een zogenaamde echte school zou gaan zou je nu vakantie hebben en niets leren, je zou gewoon doelloos rondlopen.'
'Was dat niet het jaar van die enorme storm? Die ze de orkaan noemden? Ik weet het nog goed omdat ik toen zestien werd en mijn eerste baantje kreeg. Ik moest om vijf uur opstaan. Ik stond thuis in de keuken thee te zetten toen de eik van de buren door het dak heen kwam. Onze keuken was maar een uitbouw en het dak was zo broos als een eierschaal. Gelukkig had ik het onmiddellijk door en was ik op tijd weg. Dat moet zo'n beetje september geweest zijn.'
'Het was oktober. Vijftien oktober.'
'Wat een geheugen! Er zijn zeker heel wat bomen omgewaaid op Shrove? Weet je het daarom nog zo goed?'
De Dag van de Orkaan, de laatste dag die ze een naam gegeven had.
'Je moet me niet opjagen, Sean. Ik kom daar zo aan toe. De orkaan is vreselijk tekeergegaan op Shrove, we waren een van de ergst getroffen gebieden. Ik zal je vertellen waarom ik alles nog zo precies weet, de datum en alles wat er gebeurde. Maar ik moet je eerst nog iets anders vertellen.'
De bijgebouwen van Shrove werden zelden of nooit gebruikt. Het waren ooit stallen geweest en er was ook een koetshuis. De stallen waren in dezelfde stijl gebouwd als het huis: kleine, rode bakstenen met witte voegen, een geveldriehoek midden in de

topgevel en bovenop een klokkentoren met een blauwe wijzerplaat en gouden wijzers. De windvaan op het torentje was een rennende vos met een wapperende staart.
Meneer Frost zette de maaimachines, de grote waarop hij reed en de kleine voor rond de bloembedden, altijd in het stalgedeelte links van het koetshuis. Hij bewaarde er ook het andere tuingereedschap, de ladder en een grote stofzuiger. Voorzover Liza wist werden er geen auto's in de stallen gezet. Misschien dat dat wel gebeurde toen de oude meneer Tobias nog leefde, maar Jonathan parkeerde zijn auto altijd op het pleintje voor de stallen en dat gold ook voor zijn gasten. De stallen waren eigenlijk nutteloos, er ging nooit iemand naar binnen. Liza had Jonathan horen zeggen dat ze alleen maar bleven staan omdat ze mooi waren en op de lijst van monumentenzorg stonden. Dat laatste betekende dat ze van historische waarde waren en dus niet afgebroken mochten worden.
Ze was nog nooit in de stallen geweest, ze had alleen wel eens gezien dat meneer Frost de kleine tractor met de maaimachine naar buiten reed. Ze ging ernaar toe als laatste mogelijkheid.
Het was al jaren geleden dat ze de bibliotheektrap nodig had gehad om bij de sleutel van de kamer met de televisie te komen. Met haar twaalf jaren was ze bijna net zo lang als Eve en ze zou veel langer zijn dan Eve tegen de tijd dat ze volwassen was. In elk geval was Eve er allang mee opgehouden de sleutel te verstoppen of hem zelfs maar uit het slot te halen. Ze was zeker tot de conclusie gekomen dat Liza nu te groot was om nog door de charmes van de televisie verleid te kunnen worden, te volwassen om gefascineerd te zijn door afgesloten kamers. Tegenwoordig zoog ze zelfs de kamer in Liza's bijzijn en leek ze het heel normaal te vinden dat haar dochter nooit vroeg wat dat was, die kist met dat scherm.
Toen ze de trap nodig had maar hem niet kon vinden, was dat voor een heel ander doel, het doel waar hij oorspronkelijk voor bestemd was. Het boek *The Confessions of an English Opium-Eater* stond op de bovenste plank, buiten bereik. Ook Jonathan zou het boek niet kunnen pakken, terwijl hij een meter negentig

was. Hoewel ze wist dat het al twee jaar geleden was dat ze de trap weer terug had gezet in de bibliotheek, ging ze toch achter de lange gordijnen in de ontbijtkamer kijken.
Toen ze terugkwam in de bibliotheek zag ze dat de trap vervangen was. De nieuwe stond in de donkere hoek, het verst bij het raam vandaan. Het was een donker, eikenhouten trapje, bijna onzichtbaar tegen de donkere, houten vloer. Het was een trapje van drie treden. Jonathan had dat zeker meegenomen toen hij in augustus was gekomen. Zonder het te proberen zag Liza dat ze, ook als ze op de bovenste tree ging staan, niet bij het boek zou kunnen.
Ze begon in het huis te zoeken naar de oude trap. Eve zei dat ze nog niet oud genoeg was voor De Quincy, ze zou de *Confessions* niet begrijpen; er zou later, als ze ouder was, nog tijd genoeg zijn om dat boek te lezen. En Liza was er ook niet zo op gebrand geweest om het te lezen toen ze de bibliotheek binnenkwam. De titel had haar aangesproken, die leek iets te maken te hebben met de drugs waarover ze gehoord had op de televisie. Maar ze wilde het vooral hebben omdat ze het niet kon pakken, omdat ze er niet bij kon, terwijl het daar stond, zelfvoldaan in zijn verschoten blauwe band met de verbleekte, vergulde bloemen op de rug, zoals het daar al jaren ongestoord had gestaan, misschien al wel honderd jaar.
De trap zou wel niet in een slaapkamer staan, maar ze keek toch. Ze vond kleren van Victoria in een kast van de slaapkamer die zij altijd het mooist gevonden had, een grote, lichte kamer die over de uiterwaarden uitkeek op de rivier. Er hingen een rok en een spijkerbroek en het groenzijden shirt dat ze de eerste keer dat Liza haar zag gedragen had. Er was ook een geborduurde, witte, katoenen nachtjapon en een bijpassende ochtendjas. Het zag ernaar uit dat Victoria in die kamer geslapen had, terwijl Jonathan in de grote kamer aan de voorkant sliep. De trap was er niet, ook niet in de kasten in de keuken, in de laarzenkamer of in de bijkeuken, de wasruimte of de provisiekamer.
Liza ging naar buiten, naar de stallen. Ze hoorde het gedreun van de maaimachine van meneer Frost op het grasveld bij de

heesters. De stallen waren nooit afgesloten. Er zaten geen sloten op de deuren, alleen op het koetshuis zat een hangslot waarmee de handgrepen van de twee deuren aan elkaar vastzaten. Om de een of andere reden ging ze pas het laatst kijken in het deel waar de maaimachine stond. Dat was vreemd, want het was de meest voor de hand liggende plek voor een trap. Behalve de stal waar het gereedschap opgeborgen werd, waren de stallen allemaal leeg. Ze kon de deuren van het koetshuis niet open krijgen en gluurde door een kier naar binnen. Het waren oude deuren met grote kieren in het houtwerk. Daardoor kon ze net zien dat er een auto in het koetshuis stond.
De trap stond tegen de muur tussen de plek waar de tractor had gestaan en de kleine maaimachine. Liza nam de trap mee het huis in, droeg hem naar de bibliotheek en klom naar boven om *The Confessions of an English Opium-Eater* te pakken. Terwijl ze met het boek in haar hand de trap afging, drong het ineens tot haar door hoe vreemd het was dat er een auto in het koetshuis stond waar nooit eerder een auto had gestaan.
Ze kon meneer Frost nu op het grote grasveld zien rondrijden. Hij droeg handschoenen en oorkleppen. Hij zag haar niet. Ze zette de trap terug, bedacht zich en droeg hem weer naar buiten. Ze zette hem tegen de gesloten deuren. Vlak onder het dak waren twee kleine ramen.
Liza klom de trap op en keek vanaf de bovenste tree naar binnen. De auto stond midden in het koetshuis, met nog een heleboel ruimte eromheen. Ze kon het merk van de auto niet zien, maar op de nummerplaat zag ze dat de letters niet aan het begin, maar aan het eind stonden. Het was licht genoeg om de donkerbruine kleur te kunnen onderscheiden, het diepe bruin, het gebrande siena uit Bruno's verfdoos. Bruno was weg, maar dit was Bruno's auto, de tien jaar oude Lancia van Bruno's moeder waarmee ze nog geen tienduizend kilometer had gereden.
Ze keek om toen ze het geluid van de maaimachine dichterbij hoorde komen. Meneer Frost klom van zijn tractor af om de staldeuren open te doen. Hij zei nooit veel, hij was niet het soort volwassene dat vroeg wat ze aan het doen was.

'Kijk uit dat je niet valt,' zei hij.
Terwijl ze met het boek onder haar arm naar huis liep had ze nagedacht over de nacht nadat Bruno weg was gegaan, toen ze zo onrustig had geslapen en gedroomd. 's Ochtends had ze niet geweten wat echt geweest was en wat ze gedroomd had. De auto had ze gehoord – dat was Bruno's auto geweest. Ze had gehoord dat Eve Bruno's auto wegreed om hem in het koetshuis te verbergen.

Sean lag te slapen.
Liza vroeg zich af hoe lang hij al sliep, op welk moment van het verhaal hij was afgehaakt. Scheherazade. Viel de koning of de sultan of wat hij ook was in slaap terwijl zij haar verhalen vertelde? Was dat misschien de reden waarom ze nooit aan het einde van een verhaal toe kwam? Omdat haar echtgenoot daarvoor al in slaap viel?
Sean snurkte een beetje. Ze rolde hem op zijn zij, zodat hij met zijn rug naar haar toe lag. Ze vroeg zich ook af of de sultan en Scheherazade ooit met elkaar vrijden voordat zij haar verhaal begon te vertellen, of halverwege of zo. Vast wel, daarom wilde hij toch ook met al die vrouwen trouwen? Er stond niets over in het boek dat zij had gelezen. Dat zou ook wel niet, dacht ze, want mensen lieten dat soort dingen altijd weg uit versies die voor kinderen bedoeld waren. Zelfs voor kinderen die gezien hadden wat zij had gezien.
Onzichtbaar in het donker lachte ze in zichzelf om Seans teergevoeligheid. Ze had hem niet eens verteld over de geur van die lappen en ook niet, om hem te sparen, over de vingerafdrukken van rode verf op de stenen vloer van het kasteeltje. Boven aan de gewelfde zoldering hield een spin de doodshoofdvlinder gevangen in haar stoffige web. Sean zou ook niet hebben willen horen over die zeldzame vlinder die allang dood was, terwijl het doodshoofd nog steeds bleekjes glansde op zijn rug.

15

Vlak bij de plek waar de caravan stond was een vliegveld dat niet meer in gebruik was. Het was een mooie plek voor Liza's rijlessen. Met Sean op de zelfmoordplaats – zo noemde hij het – reed ze op en neer over de oude startbanen. Op een pleintje bij een vervallen hangar leerde ze hoe ze in drie keer moest keren.
'Je slaagt de eerste keer,' zei Sean.
Toen november aanbrak moest Liza steeds vaker aan Eve denken en aan de rechtszaak die zo langzamerhand wel voor zou komen. Ze had er nu spijt van dat ze, toen ze daar de kans voor had, niet meer had geleerd over misdaden, rechtbanken en justitie. Eve zou het geweten hebben, Eve had er haar over kunnen vertellen.
Bijvoorbeeld waar de zaak zou voorkomen, hier, in de stad die ooit het vertrekpunt was geweest van de trein, of ver weg, in Londen, op een plek waarvan ze wist dat die Newgate heette? Ik moet eens naar Londen, zei ze tegen zichzelf. Het is belachelijk dat ik daar nooit geweest ben. Zelfs Sean is in Londen geweest.
Ze zou kranten moeten kopen, maar ze wist niet welke de beste was. Ze had al genoeg kranten gezien om te weten dat de kleine met de grote koppen alleen het sensationeelste nieuws over een rechtszaak gaven, terwijl de grotere kranten, met foto's van politici, misschien niet eens aandacht aan de zaak zouden besteden. De televisie zou het misschien maar één keer uitzenden en dan natuurlijk net op de avond dat Sean naar het voetballen wilde kijken.
Het leven in de caravan was niet makkelijk. Als je het warm wilde hebben betekende het dat je ook nat werd. Sean had een stuk landbouwplastic gekregen van een boer, die het gebruikt had om een hooiberg te beschermen tegen zware regen. Zij hadden het over de caravan heen gelegd. Het hielp, maar maakte het ook heel donker binnen. Water moesten ze uit de beek halen en

eerst koken voordat ze het konden gebruiken. Het was niet mogelijk om kleren of beddengoed te wassen, dus moesten ze naar een wasserette vijftien kilometer verderop. Met een bodempje water probeerden ze zich van top tot teen te wassen.
Liza was heel goed geworden in het stiekem baden bij mevrouw Spurdell. Ze nam een handdoek mee naar haar werk, wachtte tot mevrouw Spurdell aan de telefoon zat – ze was altijd uren aan het bellen met haar dochter en haar vriendinnen – en glipte dan twee minuten in bad voor ze de badkamer schoonmaakte. Toch had mevrouw Spurdell al een paar keer een opmerking gemaakt over het vele water dat ze door de afvoer hoorde lopen.
Tijdens de herfstvakantie, toen meneer Spurdell ook thuis was, was het niet gelukt om in bad te gaan. Het risico was te groot. Zijn studeerkamer lag boven, naast de slaapkamer, en als hij er niet zat dan was hij op weg ernaartoe. Op een maandag, eind oktober, ging ze naar Aspen Close met het vaste voornemen een bad te nemen. Ze had mevrouw Spurdell een afspraak met de kapper horen maken en was nogal teleurgesteld toen ze merkte dat meneer Spurdell thuis was, geveld door een griep die hij volgens zijn vrouw de vorige vrijdagmiddag had opgelopen toen hij met de eindexamenleerlingen de *Faerie Queene* van Spenser had gelezen.
Hij lag in bed, maar ze had geen reden om aan te nemen dat hij ook zou slapen. Mevrouw Spurdell had gezegd dat hij waarschijnlijk later in zijn ochtendjas naar beneden zou komen. In dat geval moest Liza een kopje thee voor hem zetten, mocht zijzelf nog bij de kapper zijn. Mevrouw Spurdell trok haar nieuwe Burberry-regenjas aan en bond een plastic regenkapje om. Het regende wel niet, maar dan had ze het in elk geval bij zich om op de terugweg haar kapsel te beschermen.
Liza vond dat ze dan maar moest doen wat ze Sean steeds aanraadde. Ze wist weinig van hotels, maar wel dat er veel badkamers waren. In het Duke's Head, waar ze steeds langskwam op weg naar Aspen Close, moesten veel meer badkamers zijn dan in een gewoon huis. Als Sean niet wilde betalen voor het zwembad en de douches, waarom liep hij dan niet gewoon bij het Duke's

Head naar boven, alsof hij een gast was, om een badkamer op te zoeken en een bad te nemen? Wie zou erachter komen? Hij zou onder zijn jas natuurlijk wel een handdoek mee moeten nemen, en een plastic zak om er na afloop de vochtige handdoek in te doen.
Het was warm water stelen, zei Sean, het was oneerlijk. Hij was geschokt. Blijf dan maar vies, zei Liza. Zij had geen gewetensbezwaren. Ze zou een bad kunnen nemen voordat ze hem ging ophalen van zijn werk. Toen bedacht ze dat ze haar handdoek was vergeten. Ze was kwaad op zichzelf en trok met een harde ruk de stofzuiger achter zich aan de studeerkamer in.
Meneer Spurdell had twee nieuwe boeken aangeschaft sinds de vorige keer dat ze hier geweest was. Liza werd niet koud of warm van de Burberry van mevrouw Spurdell of de zes maanden oude BMW van meneer Spurdell, maar ze benijdde hen wel vanwege hun boeken. Ze nam het hen kwalijk dat zij zoveel mooie boeken hadden en ze had daarom vooral een hekel aan meneer Spurdell, hoewel hij in veel opzichten aardiger leek dan zijn vrouw. Soms zag ze hem op vrijdagmiddag thuiskomen, vlak voor zij wegging. De nieuwe aanwinsten waren *Life of Dickens* en *Collected Short Stories* van Saki.
Wat zou ze er niet voor overhebben om *Life of Dickens* te kunnen lezen. Ze zou het nooit kunnen betalen, zelfs niet als het in een pocketuitgave zou verschijnen. Al gauw was ze het bestaan van meneer Spurdell vergeten. Ze luisterde ook niet meer of ze hem aan hoorde komen. Ze had *Dickens* in zijn goud met bruine kaft in haar handen en net toen ze aan het bureau de inleiding zat te lezen, kwam hij stilletjes de kamer in. Pas toen hij even een droog kuchje liet horen, merkte ze dat hij er was. Ze sprong op en sloeg het boek dicht.
Meneer Spurdell was een kleine man, net zo mager als mevrouw Spurdell dik was. Hij zag er oud uit, als iemand die eigenlijk al met pensioen had moeten zijn. Zijn wangen en nek waren gerimpeld, en hij was kaal, op wat wit haar op zijn achterhoofd na. Over zijn gestreepte pyjama droeg hij een bruine tweedochtendjas die met een koord om zijn middel bijeen werd gehouden.

Toen ze zijn vriendelijke glimlach zag, haalde ze opgelucht adem. Ze hoefde niet terug naar Sean met het nieuws dat ze ontslagen was. Maar haar opluchting veranderde in verontwaardiging toen hij, nog steeds glimlachend, zei dat het jammer was dat er zo weinig plaatjes in het boek stonden. Alsof hij het tegen een onnozel kind had!
'Ik hoef geen plaatjes,' zei Liza, en ze wist dat haar stem stug klonk.
Hij trok zijn borstelige, witte wenkbrauwen op. 'Hoe oud ben je?' vroeg hij.
Toen ze naar waarheid had geantwoord herinnerde ze zich dat ze wat anders tegen zijn vrouw had gezegd. 'Ik ben bijna zeventien.'
'Ja, dat dacht ik al. Sommige van mijn leerlingen zijn net zo oud als jij, alleen willen ze graag student genoemd worden.' Hij stak zijn hand uit naar het boek. Ze gaf het hem. 'Dank je, ik heb het nog niet gelezen.' Zonder dat ze wist hóé ze het wist, dacht ze dat dit de manier was waarop leraren zich gedroegen. Bazig. Gebiedend. Belerend. 'Dickens was een groot Engels schrijver, sommigen zeggen zelfs dat hij de grootste was. Heb je op school wel eens een boek van hem gelezen?'
'Ik zit niet op school,' zei ze. 'Niet meer,' voegde ze eraan toe. Hij zou kunnen denken dat ze van school wegbleef om voor zijn vrouw te kunnen werken. 'Maar ik heb boeken van Dickens gelezen. Ik heb *Bleak House* en *David Copperfield* en *Oliver Twist* en *Nicholas Nickleby* en *A Tale of Two Cities* gelezen.'
Ze had plezier om zijn overduidelijke verbazing. Ze dacht dat hij zou gaan vragen waarom ze al zo gauw van school afgegaan was, ze was op bijna alles voorbereid, maar niet dat hij op de rij paperbacks van Dickens zou wijzen en zou vragen of ze *Our Mutual Friend* had gelezen.
'Ik heb u al gezegd welke ik gelezen heb,' zei ze. Ze zorgde ervoor dat haar stem deze keer niet stug klonk.
'Wel, wel, je bent een bijzonder meisje. Heel anders dan je op het eerste gezicht lijkt. Klopt dat?'
Liza bedacht dat dat beter klopte dan hij besefte. Ze veranderde

van onderwerp en vroeg of ze een kopje thee voor hem zou zetten. Toen hij zei dat hij dat wel lekker vond ging ze hem voor naar beneden.

Mevrouw Spurdell was terug voor het water kookte. Ze begon haar man een eindeloos verhaal te vertellen over de kapper, die hun dochters naam in een blad had zien staan. Ze had een ingezonden brief geschreven over familierecht. De kapster, 'eigenlijk best een redelijk intelligent meisje', had de brief uitgeknipt, maar vergeten hem mee te nemen. Ze zou er de volgende keer aan denken. Philippa was zo bescheiden dat ze er geen woord over gezegd had. Of had ze het soms aan haar vader verteld?

Tijdens dit gesprek ging Liza terug naar boven. Ze maakte de studeerkamer af, maakte het bed op waaruit meneer Spurdell net was opgestaan en zoog het tapijt. Toen dat gebeurd was, was het tijd om weg te gaan. Mevrouw Spurdell betaalde haar, viste naar een biljet van vijf pond in een jampotje en beweerde dat ze een munt van tien pence voor een van vijftig had aangezien. Intussen kwam haar man de keuken binnen. Hij gaf Liza *Our Mutual Friend* en *The Old Curiosity Shop.*

'Ik wil ze ooit graag weer terug hebben, maar er is geen haast bij.'

'Je kunt maar beter je naam voorin zetten, schat,' zei mevrouw Spurdell met een veelbetekenend lachje. 'Weet je nog dat Jane altijd "Dit boek is gestolen van Jane Spurdell" in haar boeken schreef?'

Het was ontzettend grof, maar het kon Liza niets schelen. Ze vond het fantastisch dat ze iets nieuws te lezen had. Ze had *The Life of Mary Wollstonecraft* letterlijk gespeld om er langer over te kunnen doen, maar dat was een irritante manier van lezen. Dat meneer Spurdell haar *Our Mutual Friend* gaf was een grappig toeval, want dat was het boek waarin ze was begonnen toen ze *The Confessions of an English Opium-Eater* had opgegeven omdat het toen te moeilijk voor haar was. Eve had gelijk gehad, ze was er nog niet oud genoeg voor geweest en toen ook nog niet voor *Our Mutual Friend*, maar nu waarschijnlijk wel.

De avond van dezelfde dag dat ze Bruno's auto in het koetshuis had ontdekt, was ze erin gaan lezen. Het was vreemd, maar ze had eigenlijk nooit overwogen Eve te vertellen wat ze had ontdekt of te vragen waarom de auto daar stond. Ze dacht dat ze wel wist waarom en daarna was ze er niet meer zeker van. Misschien betekende het alleen maar dat Bruno terug zou komen, dat hij om een of andere reden zonder zijn auto weg was gegaan en dat Eve hem op een veilig plekje had gezet. Misschien betekende het dat Bruno niet voorgoed weg was. Eve had dat wel gezegd, maar Liza vertrouwde er niet blindelings meer op dat Eve de waarheid vertelde.

Nadat ze er een halfuur haar best op had gedaan had ze De Quincey weggelegd en *Our Mutual Friend* geprobeerd. Misschien was ze moe, want ze kwam niet verder dan de eerste pagina. Ze lag nog een hele tijd te piekeren over de auto en over wat er met Bruno gebeurd kon zijn. Niemand had ooit geweten waar Bruno was, behalve zijn moeder, en die was nu dood. Zijn vrouw had het niet geweten en de vriend van zijn vrouw, de tandarts, ook niet. De makelaar wel, maar Eve had hem geschreven.

Dit was de nacht dat ze droomde dat Bruno nog steeds bij hen was, maar op het punt stond om weg te gaan. Zijn zijdeachtige, bruine haar was met een lint naar achter gebonden, zodat je heel duidelijk de twee gouden ringetjes in zijn oor kon zien. En zijn gezicht leek nog engelachtiger dan anders, het was het gezicht van een heilige op een schilderij, volstrekt in tegenstelling tot de grove taal die soms uit dat cherubijnenmondje kwam. Ze zag hem niet weggaan in haar droom, Eve vertelde haar dat hij weggegaan was, en later hoorde ze een geweer afgaan. Ze liep in het bos en hoorde de schoten achter zich. Maar dit was allemaal gedroomd, niet echt gebeurd. In werkelijkheid, nadat Eve gezegd had dat Bruno nooit meer terug zou komen, had ze die nacht geen geweerschoten gehoord, ze had helemaal niets gehoord, behalve dat er iets zwaars de trap af werd gesleept en dat er een auto wegreed.

Waar was de auto de hele dag geweest? Bruno kon er niet mee

weg geweest zijn, anders had Eve hem 's nachts niet naar Shrove kunnen rijden. Maar hij had er niet gestaan toen Liza thuiskwam. Had Eve hem dan ergens verstopt? Liza realiseerde zich nu dat Eve de auto ongeveer overal had kunnen verstoppen, achter het berkenbosje of onder de overhangende takken van een haag. Ze kon hem vlak bij het poorthuis verstopt hebben zonder dat Liza het gezien had.

Omdat hij naar een voetbalwedstrijd tussen Duitsland en Engeland zat te kijken, deed Sean geen pogingen haar het lezen onmogelijk te maken. Ze hadden een fles wijn uit de weekaanbieding van de supermarkt.
De regen sloeg tegen het stuk plastic dat over de caravan lag. De wind huilde en de regen beukte zo onbarmhartig tegen de onbeschermde raampjes dat het leek of ze elk moment konden breken. De caravan stond te schudden en te rammelen.
Liza en Sean zaten dicht bij elkaar en hadden een van de dekbedden om hun benen. Terwijl Liza over Eugene Wrayburn las, keek Sean hoe het Duitse team zonder enige moeite het Engelse versloeg. Hij zette de televisie met een zucht uit, sloeg een arm om haar heen en begon haar haar te borstelen. Dat was een slimme zet, want hij wist hoe heerlijk sensueel ze dat vond. Ze rekte zich uit als een poes en boog haar nek naar achteren terwijl de borstel langzaam door het soepele, donkere gordijn van haar haar ging.
Zachtjes zei hij: 'Wat was er met hem gebeurd? Met Bruno, bedoel ik.'
Liza sloeg haar boek dicht. 'Ik weet het niet. Ik bedoel, ik wist het toen niet. Later ben ik erachter gekomen.' Ze dacht even na. 'Je zult toch moeten wachten tot ik je over de orkaan verteld heb.'
'Oké. Vertel dan nog wat over de Tobiassen. Die gingen toch uit elkaar?'
'Pas een jaar later. Maar Victoria heb ik nooit meer gezien. Jonathan schreef Eve dat hij in Ullswater woonde en Victoria in hun huis in Londen, en vlak daarna dat Victoria voorgoed weg

was. Ik geloof dat ze er met iemand anders vandoor ging.'

'Dus je moeder begon weer te hopen?'

'Ja. Maar dat liet ze niet merken. Ik weet niet hoe ze over de scheiding dacht – twee jaar later zijn ze gescheiden – ze heeft me haar gevoelens daarover nooit laten blijken. Eigenlijk denk ik dat ze begreep dat ze het helemaal verkeerd gespeeld had.'

'Ze had het hem niet zo makkelijk moeten maken,' zei Sean.

'Of juist nog makkelijker. Als ze met hem meegegaan was naar al die plaatsen waar hij haar mee naartoe had willen nemen, soms zelfs naar Londen, als ze dat gedaan had, zou hij nooit iets met Victoria begonnen zijn. Eve was mooier dan Victoria, en intelligenter, en hij had haar al zijn hele leven gekend. Ze had alle troeven in handen. Maar ze wilde nooit weg van Shrove, nog niet voor een weekend.' Ze sloeg haar ogen naar hem op. 'Had ik het jou niet zo makkelijk moeten maken, Sean? Het was niet moeilijk om me te krijgen, hè? Ik vloog als het ware in je armen.'

'Ach, jij.' Hij lachte en legde de borstel neer om haar stevig te knuffelen. 'Je was lief, naïef, je wist niet beter.'

'O ja? Zal ik nu over de orkaan vertellen?'

'Wacht even, dan zal ik je nog eens inschenken. Er is één ding dat ik eerst wil weten. Kwam er niemand naar Bruno zoeken?'

'Wie had er naar hem moeten zoeken? Als zijn moeder nog in leven was geweest, was het misschien anders gelopen. Of als hij gezegd had dat hij dat huis ging kopen en bij een notaris was geweest of waar je dan ook wezen moet als je een huis wilt kopen. Of als de verkoop van het huis van z'n moeder niet was doorgegaan en hij nog steeds op geld had zitten wachten. Of als hij nog boven de groentewinkel had gewoond. Nu wist niemand waar hij woonde en er was niemand die de noodzaak zag om contact met hem op te nemen.'

'Je wordt er wel beroerd van als je erover nadenkt.'

'Ik ben nog in het kasteeltje gaan kijken, maar toen was alles weg, de doeken, de schilderijen, de verf en de lappen. Het was allemaal weg en de kamer was helemaal schoongeboend. Zelfs de zoldering had ze schoongemaakt. Ook het spinnenweb met de doodshoofdvlinder was weg.'

'Die lappen, wat dacht je dat erop zat?' Sean vroeg het zacht, aarzelend. 'Je hebt toch nooit gedacht dat het verf was, hè?'
'Toen wel. Nu denk ik dat het bloed was.'
Sean zweeg, zijn gezicht stond grimmig. Even later zei hij: 'Vertel me dan maar over de orkaan.'
'Ik moet je eerst nog iets anders vertellen. Dat schilderij dat Bruno van mij gemaakt had, kwam in onze woonkamer aan de muur te hangen. Ik kwam op een ochtend beneden en daar hing het. Eve had het schilderij van Shrove bij zonsondergang weggehaald en dat met mij erop ervoor in de plaats gehangen.'
'Waarom deed ze dat?'
'Ik weet het niet. Het leek niet erg, maar ik denk dat zij het mooi vond. Nu zal ik je over de orkaan vertellen.'
Als om haar aan te moedigen sloeg de wind een nieuwe regenvlaag tegen het raampje achter hen. De caravan kraakte. Het had die nacht, de Nacht van de Storm, de Orkaan, de Grote Wind, niet geregend. De storm, die vanuit de Atlantische Oceaan kwam, was droog en zilt geweest. De volgende dag had er een laagje zout op de ramen van Shrove gezeten, wit als rijp, droge kristallen die de wind uit zee had opgezogen.
'Alle bladeren zaten nog aan de bomen,' zei ze, 'dat was het ergste. Als de takken kaal waren geweest zou de storm minder greep op de bomen hebben gehad en ze niet hebben kunnen ontwortelen, maar ze stonden nog vol in blad. De bladeren beginnen eigenlijk pas in november te vallen en daarom waren de boomtoppen nu enorme windvangers.'
'Waren jullie in het poorthuis, jij en je moeder?'
'Daar waren we toch altijd? We gingen nooit ergens heen.'
Ze zou erdoorheen geslapen hebben, ondanks het enorme gebulder. Op haar elfde was ze zo'n diepe slaapster dat ze zelfs van een bombardement niet wakker geworden zou zijn. Eve wekte haar. Eve, die nooit ergens bang voor was, was nu wel bang. Ze maakte Liza wakker om met iemand samen te kunnen zijn, om niet alleen te zijn terwijl om haar heen de wereld aan stukken werd gerukt.
Het was even na vieren in de ochtend en pikdonker. De wind

loeide door de vallei als een onzichtbare spooktrein. De echte trein die ooit door de vallei had gereden had nooit zoveel kabaal gemaakt. Ze hadden nog elektriciteit op het moment dat ze haar ogen uitwrijvend naar beneden liep. Toen ze de woonkamer binnenkwam gingen de lampen uit. De storm had buiten ergens de kabels naar beneden gehaald.
'Wat is er? Wat gebeurt er?'
Eve zei dat ze het niet wist, dat ze nog nooit zo'n harde wind had meegemaakt. Niet in Engeland. Hier waren nooit orkanen.
'Misschien is dit geen orkaan,' zei Liza. 'Misschien is dit wel het einde van de wereld. De Apocalyps. Of misschien is het een atoombom. Misschien heeft iemand een atoombom gegooid.'
Terwijl Eve kaarsen in jampotjes zette vroeg ze hoe ze bij dat soort dingen kwam. Hoe wist ze wat de Apocalyps was? Wie had haar over atoombommen verteld? De televisie, dacht Liza. Ze gaf geen antwoord.
'Natuurlijk is het geen bom,' zei Eve.
De ramen rammelden spookachtig en de kaarsvlammetjes flakkerden. Op een of andere manier wist de wind zelfs tot hier door te dringen. De gordijnen stonden bol en zakten dan weer terug tegen het glas. Eve wilde de radio aanzetten maar realiseerde zich toen pas dat die ook op elektriciteit werkte. Om dezelfde reden kon ze geen thee zetten. Gas was er ook niet en om het te krijgen zouden ze acht kilometer moeten afleggen. Liza bedacht hoe geïsoleerd ze eigenlijk waren. Het dichtstbijzijnde huis, in het dorp waar Bruno bijna een huis had gekocht, was drie kilometer lopen. Het was net alsof ze op een eiland zaten, midden in een ruwe zee.
Ze drukte haar neus tegen de ruit om naar buiten te kunnen kijken, het glas trilde tegen haar gezicht. Het was te donker om veel meer te kunnen zien dan de ranken van de klimplanten die de muren van het poorthuis bedekten. Door de storm lieten de ranken los en leken wel haarslierten die als een zwart gordijn voor de ramen werden getrokken. Van vlakbij klonk een heftig gekraak. Met een grote sprong stond ze midden in de kamer.
'Blijf bij het raam vandaan,' zei Eve.

Er kletterden dakpannen naar beneden, eerst één, toen nog één en nog één, die kapotsloegen op de stenen. De wind was constant, maar kwam tegelijkertijd ook in vlagen die met donderend geweld aan de bomen en de bladeren rukten en tussen de stammen en de bosjes door gierden. Elke vlaag blies zichzelf op tot een gehuil en eindigde in gekraak. De aarde schudde en trilde.
'De bomen,' zei Eve. 'De bomen.'
Ze zag doodsbleek. Ze sloeg haar handen over haar oren, haalde ze weer weg en kneep ze wringend in elkaar. Wanhopig keek Liza toe hoe ze door de kamer ijsbeerde. Het was Shrove waar dit allemaal gebeurde, Shrove, dat voor haar meer betekende dan wat ook ter wereld. Dit waren bomen van Shrove, en bij elke klap, dichtbij of veraf, kromp Eve in elkaar. Op een gegeven moment sloeg ze haar hand voor haar mond, alsof ze wilde voorkomen dat ze het uit zou schreeuwen.
Tegen zessen begon het licht te worden. De dageraad was een gele streep tegen de horizon. Liza sloop naar de keuken om ernaar te kijken, want Eve vond het niet goed dat ze naar boven ging. De wind verminderde niet toen het bleke licht zich begon te verspreiden, integendeel, hij leek er nieuwe kracht uit te putten en loeide, gierde en brulde en tolde en draaide schril fluitend rond. Er vloog een tak met bladeren door de lucht. Hij smakte tegen de grond. De muren van het poorthuis trilden, de ramen rammelden. Liza zag de duisternis langzaam wegtrekken uit de lucht. De hemel was loodgrijs, maar werd lichter van kleur. Dicht opeengepakte wolkenmassa's joegen door de lucht.
De kersenboom lag dwars over de tuin. De takken en het dichte loof bedekten het grasveld, de bloembedden en Eve's moestuin. De wortels staken als kraaienpoten in de lucht. Terwijl ze stond te kijken werd de es op de hoek van het weggetje weggerukt door de fluitende wind, de onzichtbare motor. De reusachtige boom leek zich wanhopig vast te klampen voor hij sidderend voorover viel en Liza hem niet meer kon zien. Plotseling was er een enorm wit gat op de plek waar haar leven lang die sterke,

machtige boom met zijn grote bladerkroon had gestaan. Haar adem stokte en ze legde haar hand op haar lippen.
'Kom daar vandaan,' zei Eve. 'Kijk toch niet.'

Pas tegen de middag was de storm uitgeraasd. Eve had al eerder geprobeerd om naar buiten te gaan, maar de wind had haar teruggedreven. Overal lagen afgebroken takken, twijgen en bladeren in de voortuin en op het weggetje. Een van de hekken van Shrove was losgeraakt en dichtgeslagen. Ranken nachtschade zaten in de gietijzeren krullen verstrikt.
Liza had haar moeder nog nooit in zo'n gemoedstoestand meegemaakt. Ze was nog ongelukkiger dan toen ze over het huwelijk van Jonathan Tobias had gehoord. Het was erger dan ongelukkig, ze was radeloos. Toen ze de kersenboom zag, brak ze in tranen uit. Ze bleef maar roepen dat het niet waar was, dat het niet waar kon zijn.
'Ik kan het niet geloven, ik kan het niet geloven. Wat gebeurt er? Wat is er met ons klimaat gebeurd? Dit is krankzinnig.'
Vanuit het poorthuis viel er niet veel te zien. De balsemboom stond nog overeind, hoewel een van de grote takken was afgerukt, maar hun uitzicht werd aan alle kanten belemmerd door omgevallen bomen. Het was alsof het poorthuis omringd was door een barricade van gevelde bomen en gebroken takken, alsof de wind met kwaadaardige opzet alles hier had neergegooid om hen in te sluiten. Ze zaten in een soort houten fort dat gebouwd was door de storm. Liza zag dat ze over de stammen zouden moeten klimmen en zich een weg tussen de takken zouden moeten banen om bij het hek te komen. Uiteindelijk kropen ze om drie uur 's middags samen naar buiten en klauterden ze over de enorme tak die van de balsemboom was afgerukt en die hun de weg versperde.
Liza voelde zich heel klein en alleen, maar ze zou zichzelf toch te groot gevonden hebben om aan Eve's hand te gaan lopen als Eve de hare niet gepakt had. Hand in hand klauterden ze naar het hek van Shrove. De ravage in het park was groot. Aan beide kanten van het pad lagen vernielde bomen en struiken kriskras

door elkaar. Een vernietiging die door mensenhand leek te zijn aangericht, fluisterde Eve. Er stonden boomstronken met splinters die recht omhoog staken. Een vogelnest, een enorm bouwsel van dikke twijgen en in elkaar geweven strootjes, losgescheurd van een ooit hoge boomtop, lag voor hun voeten.
'Het vernielde paradijs,' zei Eve.
Twee van de grote ceders waren weg. De linden waren neergehaald, zoals de meeste oude bomen. Alleen de slanke, veerkrachtige berken en de kleine, piramidevormige haagbeuken stonden nog overeind. In het verwoeste park lag het door de wind gespaarde huis kalmpjes naar hen te staren, de glazen ogen allemaal intact, het dak ongeschonden. Er was alleen een stenen vaas van een pilaar onder aan de trap gevallen.
Hoewel het niet geregend had stond er een bleek, waterig zonnetje als een glimmend, zilveren plasje tussen de zacht voortdrijvende wolken. Achter de tuinen, achter de uiterwaarden, een woestenij van omgewaaide wilgen en versplinterde populieren, achter het glanzende lint van de rivier, waren de lege plekken zichtbaar in de bossen op de heuvels, de gaten in het kleed van bladeren, alsof er met een schaar stukken uit waren geknipt.
De lucht geurde naar het sap van afgerukte bladeren en naar het zout van de verre zee. Alles was stil, de vogels zwegen, alleen een eenzame pluvier liet zijn onaardse roep horen toen hij over hen heen vloog.
'Eve was er verschrikkelijk aan toe,' zei Liza tegen Sean. 'Het was alsof ze een geliefde verloren had. Tenminste, zo stel ik me zo iemand voor. In boeken lees je wel eens over mensen die hun haren uit hun hoofd trekken, weet je. Dat deed ze bijna. Ik vond haar in onze woonkamer, letterlijk met haar handen in het haar. Ze kreunde en huilde en bewoog met haar lichaam alsof ze pijn had. Ik wist niet wat ik moest doen, ik had haar nog nooit zo gezien.
Ik vraag me af of ze er ook zo slecht aan toe was geweest als niet de bomen vernield waren, maar ik. Op dat moment begon ik het gevoel te krijgen dat Shrove belangrijker voor haar was dan ik. Het maakte me bang en ik wist niet wat ik moest doen.

Er was niemand naar wie ik toe kon, snap je. Er was echt niemand. Nou ja, de melkboer kwam, maar daar had ik niets aan. Nu de treinen niet meer reden kon hij alleen nog maar over het weer praten en ik had voor m'n leven lang genoeg van het weer. Meneer Frost kwam kijken of hij iets voor ons kon doen. Ik vroeg of hij een dokter wilde laten komen en ik geloof dat hij dacht dat ik gek was. Wat is er dan met haar aan de hand, vroeg hij, en daar kon ik geen antwoord op geven. Ik wist dat hij dacht dat of Eve gek was, of ik. Er was geen telefoon die het deed, zei hij, en het zou wel een week kunnen duren voor we weer elektriciteit kregen. Ik bleef weer alleen met haar en ik voelde me volslagen hulpeloos. Ik was nog maar elf.
De volgende dag kalmeerde ze een beetje. Ze lag op de bank. We konden niet koken, maar we hadden brood, kaas en fruit. Ik ging naar Shrove en vond daar een pak met twaalf kaarsen. Ik vond ook een gasbrander, waarop we water en een ei konden koken, al duurde het uren. Die middag viel ze in slaap en ging ik het bos in, het stukje dat we ons bos noemden.
Ik weet eigenlijk niet waarom ik erheen ging. Het deed me lang niet zoveel als Eve, maar ik had genoeg omgewaaide bomen en vernielingen gezien voor de rest van m'n leven. Toch ging ik erheen. Misschien dat ik hoopte dat de wind daar om de een of andere reden niet zoveel schade had aangericht, dat ons bos op de een of andere manier was ontsnapt. Dan had ik tenminste iets opbeurends aan haar te vertellen.
Achteraf wou ik dat ik niet gegaan was. Ik wou dat ik thuis, bij haar, was gebleven. Het bleek achteraf aanleiding tot zoveel zorgen en gepieker.'
'Hoe bedoel je?' vroeg Sean.
'Luister maar. Het kwam door wat ik daar vond,' zei ze. 'Maar natuurlijk deed het er uiteindelijk niets toe.'

Zodra ze vlak bij het bos was, bij wat het bos geweest was, werd haar hoop de bodem ingeslagen. Van een afstand kon je niet zien wat er achter de buitenste ring bomen lag. Eve en zij hadden dat niet kunnen zien toen ze de vorige dag over het pad ge-

lopen waren, want de eiken en de kastanjes aan de rand van het bos stonden nog overeind. De storm had als een wervelwind zijn weg geboord door de buitenste ring en daarbinnen huisgehouden als een krankzinnig beest, alles wat kwetsbaar was binnen zijn bereik vernietigend.
Maar toch niet alles, zag ze toen ze voorzichtig tussen de overgebleven eiken dichterbij kwam. Er stonden nog een paar jonge bomen overeind. Hier en daar had ook een reus de slachting doorstaan, terwijl een paar andere volwassen bomen gevaarlijk scheefhingen, hun uiteindelijke val nog even uitstellend. Maar daartussen was het één grote ravage.
De bladeren aan de afgewaaide takken waren nog groen. Het was alsof ze verder groeiden aan twijgen van een levende, stevig gewortelde stam. Er lag een zee van bladeren voor haar. Er stond nu geen wind, alleen een klein briesje, een grapje van de natuur, dat speelde met de verwoesting, dat de blaadjes deed ritselen, de geschulpte van de eik, de puntige van de kers, de vijfvingerige van de kastanje en de ovale van de beuk. Hier en daar stak een omgewoelde wortel als een vin omhoog uit de donkergroene bladerzee of een boomstronk als de pijp van een gezonken schip. Het deed haar denken aan een afbeelding die ze in de bibliotheek van Shrove gezien had, van de zee na een storm. In het echt had ze de zee nooit gezien.
Een tijdje stond ze alleen maar te kijken. Toen begon ze door de groene zee te waden. Zodra ze erin stapte verdween dat beeld, klopte de vergelijking niet meer. Dit was niet als waden door het water, maar als klauteren over onherbergzaam terrein. Waar ooit paden en open plekken waren geweest, lagen nu stukken hout en afgerukte braamstruiken en verborgen zich boomstronken waar ze over struikelde en gaten die haar de weg blokkeerden.
Gisteren zou ze het niet geloofd hebben als iemand haar gezegd had dat ze misschien de weg niet zou kunnen vinden in het bos. Maar dat was nu het geval. Alles was anders. De wind had een totale verwoesting aangericht en er was een bijna ondoordringbare wildernis ontstaan waar gisterochtend nog rijen bomen hadden gestaan waartussen zich open plekken van een mysteri-

eus, schaduwrijk groen hadden uitgestrekt. Er heerste nu een complete chaos en toch was alles op een vreemde manier hetzelfde. Had hier bijvoorbeeld die grote, eenzame beuk gestaan, met zijn uitgespreide takken die een dak vormden met een schaduwcirkel van wel vijftig meter doorsnee, waar niets wilde groeien? Of hadden hier de lariksen gestaan, de coniferen die in de winter hun groen verloren, maar nieuwe naalden kregen in het voorjaar? Ze kon het niet zeggen, maar toen ze de beuk vond, geveld, de dikke stam grijs als nat zeehondenvel, de uitgewroete wortels met klodders aarde en stenen ertussen, toen ze dat zag had ze kunnen huilen, net als Eve.
Ze worstelde verder, over omgevallen boomstammen klimmend en dikke takken met bladeren wegduwend. Doelloos baande ze zich een weg, eigenlijk niet wetend waarnaar ze op zoek was. Naar een plek waar het niet gebeurd was? Naar een stuk bos dat op wonderbaarlijke wijze gespaard was gebleven?
Er was maar één plek. Maar dat kwam alleen omdat daar geen bomen hadden gestaan. Ze wist nu ongeveer waar ze was, in het hart van het geruïneerde bos, in het midden, waar eens een groepje kersenbomen en esdoorns in het gras had gestaan. Op de boomstronk midden op het grasveldje hadden ze wel eens gepicknickt.
Ze liep erheen en ging op de brede, vlak afgesleten stronk zitten. Ze keek om zich heen en werd zich voor het eerst bewust van de stilte. Er was geen vogel die zong. Er hadden altijd vogels in het bos gezeten maar ze waren verdreven door het geweld van de orkaan.
De esdoorns en de kersenbomen waren bijna allemaal omgewaaid, er stonden er nog maar een paar overeind. De grootste helde ver voorover. Ze vroeg zich af of het mogelijk was die half omgevallen bomen nog te redden, of je ze op de een of andere manier weer op kon hijsen en rechtop kon houden. Wie zou dat doen? Wie zou daarvoor zorgen? Ze stond op en baande zich een weg naar de half omgevallen kersenboom. Ze legde haar handen op de stam. Die voelde stevig aan, net zo stevig als de stam van een rechtopstaande, levende boom.

Het enige wat ze kon doen was teruggaan, proberen de weg te vinden tussen de wirwar van afgebroken takken. Ze dook onder een overhangende tak van een esdoorn door, keek naar beneden en deinsde terug. Ze sprong achteruit en stootte haar hoofd. Ze voelde de pijn nauwelijks. Haar adem stokte, ze sloeg haar hand voor haar mond, al voelde ze geen neiging om te schreeuwen.
Vlak bij haar voeten, áán haar voeten totdat ze die paar stappen achteruit had gedaan, lag een langwerpige bundel. Ondanks de aarde en het steengruis kon ze zien dat het een aardappelzak was. Eve had haar verteld dat dit soort zakken werd gebruikt om aardappels in te doen. Er lag een hele stapel van in de stallen van Shrove. En het was niet alleen maar een zak, het was een zak met iets erin, en de uiteinden waren dichtgebonden met touw dat helemaal zwart geworden was.
Nee, niet aan de uiteinden, bij het hoofd en de voeten, hoorde Liza zichzelf zeggen. Ze deed een stap naderbij, niet bang, maar met ontzag. Ze was eerst achteruitgesprongen, nu was ze nieuwsgierig. Wat het ook was, de storm had het opgegraven door een boom te ontwortelen en het uit zijn graf te tillen.
Zijn graf... Pas nu werd ze zich bewust van de stank. Het was een stank die ze nog nooit eerder had geroken. Vreemd dat ze wist dat dit iets was dat lag te rotten, lag te vergaan. Het deed haar denken aan – ja, nu wist ze wat het was – de tijd dat Heidi en Rudi vaak kwamen. Een van hen had een bot begraven waar nog vlees aan zat en later, misschien wel weken later, had Eve het opgegraven terwijl ze in de tuin bezig was. Het bot stonk, zat vol maden, had een jadegroene kleur gekregen, eigenlijk een prachtige kleur...
Ze knielde op de grond. Ze hield haar adem in, op de een of andere manier wetend dat ze haar adem in moest houden. Er zat een scheur in de zak aan de bovenkant van de bundel, net boven het touw. Ze plukte eraan en maakte het gat groter. Plotseling scheurde de zak verder open en golfde er zacht, zijdeachtig, bruin haar naar buiten. Het golfde dik en glad tussen haar vingers. Het liet los en daar zat ze, met hele plukken haar in haar handen. Ze struikelde weg en gaf over tussen de afgebroken takken.

16

'Was het Bruno?' vroeg Sean.

Ze knikte.

'Arm kind. Het kan heel goed dat een kind zoiets nooit niet te boven komt.'

Ze wou dat hij niet 'nooit niet' zei, maar er was gewoon niets aan te doen.

'Nou, ik kwam het wél te boven. Ik heb er zelfs niet over gedroomd. Het is gek, weet je, maar je kunt er niets aan doen dat je misselijk wordt. Dat gebeurt niet tussen je oren, het gebeurt gewoon in je lijf. Ik was nieuwsgierig, ik wilde het echt weten, ik denk dat je rustig kunt zeggen dat ik *geïnteresseerd* was. Ik wist dat het Bruno's haar was, ik wist dat er een dode Bruno in zat en ik had Bruno nooit aardig gevonden, ik had hem gehaat, ik was blij dat hij dood was en toch moest ik overgeven. Idioot hè?'

Hij begreep het niet. 'Je moet er totaal kapot van geweest zijn. Je wist niet wat je deed.'

Het had geen zin erop door te gaan. 'Ik wist niet wat ik moest doen. Het enige wat ik kon doen was teruggaan naar huis en dat ding daar laten liggen tot iemand anders het zou vinden.'

'Laten we even duidelijk zijn,' zei Sean. 'Zij had hem vermoord, ja? Het is wel een lekkertje, hè, die moeder van jou. Ze had hem vermoord, net zoals ze de man vermoordde die door de honden aangevlogen was?'

'O ja, zij had hem vermoord. Ik weet niet hoe. Ik heb er nooit iets over gezegd tegen haar. Ik was pas elf, maar ik wist dat ze hem had vermoord en – nou ja, er viel eigenlijk niets te zeggen, als je begrijpt wat ik bedoel.'

Hij begreep het niet, dat merkte ze wel. 'Ze was er trouwens slecht aan toe. Ze was al een hele tijd depressief, echt zwaar depressief. Ik was niet van plan haar iets te gaan vertellen waardoor ze zich nog meer zorgen zou gaan maken.'

'Maar er moet toch íémand geweest zijn aan wie je het kon vertellen? Tobias, bijvoorbeeld, of die ouwe vent – Frost heette die toch? Niemand kon van je verwachten dat je naar de politie zou gaan, je was nog zo jong, maar hopelijk hadden zij dat voor jou gedaan. Heb je daar nooit aan gedacht?'
Het was donker in de caravan. Ze probeerde in het donker zijn gezicht te onderscheiden en ze zag dat hij het niet begreep. 'Ze is mijn moeder,' zei ze rustig. Hij antwoordde niet en toen ze zei dat het allemaal nog goed was afgelopen, dat het lijk weer verborgen was, reageerde hij nauwelijks. 'Ze doodde hem omdat hij een bedreiging vormde, voor alles,' zei Liza. 'Hij zou haar en mij van elkaar scheiden en ervoor zorgen dat we Shrove moesten verlaten.'
'Oké. Wind je niet op.' Aarzelend vroeg Sean: 'Hoe heeft ze het gedaan?'
'Dat weet ik niet. Ik had op de dag dat hij verdween geen schoten gehoord, maar ik was ook niet in de buurt. Herinner je je dat bloed op de lappen in het kasteeltje? Ik denk dat ze misschien een mes gebruikt heeft.'
Hij was een beetje bleek geworden. 'Was je niet bang bij haar? Ik bedoel, ze had zich toch tegen jou kunnen keren?'
'O nee.' Liza lachte. 'Ik was net als dat vogeltje dat in de bek van een krokodil woont. Ik was veilig op een plek waar een ander niet veilig was.'
'Ik wou dat je het me niet verteld had, dat over die zak en dat haar. Ik kan vast niet slapen.'
'Nou, ik wel,' zei Liza. Ze was in de kortste keren vertrokken, haar arm om zijn middel en haar voorhoofd tussen zijn schouderbladen gedrukt. Als hij wakker lag, piekerend over wat zij hem verteld had, was zij zich daarvan niet bewust.

Voorzichtigheid maakte haar nogal stil de volgende ochtend. Zwijgend zette ze theewater op en waste plichtmatig haar gezicht. Het was misschien niet verstandig hem alles zo tot in details te vertellen. Ze had hem de vorige avond eigenlijk te veel verteld, maar nu zou ze voorzichtiger zijn. Die opmerking van hem over de politie had ze niet prettig gevonden. Eve was gearresteerd, moest voor de rechter verschijnen, zat ergens in een gevangenis, maar er waren ongetwijfeld nog een heleboel dingen die ze niet wisten en ook niet hoefden te weten.

Ze hoefde vandaag niet naar mevrouw Spurdell, maar zei toch: 'Ik ga met je mee naar de stad.' Ze nam de reservesleuteltjes van de auto mee.

Het was voor het eerst dat ze helemaal meeging naar de parkeerplaats van Superway. Ze lette goed op waar hij de auto neerzette. Hij ging naar de winkel, zij kocht een paar handdoeken bij Marks and Spencer en liep toen achteloos het Duke's Head in. Ze kwam niemand tegen in de hal of op de trap.

Er lag geen zeep in de badkamer. Daar had ze aan moeten denken, maar hoe had ze het moeten weten? Ze ging toch maar in bad en zat lekker lang in het warme water te weken, zonder bang te hoeven zijn dat mevrouw Spurdell onverwacht terug zou komen. Ze droogde zich af met de twee dikke, rulle handdoeken. Toen ze weer op weg was naar buiten vroeg een man in pak en met das haar of hij haar van dienst kon zijn. Liza zei dat ze op zoek was naar mevrouw Cooper. Ze kende niet veel achternamen, ze had maar zo weinig mensen ontmoet, en moest haar toevlucht nemen tot namen uit romans of, zoals in dit geval, de naam die Eve voor de fictieve werkster had bedacht.

'Logeert ze in het hotel?'

Liza zei dat ze vandaag of morgen werd verwacht. De man keek in zijn boek en zei dat ze zich moest vergissen, maar wierp geen achterdochtige blikken op de Marks and Spencer-tas met natte handdoeken. Hij zag er helemaal niet boos uit en deed ook geen moeite haar weg te krijgen. Terwijl hij speculeerde over de vraag waar mevrouw Cooper kon zijn en dat een van zijn personeelsleden zich misschien vergist had, werd Liza zich ervan bewust dat hij haar bewonderend aankeek terwijl hij tegen haar praatte. Hij viel op haar, zou Sean gezegd hebben.

Ze had dit alleen nog maar met Sean meegemaakt en dat geaccepteerd zonder erover na te denken dat anderen zijn gevoelens misschien zouden delen. Nu begon ze te begrijpen dat hij niet

eigenaardig was omdat hij haar wilde, misschien was hij heel gewoon. Ze voelde haar macht groeien.
'Komt u gerust terug als we u ergens mee kunnen helpen,' zei de man toen ze wegging.
Bij Superway stapte ze in de auto. Ze startte de motor en reed de stad rond, zichzelf dingen lerend die Sean haar niet had kunnen leren op het vliegveld. Hoe je moest starten als je op een heuvel stond, bijvoorbeeld, en hoe je plotseling moest stoppen. Hij zou boos geweest zijn omdat ze geen rijbewijs had en ook niet verzekerd was, maar dat deed er niet toe want ze zou het hem niet vertellen.

De dagen die volgden nadat ze Bruno's lijk had ontdekt, stonden haar nog helder voor de geest. Het waren donkere dagen, er was geen elektriciteit en ze staken het haardvuur aan om zichzelf warm te houden. Omdat Eve bijna niets deed en alleen maar naar de muur zat te staren of zich in bed verstopte, deed Liza haar best om de voortuin op te ruimen. Ze haalde alle takken weg en liet alleen de allerdikste en zwaarste liggen. Ze ging elke dag in haar eentje naar Shrove en haalde daar nuttige dingen uit de keuken: aanstekers en nachtlampjes, stenen kruiken, blikjes voedsel, koffie en suiker. Dat was stelen, veronderstelde ze nu, maar toen had ze daar niet bij stilgestaan.
Op een middag ging ze naar Shrove om televisie te kijken. Ze had de televisie niet in verband gebracht met de elektriciteitsvoorziening, totdat ze het toestel aanzette en er niets gebeurde. Ze bedacht dat ze de telefoon maar eens moest proberen, hoewel ze nog nooit een telefoon gebruikt had, maar ook die leek dood. Er kwam geen geluid, hoeveel knoppen ze ook indrukte.
Eve en zij hadden geen idee van wat er in de buitenwereld misschien allemaal gebeurde. Dat was wat Eve altijd had gewild, begreep ze nu. Eve wilde geïsoleerd leven, afgesneden van alles buiten Shrove. Maar op zo'n verregaande manier had ze het vast niet bedoeld. Plotseling dacht Liza aan de radio in Bruno's auto. Die werkte niet op elektriciteit, die werkte op de een of andere manier op de auto zelf, misschien door de motor of zo.

Bruno's radio zou hun vertellen wat de orkaan had aangericht, of de hele wereld vernietigd was, of de elektriciteit voor altijd was uitgevallen, of alle telefoons kapot waren. Maar het had geen zin om daarover te denken. Ze zou niet weten hoe ze de motor moest starten of hoe ze de radio aan moest zetten. En ook als ze daarachter zou komen was er nog altijd het probleem dat de auto achter slot en grendel stond in het koetshuis en dat de sleutel verstopt was.
De volgende dag deed het er niet meer toe, want er kwamen mannen van het elektriciteitsbedrijf om de leidingen te herstellen. Hun auto reed langs het poorthuis over de takken en dode bladeren. Toen ze later naar buiten ging zag ze hen bezig met het vastmaken van de kabels op de hoge masten. Een van de mannen (hij dacht zeker dat ze van Shrove House was) riep tegen haar dat haar tv-antenne kapot was. De storm had hem van het dak gerukt en hij hing nu over een van de schoorstenen.
Liza begreep niet wat hij bedoelde. Ze had nooit van een tv-antenne gehoord. Voor haar was dat ingewikkelde rooster iets dat je alleen op daken zag, waarschijnlijk een soort windvaan. Toen de mannen weg waren en de lampen en de verwarming het weer deden, ging ze naar Shrove om televisie te kijken.
Deze keer ging hij wel aan, maar niet zoals het hoorde. Het beeld wandelde het scherm over en rolde verder, alsof iemand vanbinnen een hendel overhaalde, het vertoonde allemaal strepen of zag eruit als grofgeweven, grijze stof. Je kon de gezichten van de mensen niet duidelijk zien en hun stemmen klonken alsof ze allemaal kou hadden gevat.
Het had heel lang geduurd voor Liza het verband legde tussen het slecht functioneren van de televisie en het kapotte rooster op het dak. Ze dacht dat het toestel gewoon oud was en niet meer goed werkte. Ze voelde zich hulpeloos omdat ze er niets aan kon doen zonder het Eve te vertellen. Haar kijkmiddagjes waren voorbij. Jonathan keek nooit naar de televisie, dit toestel was van zijn grootvader geweest en hij zou zeker geen nieuwe kopen of de antenne laten maken.
Treurig liep ze terug naar het poorthuis. Terwijl Liza naar Eve

zat te kijken, die bezig was met het avondeten, was ze met haar gedachten heel ergens anders en zei ze nauwelijks een woord. Ze kwam tot de conclusie dat haar moeder niet meer reden had tot verdriet dan zij. Zijzelf was net zoveel kwijtgeraakt, zij was haar enige vriend kwijtgeraakt.

Ze was in de weken na de orkaan een stuk volwassener geworden, het was alsof ze drie of vier jaar ouder was geworden. Ze begon allerlei dingen te leren die, daar was ze zeker van, de meeste mensen niet weten wanneer ze elf jaar zijn. Bijvoorbeeld hoe je om moest gaan met een vrouw die bijna gek was van verdriet, terwijl ze voelde – ja, ze voelde het toen al – dat het op de een of andere manier verkeerd was om zoveel te geven om een plek, een stuk land, een huis. Zijzelf had dan misschien wel evenveel verdriet over het televisietoestel, maar zij was nog maar een kind, terwijl Eve volwassen was. Daardoor werd het medelijden met haar moeder alleen maar groter. Ze moest voor haar zorgen, aardig zijn, haar geen reden tot zorg geven, haar aanmoedigen in het enige dat haar kon afleiden: lesgeven, kennis overdragen. Soms was Liza van 's ochtends vroeg tot 's avonds laat met haar studieboeken in de weer, alleen maar om Eve's gedachten af te leiden van de vernielingen en de chaos buiten.

Iets anders wat tot deze snelle volwassenwording bijdroeg was haar bezorgdheid over het lijk van Bruno. Eve had het in de eerste plaats begraven omdat ze het wilde verstoppen, omdat ze in ernstige moeilijkheden zou kunnen komen als het gevonden werd. Door het lezen van Victoriaanse romans had Liza enig vermoeden van wat die moeilijkheden zouden kunnen zijn. *Oliver Twist* was daarvoor haar handboek en ook *The Woman in White.* Hingen ze moordenaars nog steeds op? Ze kon het Eve niet vragen. En wat betekende ophangen eigenlijk? Welk stuk van je werd opgehangen? Ze had veel meer gelezen over onthoofden. Uit boeken over de Franse Revolutie, over koningin Mary van Schotland en over de vrouwen van Hendrik VIII wist ze heel wat over het afhakken van hoofden.

Zouden ze Eve ophangen? Als ze daaraan dacht werd ze echt bang, werd ze weer een kind, eerder van vijf dan van elf, werd ze

bang dat er boze mannen zouden komen om haar moeder weg te halen.
Eve en zij werkten van 's ochtends tot 's avonds aan Engelse literatuur en geschiedenis en Latijn.
Tot de dag aanbrak waarop Eve niet eens opstond. Ze lag in bed met haar gezicht naar de muur gekeerd. Liza ging voor het eerst sinds dagen naar buiten. Het was de laatste dag van oktober, de eenendertigste, Halloween, een droge, grijze, winderige ochtend.
Het geruïneerde bos leek anders, nu alle bladeren dood waren. Ze waren niet bruin geworden, zoals de bladeren aan de bomen die nog leefden, maar waren nog altijd groen. Ze waren gedroogd, omgekruld en gekrompen. Terwijl ze zich een weg baande door de ravage ritselden en kraakten de dode bladeren. Vanuit het kreupelhout liet een fazant zijn ratelende kreet horen en boven haar, in de bomen die nog overeind stonden, hoorde ze de duiven koeren. De vogels waren teruggekomen.
Haar hart klopte in haar keel (dat had ze ergens gelezen) of misschien begon ze zich alleen maar weer misselijk te voelen, toen ze bij de open plek kwam met de platte, gladde boomstronk. Maar ze hoefde deze keer niet bang te zijn dat ze zou gaan overgeven of de geur van wormstekige botten zou ruiken, want de zak was weg.
Even voelde ze een hevige paniek, wilde ze wegrennen, zonder te weten waarheen. Iemand had Bruno gevonden en meegenomen. Toen zag ze wat er gebeurd was. Het lijk in de zak was er nog, het was daar ergens beneden. De overhellende kersenboom was eroverheen gevallen. De kersenboom die ze had vastgegrepen om te kijken hoe stevig hij nog stond, had helemaal niet stevig gestaan, was bij de volgende keer dat er wind stond omgewaaid. De dikke stam was op de zak gevallen en had hem teruggedrukt in zijn graf.
Liza bekeek het allemaal zorgvuldig. Als je nergens van wist was er niets van de zak te zien, tenzij je de punt van de zak ontdekte die uitstak op de plek waar de onderste tak uit de stam van de kersenboom groeide. Ze probeerde de punt weg te duwen, maar

dat lukte niet, dus trok ze er takken overheen en zocht ze een armvol dunne takken en twijgen om eroverheen te leggen en dat wat er van Bruno over was te verbergen.

Niemand zou de zak nu vinden zolang het bos niet werd opgeruimd. Ze had daar toen niet aan gedacht, ze was alleen maar opgelucht geweest, had gedacht dat de zak nu voor altijd verborgen was. Maar al een paar dagen later kwamen er werklieden in een vrachtwagen met kettingzagen en bijlen. Jonathan kwam ook. De mannen begonnen met de tuin van het poorthuis en gingen toen aan het werk met de omgewaaide en beschadigde bomen in het park om Shrove House.

Dat verontrustte Liza hevig. Ze was er zeker van dat ze het bos in zouden gaan om de boomstronken en afgebroken bomen weg te halen. Ze maakte zich daar de hele dag zorgen over, tot Jonathan – die urenlang bij Eve in het huisje had gezeten, net als zij zuchtend en hoofdschuddend pratend over wat de orkaan had aangericht – terloops opmerkte dat het 'kleine' bos het laatst aan de beurt zou komen. Het kon wel twee jaar duren voor ze het 'kleine' bos zouden gaan opruimen.

Eve kwam uit bed ter wille van Jonathan en deed haar best om flink te zijn. Ze waste haar haar en maakte een lange vlecht achter op haar hoofd. Ze trok haar strakke, zwarte topje aan en haar blauw met paarse rok. Ze lachte en maakte zichzelf mooi voor Jonathan.

Hij kwam en deed wat Liza hem in geen jaren had zien doen: hij sloeg zijn armen om Eve heen en kuste haar. Toen Eve haar wegstuurde en zei dat ze boven haar geschiedenisopstel moest gaan schrijven – ze noemde het 'huiswerk', alsof ze niet alle lessen thuis kreeg – bleef Liza aan de deur luisteren. Ze hoorde Eve tegen Jonathan zeggen dat het herfstvakantie was. Misschien was dat wel zo. In dat geval was het niet helemaal onwaar wat ze zei. Natuurlijk hing het af van wat je met een leugen bedoelde. Iets was een leugen als je daarmee iemand om de tuin wilde leiden. Eve had zeker de bedoeling om Jonathan om de tuin te leiden door hem te laten denken dat Liza naar school ging.

Ze spraken een hele tijd over de schade die de orkaan had aangericht. Ze wisten allebei veel over statistieken, wisten dat dit de eerste orkaan in Engeland was sinds zoveel honderd jaar en dat er zoveel miljoen bomen vernield waren. Ze spraken over de Grote Storm van 1703. Het was allemaal nogal saai. Toen ze gehoord had dat het bos waar Bruno's lijk lag pas het laatst schoongemaakt zou worden, besloot Liza naar boven te gaan en een begin te maken met haar opstel over de opkomst van Napoleon Bonaparte. Op dat moment sneed Jonathan een ander onderwerp aan. Hij vertelde Eve nogal abrupt dat Victoria er met een minnaar vandoor was gegaan en dat die twee nu samen in Caracas woonden. Er was geen hoop op een verzoening, dit was wat de rechter een 'onherstelbare breuk' had genoemd.

Net toen Eve iets wilde te zeggen dat Liza wel had willen horen, werd er op de voordeur gebonsd.

'Hoort wie klopt daar, kinderen,' zei Eve lachend.

Een van de werklieden stond voor de deur. Hij wilde aan Jonathan iets vragen over een of andere boom, of die omgehakt moest worden of dat die zo half gespleten maar moest blijven staan. Liza ging naar boven. Ze was er niet zeker van of Caracas de hoofdstad was van Venezuela of van Ecuador en zocht het op in haar atlas.

Nog geen week later was Jonathan weer vertrokken. Liza was er bijna zeker van dat hij een nacht in Eve's slaapkamer had doorgebracht. Het was een gevoel, meer niet, want ze had hen niet naar bed horen gaan. Ze had de hele nacht vast geslapen en toen ze de volgende ochtend beneden kwam, was er geen spoor van hem te bekennen. Maar ze was nu ouder, ze begon zich bewust te worden van dat soort dingen.

In januari werd ze twaalf.

De volgende keer dat Liza naar mevrouw Spurdell ging moest ze 's middags werken, dus had ze tijd om haar haar te doen zoals Eve dat voor speciale gelegenheden had gedaan: in een dikke vlecht op haar achterhoofd. Daardoor zag ze er een paar jaar ouder uit, vond ze. Ze nam de boeken die ze geleend had mee.

Meneer Spurdell kwam zelden thuis voor ze wegging, maar die

dag gebeurde dat wel. Hij was nog geen tien minuten binnen toen er een vrouw in een rode auto arriveerde. Liza was de ramen van de slaapkamer aan het zemen en zag haar het pad naar de voordeur op komen. Ze was lang en op een mannelijke manier knap. Ze droeg haar donkere haar opgestoken, had een dungestreept donkergrijs broekpak aan en een roodzijden overhemdblouse. Maar het aantrekkelijkste aan haar was de warme, intelligente uitdrukking op haar gezicht, waardoor je de indruk kreeg dat ze niet in staat was iets onaangenaams of doms te zeggen.

Liza verwachtte dat ze de bel zou horen, maar in plaats daarvan hoorde ze de voordeur opengaan. Ze moest een eigen sleutel hebben, dacht Liza. Ze vermoedde dat dit Jane was, de vrouw die in haar boeken schreef dat ze van haar gestolen waren. Maar toen was ze natuurlijk veel jonger geweest. Jane, de dochter die iets te maken had met pedagogiek. Liza zag nu een gelijkenis met de foto.

Hoe konden een verschrompeld mannetje als meneer Spurdell en een vet, grijsharig schepsel als zijn vrouw een dochter hebben die zo knap was als deze? Het was een groot raadsel. Ze maakte de ramen af en ging naar beneden. Niemand nam de moeite haar voor te stellen en dat verbaasde haar niet. Meneer en mevrouw Spurdell gingen gewoon door met praten, alsof zij er niet was, alsof ze een robot was die geprogrammeerd was om vloeren te vegen en stof af te nemen.

Liza zei tegen mevrouw Spurdell dat ze klaar was. Was er nog iets anders wat ze gedaan wilde hebben? Mevrouw Spurdell zei nee, er was niets, en keek haar aan met de blik van een meesteres die haar dienstbode de deur wijst, dus ging Liza naar de keuken, waar ze aan tafel bleef wachten tot ze haar geld zou krijgen.

Even later verscheen meneer Spurdell. Hij zag de boeken die ze mee teruggenomen had op de keukentafel liggen en begon haar over de inhoud te ondervragen. Wie was juffrouw Gradgrind? Wat bedoelde Dickens met mevrouw Sparsits coriolaniaanse neus? Wat verzamelde meneer Boffin? Wie was Silas Wegg? Het verraste Liza, maar ze liet zich niet van haar stuk brengen. Ze

had dit soort dingen vaak genoeg met Eve gedaan en ze beantwoordde zijn vragen met het enthousiasme van een leerling die alles goed geleerd heeft. Tijdens dit gesprek kwam de knappe pedagoge de keuken in.
Ze trok haar wenkbrauwen op en gaf Liza een knipoog. 'Houd eens op, pa, wat ben je aan het doen? Haar een examen afnemen? Je boft dat ze te beleefd is om je te zeggen wat je met je vragen kunt doen.' Ze stak haar hand naar Liza uit en zei: 'Jane Spurdell. Je moet het mijn vader maar niet kwalijk nemen. Hij kan het niet laten de schoolmeester uit te hangen.'
'Dat geeft niks,' zei ze. Ze dacht snel na en noemde Seans naam. Meneer en mevrouw Spurdell hadden haar nooit naar haar achternaam gevraagd. 'Liza Holford.'
Meneer Spurdell liet zich niet uit het veld slaan. 'Deze jongedame is een onbekende ster, Jane. Ik betrapte haar toen ze mijn Dickens zat te lezen. Ik verdenk haar ervan dat ze op de universiteit zit en verlof heeft om onderzoek te doen. Misschien is het wel vanwege een of ander onderzoek dat ze schoonmaakt in ons huis. Hoe zit dat nou precies? Zullen we haar geheim eens ontsluieren?'
'Spreek voor jezelf, pa,' zei Jane Spurdell, 'en laat mij erbuiten. Als er al een geheim is, dan is dat háár zaak.' Ze lachte tegen Liza op een heel aardige manier. 'Wat heb je je haar prachtig gedaan. Is dat erg moeilijk?'
Terwijl Liza uitlegde dat het niet zo moeilijk was, maar dat je er wel een halfuur voor uit moest trekken, kwam mevrouw Spurdell binnen met haar portemonnee in haar linkerhand en een handvol muntjes in de andere. Liza zag wel dat ze het helemaal niet prettig vond dat ze op voet van gelijkheid met haar dochter converseerde.
'Misschien had je kapster moeten worden,' zei ze onvriendelijk. 'Als je klaar bent met je demonstratie zou ik graag even met je afrekenen.'
Jane Spurdell geneerde zich zichtbaar voor haar moeder en daar had ze alle reden toe, dacht Liza. Die gêne werd nog groter toen ze haar vroeg om haar twee pond aan kleingeld te lenen om tot

het totaal van twaalf pond te komen. Meneer Spurdell was naar boven gegaan, maar toen ze wegging kwam hij weer naar beneden met paperbacks van *Little Dorrit* en *Vanity Fair*. Liza zei niet dat ze *Vanity Fair* al gelezen had. Ze kon haar lachen nauwelijks houden bij het zien van mevrouw Spurdells gezicht toen Jane zei hoe leuk ze het had gevonden om kennis met haar te maken.

Terwijl ze in de auto naar huis reden, overwoog ze of ze Sean zou zeggen dat ze Jane had ontmoet en hoe mooi en hoe aardig ze was. Maar ze zei het hem niet. Zonder precies te weten waarom had ze het gevoel dat hij het niet leuk zou vinden. Hij had een hekel gehad aan school en noemde leraren machtswellustelingen en een stelletje snobs. Hij vond het vak van onderwijsdeskundige vast alleen maar iets voor vrouwen die geen man konden krijgen.

Omdat Sean ernaar vroeg, vertelde ze hem over het jaar op Shrove na de orkaan. Eigenijk vreemd dat hij zo dol was op verhalen. Hoe zou hij zich redden als hij ooit een vriendin kreeg die hem geen verhalen kon vertellen? Maar hij zou natuurlijk nooit een andere vriendin krijgen, want zij zouden voor altijd bij elkaar blijven.

'Mijn tv was kapotgegaan in de storm – nou ja, ik beschouwde het als mijn tv – en ik wist dat ik nooit een andere zou krijgen. Ik was dus de hele tijd met m'n lessen bezig en langzamerhand ging het beter met Eve. De zomer was prachtig dat jaar, al de daaropvolgende ook, de mooiste die we ooit gehad hebben.'

'Het broeikaseffect,' zei Sean.

Ze was verbaasd dat hij het wist en werd toen kwaad op zichzelf omdat ze verbaasd was. 'Misschien wel,' zei ze. 'Ik zou het niet weten. Eve zei dat er in het begin van deze eeuw, vóór de Eerste Wereldoorlog, veel mooie zomers waren geweest.'

'Hoe wist ze dat? Ze was niet oud genoeg om dat te weten.'

Liza haalde haar schouders op, net zoals Eve dat kon doen. 'De melkboer zei het, nou goed? Hij zei het elke dag, hij moest dat ergens opgepikt hebben. De werklieden lieten zich niet storen door de warmte. Ze werkten hard op Shrove en ruimden alles op en toen zag het er niet zo vreselijk meer uit. Ze plantten zelfs een paar nieuwe bomen in het park en bij de rivier. Die deden het heel goed, want het was daar net moerasland. Zelfs Eve zei dat het allemaal minder erg was dan ze gevreesd had, en meneer Frost zei dat elke medaille zijn keerzijde had en dat je, nu die grote oude bomen weg waren, een uitzicht had als nooit tevoren. Dat is geloof ik de langste zin die ik hem ooit heb horen uitspreken.

Jonathan kwam dat jaar dikwijls naar Shrove. Het was eigenlijk gek dat het hem kennelijk nooit opviel dat ik altijd thuis was. Ik bedoel ook in mei, juni en juli, als alle andere kinderen van mijn leeftijd naar school waren. En het was ook raar dat hij niet in de gaten scheen te hebben dat mevrouw Cooper nooit kwam schoonmaken als hij op Shrove was, terwijl hij er op een keer toch bijna twee weken was. Waarschijnlijk omdat hij zijn leven lang al mensen om zich heen had die hem bedienden, vond hij het vanzelfsprekend dat dingen gedaan werden, dat er schoon werd gemaakt, dat zijn maaltijden werden klaargemaakt en dat zijn kleren gewassen werden. Hij at bij ons of Eve bracht zijn eten naar Shrove. Ze haalde ook zijn wasgoed op en waste en streek het en bracht het dan weer terug.

Ik heb hem nooit zoiets als dank je wel horen zeggen, hij had het er nooit over, maar misschien deed hij dat als ik er niet bij was. Ik denk dat ze in die tijd 's nachts soms bij hem op Shrove was, en later nog heel vaak. Dan verliet ze het poorthuis nadat ik was gaan slapen en kwam ze heel vroeg in de ochtend terug. De situatie was weer net zoals voor hij met Victoria trouwde. Ze dacht tenminste dat het zo was. Ze hoopte het.

Ze spraken urenlang over zijn huwelijk. Ze vergaten dat ik erbij zat, ik hoefde niet aan de deur te luisteren. Ze vroeg hem almaar over Victoria en de scheiding, maar ik hoorde hem nooit met een woord reppen over Bruno. En al die tijd stond Bruno's auto in zijn stallen en lag Bruno's dode lichaam in zijn bos. Het lag in zijn bos te rotten en werd opgevreten door de wormen.'

'Liza,' zei Sean waarschuwend. 'Alsjeblieft?'

'Sorry. Wat ben je toch een gevoelige ziel. Ik denk dat Jonathan niet geïnteresseerd was, ik denk dat het hem niet kon schelen.

Hij was alleen maar geïnteresseerd in Jonathan Tobias, en mensen telden alleen maar als ze nuttig waren voor Jonathan Tobias. Maar misschien zijn we allemaal wel zo, wat denk je?'
'Jij komt voor mij op de eerste plaats, zeker weten.'
'Ja? Dat is fijn. Ik moet almaar denken aan het verhaal dat ze me vertelde over de oude meneer Tobias en mijn grootmoeder, en dat Eve toen dacht dat Jonathan en zij zouden gaan trouwen. Het deed er niet toe dat haar moeder Shrove niet kreeg, want zij en Jonathan zouden immers gaan trouwen. Ze had dat gedacht toen ik nog klein was en hij die drie weken naar Shrove kwam, en nu begon het allemaal weer van voren af aan.
Ze dacht dat hij met haar zou trouwen als de scheiding erdoor was. Ze had zeventien jaar lang geprobeerd hem te krijgen.'

17

Als je iemand een vervolgverhaal vertelt, zeg je niet dat er nu een stuk komt waarin weinig gebeurt. Daardoor zou de luisteraar zijn belangstelling kunnen verliezen. Op de een of andere manier wist Liza dat en ze zei dat dan ook niet tegen Sean. Toch was er in de jaren dat ze twaalf en dertien was niet veel gebeurd. Eve had haar meedogenloos hard laten werken aan Engels, geschiedenis en vreemde talen. Ze had haar naaien en breien geleerd en had oude truien uitgehaald om ze Liza opnieuw te laten breien. Ze hadden samen naar muziek geluisterd, maar er waren geen teken- of schilderlessen geweest. Misschien was dat vanwege Bruno. Liza miste de televisie en zag op een dag tot haar verdriet dat de vuilnismannen van de gemeente het oude toestel achter in de wagen gooiden.

Maar er gebeurde niets belangrijks. Er kwam niemand om het bos op te ruimen. De werklieden van British Rail haalden de rails en de bielzen weg, maar barricadeerden de tunnel niet en maakten hem ook niet dicht, zodat de mond van de tunnel nu op een gapend graf leek.

Bruno's auto bleef in het koetshuis staan. Eens in de vier of vijf weken ging Liza kijken of hij er nog stond. Zo nu en dan keek ze ook in Eve's juwelenkistje of de gouden ring er nog was. En die was er elke keer weer. En als Eve haar oorringen niet in had, lagen er drie paar in het kistje.

Jonathan kwam en ging. Als hij over Victoria praatte was dat alleen maar om te klagen over het geld dat ze van hem verwachtte als de scheiding was uitgesproken. Geld en goederen. Zij wilde het huis in Ullswater hebben en zou het ongetwijfeld krijgen. Hij stuurde een ansichtkaart uit Zimbabwe en bracht die herfst twee mensen mee naar Shrove die ze nog niet eerder had gezien: een man die David Cosby heette en zijn vrouw Frances. Ze kwamen jagen.

'David is Jonathans neef,' zei Eve.
Liza wist van het bestaan van neven en nichten, dat wist ze uit Victoriaanse romans.
'Dat kan geen neef zijn,' wierp ze tegen. 'Dat kan niet als Caroline geen broers of zusters had en zijn vader ook niet.'
'David is een achterneef. Hij is de zoon van een neef van de oude meneer Tobias. Hij houdt van Shrove, hij houdt bijna net zoveel van Shrove als ik. Ik weet dat hij het dolgraag wil hebben.'
'Als hij er zo veel van houdt, waarom is hij dan niet eerder geweest?'
'Hij heeft twaalf jaar in Afrika gewoond, maar nu is hij voorgoed naar huis gekomen.'
David Cosby's gezicht was net zo glanzend donkerbruin als de betimmering in de bibliotheek van Shrove, terwijl het gezicht van zijn vrouw gerimpeld en gelig was. Het resultaat van de Afrikaanse zon, dacht Liza, die net *King Solomon's Mines* had gelezen. Ze bleven twee weken. Deze keer leek Eve in een heel andere positie te verkeren, zonder dat Liza precies kon bepalen in welk opzicht. Misschien kwam het doordat ze met z'n drieën op Shrove waren en ze Eve, in tegenstelling tot Victoria en haar vrienden, in geen enkel opzicht als lid van het personeel behandelden. Ze ging er drie keer dineren – Jonathan had een cateringbedrijf laten komen en de patrijzen die ze geschoten hadden klaar laten maken – en liet de afwas staan voor mevrouw Cooper.
Het rare was natuurlijk dat er geen mevrouw Cooper bestond. Dus Eve rende naar Shrove om voor werkster te spelen, terwijl zij met hun geweren op pad gingen of een ritje maakten met de auto. Het was een vreemd spel en het gaf Liza een ongemakkelijk gevoel.
Eve begon trouwens helemaal een beetje vreemd te doen in die twee saaie jaren. Of misschien was ze altijd vreemd geweest en had Liza dat als kind niet gemerkt. Ze was gewoon moeder geweest. Hoewel Liza nog altijd maar heel weinig mensen kende, wist ze nu meer dan ooit tevoren. Ze kon vergelijkingen maken. Ze kon vraagtekens zetten bij hun manier van leven in het poort-

huis, vooral bij haar eigen manier van leven. Waarom wilde Eve nooit iemand leren kennen of ergens heen gaan? Waren andere mensen net zo hartstochtelijk gehecht aan een bepaalde plek als zij was aan Shrove? Wat was het doel van zoveel lessen, elke dag opnieuw, ook zaterdags en zondags, Eve die maar lesgaf en Liza die maar leerde, eindeloze uren, dag in dag uit? Waarom?

Eve ging niet meer naar de stad. Ze had een leverancier gevonden die één keer per week kwam bezorgen, en wat die niet had, bracht de melkboer mee. Als ze naar de stad ging, misschien eens in de twee of drie maanden, was het om leerboeken voor Liza te kopen en vanwege een andere, merkwaardiger reden: om geld te halen bij de bank. Nu werden Jonathans cheques per post naar de bank gestuurd, waar Eve het geld later opnam en in huis verstopte.

Op een dag kwam Eve terug van haar enige bezoek aan de stad van die hele winter. Liza zag haar het kasteeltje ingaan met een pakje dat in bruin papier was gewikkeld. Voorzover ze wist, had Eve nooit een handtas bezeten. Liza wist alleen van het bestaan van handtassen af omdat ze Victoria en Claire en Frances Cosby ermee gezien had. Ze zag Eve het kasteeltje ingaan met het pakje en een paar minuten later met lege handen naar buiten komen.

Later, toen Eve op Shrove bezig was om mevrouw Cooper te spelen, ging Liza op zoek in het kasteeltje. Het zag er leeg uit. Er was niets waaraan je kon zien dat het ooit gebruikt was, door honden of door een man. Het kostte haar weinig tijd de losse steen te vinden en daarachter het ijzeren kistje met het geld.

Er lagen tientallen bankbiljetten in, van vijf, tien, twintig en zelfs van vijftig pond. Ze probeerde ze niet te tellen, ze zag zo wel dat het om honderden ponden ging. Bovendien had ze nauwelijks een idee van de waarde van geld. Ze had kunnen zeggen wat je in de tijd van Anthony Trollope met vijf pond kon doen, maar niet wat je er vandaag de dag voor kon kopen. Veel minder, vermoedde ze. Eve had nooit iets losgelaten over de bedragen die Jonathan haar gaf. Het enige wat Liza wist, was dat ze per cheque kwamen. Eve stuurde die cheques naar de bank, haalde het geld op en verstopte het hier in de muur.

Was daar de bank niet voor? Om voor je geld te zorgen? Liza wist het eigenlijk niet. Misschien deed iedereen het wel zo. Misschien had niemand vertrouwen in banken.
Maar Liza merkte dat ze hierna vaak op haar moeder lette. Ze hield haar in de gaten zoals ze ooit aan de deuren geluisterd had. Er hoefde niet meer geluisterd te worden omdat Eve alleen nog maar tegen Liza praatte en soms tegen Jonathan, de zeldzame keren dat hij kwam. Soms probeerde ze Eve te bespieden zonder dat die het merkte. Ze ging vroeg naar bed en sloop dan naar beneden om Eve onopgemerkt vanaf de trap in de gaten te houden. Maar ze zag haar altijd alleen maar gewone dingen doen: lezen, naar muziek luisteren of een opstel of proefwerk van Liza nakijken.
Ze was al veertien voor ze zichzelf begon af te vragen wat er van haar zou worden als ze groot was. Zal ik hier altijd met Eve blijven wonen? Als ze me al het Engels dat er te leren is geleerd heeft, en alle geschiedenis en Frans en Latijn? Wat gaan we daarna doen? Wat moet ik hier allemaal mee?
'Mij zijn,' had Eve gezegd. 'Mij, zoals ik misschien geweest was als ik hier gebleven was. Gelukkig en onschuldig en goed.'
Wilde ze Eve zijn? Wilde ze gelukkig en onschuldig en goed zijn?

Die lente, toen Jonathan in zijn eentje op Shrove was, kwamen de werklui terug om het 'kleine' bos schoon te maken.
'Bruno was bijna drie jaar dood. Ik wilde weten hoelang het duurde voor een lijk in een skelet veranderde, maar ik wist niet hoe ik daarachter moest komen. Er waren geen medische boeken op Shrove en ook geen boeken over gerechtelijke geneeskunde. Ik dacht dat het hun niet zou opvallen als ze hem opgroeven en er alleen nog maar botten over waren. Ik hoopte dat de zak was weggerot en dat van Bruno alleen nog maar – nou, losse botten over waren.'
'Hoe jij daar toch over kunt praten,' zei Sean. 'Een mooi, jong meisje als jij, het is krankzinnig. Je doet het altijd, je praat over doden en dat soort dingen waar andere mensen misselijk van

worden en je doet alsof het de gewoonste zaak van de wereld is.' Ze glimlachte naar hem. 'Het is ook normaal voor me, denk ik. Ik raak niet van streek van dode lichamen. Ik weet wel dat ik misselijk werd toen ik ineens Bruno's haar in mijn hand had, maar dat was ík niet, dat was een soort reflex. Ik denk dat zelfs dokters dat hebben in het begin.'

'Je had dokter kunnen worden, weet je dat?'

'Dat kan ik nog steeds,' zei Liza. 'Maar daar gaat het niet om. Misschien leren andere mensen als kind al om bang te zijn voor de dood en voor bloed en dat soort dingen, ik bedoel dat ze zo geconditioneerd worden, maar dat is bij mij niet gebeurd. Je moet bedenken dat Eve me alles geleerd heeft wat ze wist over academische dingen, maar dat er duizenden dingen moesten zijn waar ik nooit van gehoord had, dingen die kinderen die een gewoon leven leiden en naar school gaan wél weten. Er kunnen niet veel mensen zijn,' zei ze trots, 'die op hun zestiende de hele *Aeneïs* van Vergilius in het Latijn gelezen hebben en twee mensen hebben zien vermoorden.'

Hij deinsde onwillekeurig achteruit. Ze moest lachen om de uitdrukking op zijn gezicht. 'Zit er maar niet over in, Sean. Er valt niets aan te veranderen, zo is het nu eenmaal. Ik ben anders dan andere meisjes en ik denk dat dat in bepaalde opzichten altijd wel zo zal blijven.'

'Nu heb je mij,' zei hij. Het was iets dat hij graag zei, en dan pakte hij altijd haar hand vast.

'Ja, ik heb jou nu. Maar goed, ik vertelde je al dat de mannen in het bos aan het werk gingen en dat ik erg bezorgd was. Ik weet niet of Eve dat ook was. Ze was altijd in de weer met Jonathan als ze mij geen lesgaf. Maar uiteindelijk bleek dat ze helemaal niets vonden. Jonathan had instructies gegeven om bepaalde stammen en dode bomen te laten liggen als verblijfplaats voor de dieren. De stam van de kersenboom was daar een van. Het was gewoon geluk, of hoe je het ook moet noemen.'

'Geluk?' zei Sean.

'Geluk voor Eve, toch? Ik denk dat die had zitten wachten op wat er zou gebeuren. Zodra ze wist dat het daar allemaal goed

ging, liet ze Jonathan de accu van Bruno's auto opladen.'
'Wat!'
Er was geen echt risico geweest. Jonathan vermoedde absoluut niet dat Bruno dood was. In zijn ogen was Bruno gewoon een jonge, gezonde man die een tijdje met Eve had samengewoond en genoeg van haar gekregen had, of zij van hem, en hij was vertrokken. Goed, hij had zijn auto achtergelaten, maar Eve had Jonathan daar allerlei redenen voor aan de hand gedaan: de auto was van zijn moeder geweest, de auto was oud en waar hij ging wonen kon hij zijn auto niet kwijt. Jonathan vond het ongetwijfeld prettig dat Bruno de auto eindelijk weg zou komen halen zodat het koetshuis van Shrove weer vrij zou zijn. De kleine moeite die het was om de accu via een kabel naar zijn eigen motor op te laden had hij daar graag voor over. Liza wist niet of het precies zo gegaan was, vertelde ze Sean, maar het leek haar niet onwaarschijnlijk.
Eve repte tegenover Liza met geen woord over Bruno. Liza hoorde haar tegen Jonathan zeggen dat Bruno de auto morgen zou komen halen, toevallig precies op de dag dat Jonathan terug zou gaan naar Londen.
'Ik vroeg me af hoe ze het zou aanpakken. Ik deed net alsof ik 's middags een lange wandeling ging maken om haar de gelegenheid te geven de auto weg te halen. Ze haalde hem weg en ze ging ermee rijden, maar alleen maar naar de stad. Ze kwam een uur later terug met de kofferbak vol levensmiddelen en liet de auto bij het poorthuis staan.'
'Wat zei ze toen je vroeg wanneer Bruno zou komen?'
'Dat vroeg ik niet,' zei Liza. 'Ze verwachtte dat ik dat zou vragen, maar ik deed het niet. Ik wist waar Bruno was, ik wist dat hij niet kon komen. Ik wist dat zijn lijk in het bos lag, onder de takken en bladeren die ik erop gelegd had. We zeiden er geen woord over tegen elkaar. Daar stond Bruno's auto en zij gebruikte hem – wíj gebruikten hem, ze reed een keer met me naar het dorp en naar de stad – ik had uitslag en moest naar de dokter – maar ze repte niet over Bruno en ik ook niet. En toen, op een dag, was de auto er niet meer.'

'Wat bedoel je?'
'Ze had hem weggedaan. Ik weet niet hoe of waar, maar ze had hem weggedaan. Ze moet hem 's avonds ergens heen gereden hebben. Ik heb geen idee wat ermee gebeurd is, ik weet niets over dat soort dingen, ik weet niet hoe je je van een auto kunt ontdoen.'
'Hem gewoon ergens laten staan, denk ik, in de hoop dat iemand hem jat.' Sean dacht na. 'Als de politie hem uiteindelijk vond, zouden ze proberen de eigenaar te vinden en dat is een makkie voor ze, dat doen ze in een paar seconden met de computer.'
Peinzend zei Liza: 'De eigenaar was dood. Ik heb het nu niet over Bruno, maar over zijn moeder. Hij stond nog altijd op haar naam, dat had hij gezegd.'
'Ze hebben vast niet de moeite genomen om na te gaan wie die auto heeft geërfd, en als ze dat wel hadden gedaan, zouden ze Bruno toch niet gevonden hebben. En ze zouden ook niet naar hem zijn gaan zoeken, niet naar een man van zijn leeftijd. Ze zouden gedacht hebben dat hij naar het buitenland gegaan was of zo. Die moeder van jou was slim.'
'O ja, dat zeker. Als ze al naar hem gezocht hebben dan zijn ze nooit bij ons in de buurt geweest. Na de politieman die naar Hugh met de baard kwam informeren hebben we nooit meer politie gezien. Toen meneer Frost stierf kwam er een ambulance, geen politie.'

Mevrouw Spurdell begroette Liza met het nieuws dat haar dochter Jane zojuist benoemd was tot hoofdadviseur voor het voortgezet onderwijs in het district. Ze barstte bijna van trots. Omdat Liza niet goed wist wat deze benoeming inhield, kon ze alleen maar lachen en knikken. Mevrouw Spurdell zei dat het ging om de leiding van een team en dat ze volgens de ambtenaren-CAO betaald zou worden, een mededeling die Liza alleen nog maar meer in verwarring bracht.
Hoewel mevrouw Spurdell er twee dagen daarvoor niets over gezegd had – gewoonlijk had ze het voortdurend over wat ze de

komende dagen ging doen – kondigde ze aan dat ze een vriendin in het ziekenhuis ging bezoeken. Liza vermoedde dat het bezoek alleen maar plaatsvond omdat er opwindend nieuws te vertellen was en vroeg zich af hoe ziek de vriendin was toen ze haar werkgeefster bij wijze van cadeautje wat gerimpelde druiven uit de koelkast zag pakken die ze in een plastic tas stopte.

Zodra mevrouw Spurdell weg was, stapte Liza in bad. Toen liep ze naar de werkkamer van meneer Spurdell om te kijken of hij nieuwe boeken had. Ze bracht een aangenaam halfuurtje door met een kort verhaal van John Mortimer. Het ging over gerechtshoven en advocaten en rechters en opende een voor haar totaal onbekende, nieuwe wereld. Daardoor moest ze ook aan Eve denken, en ze vroeg zich af wanneer er iets over Eve in de kranten zou komen. Hoelang zou het duren voor ze voor de rechter moest verschijnen?

Om zelf geen krant te hoeven kopen keek ze altijd snel de krant van meneer Spurdell door. Er stond niets in over Eve, zoals gewoonlijk. Het was tijd om aan het werk te gaan, maar voor ze begon, zocht ze Jane Spurdell op in het telefoonboek. Het was de eerste keer dat ze iemand in een telefoonboek opzocht, maar het was niet moeilijk. Ze stond er twee keer in, niet als 'juffrouw', maar als dr. J.A. Spurdell. Liza zou het adres nooit vergeten. Door een merkwaardig toeval, dat een voorteken zou kunnen zijn, was het nummer het jaar van haar geboorte, zesenzeventig, en bleek de straatnaam verbluffend bekend: Shrove Road.

Ze zou het nooit vergeten, maar waarom wilde ze het adres eigenlijk weten? Misschien alleen omdat ze haar aardig vond, omdat ze haar de aardigste vrouw vond die ze ooit had leren kennen. Behalve Eve. Geen wonder, wanneer je bedacht dat de enige andere vrouwen die ze kende Heather, Victoria, Frances Cosby en mevrouw Spurdell waren. Als je mensen aardig vond, concludeerde Liza, wilde je zoveel mogelijk over hen weten.

Mevrouw Spurdell liet haar wachten terwijl ze in de ene na de andere handtas zocht naar vijftig pence. Liza was daardoor laat en Sean stond al buiten op de stoep toen ze bij Superway kwam.

Hij had nieuws, hij was heel opgewonden, maar hij wilde het pas vertellen als ze in de auto zaten op weg naar huis.
'Ze willen dat ik een cursus ga doen.'
'Wie zijn "ze"?'
'Superway. Een managementtraining. Ze zijn blij met me omdat ik mijn werk goed doe en omdat ik altijd op tijd ben en zo. Die cursus wordt in Schotland gegeven. Hij duurt zes maanden, en als ik het goed doe kom ik na afloop in fase twee, zoals ze dat noemen.'
Liza wist niet wat ze moest zeggen. Ze begreep het niet helemaal, dus luisterde ze.
'Ik heb er nooit iets over gezegd, schat, ik praat nooit veel over mezelf, maar ik had niet zo'n hoge pet van mezelf op, als je begrijpt wat ik bedoel – ik vond mezelf, nou ja, een prutser, om je de waarheid te zeggen. School was niks voor me en de dag nadat ik zestien geworden was, was ik vertrokken. Ik had daarvoor al maanden gespijbeld. Een middelbareschoolopleiding voor mij kwam niet eens bij iemand op, ik bedoel, dat zou een lachertje geweest zijn. Ik verwachtte altijd ongeschoold werk te zullen doen, en dat deed ik dan ook. Toen kreeg m'n moeder een nieuwe vriend en ze wilden mij er niet bij, dus ging ik het huis uit. Dat heb ik trouwens allemaal al verteld, geloof ik. Ik kreeg de auto en de caravan en ik ging op pad. Ik heb nooit nagedacht over wat ik zou gaan doen, waarschijnlijk het ene baantje na het andere, tot ik ten slotte m'n AOW zou krijgen. En nu gebeurt dit. Ik weet niet wat me overkomt. Het geeft me iets om over na te denken, dat kan ik je wel vertellen.'
Hij ontroerde haar omdat ze niet had geweten dat hij zo welbespraakt kon zijn. Hij was zo knap. Het zou voor haar heel wat zijn als hij net zo knap kon spreken en denken als hij eruitzag.
'Wat word je dan?' vroeg ze langzaam.
'Ik weet niet wat ik dan "word". Ik zei dat het iets was om over na te denken. Wat ik zou kúnnen worden – nou, ik hoop dat ik nog eens bedrijfsleider word. Misschien krijg ik ooit wel m'n eigen winkel, misschien wel zo'n grote, in een nieuwbouwwijk.'

'We zijn een keer naar zo'n winkel toe geweest, Eve en Bruno en ik.'
Hij maakte een ongeduldig gebaar, alsof hij dat nu niet wilde horen. 'Ja, dat heb je verteld. Ik moet eerst nog een heleboel leren. En dan word ik assistent-bedrijfsleider. Het zal allemaal wel een tijdje duren. Maar ik ben jong, schat, en ik ben slim.'
Ze zou het niet erg vinden om naar Schotland te gaan. Nu ze met reizen begonnen was vond ze het leuk. Ze stelde zich voor dat ze de komende jaren van de ene naar de andere plek zouden trekken. 'Dus je doet het?'
'Ik heb ze gezegd dat ik erover na zou denken. Ik heb ze gevraagd me een paar dagen bedenktijd te geven.'
Het was koud en vochtig in de caravan. Dat was meestal zo als ze 's avonds thuiskwamen. Liza maakte de oliekachel aan, stak de branders en de oven van het fornuis aan en zette de ovendeur open. Al gauw stroomde het condenswater van de ramen, dat in plasjes bleef liggen. Het kon haar niet zoveel schelen, je hoefde er toch niet naar te kijken, zoals ze tegen Sean zei. Zolang ze te eten had, boeken om te lezen en een warm bed om met Sean in te vrijen, maakte het haar niet uit. Dat had ze nu en ze wist dat ze het kon krijgen wanneer ze wilde. Ze keek maar zelden naar de televisie. Er was wel iets voor te zeggen, voor zo'n opvoeding zonder luxe en zonder materieel bezit. In tegenstelling tot Eve had zij Shrove nooit willen hebben of gedacht dat het van haar zou worden.
Op een mistroostige avond als deze hoorde Liza een al even mistroostige Jonathan tegen haar moeder zeggen dat hij zijn testament had gemaakt en dat hij Shrove aan David Cosby naliet.
'Het moet in onze familie blijven,' zei hij, als een figuur uit een Victoriaanse roman.
'Hij is tien jaar ouder dan jij,' zei Eve.
'Dan kan zijn zoon het krijgen. Ze zijn allemaal dol op Shrove. Gelukkig wil Victoria Shrove niet hebben, zij zal er niet om vragen bij de scheiding, ze heeft een hekel aan Shrove.'
Liza was op haar veertiende al langer dan Eve. Ze zag eruit als een jonge vrouw en ontwikkelde ook het begripsvermogen van

een vrouw. Ze was zichzelf gaan afvragen hoe het mogelijk was dat Jonathan, die Eve al als jongen gekend had, intiem met haar geweest was en met tussenpozen haar minnaar geweest was (en nu waarschijnlijk weer was), zo weinig begrip had voor Eve's gevoelens ten aanzien van Shrove. Hij kon er zo nonchalant en onverschillig over praten tegen Eve, die meer van Shrove hield dan wie dan ook, die, dacht Liza soms, meer van Shrove hield dan van haar eigen kind. Hij kon er tegenover haar over praten alsof het gewoon maar een of ander bezit was, een stuk land, een lastig bezit zelfs. Hoe kon hij zeggen dat hij het zou nalaten aan een neef die hij, tot dit jaar, in twaalf jaar niet had gezien, kennelijk zonder dat het in zijn hoofd opkwam dat hij Shrove aan Eve zou kunnen nalaten? Zoals zijn grootvader beloofd had Shrove aan Eve's moeder na te laten?

Liza vermoedde dat hij eigenlijk ook niet van Shrove hield. Het was nu oktober en het was pas de tweede keer dat hij gekomen was dit jaar. Zijn echte leven, waarin hij dingen deed waar Eve en zij niets van wisten, was ergens anders. En hij wist niet wat Eve en zij deden. Hij vroeg er nooit naar. Het was alsof Shrove iets was dat je in een kist stopte als hij er niet was, en dat Eve en zij poppen waren die mee werden ingepakt.

De volgende dag kwam hij weer naar het poorthuis. Hij vertelde Eve dat de scheiding eindelijk was uitgesproken en dat Victoria 'hem had uitgekleed'. Hij was nu vrij. Liza hoorde hem aan Eve vragen of ze ooit nog iets van Bruno hoorde. Ze zei dat dat niet zo was en dat dat ook wel nooit meer zou gebeuren, dat het allemaal voorbij was en dat ze vrij was als een vogeltje in de lucht. Ze was net zo vrij als hij.

Liza stond aan de deur te luisteren en Eve en Jonathan zaten binnen, in het halfdonker. De lampen brandden niet. Ze hoorde Eve zeggen dat ze vrij was en hoorde toen de stilte. De volgende ochtend vertrok Jonathan naar Londen en vandaar naar Frankrijk, waar zijn moeder op sterven lag.

Na ongeveer een week kwam er een ansichtkaart met een Franse kathedraal erop en de mededeling dat Caroline Ellison was gestorven. Met een onaangenaam lachje zei Eve dat hij zeker dacht dat een kaart met een kerk geschikter was om een sterfgeval te melden dan een kaart met bergen of bomen erop. Jonathan scheen niet diep bedroefd, hoewel je dat moeilijk kon opmaken uit een ansichtkaart. Eve was er zeker van dat hij nu terug zou komen, maar hij kwam niet, en zes maanden later kregen ze een kaart van hem uit Penang.

Daarvoor, nog voordat de winter begon, vond Liza meneer Frost. Hij lag dood in het gras naast zijn tractor.

Niemand wist hoe oud hij was. Eve zei dat hij heel oud was, omdat zijn dochter maar een paar jaar jonger was geweest dan haar eigen moeder, die nu zeventig geweest zou zijn als ze nog had geleefd. De afgelopen jaren had hij niets anders gedaan dan op zijn tractor over de gazons rijden. Eve was degene die het onkruid wiedde en het gemaaide gras op de composthoop gooide.

Het was begin november, een buitenwoon droge, zonnige november, toen Liza hem vond. Hij had het gras de laatste keer voor de winter gemaaid. Ze was bij de rivier geweest en nam de korte weg naar huis, door de tuin van Shrove. Het geluid van de maaimachine was tien minuten eerder opgehouden en ze dacht dat hij het welletjes vond voor die dag. Maar de tractor stond er nog, midden op het zonnige grasveld. De gele bladeren van de linde en de kastanje lagen op het gras, op de zwartleren zitting van de tractor en het rode chassis en op het lichaam van de oude man, dat naast de tractor lag.

Aanvankelijk besefte ze niet dat hij dood was. Ze was nieuwsgierig en legde haar hand op zijn voorhoofd, dat zo koud was als marmer. Ze kon zien dat zijn dooraderde, blauwe ogen dood waren, zonder licht, dat er geen adem uit zijn slap hangende mond kwam en dat zijn borst niet bewoog. Hij zag er niet meer uit als een mens, maar meer als een van de standbeelden op het terras, een vooroverliggende figuur van bleke, koude steen.

De vreemde gedachte kwam bij haar op dat Eve hem zou verbranden. Ze besefte onmiddellijk dat dat onzin was, maar ze had het gedacht. Ze rende naar huis en Eve kwam met haar mee. Ze gingen naar Shrove House en belden een ambulance.

Meneer Frost was van ouderdom gestorven. Zijn hart was kapotgegaan – letterlijk kapotgegaan – van ouderdom. En wie moest nu de tuin van Shrove bijhouden?
In het hartje van de winter deed niemand dat. Er was niets te doen toen het ging sneeuwen en de vorst inviel. Op de dag dat Liza vijftien werd, sneeuwde het zo hard en zo lang dat ze een pad moesten uitgraven bij de voordeur.
Maar in Engeland blijft sneeuw zelden lang liggen. In februari stonden er al weer sneeuwklokjes waar de sneeuw had gelegen en in maart begon het gras te groeien, hingen er katjes aan de hazelaar en stond de sleedoorn in bloei. 's Ochtends kreeg Liza les en na de lunch ging Eve op de tractor weg om het gras op Shrove te maaien. De grote grasvelden waren makkelijk te maaien, het was niet meer dan een kwestie van op de tractor zitten en sturen, maar de randen moesten ook gemaaid worden, en die lastige stukjes tussen de nieuw aangeplante bomen. Nog na zonsondergang, tot het bijna donker was, zat Eve op haar knieën het onkruid uit te trekken.
Liza had haar nooit gevraagd waarom. Nadat Bruno verdwenen was, was ze opgehouden met haar moeder vragen te stellen. Het was geen bewust besluit geweest om niets meer te vragen, het was meer alsof een innerlijke stem haar opdroeg te zwijgen. Vragen stellen was gevaarlijk, vragen stellen zou alleen maar schade aanrichten, leugens uitlokken, gêne veroorzaken. Stel geen vragen. Dus had ze Eve die vragen nooit gesteld. Waarom houd je tegenover Jonathan vol dat mevrouw Cooper bestaat? Wat voor kwaad kan het ons doen dat hier iemand komt schoonmaken? Wat heb je met Bruno's auto gedaan? En nu vroeg ze niet: waarom doe je al dat werk in de tuin? Waarom zoek je geen opvolger voor meneer Frost?
Ze zweeg niet alleen over dit alles, ze steunde Eve ook in haar smoesjes, dat leek zo vanzelfsprekend en juist. Als de paar mensen die ze zag haar vroegen over school, of ze goede cijfers haalde, of ze vakantie had, zei ze ja, het ging heel goed, en ja, ze had vakantie. Jonathan had haar een keer, toen hij wegging, gevraagd of mevrouw Cooper de volgende dag zou komen en Liza

had 'ja' gezegd, in de wetenschap dat Eve naar Shrove zou gaan om op te ruimen. Ze zei ook tegen Eve dat hij het haar gevraagd had. Was het niet de krokodilvogel die zijn gastheer waarschuwde voor dreigend gevaar?
En nu was Eve degene die de taken van wijlen meneer Frost uitvoerde. Liza vroeg zich af of Jonathan eigenlijk wel wist dat meneer Frost dood was. Misschien hield Eve de cheques met zijn loon, die Jonathan haar stuurde, gewoon zelf. Ze had nu, met de tuinen en het land, de hele zorg voor Shrove House in handen, en Liza hielp haar. Liza had een hekel aan tuinieren, maar ze kon daar niet zitten toekijken hoe Eve het allemaal in haar eentje deed, dus knipte ze grasranden met de lange schaar en duwde ze de kleine handmaaimachine rond, maar ze vond het zo vervelend dat ze het wel uit kon schreeuwen.
Toen, zo'n beetje halverwege de zomer, vond Eve een man om de tuin te doen. Het was een heel warme zomer, de warmste van Liza's leven, behalve de zomer waarin ze een baby van een halfjaar was. Het gras hield op met groeien en door de zon werd het bruin, dus moest er gesproeid worden in plaats van gemaaid. Soms was Eve zo moe van het gesjouw met gieters en het gezeul met de tuinslang dat ze op de bank in slaap viel en Liza het avondeten moest klaarmaken. Het onkruid bleef maar groeien, niets kon de brandnetels en de klissen tegenhouden.
Eve zei: 'Ik moet het in orde houden. Ik moet voor de jonge bomen zorgen. Het is zo mooi, ik kan het niet laten verslonzen. Het is de mooiste plek in Engeland, ik moet er niet aan denken dat het allemaal in verval zou raken.'
Haar handen waren gehavend en zaten vol kloven, het vuil was in de huid van haar vingers gedrongen, haar nagels waren gebroken. De zon had haar gezicht donkerbruin gebrand, maar haar neus was aan het vervellen. Liza zag grijze strepen in haar donkere haar en die hadden niets met de zon te maken, misschien wel iets met haar harde leven. Nu Liza ouder werd begon ze in te zien dat Eve haar leven uit eigen, vrije wil zo hard had gemaakt, dat ze allerlei moeilijkheden voor zichzelf had geschapen terwijl

ze misschien best een makkelijk en plezierig leventje had kunnen hebben. Maar ze vroeg nooit waarom.

Ze vroeg wel: 'Waarom juist hij?' toen de oude man aan het hek verscheen en zei dat hij in het dorp gehoord had dat ze misschien hulp nodig hadden op Shrove. Van wie had hij dat gehoord? Misschien van de postbode, of van de melkboer. Eve vertelde Jonathan dat hij het van mevrouw Cooper gehoord had. Hij was niet zo oud als meneer Frost, zijn haar was nog niet eens grijs, maar zijn gezicht was erg gerimpeld en verweerd. Toen Liza zijn gebochelde rug zag kromp ze onwillekeurig in elkaar. De oude man was zo krom dat het leek alsof zijn ruggengraat verbogen was, zoals je dat met een wilgentakje kunt doen. Hij had sterke armen en heel grote handen.

Ja, had Eve gezegd, hij kon twee keer per week komen. Het klonk niet van harte en Liza begreep dat ze Shrove het liefst helemaal voor zichzelf had gehouden. Het ging er niet alleen om dat er nieuwe mensen kwamen die over Shrove zouden kunnen roddelen of kletsen, daar ging het allang niet meer om. Ze wilde Shrove exclusief voor zichzelf. Ze nam Gib – dat was de enige naam die ze van hem kenden – alleen maar aan omdat ze doodmoe was. Ze had last van haar rug en moest het rustiger aan doen, ze kon het niet langer alleen aan.

'Maar waarom hij?' vroeg Liza.

'Hij woont alleen, hij is niet erg slim, hij zal niet proberen om de macht over te nemen. Hij kan niet goed praten, heb je dat niet gemerkt?'

Gib had een spraakgebrek, waardoor je hem moeilijk kon verstaan. Hij vond het leuk om op de maaimachine te rijden, hij werkte hard en hij kon dan misschien geen onkruid van andere planten onderscheiden, hij deed zijn best. Hij maaide de randen en liet soms trots ergens midden in de rul geschoffelde aarde een fraaie paardebloem staan waarvan Eve zei dat hij die met liefde had opgekweekt. Als hij weg was deed zij de ronde en trok het onkruid uit dat hij had gekoesterd.

Jonathan kwam in augustus, toen Gib nog steeds kwam. Hij praatte veel over de vakantie die hij zou gaan doorbrengen in

British Columbia en de Rocky Mountains. Hij had nu geen vrouw en had sinds zijn scheiding geen andere vrouwen mee naar Shrove genomen dan de vrouw van zijn neef, Frances Cosby. Maar hij vroeg Eve niet met hem mee te gaan naar Canada. Een paar keer dacht Liza dat hij op het punt stond dat wel te doen, maar hij vroeg het niet. Misschien dacht hij aan de afwijzing van al die jaren geleden, toen Liza nog klein was, of misschien dacht hij dat ze Liza niet alleen wilde laten, en ze konden Liza niet meenemen omdat die, natuurlijk, naar school moest.
Zou Eve meegegaan zijn als hij het haar had gevraagd? Zouden ze het op de een of andere manier geregeld hebben dat Liza vrij kon nemen van school? Toen ze haar moeders treurige, bijna norse gezicht zag toen Jonathan weg was, dacht ze dat ze deze keer misschien ja gezegd zou hebben.
Hij vroeg het haar niet, maar liet eindelijk wel de badkamer bouwen. Het was al tien jaar geleden dat hij dat voor het eerst beloofd had, maar toen Liza daar iets over zei haalde Eve alleen maar haar schouders op en zei dat ze dankbaar moesten zijn voor kleine weldaden.
Jonathan wilde naar de badkamer gaan om zijn handen te wassen, alleen was er geen badkamer, er was alleen een gootsteen in de keuken. Misschien was hij wel oprecht toen hij zei dat hij dacht dat er jaren geleden een badkamer gemaakt was, dat hij daar zeker van was, dat hij dacht dat Victoria dat geregeld had. Misschien geloofde hij dat echt. Eve lachte alleen maar en deed net alsof ze zijn beloften vergeten was. Maar de werklui kwamen nog voor Jonathan weer wegging van Shrove. Er werd een stukje aan de achterkant van het poorthuis bijgebouwd en daarin werd de badkamer gemaakt.
Een van de werklui was Matt. Eve en Liza hadden zich altijd afgevraagd wat hij deed, en nu wisten ze het. Hij was metselaar, net als Rainer Beck. De andere man was familie van hem, een jongeman met geel haar dat aan de voorkant roze geverfd was. Op een warme dag was Liza in de achtertuin in de zon gaan liggen nadat ze in de rivier had gezwommen. Ze had een zwart badpak aan dat van Eve was geweest. Toen Matt haar zag maak-

te hij een fluitend geluid waarvan Liza de betekenis niet begreep en waar ze verder geen aandacht aan schonk. Ze schonk trouwens bijna helemaal geen aandacht aan het tweetal, want ze waren geen van beiden knap en ze wist al dat ze alleen geïnteresseerd was in knappe mensen.

Het gefluit klonk weer. Eve kwam naar buiten en zei dat ze zich aan moest kleden of naar binnen komen. Ze legde uit dat Matt en zijn neef Liza aantrekkelijk vonden nu ze groter werd en dat dit hun laag-bij-de-grondse, vulgaire manier was om dat te laten merken.

Liza dacht daar lang over na. Ze vroeg zich af waarom er niets laag-bij-de-gronds en vulgairs was aan het soortgelijke geluid dat Jonathan had gemaakt toen hij Eve zag, die zich voor hem had mooi gemaakt in haar zwart met rode rok en haar zwarte truitje uit de zogoed-als-nieuw-winkel in de stad. Maar hij had daarna gelachen en Eve gekust, misschien maakte dat alles weer goed.

Gib werd ziek. De postbode, die het Eve kwam vertellen, zei dat hij dikwijls ziek was. Hij was niet sterk en de baantjes die hij aannam hield hij nooit lang vol, ook al deed hij zijn best. Het was inmiddels herfst geworden en het gras had geen aandacht meer nodig. En het begon eindelijk te regenen, de ene dag na de andere, tot de rivier buiten haar oevers trad en de uiterwaarden overstroomden, zodat de bomen tot halverwege hun stam in het water stonden.

Ze waren nogal alleen, Eve en Liza, die laatste maanden van haar zestiende jaar. Gib kwam niet terug, maar er was toch niet veel te doen in de tuin. De olieman kwam de tank vullen terwijl Eve en Liza aan het wandelen waren, dus hem zagen ze niet, en de postbode bezorgde de paar brieven die ze kregen voordat ze waren opgestaan. En wat de melkboer betreft, die verdween en werd vervangen door een man met rood haar die de hele tijd floot. Hij vertelde Eve dat zijn voorganger naar een tehuis was gegaan omdat ze er op de zuivelfabriek achter waren gekomen dat hij geestelijk nogal achterliep en vonden dat hij niet langer voor hen kon werken.

Jonathan zat aan het andere eind van de wereld, in Hawaï, dat wisten ze van een allerminst kerkelijke ansichtkaart met een foto van een meisje dat op de witte golven surfde. Er kwam ook een kaart van Heather, die op vakantie was in Cornwall, en nog een met de kerst, waarop ze schreef dat ze naar Londen was verhuisd en dat dit haar nieuwe adres was.

Toen het weer lente werd begon Eve over de tuin te tobben. Ze ging zelden meer naar de stad, maar zo nu en dan moest ze wel. Ze moest een spijkerbroek voor Liza gaan kopen, haar eerste, waar ze al tijden om had gezeurd. Toen Eve de spijkerbroekenwinkel uitkwam zag ze voor het raam van het nieuwsagentschap ernaast een advertentie hangen.

Er stond: 'Sterke man voor binnen- en buitenschilderwerk, schoonmaakwerk, algemene klussen, tuinieren en rare karweitjes'. Er stond een antwoordnummer bij, en dat betekende volgens Eve dat hij naar het agentschap kwam om de reacties op te halen. Liza dacht er niet lang over na omdat Eve geen telefoonnummer op haar reactie had kunnen zetten en gezegd had dat er wel niets van zou komen omdat niemand tegenwoordig nog brieven schreef.

Maar kennelijk had hij wel geschreven, en zijn brief moest gekomen zijn op een ochtend dat Liza nog in bed lag, want Eve kondigde op een dag aan dat ze een tuinman gevonden had en, hoopte ze, deze keer niet een van zeventig. Maar waarschijnlijk vermoedde ze ook niet hoe jong hij was.

'Hij heet Sean Holford,' zei ze, 'en hij komt dinsdag praten.'

18

Het zien van haar moeders foto in de krant was een schok die veel heviger was dan het vinden van Bruno. Ze zat in de keuken van mevrouw Spurdell op haar geld te wachten en te genieten van haar eigen schone, geparfumeerde zeepgeur. Nu zat ze al haar moed bij elkaar te rapen om meneer Spurdell te vragen of ze zijn *De Morte d'Arthur* mocht lenen, hoewel het geen paperback was. Op dat moment kwam hij binnen met een krant.

Hij zei niets, keek alleen maar naar haar. Toen zijn vrouw binnenkwam, liet hij haar de krant zien. Ze keken allebei naar Liza. Toen zei meneer Spurdell: 'Is dat geen buitengewone gelijkenis?'

Mevrouw Spurdell zei niets. Ze keek nogal kwaad, zoals altijd wanneer Liza te veel aandacht kreeg. Hoofdschuddend, alsof hij het niet kon geloven, gaf meneer Spurdell de krant aan Liza. Hij wees met zijn vinger naar een foto.

Liza's hart begon heel snel te kloppen. Het was een foto van Eve. Ze staarde ernaar. Hij was kennelijk een paar jaar geleden genomen. Terwijl ze keek, herinnerde ze het zich. Jonathan had hem gemaakt. Eve en zij hadden op een zomeravond de honden teruggebracht naar Shrove en toen was Jonathan de trappen afgekomen en had een foto gemaakt. Het was de bedoeling dat zij er ook op gestaan had, maar ze was verlegen geweest en had zich achter een boom verstopt.

De dag dat de foto genomen was, was de Dag van de Nachtegaal geweest. Ze had er geen idee van hoe die foto in een krant had kunnen komen.

'Je bent haar evenbeeld, meisje,' zei meneer Spurdell. 'Het trof me direct toen ik de foto zag. Wel grappig, hè? Ik ga gauw naar beneden, dacht ik bij mezelf, en ik laat dit aan Liza zien voor ze weggaat, hoewel ze er misschien niet zo blij mee is dat ze eruitziet als een moordenares.'

Ze wisten het niet, ze hadden geen vermoeden. Liza dwong

zichzelf tot een glimlach terwijl ze haar hoofd ophief en hem in de ogen keek.
'Ik voor mij zie de gelijkenis niet zo,' zei mevrouw Spurdell. 'Dat schepsel in de krant is opvallend knap, of ze nou crimineel is of niet. Als je niet beter wist zou je denken dat het een filmster was.'
Liza kon wel gillen van het lachen, maar ze wist dat dat hysterie was, het kwam absoluut niet omdat ze het amusant vond. Ze probeerde te lezen wat er in de krant stond, maar de letters zwommen en dansten voor haar ogen. De kop kon ze ontcijferen: Verdachte van moord begroef lijk van man. Ze móést die krant hebben.
Meneer Spurdell stak zijn hand al uit om hem terug te pakken. 'Strikt genomen mogen we haar geen moordenares of misdadigster noemen. Het proces loopt nog, ze is nog niet schuldig bevonden. Mag ik alsjeblieft m'n krant terug, meisje?'
Hij zou het misschien wel gek vinden, maar ze moest die krant hebben. Ze wist dat haar stem hees klonk toen ze vroeg: 'Mag ik – zou ik hem mogen houden?'
Hij schonk haar zijn toegeeflijke, goedgeluimde lach, een lach die ze soms, hoe moest ze het zeggen, vaderlijk minzaam vond. 'En hoe moet ik dan m'n kruiswoordpuzzel maken?'
Het probleem werd opgelost doordat mevrouw Spurdell de krant uit haar hand griste en haar de twaalf pond gaf – voor deze keer eens in de vorm van één biljet en twee munten. Liza stond op en vertrok, zonder verder nog een woord te zeggen. Ze groette zelfs niet. Ze was *De Morte d'Arthur* helemaal vergeten.
De dichtstbijzijnde kiosk had geen ochtendkranten meer. De volgende was dicht. Een vorige keer dat ze in Aspen Close was had ze meneer Spurdell iets horen zeggen over de avondkrant die altijd te koop was geweest, maar die een paar maanden daarvoor was opgeheven. Toen ze Sean zag was ze bijna radeloos. Ze gooide het hele verhaal eruit in een onsamenhangende stroom van woorden.
Sean was altijd op z'n best in een crisissituatie. Hij vond het prettig om haar te troosten en te kalmeren, om haar zijn manne-

lijke kracht te tonen. Hij vond het prettig als ze zwak en kwetsbaar was. Morgen zouden ze kranten kopen, ze zouden alle kranten kopen. Meneer Spurdell had toch gezegd dat het proces nog bezig was? Het zou vandaag wel verdergegaan zijn. Ze zouden naar de televisie kijken, naar alle nieuwsuitzendingen die er waren.

Toen ze thuiskwamen zette hij thee voor haar. Hij knuffelde haar en zei dat ze zich geen zorgen moest maken, dat ze hem had, dat hij al haar zorgen op zich zou nemen, dat ze het maar aan hem over moest laten, en hij begon haar te kussen en te strelen. Dat leidde natuurlijk tot een vrijpartij. Ze lagen een uur in bed en misten daardoor het nieuws van zes uur.

Om negen uur was er niets over Eve en ook niet om tien uur. Sean, die honderden televisieprogramma's en video's over moorden en politieonderzoeken had gezien, zei dat dat misschien kwam omdat de zaak niet sensationeel genoeg was. Er was geen kind of een jong meisje vermoord, en er was ook niets anders bij voorgevallen dat de aandacht van het grote publiek had getrokken.

'Wist ik maar wat meer over dit soort dingen,' zei Liza, die nu al veel kalmer was. 'Wist ik maar wat meer over de wet.'

'Je kunt niet over alles iets weten.'

'Ik zou best jurist willen worden. Ooit zal ik jurist zíjn.'

Sean lachte. 'Droom maar lekker door, liefje. Gister zei je nog dat je dokter wou worden.'

Ze was koortsachtig gespannen toen ze de volgende ochtend naar de stad reden. Ze hoefde die dag niet in Aspen Close te werken, dus zou ze eenzaam rondzwerven op de markt of haar zuurverdiende centjes spenderen aan de bioscoop, of met de bus naar huis gaan. Maar ze kon niet wachten tot Sean thuiskwam, ze móést die kranten zien.

Ze kochten drie zogenaamde kwaliteitskranten, maar het verhaal was in alle drie vrijwel hetzelfde. Er stond deze keer geen foto van Eve bij. Het eerste stuk, dat Liza met rode wangen las terwijl ze nog in de auto zat, had als kop: 'Poorthuismoord met voorbedachten rade, zegt advocaat.'

Het was een lang stuk van bijna een halve pagina. Hoe Liza ook haar best deed, ze slaagde er niet in om meer dan de twee eerste alinea's in zich op te nemen.
'Ik begrijp het niet, Sean. Ik weet niet wat het betekent. Er staat dat ze beschuldigd wordt van de moord op Trevor Hughes. Wie is Trevor Hughes? Ik heb nog nooit van hem gehoord.'
'Je kunt het beter eerst allemaal lezen. Lees alle drie die verhalen. Luister, liefje, ik moet weg, anders kom ik te laat. Ik wil niet te laat komen, zeker nu niet. Je kunt wel in de auto blijven zitten, niemand ziet je.'
Ze zat in de auto in de ondergrondse parkeergarage van Superway en las de verhalen in alle kranten. In geen ervan werd gerept over de moorden waarvan Liza wist dat Eve ze had gepleegd. Alle stukken gingen over die Trevor Hughes, een eenendertigjarige vertegenwoordiger die twaalf jaar geleden als vermist was opgegeven. Het bleek dat hij na een ruzie met zijn vrouw niet volgens plan met haar op vakantie was gegaan, maar dat hij in zijn eentje was vertrokken.
Mevrouw Eileen Hughes zei dat ze haar echtgenoot had geïdentificeerd aan de hand van zijn horloge en zijn trouwring, waarin zijn en haar naam waren gegraveerd. Een tandarts had hem geïdentificeerd op grond van zijn gebit. Hoe deden ze dat, vroeg Liza zich af. Als ze dat aan Sean zou vragen zou ze als reactie krijgen of ze soms ook tandarts wilde worden en dat ze maar lekker door moest dromen.
Ze hadden kogels gevonden die samen met de man waren begraven. Begraven in het bos? Maar daar lag alleen Bruno, dat wist ze zeker. En nu hadden ze het erover dat die man ook begraven zou zijn. Zo te zien had Eve niets gezegd tijdens de zitting en ook had niemand namens haar gesproken. Maar het ging vandaag verder. Aan het eind van het artikel stond dat het proces nog gaande was.
Het duizelde Liza. Ze wilde het dolgraag begrijpen en ze wilde dat er iemand was aan wie ze vragen kon stellen, maar de enige die ze kon bedenken was meneer Spurdell. Terwijl ze zat te lezen was ze bang geweest dat ze haar eigen naam tegen zou komen,

maar dat was niet gebeurd, haar naam werd niet genoemd. Zou dat de volgende dag misschien gebeuren?
Die hele saaie maar toch angstige dag liep ze met haar ziel onder haar arm door de stad. De hotelmanager die haar zo bewonderde was vandaag vrij, dus had ze niet zo'n zin om een clandestien bad in het Duke's Head te nemen. Ze kocht drie paperbacks en gaf daar twee derde van de vierentwintig pond die ze die week verdiend had aan uit. Sean zou wel kwaad zijn. Ze voelde aan alles dat Sean verwachtte dat ze blij zou zijn als haar moeder voor vele jaren de gevangenis in zou gaan. Hoe lang zou ze trouwens krijgen? Ze hingen tegenwoordig ten minste geen mensen meer op.
's Middags, toen ze een hamburger en een ijscoupe gegeten had bij McDonalds, ging ze naar de bioscoop. Ze zag *Howards End*. Waarom had ze nooit iets van E.M. Forster gelezen? Omdat hij te laat geboren was om in de bibliotheek op Shrove te staan, dacht ze bitter. De volgende week zou ze *A Passage to India* kopen, ze wist zeker dat dat ook van hem was, en alle andere boeken die hij geschreven had. Er was heel wat wilskracht voor nodig om niet in de bioscoop te blijven zitten om het hele programma nog eens te zien.
Sean stond te wachten. Sean was ervan overtuigd dat het proces die avond op tv zou komen. Ze zetten het nieuws van zes uur aan, van negen uur en van tien uur, maar geen Eve.
Liza zei: 'Ik heb zitten denken, ik weet wie Trevor Hughes was. Hij was de man met de baard. Er staat hier dat hij twaalf jaar geleden als vermist is opgegeven en het gebeurde twaalf jaar geleden. Ik was vier. Ik dacht dat de politieman die toen kwam hem Hugh noemde. Weet je nog dat ik Hugh zei? Maar zo heette hij niet, het was Trevor Hughes.'
'Dat was de man die door de honden werd aangevallen,' zei Sean. 'De man die ze heeft doodgeschoten.'
'Ze zullen het poorthuis wel doorzocht hebben en toen de ring met de initialen en de datum erin gevonden hebben. Maar waarom noemen ze hém?'
'Het is me een raadsel,' zei Sean. 'Net wat je zegt. Waarom noemen ze hém? Waarom niet de anderen?'

'Ik weet het niet. Ik weet helemaal niets, ik voel me zo onnozel.' Liza ging met haar vingers door haar haar en keek hem opstandig aan. 'We kunnen niet naar de politie gaan, er is niemand aan wie we iets kunnen vragen. Het gaat me allemaal boven m'n pet, ik word er gek van.'

Sean zei geen woord toen hij de nieuwe boeken zag. Ze besefte dat ze niet altijd kon voorspellen hoe hij zou reageren. Hij was lief, hij was aardig voor haar. Ze dacht aan de mannen in de boeken die ze had gelezen en in het boek dat ze nu las. Ze dacht aan Trevor Hughes, aan Bruno en Jonathan en vond dat ze maar bofte met Sean. Ze herhaalde dat een paar keer voor zichzelf, om zichzelf ervan te overtuigen dat dat inderdaad zo was.

Nadat Eve Jonathan over de nieuwe tuinman verteld had, duurde het nogal lang voor Liza hem ontmoette. Ze zag hem voor het eerst op de dag dat hij begon, maar ze zorgde wel dat hij haar niet zag. Het was half maart en koud, ze kwam terug van een lange, doelloze wandeling en haar laarzen zakten weg in de drassige grond bij de rivier. Die winter had ze steeds meer van dit soort wandelingen gemaakt, ze was hoe langer hoe gefrustreerder geraakt door de eenzaamheid; alles was altijd hetzelfde, nooit zag ze een ander gezicht dan dat van Eve. De lessen gingen zich herhalen en ze had het gevoel dat Eve haar bijna alles geleerd had wat ze wist. Het enige wat nu nog overbleef was nog meer opstellen schrijven over Shakespeare, nog meer achttiende-eeuwse stukken proza doorpluizen, nog meer De Maupassant en nog meer Latijnse teksten vertalen. Ze had alle boeken uit de bibliotheek van Shrove gelezen. Ze was bijna vergeten wat televisie was en waarom ze televisie zo leuk had gevonden.

Zou haar hele leven zo blijven als nu? Sean had later gevraagd waarom ze niet weggelopen was. Hij had niet goed begrepen hoeveel ze enerzijds geleerd had, maar hoe verregaand onwetend ze anderzijds was. Voor ze hem had leren kennen sloeg haar alleen al bij de gedachte aan weglopen de angst om het hart. Ze had nog nooit in een bus of trein gezeten, had nog nooit zelf iets in een winkel gekocht, was vrijwel nooit in een winkel geweest,

had nooit getelefoneerd en, wat het allerbelangrijkste was, had nooit iemand van haar eigen leeftijd gekend.
Dus maakte ze lange wandelingen, soms naar het geïsoleerde dorp om daar naar de dorpswinkel te staren of naar het mededelingenbord in een kerkportaal, om de dienstregeling van de bus te lezen of bij een uitgaande school naar kinderen te kijken. Ze leerde zichzelf dingen over de wereld waar Eve haar zo ver vandaan had gehouden. Eén keer had ze, vooruitlopend op Seans vraag, zelfs tegen zichzelf gezegd: Ik zou weg kunnen lopen. Maar alleen al die woorden, die ze niet eens hardop had uitgesproken, hadden haar doodsbang gemaakt. Ze zag zichzelf 's avonds in een verlaten straat staan, zonder enig idee waar ze heen moest, hoe ze voedsel moest vinden of een plekje om te slapen. Ze kreeg een visioen van zichzelf, niet weglopend, maar naar huis rennend, waar ze zich snikkend in Eve's armen wierp. Wat moest er van haar worden? Ze had zich de toekomst dikwijls op de zwartste manier voorgesteld. Ze zag zichzelf, oud, wel dertig jaar of nog ouder, en Eve, echt een oude vrouw, met z'n tweeën steeds maar doorgaan met dezelfde dingen, met als enig verschil dat de nieuwe bomen groot geworden waren en dikke stammen en grote kruinen hadden gekregen. Zou zij de tuinierster van Shrove worden als Eve te oud was om dat werk nog te doen? Of zou ze de opvolgster worden van mevrouw Cooper? Ze zou met boodschappentassen en boodschappenlijstjes naar de stad gestuurd worden, ze zou de brug over gaan en op de bus wachten.
Ze zag zichzelf over het marktplein lopen, angstig de elkaar verdringende tieners ontwijkend die over straat stroomden als prikwater uit een net geopend flesje. Ze stak de weg over om hen te ontlopen, haar ogen neergeslagen houdend, zoals ze een non had zien doen op een foto. Ze durfde alleen maar tegen winkeliers te praten, en dan alleen fluisterend, om te zeggen wat ze nodig had. Terwijl ze zo mistroostig tussen de nieuwe bomen liep te piekeren, zag ze iemand in de tuin van Shrove. Hij stond een heel eind weg en even dacht ze dat het Jonathan was. Maar Jonathan zou nooit een taxushaag aan het knippen zijn. Jonathan deed

nooit iets, hij plukte nog geen grasspriet, nog geen verwelkte bloem van een rozenstruik.
De man met de snoeischaar moest de nieuwe tuinman zijn. Ze was nog te ver weg om veel van hem te kunnen zien, maar zelfs op honderd meter afstand zag ze dat hij jong was. Niet jong zoals Jonathan of Bruno, maar écht jong, ongeveer net zo oud als zij. Het was nooit in haar opgekomen om zich voor meneer Frost of Gib te verbergen, maar plotseling was ze er zeker van dat deze man haar niet mocht zien, ook niet wanneer ze toevallig bij hem in de buurt was. Dat was gemakkelijk genoeg, ze hoefde alleen maar tussen de bomen te blijven en als ze bij de tuin kwam rechtstreeks naar huis te gaan. Ze vroeg zich niet af waarom ze zich zo heimelijk gedroeg. Ze zou ook geen antwoord op die vraag geweten hebben.
Ze sloop naderbij, oppassend om niet op een takje te trappen en geluidloos over het pad te lopen. Hij was nu nog maar een paar meter bij haar vandaan, niet verder dan de lengte van hun zitkamer in het poorthuis. Tussen de takken en de enigszins verwelkte bladeren van de groenblijvende bomen door keek ze naar hem. Hij was klaar met de heg en bracht de afgeknipte takjes met armen vol naar een kruiwagen. Het was een lange, rijzige jongen met brede schouders en smalle heupen. Zijn haar was ravenzwart. Ze formuleerde het zo voor zichzelf omdat dat de manier was waarop dichters dat deden. Hij hield zijn gezicht van haar afgewend. Ze kon wel huilen van teleurstelling dat ze zijn gezicht niet te zien kreeg.
Had ze een geluid gemaakt? Ze was er zich niet van bewust, maar er moest iets geweest zijn waardoor hij zich bij de kruiwagen omdraaide en haar richting uit keek.
Hij kon haar niet zien, dat wist ze zeker. Ze staarde naar hem. Hij was absoluut prachtig. Zijn gezicht had een bleke olijfkleur, maar er lag een blos op zijn wangen en zijn ogen waren stralend donkerblauw. Ze zag een perfecte neus en perfecte lippen en moest denken aan de helden in de oude films die ze gezien had en aan gravures van standbeelden in oude boeken en aan portretten van Titiaan.

Zijn handen waren lang en bruin. Ooit had ze Jonathans handen bewonderd, maar dat was voorbij. Deze man had sterren in zijn ogen en aan zijn blik kon je zien dat hij droomde van prachtige dingen. De goden waarover ze gelezen had woonden in bossen, half verborgen door bladeren.

Omdat hij haar niet kon zien en ook niets hoorde, haalde hij even zijn schouders op en liep weg met de kruiwagen. Hij had een speer moeten hebben en een gevleugelde triomfwagen, maar hij had alleen maar een snoeischaar en een kruiwagen. Het kon Liza niet schelen. Ze vond het zelfs niet erg dat hij wegging. Op een vreemde manier was dit genoeg geweest, meer kon ze op dat moment niet aan. Ze werd ineens vervuld van een verrassende energie en draafde naar huis terug, waar ze buiten adem aankwam en zich op de bank liet vallen.

Ze liet haar stem zo terloops mogelijk klinken toen ze aan Eve vroeg: 'Op welke dagen komt die nieuwe tuinman eigenlijk?'

'Op maandag, woensdag en vrijdag. Hoezo?'

'O, zomaar. Ik vroeg het me gewoon af.'

De volgende middag ging ze naar Shrove om een afbeelding te zoeken waar hij op leek. Ze had dat ook gedaan toen Bruno kwam, maar dit was anders. Bij Bruno had ze haar nieuwsgierigheid willen bevredigen, nu was het een daad van verering. Boven, vlak naast het schilderij van Sodom en Gomorra, hing een portret van een jongeman in zwarte zijde en zilveren kant. Eve noemde het 'onbeduidend achttiende-eeuws prutswerk', maar Liza had het altijd mooi gevonden en bekeek het nu met bewondering. De gedachte aan hun nieuwe tuinman in zulke elegante kledij bezorgde haar een aangename huivering.

De volgende dag was het vrijdag. Vanuit Eve's slaapkamerraam keek ze naar zijn auto. Het was een grote, oude, donkerblauwe auto met roestplekken op het chassis, maar als ze niet had geweten dat er een chauffeur in een auto moest zitten zou ze gedacht hebben dat deze gewoon uit zichzelf zou rijden. Maandag regende het de hele dag, dus kwam hij niet. Het duurde tot woensdag voor ze weer een glimp van hem op kon vangen. Zijn auto stond bij het koetshuis op het grind geparkeerd. Ze ging in

het grote huis naar de slaapkamer met het mooie uitzicht, de kamer die Victoria gebruikt had en waar ze haar kleren in de kast had laten hangen. Haar hart maakte een sprongetje toen ze hem zag door het raam, vlak onder haar.
In de tuin van Shrove House woekerde clematis. Hij stond op de oude trap die in de bibliotheek had gestaan en bond de clematisranken aan het traliewerk. Als hij zijn hoofd naar rechts had gedraaid en iets had opgeheven zou hij haar gezien hebben. Maar vandaag zou geen enkel geluid zijn aandacht kunnen trekken, want hij had een koptelefoon op en er hing een walkman aan de riem van zijn spijkerbroek.
De afgelopen week had ze zich wel eens afgevraagd of hij in haar herinnering mooier was dan in werkelijkheid. Nu zag ze dat hij zelfs nog knapper was dan ze zich herinnerde. Waarom hield dat haar zo bezig? Kwam het alleen doordat hij de eerste persoon was van haar eigen leeftijd die ze ooit gekend had? Maar ze kende hem niet.
Hij draaide zich plotseling om en zag haar. Ze werd bevangen door verlegenheid, door schaamte bijna, en voelde het bloed naar haar gezicht stijgen. Haar wangen gloeiden. Hij stak bij wijze van groet zijn hand op en grijnsde. Ze trok zich onmiddellijk terug en rende de slaapkamer uit. Halverwege de trap hing een spiegel in een vergulde lijst. Ze had het nooit eerder gedaan, maar nu bleef ze op de trap staan en bekeek zichzelf in de spiegel.
Ze vond zichzelf – nou ja, wel aardig om te zien. Misschien wel meer dan dat. Mooie ogen, groot en donker, een volle mond, een zachte huid, zoals Eve altijd zei, en veel lang, donker haar. Maar – zagen alle meisjes er aardig uit? In de stad had ze andere meisjes gezien, maar hoe kon ze er een oordeel over hebben? De oude televisiebeelden waren vervaagd en mistig geworden. Bovendien, wat deed het ertoe? Ze bleef maar naar zichzelf staren, alsof ze een groot mysterie aanschouwde.
Even was ze de jongen op de trap vergeten en concentreerde ze zich op zichzelf, op haar gladde gezicht en haar zachte, roze lippen, haar slanke lichaam en volle borsten. Hoe zou ze eruitzien in

zo'n jurk als Caroline aanhad? Rode zijde en een laag decolleté. Ze moest er bijna om lachen. Ze droeg een spijkerbroek, een zwarte jumper met een polohals en de oude, bruine parka van Eve.
Omdat ze wist dat hij in de achtertuin was, liep ze zonder er verder bij na te denken de voordeur uit. Ze gluurde niet eerst door een raam, maar liep gewoon naar buiten. En daar stond hij de klimhortensia aan de voorgevel van Shrove te bestuderen.
Ze bleef stokstijf staan en staarde hem aan, niet wetend wat ze moest doen en zonder een woord te zeggen.
'Hallo,' zei hij glimlachend.
Het was alsof ze haar tong verloren had.
'Woon je hier?'
Ze moest iets zeggen. Nu bloosde ze niet, waarschijnlijk was ze wit weggetrokken.
'Ik zag je bij het raam, dus ik dacht dat je hier woonde. Maar die mevrouw zei dat hier niemand woonde. In elk geval ben je geen geest.'
Dat zou haar aan het lachen hebben moeten maken, maar ze kon niet lachen. Ze hervond haar spraakvermogen, maar niet haar evenwicht. 'Dat was mijn moeder die dat zei. Wij wonen in de portierswoning.'
'Wel erg achteraf, hè? Daar zou ik de zenuwen van krijgen.'
Eve zou hem haten vanwege die 'zenuwen'. Dat 'achteraf' begreep ze eigenlijk niet. 'Ik moet weg,' zei ze. 'Ik ben al laat.'
'Tot ziens dan maar.'
Ze durfde niet te rennen. Ze vermoedde dat hij haar nakeek. Ze wandelde over het pad door het park, ervan overtuigd dat zijn ogen op haar gericht waren. Maar toen ze omkeek was hij weg. Zijn auto was haar al bijna gepasseerd voor ze er erg in had. Hij zwaaide naar haar. Ze was zo in verwarring dat ze niet terugzwaaide.
In het poorthuis las ze *Romeo en Julia*: 'Ik wou dat ik een handschoen was aan die hand/Dat ik die wang mocht aanraken.' Haar toekomst, de eenzaamheid, de eentonigheid, de vreemde trekjes van Eve, ze was alles vergeten. Hij had een gezicht 'waarvoor je je jeugd wilde verliezen/Waarvan je je leven lang wilde

dromen...' Ze nam haar toevlucht tot poëzie omdat ze geen ander vergelijkingsmateriaal had en geen andere normen.
Terwijl ze tegen Eve praatte, verlangde ze ernaar zijn naam uit te spreken, maar ze was er ook bang voor. Als ze zijn naam uitsprak zou ze de hele tijd over hem willen praten, en toch wist ze niets over hem.
'Waar woont Sean?'
'Ergens in een caravan. Maar wat kan jou dat in vredesnaam schelen?'
'Ik wilde ook weten waar Gib woonde.' Dat was waar. Ze liet Eve in de waan dat ze, omdat ze zo weinig mensen kende, belangstelling had voor degenen die ze wel kende.
'Waar staat de caravan van Sean?' Ze had zijn naam niet nog eens hoeven gebruiken, maar ze sprak hem toch weer uit.
'Hoe moet ik dat nou weten? O ja, hij zei dat hij bij het oude stationnetje stond. Heb je met hem gepraat?'
Liza keek haar recht aan en zei: 'Nee.'

Dat was de plek waar ze zo bang was geweest. Ze was zorgeloos het stationnetje doorgelopen, genietend van de dag, blij met de zon, en had toen Bruno zien zitten met zijn schilderspullen. De haat die hij zo open en bloot tentoonspreidde had haar angst aangejaagd.
'Je hebt me nooit verteld waarom je die dag naar me toe kwam,' zei Sean. 'Weet je wel, zeven maanden geleden. We kennen elkaar nu zeven maanden. Wat bracht je ertoe?'
'Ik wilde zien waar je woonde. Ik had het soort gevoel waardoor je alles over mensen wilt weten, waar ze wonen, wat ze eten en drinken, wat ze leuk vinden, wat ze doen als ze alleen zijn. Je wilt ze in verschillende situaties zien.' Ze dacht na. 'In elke denkbare situatie. Je wilt zien hoe ze zijn in de regen en wat ze doen als de zon schijnt. Je wilt zien hoe ze hun haar kammen, een ketel vullen, hun handen wassen en een glas water drinken. Je wilt zien hoe ze met al die gewone dingen bezig zijn.'
Sean knikte ernstig. 'Dat klopt, dat is zo. Je bent een slim meisje, lieve schat, je weet eigenlijk alles.'

Dat maakte haar ongeduldig. Ze wuifde zijn woorden weg. 'Het was niet mijn bedoeling je te zien en het was zeker niet mijn bedoeling dat jij mij zou zien. Ik wilde alleen maar zien waar je woonde en dan – nou, wegkruipen.'
'Maar ik zag je en ik kwam naar buiten.'
Mijmerend, alsof ze het over andere mensen had, zei ze: 'Het was liefde op het eerste gezicht.'
'Zo is het. Dat was het.'
'Het was niet moeilijk om me te krijgen. Ik liet je niet in onzekerheid. Ik ging met jou de caravan in en toen je me vroeg of ik iemand anders had, begreep ik niet wat je bedoelde. Ik zei dat ik mijn moeder had. Je probeerde het nog eens, je vroeg of ik met iemand anders omging. Het was hopeloos. Je vroeg me toen of ik een vriendje had. Daarna vroeg je of ik met je wilde gaan wandelen en toen wist ik dat het goed was, omdat de mensen in al die Victoriaanse romans hetzelfde zeiden.'
'En de rest,' zei Sean, 'is ouwe koek, zoals dat heet.'
'Jij moet vandaag de kranten kopen. Ik ga pas vanmiddag naar de stad. Ik zal meneer Spurdell vragen om het me uit te leggen. Ik bedoel, waarom ze het over Trevor Hughes hebben.'
'En als hij het doorheeft?'
'Als hij iets gaat vermoeden, bedoel je? Dat gebeurt niet.'
Ze zorgde ervoor dat ze ruim op tijd klaar was met haar werk en klopte toen op de deur van meneer Spurdells werkkamer. Hij was een halfuur eerder thuisgekomen en was direct naar zijn kamer gegaan.
Hij had zijn leesbril met de gouden randen op, waardoor hij er ouder en schoolmeesterachtiger uitzag dan ooit.
'Als je mijn kamer nog niet gedaan hebt, moet je dat vandaag maar achterwege laten,' zei hij.
Het ergerde haar dat hij het kennelijk niet gezien had. Ze had extra haar best gedaan in zijn kamer, zijn boeken afgestoft en ze heel zorgvuldig weer in de goede volgorde teruggezet.
'Mag ik u iets vragen?'
'Dat hangt ervan af. Waar gaat het om?'
Ze viel met de deur in huis. 'Als iemand drie mensen heeft ver-

moord, A, B en C, en de politie zou het weten over C, waarom zou zij – ik bedoel hij of zij – voor de rechter dan alleen van de moord op A beschuldigd worden?'
'Ben je een of andere detective aan het lezen?'
Het was het makkelijkste om dat te bevestigen, hoewel ze niet zeker was van wat hij bedoelde. 'Ja.'
Hij vond het heerlijk om dingen uit te leggen en vragen te beantwoorden, dat wist ze, en daarom wist ze ook zo zeker dat hij niets zou vermoeden. Hij was veel meer geïnteresseerd in uitleggen en verklaren dan in haar.
'Waarschijnlijk kan de politie niet bewijzen dat hij of zij C heeft vermoord, hoewel ze het vermoeden. Datzelfde zou voor B kunnen gelden. Hem of haar wordt de moord op A ten laste gelegd omdat ze daarvoor voldoende bewijzen kunnen aanvoeren. Zo, helpt dat om de dader te vinden?'
'Waarom wordt die persoon dan niet beschuldigd – waarom wordt die persoon dan niet de moord op A én C ten laste gelegd?'
'Tja, nou, dat doen ze niet. Als je vermoedelijke moordenaar onschuldig zou worden bevonden door een jury en zou worden vrijgesproken, kan de politie terugkomen met C – of met B natuurlijk – en hem opnieuw voor de rechter brengen op grond van deze nieuwe aanklacht. Als ze hem van beide moorden beschuldigen en hij zou worden vrijgelaten, zouden ze alle hoop op een veroordeling kwijt zijn.'
Hij had het over 'hij' en 'hem', alsof vrouwen nooit iets deden.
'Ik begrijp het,' zei ze. En toen: 'Waar zit hij – zij – in de tijd voordat de zaak voorkomt?'
Hij begon te praten over iets dat de *Criminal Justice Act 1991* heette, een wettelijke maatregel die te maken had met het straffen en gevangen houden van mensen, maar net toen hij ging uitleggen hoe die wet werd toegepast, ging de telefoon. Ze wilde weggaan, maar terwijl hij de telefoon pakte gebaarde hij dat ze moest blijven.
'Hallo, Jane, liefje,' hoorde ze hem zeggen. 'Wat kan ik voor je doen?'

Het gesprek duurde niet lang. Ze voelde de opwelling hem een boodschap aan Jane Spurdell door te laten geven, haar hartelijke groeten over te brengen of zoiets, maar natuurlijk kon dat niet. Toen hij weer ophing zei meneer Spurdell: 'Ik dacht dat je misschien nog een boek wilde lenen.' Een beetje streng voegde hij eraan toe: 'Iets wat de moeite waard is.'
Dit was misschien een toespeling op de detective die ze naar hij dacht aan het lezen was. Ze greep de gelegenheid aan.
'Voor hoelang sturen ze een moordenaar naar de gevangenis?' De straffen waarover ze in de kranten had gelezen, waren, vond ze, maar kort, als het om het doden van mensen ging. 'Ik bedoel, hangt dat ook af van de manier waarop of de reden waarom iemand een moord gepleegd heeft?'
'Als iemand in dit land voor moord veroordeeld wordt, is levenslang gemandateerd.'
Het werd haar koud om het hart. 'Altijd?' vroeg ze. Hij dacht dat ze niet wist wat 'gemandateerd' betekende.
'Dat betekent zoiets als verplicht of voorgeschreven. We kennen in Engeland geen gradaties in moord, zoals in de Verenigde Staten. Maar als het om doodslag gaat kan de straf minder streng zijn.'
Die term zei haar niets. Het zou achterdocht kunnen wekken als ze zou doorvragen. Hij had twee romans van Hardy in paperback van de plank gepakt. Ze had ze nog niet gelezen. Ze bedankte hem en ging naar beneden om haar geld in ontvangst te nemen.

19

Die dag had Eve in de getuigenbank gezeten.
Het verbaasde Liza te lezen dat Eve toegaf dat ze Trevor Hughes gedood had. Toch had ze geen schuld bekend. Misschien was dat te verklaren als je begreep wat het inhield dat haar advocaat de aanklacht wegens moord probeerde te veranderen in een aanklacht wegens doodslag, de term die meneer Spurdell gebruikt had. Sean leek er alles van te weten.
Vandaag stond er een foto van Trevor Hughes in de krant, een man zonder gezicht, omdat dat begraven lag onder die dikke, blonde baard. Eve zei dat ze hem gedood had omdat hij had geprobeerd haar te verkrachten. Ze was helemaal alleen thuis, er woonde niemand binnen een straal van anderhalve kilometer. Ze had zich losgeworsteld, was het huis in gerend om haar geweer te pakken en had hem uit zelfverdediging neergeschoten.
De aanklager ondervroeg haar heel gedetailleerd. Je kon je voorstellen dat er veel meer aan de hand was dan in de krant stond. Waarom had ze een geladen geweer in huis? Waarom had ze zich niet in huis opgesloten en de politie gebeld? Ze zei dat ze geen telefoon had en de aanklager maakte er een heel punt van dat een vrouw die bang genoeg was om een geladen geweer bij de hand te hebben, geen telefoon had. En toen ze wist dat hij dood was, waarom had ze toen niet uit Shrove House, waar wel telefoon was, om hulp gebeld? Waarom had ze de dode verborgen door het lijk van de man te begraven?
Midden in Eve's verklaring werd ene Matthew Edwards geciteerd. Ze zetten het allemaal niet in volgorde in de krant, maar componeerden de delen van het verhaal tot een zo sensationeel mogelijk geheel. Het duurde even voor het tot Liza doordrong dat dit Matt was. Toen ze las wat hij gezegd had, gingen haar gedachten terug naar die vroege ochtend, lang geleden, toen ze uit

het raam had gekeken en gezien had hoe hij de honden uit het kasteeltje losliet.
Hij vertelde het hof over de vers omgewoelde aarde die hij had gezien, over de honden die erheen gerend waren en eraan gesnuffeld hadden, en over Eve, die niet had geantwoord op zijn vraag of de honden misschien botten hadden begraven. Liza herinnerde het zich allemaal nog goed. Eve had geen antwoord gegeven, ze had hem alleen maar op ijzige toon gevraagd of hij wist hoe laat het was en gezegd dat het halfzeven in de ochtend was.
Het proces zou de volgende dag worden afgesloten. Dat betekende dus vandaag. Het zou nu voorbij zijn. De advocaat hield een pleidooi waarin hij sprak over het harde leven van Eva Beck. Zij had meer redenen dan andere vrouwen om bang te zijn voor verkrachting, omdat haar dat al eens overkomen was.
Liza hield even op met lezen. Ze voelde haar hart bonken. Onbewust had ze de krant met haar hand bedekt, alsof ze niet besefte dat Sean over haar schouder stond mee te lezen.
'Je moet het lezen, liefste,' zei Sean teder.
'Ik weet het.'
'Zal ik het eerst lezen en dan aan je voorlezen?'
Ze schudde haar hoofd en dwong zichzelf haar hand weg te nemen. De meedogenloze woorden leken zwarter afgedrukt dan de rest van het verhaal.
Toen de eenentwintigjarige Eve Beck van Heathrow, waar ze een vriend had uitgezwaaid die naar Rio ging, terugkeerde naar Oxford, had ze een lift gekregen van een vrachtwagenchauffeur. Er hadden nog twee andere mannen in de vrachtwagen gezeten. Ze waren naar een parkeerhaven gereden, waar de drie mannen haar hadden verkracht. Als gevolg daarvan was ze erg ziek geworden en was ze lange tijd in psychiatrische behandeling. De verkrachting had haar tot een kluizenaarster gemaakt, die niets liever wilde dan voor de rest van haar leven met rust gelaten te worden en ongestoord haar werk te doen als toezichthoudster van Shrove.
Ze had het gezelschap van anderen geschuwd en zelfs in het na-

bijgelegen dorp kende men haar eigenlijk niet. Ze had samengewoond met een volwassen dochter, die het huis inmiddels verlaten had.
Liza bleef stil en zwijgend zitten toen ze het verhaal gelezen had. Al haar vragen waren beantwoord. Ze voelde Seans ogen in haar rug. Nu legde hij zijn hand op haar schouder en toen ze hem niet afweerde, sloeg hij zijn arm om haar heen.
Even later zei ze rustig: 'Sinds m'n twaalfde – eerder denk je toch niet na over dat soort dingen – heb ik gedacht dat ik een kind was van Jonathan Tobias. Ik vond het niet leuk, ik vond hem niet meer zo aardig, maar het betekende tenminste dat ik een vader had.'
'Hij kan het evengoed geweest zijn.'
'Nee. Ze heeft me nooit verteld wat er nu allemaal in de krant staat, maar ze zei wel dat ze Jonathan twee weken lang niet gezien had voor hij naar Amerika ging en ze hem uit ging zwaaien. Een van die mannen in de vrachtwagen was mijn vader. Er zijn ergens drie mannen, misschien wel hier in de stad of in een vrachtwagen die ons onderweg passeert, van wie er één m'n vader is.' Ze keek hem aan, maar wendde toen haar blik af. 'Ik zal eraan moeten wennen, denk ik.'
Ze merkte dat Sean niet wist wat hij moest zeggen. Ze deed een poging hem te helpen. 'Toch is het meeste wat ze zeiden niet waar. Ze vermoordde mensen omdat die haar leven op Shrove bedreigden. Ze doodde ze omdat ze probeerden haar te ontnemen wat ze wilde houden. Niemand heeft iets gezegd over de manier waarop ze van Shrove hield. En ik? Ik ben alleen maar de volwassen dochter die inmiddels het huis verlaten heeft.'
Hij sloeg zijn armen om haar heen.

Volwassen. Sean had haar daar iets over gevraagd. Niet de eerste keer, toen ze elkaar bij de caravan ontmoetten, en ook niet de tweede keer, maar wel snel daarna. Ze was met hem gaan wandelen, zoals ze beloofd had, en had tegen Eve gezegd dat ze die avond in de bibliotheek op Shrove zou zitten. Ze wilde een paar boeken lezen die ze te zwaar vond om mee naar huis te dragen.

Na de wandeling zaten ze in de caravan. Hij met een biertje, zij met een cola.
Dat was het moment geweest waarop ze hem begon te vertellen hoe ze leefden, geïsoleerd, bijna zonder gezelschap, in de kleine wereld van Shrove. 'Hoe oud ben je?' had hij gevraagd. Hij gaf toe dat ze er een paar jaar ouder uitzag dan ze was, maar hij was bang geweest dat ze zou zeggen dat ze pas vijftien was.
Die eerste keer had hij haar niet gekust. Twee avonden later was het te warm om een grote wandeling te maken. De schemering was vochtig en drukkend en ze waren in het lange, bloeiende gras bij de esdoornhaag gaan liggen. Tussen de bleke stengels door had ze naar zijn gezicht gekeken dat nog geen twintig centimeter bij haar vandaan was. Er hing een geur van hooi en droogte. De donzige zaadbolletjes van het gras lagen als bruine vlekjes op zijn haar. Hij boog de dunne grasprieten opzij, drukte zijn mond op de hare en kuste haar.
Ze kon er niets aan doen, ze had er geen zeggenschap over. Haar armen lagen om zijn nek, ze klemde zijn haar in haar handen, kuste hem terug met een hartstocht waarin alles wat ze over liefde en verlangen had gelezen besloten lag. Hij was degene die zijn verstand bij elkaar hield, die opsprong en haar overeind trok. Hij vroeg haar of ze er zeker van was, of ze wist wat ze deed. Als ze 'tot het einde' zouden gaan moest zij er zeker van zijn dat ze dat wilde. Ze kon er nu niet over nadenken. Als ze nadacht zag ze alleen maar beelden van Sean, voelde ze zijn kussen, voelde ze zich warm en week en nat worden op een manier waarop geen lessen of boeken haar hadden kunnen voorbereiden. Ze probeerde kalm en redelijk na te denken, maar haar geest werd een scherm vol beelden van Sean, van Sean en haarzelf. Haar lichaam sidderde van verlangen, en voor ze kon antwoorden op de vraag of ze wist wat ze deed, lag ze in het gras. Het kwam hierop neer: de volgende keer dat ze hem zag zou ze alles, maar dan ook alles doen wat hij wilde en alles wat ze zelf wilde. Als ze hem nooit meer zou zien zou ze doodgaan.
Ze begon *Romeo en Julia* weer te lezen, maar dat leek niet meer te gaan over wat zij voelde.

Maandagavond regende het, dus ontmoetten ze elkaar in de caravan. Ze begonnen te vrijen zodra ze elkaar zagen. Ze wierpen zich op elkaar in een ademloze, heerlijke extase.
Wat leek dat nu allemaal lang geleden.
Sean zette de televisie aan en ze keken naar het nieuws. Voor het eerst, voorzover ze wisten althans, zonden ze iets uit over Eve. Ze moesten bijna tot het laatste onderwerp wachten. Het allerlaatste item ging over pogingen om een einde te maken aan de stierengevechten in Spanje, maar daarvoor had de nieuwslezer droog meegedeeld dat Eva Beck, aangeklaagde in de poorthuismoordzaak, schuldig was bevonden en levenslang had gekregen.

Sean hield haar vast, hield zijn arm de hele nacht om haar heen, drukte haar stevig tegen zich aan als ze jammerend wakker werd. Toch begreep hij nog niet hoe ze zich voelde. Ze had geen identiteit meer. Door Eve's verloochening – welk goed doel die ook mocht dienen – was ze opgehouden iemand te zijn en door de onthullingen over Eve's verleden was ze er slechter aan toe dan een vaderloos kind.
Er waren geen woorden om uitdrukking te geven aan wat ze voelde, geen woorden om er met Sean over te praten, dus had ze het alleen over de gewone dagelijkse dingen: wat ze 's avonds zouden eten, wat voor boodschappen hij uit de winkel mee moest nemen. Hij was duidelijk opgelucht dat hij niet over Eve of over het proces of over Liza's eigen, nieuwe kwetsbaarheid hoefde te praten. Dat deed haar pijn, ergerde haar. Tijdens de rusteloze nacht had hij een paar keer gezegd dat ze het allemaal achter zich moest laten.
Op het moment dat hij naar zijn werk ging, verraste ze hem door te zeggen dat ze meeging.
'Hoef je vandaag niet naar mevrouw S.?'
Ze schudde haar hoofd. Hij zou wel denken dat ze met hem meeging naar de stad omdat ze vandaag niet in haar eentje in de caravan wilde blijven. Ze ging naast hem zitten en zei dat het zo'n prachtige, zonnige dag was voor begin december. Over iets

meer dan een maand zou ze zeventien worden, maar hij wist niet wanneer ze jarig was, ook al had hij misschien een vermoeden. Toen ze elkaar nog maar pas kenden hadden ze niet veel gepraat. Toen vrijden ze alleen maar, en na het naspel begon weer het voorspel.

Zoals altijd wilde Sean geen minuut te laat komen en haastte hij zich naar de winkel. Hij had de autosleuteltjes in zijn zak, maar zij had de reservesleuteltjes bij zich. In het handschoenenvakje zat een kaart. Seans richtinggevoel was heel goed, hij gebruikte die kaart nooit. Liza bestudeerde de kaart en liet hem opengevouwen op de stoel naast zich liggen.

Het kon haar niet schelen of ze werd betrapt op het rijden zonder rijbewijs of zonder verzekering. Zoals ze zich vandaag voelde kon niets of niemand haar wat schelen. Het deed er niet meer toe of ze erachter kwamen wie ze was, want ze was niemand, ze had geen identiteit. Ze was alleen maar de volwassen dochter die inmiddels het huis had verlaten.

Ze reed langs de plek waar de caravan stond en toen de grote weg op. De wereld leek hier totaal anders, terwijl ze toch maar dertig kilometer verwijderd was van de plek die haar drie maanden geleden zo vertrouwd was geweest. Ze reed langs een benzinestation en keek even naar de brandstofmeter. De tank was nog bijna vol. Ze begon zich af te vragen hoe ze zich zou voelen als ze de brug zou zien en de rivier met de uiterwaarden en het het landgoed, dat zo lang de enige plek geweest was die ze gekend had, tot nog geen negentig dagen geleden.

Maar toen het moment daar was, voelde ze geen verrassende reactie. Het was een frisse, winderige dag zonder mist. De zon scheen met een scherpe, winterse helderheid. Shrove had er nooit zo schitterend en ongesluierd uitgezien. Vanaf halverwege de brug, een afstand van bijna achthonderd meter, kon ze het stakerige patroon zien van de clematis op de achtergevel en de gezichten van de stenen vrouwen in de nissen.

De zon weerkaatste fel tegen het raam vanwaar uit ze die keer naar Sean had gekeken. Ze reed de oprijlaan op. Iemand had de hoge meidoorn meedogenloos teruggesnoeid. Het poorthuis

doemde plotseling op, zoals altijd na de bocht. Het zag er net zo uit als altijd, ook het hek naar Shrove, behalve dat het voor het eerst voorzover ze zich kon herinneren dicht was. De hekdeuren waren, behalve op de dag na de storm, altijd helemaal naar achteren gedraaid, maar waren nu gesloten, zodat je het park alleen nog maar tussen de smeedijzeren tierelantijnen en sierlijke krulletters, 'Shrove House', heen kon zien.
Ze liep het tuinpad op naar het poorthuis. Haar sleutel had ze altijd bewaard. Ze deed hem in het sleutelgat en opende de voordeur. Binnen was het ijzig kil en rook het vochtig. Het stonk naar holle stammen met rottende schimmels.
In de keuken was het schemerdonker doordat het rolgordijn naar beneden was. Ze rolde het een eindje op, keek naar buiten en liet toen het touwtje schieten. Met een ruk schoot het rolgordijn omhoog. Ze was diep geschokt door wat ze zag. De achtertuin waar Eve's keurige groentebedden en bloemperken hadden gelegen, waar de nieuwe boom geplant was ter vervanging van de omgewaaide kersenboom, het grasveldje, het was allemaal één grote wildernis van woekerend onkruid tussen gecultiveerde planten in omgewoelde aarde. De hele tuin was omgespit.
Een moment lang kon ze zich niet voorstellen wat er gebeurd was. Had hier tijdelijk iemand anders gewoond? Iemand die de tuin had omgespit en toen vertrokken was? Had een nieuwe, ijverige tuinman het heft in handen genomen en toen de boel weer de boel gelaten?
Toen herinnerde ze zich dat in de krant had gestaan dat Eve het lijk van Trevor Hughes begraven had. Ze had hem dus hier ergens begraven, op de plek waar volgens Matt de honden de grond hadden besnuffeld. De politie was hier aan het graven geweest, misschien op zoek naar meer, op zoek naar een graf. Hun spaden hadden deze woestenij veroorzaakt. Ze dacht aan de talloze keren dat ze buiten in de tuin onder de kersenboom hadden gezeten, aan het werk dat Eve verzet had, schoffelen, planten, oogsten. Maar het greep haar niet meer aan dan een wandeling op een kerkhof.
Ze trok het rolgordijn weer naar beneden en richtte haar aan-

dacht op het interieur van het poorthuis. Nu ze zo lang weg was geweest, zag ze de kamers met nieuwe ogen, ogen die nu genoeg andere dingen hadden gezien om de kamers eigenaardig te vinden: de gewelfde plafonds, de puntige, gotische ramen, de donkere houten betimmering. Het kwam haar nu vreemd voor dat ze hier haar leven lang gewoond had, althans voorzover ze zich kon herinneren.

Deze kamer, de woonkamer, was niet zoals hij geweest was toen ze hem voor het laatst gezien had. Ze wist natuurlijk niet wanneer Eve na haar was weggegaan, maar zij zou de kamer niet zo achtergelaten hebben, met schilderijen scheef aan de muur, snuisterijen op de schoorsteenmantel lukraak door elkaar, het haardkleedje opzijgeschoven. Wat Liza vooral opviel waren de meubels. Waren die van Eve of hoorden ze in het huis? Hadden ze er al gestaan toen Eve en zij hier kwamen? De bank had nooit zo dicht tegen de muur gestaan. Iemand had deze kamer doorzocht, de politie had deze kamer doorzocht. Ze had zoiets wel eens gezien in een detectiveserie op de televisie.

Er was iets weg uit de kamer. Een schilderij. Een bleke rechthoek op de muur gaf aan waar het ooit had gehangen, haar eigen portret, het schilderij dat Bruno van haar gemaakt had.

Het had in haar ogen nooit erg op haar geleken. De kleuren waren te fel en haar gezichtstrekken te grof. Maar Eve had het mooi gevonden. Misschien had Eve het mee mogen nemen, misschien had ze het nu bij zich en zou ze het al die jaren lang bij zich houden. Die gedachte troostte haar.

Had de politie ook het kasteeltje doorzocht?

De groene deur zat nog altijd niet op slot. Als ze het kasteeltje hadden doorzocht, zouden ze de deur toch wel achter zich op slot hebben gedaan? Liza maakte de steen onder aan de muur tussen de lancetvensters los, trok hem eruit en vond het ijzeren kistje. Het geld was er nog. Ze nam het kistje mee.

Toen ze terug was in het poorthuis ging ze naar boven. Ze keek in Eve's slaapkamer. Keurig opgeruimd. Verlaten. Het juwelenkistje stond in de la, maar het was leeg. Geen gouden trouwring natuurlijk, dat was te verwachten, maar ook geen oorbellen of

jaden ketting of broches. Ze vroeg zich af wat daarmee gebeurd was.
Uit de kast in haar eigen slaapkamer pakte ze haar warme gewatteerde jas, de twee rokken die Eve voor haar genaaid had en de rood met blauwe trui die Eve gebreid had.
De gordijnen waren dichtgetrokken. Ze trok ze open en keek over de verwilderde tuin van het poorthuis naar het terrein van Shrove. Het gaf haar een lichte schok David Cosby over het gras tussen de jonge bomen te zien lopen. Hij had een hond bij zich, een roodbruin met witte spaniël. Toen ze er zeker van was dat hij niet in haar richting keek, trok ze de gordijnen weer dicht.
Hij wandelde in de richting van het kleine bos. Liza stopte het metalen kistje en de kleren in de kofferbak van de auto en deed die op slot.
De zon scheen nog steeds met een helderheid die niet bij het seizoen paste. Het was al zo laat in het jaar dat de schaduwen zelfs midden op de dag lang waren. De grond was droog, zeker voor begin december. Onder haar voeten knisperden dikke lagen afgevallen bladeren. Ze liep naar het kleine bos, niet omdat ze dat wilde, maar omdat ze besefte dat ze dat doen moest. Dit was net zo'n belangrijke missie als het zoeken naar het ijzeren geldkistje.
Ze had een groot deel van de schoonmaakoperaties meegemaakt, maar de nieuwe aanplant verraste haar. Overal stonden nieuwe bomen, in zorgvuldig geplande groepjes en met hekjes om hun dunne stammen tegen herten en konijnen. Ze vatte moed toen ze de twee dode lariksen zag, die ze hadden laten staan als voedselplek voor de spechten, en de afgebroken populier, die nieuwe takken gevormd had.
De stronk van de kersenboom lag nog waar hij na zijn val terecht was gekomen, of liever gezegd, ze dacht dat dat zo was. Hoe kon ze daar zeker van zijn? De stronk lag nu dik onder de dode bladeren, was er bijna onder verdwenen. Meer dan de helft werd verborgen door een berg beukenbladeren. Maar al die bladeren waren gevallen sinds oktober...
Ze ging op haar hurken zitten en begon met haar handen in de bladeren te graven. De opluchting die ze voelde toen ze de zak

tegen haar vingers voelde was zo groot dat ze bijna hardop lachte. De bundel lag er nog, onder de stronk. Elke winter had hem dieper begraven. De bladeren veranderden in humus en de humus veranderde in aarde. Op een dag zou de stronk zelf begraven zijn doordat de grond heel langzaam hoger werd, terwijl Bruno ongestoord verder sliep.

Er stonden geen politiemannen met opschrijfboekjes bij de auto en ook geen David Cosby met zijn jonge, nieuwsgierige hond. Ze ging achter het stuur zitten en reed het pad af, de brug over, de weg op naar het dorp waar Bruno met Eve had willen gaan wonen. In de dorpswinkel kocht ze twee sandwiches met ham, een blikje cola en een Bounty voor de lunch. Het amuseerde haar dat dit soort dingen haar nu zo makkelijk afging, vroeger had ze niet eens naar binnen durven gaan.

Maar vóór ze dat deed had ze de inhoud van het ijzeren kistje onderzocht.

De vorige keer dat ze er erin gekeken en er iets uit genomen had, had ze nog nauwelijks enig besef van wat veel geld was of weinig. Dat was nu anders. Ze had binnen drie maanden de ervaring van een heel leven opgedaan, ze had geld verdiend en wist wat dingen kostten. Ze had de auto op een verlaten plekje bij de muur van het kerkhof gezet. Toen ze weer achter het stuur zat, maakte ze het kistje open en telde ze de bankbiljetten.

Ze kwam tot meer dan duizend pond, duizend en vijfenzeventig pond om precies te zijn. Liza kon het nauwelijks geloven. Ze moest zich vergist hebben. Ze telde opnieuw, maar kwam weer uit op duizendvijfenzeventig. Het woog zwaar, niet in haar handen, maar als last op haar schouders. Ze probeerde dat gevoel van zich af te schudden en het te zien als een zegen. Ze durfde het nu niet meer in de auto te laten en stopte de duizend pond in haar zakken. Toen ging ze naar de winkel. Omdat er zoveel geld was vond ze dat ze zich wel sandwiches met ham kon veroorloven in plaats van met kaas.

Toen ze de auto weer op de parkeerplaats van de Superway had gezet, zwierf ze door de stad. Ze durfde niet stiekem een bad te nemen in het Duke's Head. Stel je voor dat ze gesnapt werd en ze al dat geld bij haar vonden. Er was niet genoeg tijd om naar de bioscoop te gaan en daarom ging ze naar de boekwinkel, waar ze aankopen deed waarover ze nooit had durven dromen: *De Goddelijke Komedie* in vertaling, de *Metamorfosen* van Ovidius in het origineel en in vertaling. Pas toen zei ze tegen zichzelf dat ze zorgvuldig met het geld moest omspringen, dat ze voorzichtig moest zijn. Ze hadden geld nodig, zij en Sean.

Toch stelde ze het uit om het tegen hem te zeggen. Dat zou ze later wel doen. Ze liet hem ook de nieuwe boeken niet zien. Ze was naar Shrove geweest, zei ze, om haar kleren te halen. Het enige waar hij over inzat was dat ze onverzekerd en zonder rijbewijs in de auto had rondgereden. Hij was er behoorlijk kwaad over. Toen ze hem leerde kennen had ze nooit kunnen vermoeden dat hij zo gezagsgetrouw kon zijn.

De eerste aanwijzing daartoe kreeg ze van de eigenaar van het land naast het oude stationnetje, toen die Seans caravan ontdekte. Hij had Sean gezegd dat hij moest vertrekken. Liza, die zich de dag herinnerde dat ze met de demonstranten de laatste trein over de rails had zien rijden, zei dat hij niet meer dan een meter of twaalf hoefde te verhuizen. Als hij de caravan bij het perron neerzette was hij op het gebied van British Rail en die kwamen er nooit en zouden er niet achter komen. Maar Sean deed dat niet. Hij zei dat het fout was geweest om zonder toestemming op de grond van die man te gaan staan, hij was niet van plan zijn nek nog eens uit te steken. Hij reed de brug over, de velden en bossen door naar Ring Common, waar iedereen mocht staan.

Het was een kilometer of zeven verderop. Natuurlijk bleef hij op Shrove komen om de tuin te onderhouden. Liza sprak nooit met hem als hij op de maaimachine zat of de randen maaide of onkruid uittrok. Ze had er plezier in om heel terloops 'hai' te zeggen als ze langs hem heen liep, of zelfs een verlegen 'hallo' als Eve bij haar was, terwijl hun vrijpartij van de vorige avond haar nog vers in het geheugen lag. Hoe had ze geweten dat haar band met Sean niet acceptabel voor Eve zou zijn? Dat Eve en zij zich in één kamp bevonden en Sean in een ander? Ze had het instinctief geweten en had hun liefde diep geheim gehouden.

Tegelijkertijd vond ze het heerlijk om naar hem te kijken als hij bezig was op Shrove en niet wist dat ze naar hem keek. Terwijl ze constateerde hoe knap hij was en hoe elegant hij zich bewoog, dacht ze aan hun samenzijn en verheugde ze zich op wat zou komen. Ze genoot zelfs van de pijn die ze voelde bij het weerstaan van de hartstochtelijke drang naar hem toe te gaan, hem aan te raken, hem te kussen, hem haar te laten aanraken.

Op een dag zag ze een man met hem praten. Met een schok drong het tot haar door dat het Matt was. De laatste paar keer dat Jonathan op Shrove was geweest had hij Matt meegebracht. Het was al lang geleden dat zij en Eve Jonathan gezien hadden, misschien geen maanden, maar dan toch weken. De jaren dat hij bijna helemaal niet kwam waren voorbij. Hij was in april op Shrove geweest en nu was het juni. Liza kreeg de indruk dat Matt nogal intimiderend tegen Sean stond te praten voor hij naar het grote huis terugging.

'Wat zei hij die dag eigenlijk tegen je?' vroeg ze Sean vijf maanden later. 'Matt, bedoel ik, toen je de tractor moest stoppen en je je helm af moest zetten?'

'Ik weet het niet. Wat doet het ertoe? Ik denk dat hij alleen maar een beetje de baas wilde spelen. Misschien ging het erom dat ik de seringen moest snoeien. Ik wist niet eens dat dat moest.'

'We wisten helemaal niet dat Jonathan kwam. Hij had ons niet gewaarschuwd, maar dat deed hij wel vaker niet. Ik vertelde Eve dat ik hem gezien had, zodat zij zich mooi kon aankleden en haar haren wassen voor hij kwam. Dat was de avond waarop hij voor het eerst begon te praten over het geld dat hij verloren had. Het kon hem niet schelen dat ik er was, hij praatte er gewoon over terwijl ik erbij was. Hij was wat ze bij *Lloyd's* een *Name* noemen. Weet jij wat dat betekent?'

'Ongeveer. Ik heb erover gelezen in de krant. Het is een soort verzekeringsmaatschappij, alleen heel groot en ook heel belangrijk, en toen is er iets gebeurd waardoor ze meer moesten dokken dan dat ze kregen.'

'Het had te maken met die olieramp in Alaska, dat was het begin. Ze kregen meer claims dan ze aankonden. In plaats van geld

te verdienen hoorde iedereen die *Name* was dat er geld betaald moest worden. Jonathan was daar een van. Hij zei dat hij nog niet wist hoeveel het zou worden, maar dat het wel veel zou zijn en dat hij gelukkig het huis in Frankrijk, dat van Caroline geweest was, had om te verkopen. Hij zag er erg ongelukkig uit. Maar Eve en ik namen het niet zo serieus, weet je. Eve in elk geval niet. Mij interesseerde het niet. Haar wel, zij was geïnteresseerd in alles wat met hem te maken had, maar zelfs zij verwachtte niet dat hij nu zou gaan werken om geld te verdienen. Ze was er zo aan gewend dat de Tobiassen en de Ellisons zwommen in het geld. Zij waren het soort mensen, zei ze, die zouden zeggen dat ze arm waren als ze nog maar een miljoen hadden.'
Sean haalde zijn schouders op. Hij sloeg zijn arm om Liza heen. 'Je voelt je een beetje beter, hè, schat? Over je-weet-wel.'
Ze wist wat hij bedoelde. De onthulling in de krant. Over Eve's verleden. 'Ja hoor, het gaat wel, ik zou haar alleen graag willen zien.'
'Je moeder?'
'Nu nog niet. Misschien na de kerst. Ik ga uitzoeken waar ze haar gevangen houden, dan ga ik haar opzoeken.'
'Je bent een wonderlijk mens, echt waar. Na wat ze gedaan heeft? Nadat ze drie kerels vermoord heeft? Na de manier waarop ze je opgevoed heeft? Ze deugt niet, schat.'
'Mij heeft ze nooit kwaad gedaan,' zei Liza. 'Ze is mijn moeder. Ik kan begrijpen waarom ze die mannen doodde, er was maar één plek in de wereld die ze als haar toevluchtsoord beschouwde, er was maar één soort leven dat ze kon leven – en dat wilden ze haar allemaal afpakken, de een na de ander.'
'Niet Trevor Hughes.'
'Jawel, hij ook in zekere zin. Jonathan had gezegd dat ze daar was om te zien hoe het haar beviel, maar ze wist dat hij bedoelde hoe het hém beviel. Ze was op proef. Het zou hem niet zijn bevallen als zijn honden afgemaakt hadden moeten worden omdat ze die op iemand af had gestuurd.
En Bruno wilde haar dwingen om weg te gaan tenzij ze míj weg zou sturen. Je kunt toch begrijpen waarom ze hem vermoord

heeft, ze had geen keus. Hij had haar in een hoek gedrongen en ze gedroeg zich als een dier in het nauw. En nu ik heb gelezen wat er met haar gebeurd is voor ik geboren werd, begrijp ik dat ze ook wraak nam, ze nam wraak op drie mannen voor wat drie mannen haar hadden aangedaan.'

'Niet dezelfde mannen,' wierp Sean tegen.

'O nee, natuurlijk niet. Begrijp je dan helemaal niets?' Ze had onmiddellijk spijt. 'Sorry. Ik zal je over de laatste vertellen, oké?'

Hij haalde zijn schouders op en zei toen kortaf: 'Oké.'

'Ik zal je vertellen hoe ze hem neerschoot.'

20

Dit zou het laatste worden van de Scheherazade-verhalen, zei ze. Geen duizend-en-één nacht, maar bijna honderd. Drieënhalve maand aan avonden om een leven te vertellen.
'Wanneer ben ik weggelopen, Sean?'
'Dat was in augustus. Nee, het was één september.'
Ze begon het op haar vingers na te tellen. 'Dat is iets wat ik nooit geleerd heb. Rekenen is niet mijn sterkste kant. Volgens mij is het morgen honderd-en-één nacht.'
'Is dat zo?'
Ze waren uit hun werk op weg naar huis, de volgende dag, de honderdste dag. Liza had het geld meegenomen naar Aspen Close, ze durfde het niet in de caravan te laten. Toen ze tegen lunchtijd klaar was met werken had ze rondgelopen in de stad tot ze een winkel vond waar ze een buiktasje kon kopen. In het openbare toilet op de markt stopte ze alle biljetten in het tasje dat ze om haar spijkerbroek bond. Ze was zo slank dat het buiktasje leuk stond en helemaal niet in de weg zat.
Tegen Sean had ze nog steeds niets over het geld gezegd. Hij dacht dat ze alleen maar kleren uit het poorthuis had gehaald. Ze was blij met de gewatteerde jas en wreef in haar koude handen. De verwarming in de auto werkte niet goed.
'Ik was tot juni gekomen, hè?' vroeg ze. 'Dat was toen Jonathan over geld begon. Hij had Matt meegebracht.'
'Hij kwam de hele tijd de tuin in om te vertellen hoe ik m'n werk moest doen,' mopperde Sean.
'O ja? Dat wist ik niet. Matt was aannemer in Cumbria, maar zijn zaak ging over de kop. Als hij er niet was geweest had Eve niet in de gevangenis gezeten. Hij haatte ons. Ik denk dat dat kwam omdat hij Eve ooit heel mooi vond, terwijl zij van hem walgde.'
Sean knikte. 'Dat zal het geweest zijn. Zij behandelde hem als een stuk vuil.'

'Als hij er niet geweest was zou de politie geen verdenking gekoesterd hebben en zou Eve nog altijd in het poorthuis zijn, en ik ook.'

'Dus ik zou hem eigenlijk dankbaar moeten zijn?'

Ze glimlachte. 'Jonathan nam hem zo'n beetje onder z'n vleugels. Matt ging trouwen of wilde gaan trouwen en Jonathan was van plan een woning voor hem te zoeken in de buurt van Shrove, zodat hij de tuinen en landerijen kon verzorgen. Toen hij er was ging hij elke avond konijnen schieten bij het licht van de koplampen van de auto. Avond aan avond knalden er schoten. Ik vond het vreselijk, ik heb Matt nooit aardig gevonden.'

'Die beesten moeten onder de duim gehouden worden, liefje. Ik heb nog nooit zoveel konijnen gezien als de vorige zomer. En duiven, die vernielen de oogst.'

'Als hij op Shrove was sliep hij in een kamer boven het koetshuis. Er zijn zeventien slaapkamers op Shrove, maar hij moest daar slapen. Hij moest de buitenplee achter de stallen gebruiken en zich wassen onder de kraan die bestemd was om de paarden water te geven.'

Ernstig zei Sean: 'Tobias kon hem natuurlijk niet in huis nemen, hij was een knecht. Matt zou dat ook niet verwacht hebben.'

Liza keek hem even aan. Ze schudde haar hoofd, maar zijn blik was op de weg gericht. 'Jonathan zei tegen Eve dat jij maar een tijdelijke maatregel was. Zo zei hij het. Hij was van plan je aan het eind van de zomer te ontslaan en Matt en zijn vrouw boven het koetshuis onder te brengen. Hij zei dat hij het daar zou laten opknappen, zodat ze er echt konden wonen. Hij ging er zeker een van die beroemde badkamers van hem laten bouwen!'

'Hij heeft me ook ontslagen. Nou ja, hij liet het Matt doen.'

'Ik was in paniek toen hij dat zei. Ik dacht dat hij je kwijt wou en dat jij weg zou moeten en dat ik je nooit meer zou zien.'

Ze waren bij de caravan aangekomen. Sean sloeg zijn armen om Liza heen en knuffelde haar.

'Je vertrouwde me niet.'

'Ik vertrouwde toen niemand, zelfs Eve niet.'

Toen ze binnen waren staken ze het gas en de oliekachel aan. Het werd snel warm, al was het dan een vochtige, stinkende warmte. Sean stak een sigaret op waardoor het nog benauwder werd en maakte de fles wijn open die hij bij Superway had gekocht. Hij begon ook de pasteitjes en uienbroodjes uit te pakken die ze die avond zouden eten. Liza trok haar jas uit en trok de heerlijk warme trui aan die Eve had gebreid. Ze nam een slokje wijn en praatte verder.

Eve had het geen prettig idee gevonden dat Matt en zijn vrouw op Shrove kwamen wonen. Jonathan zei dat ze nu mevrouw Cooper kon ontslaan en zij zou zich niet meer hoeven te bemoeien met het uitbetalen van salarissen en de verdere organisatie, ze hoefde niets anders te doen dan er te zijn. Natuurlijk was zij de baas, Matt en zijn vrouw moesten doen wat Eve zei.

'Kunnen we niet op de oude voet doorgaan?' wilde Eve weten.

Het zou op deze manier makkelijker zijn voor Eve, zei Jonathan, en bovendien moest hij werk voor Matt bedenken, dat was hij aan hem verplicht.

Liza wist wat haar moeder toen doormaakte. Tegen die tijd begreep ze hoe diep de emoties van Eve ten opzichte van Shrove gingen. Eve wilde dat er niemand, maar dan ook niemand tussen haar en dat huis kwam, tussen haar en dat land, die grond. Ze vond het zelfs vervelend dat Sean er was. Meneer Frost was er al geweest vóór zij kwam. Hij was er al geweest toen haar eigen moeder er nog was en hem accepteerde ze, net zoals ze de trein en de onvermijdelijke weekeindgasten accepteerde, maar Sean was nieuw. Natuurlijk zei ze hier niets over tegen Jonathan, en die nacht bleef Jonathan in het poorthuis. Liza voelde zich daar heel vreemd bij omdat ze nu zelf verwikkeld was in een seksuele relatie en ze begreep wat er in de slaapkamer van Eve gebeurde.

De volgende dag trof ze Eve voor de spiegel. Ze stond nauwkeurig haar gezicht te bestuderen en plukte een grijze haar weg. Ze ging achter Eve staan, zonder bepaalde bedoeling en zeker niet met de opzet het contrast te laten zien. Het gebeurde gewoon toevallig dat haar gezicht achter dat van Eve werd weerspiegeld, met een afstand van ongeveer een meter en tweeëntwintig jaar.

Eve draaide zich om en zei: '*Mater pulchra, filia pulchrior.*'
Liza wist niet wat ze moest zeggen. Ze kon toch niet antwoorden dat het waar was, dat de moeder mooi was maar de dochter nog mooier, ze kon ook niet net doen alsof ze het niet begreep. Een zwak 'Ik vind dat je er prachtig uitziet', was alles wat ze op kon brengen. Maar ze vroeg zich af wat het koortsachtige licht in Eve's ogen beduidde, haar onbesuisde gedrag die dag en haar plotselinge, te luide lachbuien.

Toevallig hoorde ze wat Eve tegen Jonathan zei. Het was een gewoonte van Liza geworden om aan deuren te luisteren. Het was de manier waarop ze haar leven probeerde te redden. In die dagen had ze soms het gevoel dat haar leven gevaar liep. Zou Eve blijven als Matt kwam? Als Eve en zij weggingen, waar moesten ze dan heen? Als Sean wegging, wat moest ze dan doen? Ze zou sterven. Zodra ze het gevoel had dat Eve of Jonathan of beiden haar uit de buurt wilden hebben, wist ze dat ze geheimen gingen bespreken die ze haar niet wilden vertellen, omdat zij degene was die er het meest door bedreigd werd.

Die avond was ze bij Sean in de caravan geweest. Of eigenlijk langer dan alleen die avond. Ze was bij hem geweest vanaf het moment dat hij om vier uur met werken gestopt was tot negen uur, toen hij haar terug naar Shrove had gereden. Toen ze in het poorthuis kwam dacht ze eerst dat ze ergens naartoe waren of dat ze in Shrove House waren.

Jonathans jasje hing over een stoelleuning, maar dat zei niets. Ze ging naar haar slaapkamer en keek door het open raam naar het huis, verwachtend hen te zien wandelen in het bleekroze licht van de zon die net achter de horizon verdwenen was. Maar ze waren veel dichterbij. Ze zaten op een kleed dat op het gras in de tuin was uitgespreid, vlak onder haar raam. Of liever gezegd, Eve zat daar met opgetrokken knieën, haar handen om haar benen geslagen, terwijl Jonathan op zijn rug lag te kijken naar de smalle maansikkel die aan de nog lichte hemel verschenen was.

Ze spraken niet, maar Liza wist dat ze elk woord zou kunnen verstaan als ze iets zouden zeggen. Ze ging geknield op haar bed zitten met haar kin op de vensterbank en dacht aan Sean. Die avond had hij haar gevraagd bij hem in de caravan te komen wonen. Hij had gezegd dat hij haar zo miste als ze niet bij hem was en gevraagd wat haar eigenlijk op Shrove hield. Ze kon geen antwoord geven op die vraag, ze kon niet zeggen: 'Ik durf niet weg te gaan'.

Enerzijds wilde ze het verschrikkelijk graag en anderzijds wilde ze het helemaal niet. Toch had ze zich tot een paar jaar geleden nog voortdurend afgevraagd wat er van haar moest worden en hoe ze ooit weg zou kunnen komen. De stilte daar was deprimerend. Net toen ze bedacht dat ze eigenlijk net zo goed bij hen zou kunnen gaan zitten, begon Eve te praten.

'Jonathan, wil je met me trouwen?'

Er viel deze keer een loodzware stilte. Alles was beter geweest dan deze stilte. Hij keek niet meer naar de maan, maar naar Eve. Met veel bravoure – wat bewonderde Liza haar moed! – zei ze: 'Ik vroeg je om met me te trouwen. Dat kunnen vrouwen toch vragen? Ooit zouden we trouwen, toen we heel jong waren. Het is fout gelopen en we weten allebei waarom, maar is het te laat om het goed te maken?'

Hij klonk beschaamd, vond Liza.

'Ik ben bang dat het te laat is, Evie.'

Eve fluisterde zachtjes: 'Waarom?'

'Die tijd is voorbij, Evie. Het spijt me, maar het is gewoon te laat.'

'Maar waarom dan? We voelen ons altijd gelukkig als we samen zijn. Maak ik jou niet gelukkig? Heb je het niet altijd – fijn bij me?'

'Ik trouw niet nog een keer. Ik kan beter alleen zijn en misschien geldt dat ook wel voor jou. Ik zal eerlijk tegen je zijn, ik wil niet getrouwd zijn. Ik heb het geprobeerd en het werd niets. Het ging goed met Victoria en mij tot we trouwden. Toen begon het mis te gaan. Met jou en mij zou hetzelfde gebeuren.'

'Dan heb ik mezelf voor niets vernederd,' zei Eve op scherpe toon, maar bijna onmiddellijk daarna draaide ze zich om en stortte zich bijna op hem. Ze klemde hem in haar armen en huilde: 'Jonathan, Jonathan, je weet dat ik van je houd, waarom

wil je niet bij me blijven? Waarom heb je me al die jaren aan het lijntje gehouden? Ik wacht al zo lang op je, ik heb altijd op je gewacht en nog krijg ik je niet. Jonathan, alsjeblieft, alsjeblieft...'
Liza kon het niet langer aanhoren. Ze sprong van haar bed en rende naar Eve's kamer, zoals ze dat als klein kind gedaan had.

'Ze had beter moeten weten,' zei Sean.
'Het was toch heel ironisch allemaal, vind je niet? Jij vroeg mij om thuis weg te gaan en bij je te komen wonen en ik durfde niet en zij smeekte Jonathan om met haar te trouwen en werd afgewezen.'
Zijn antwoord bracht haar in de war, hoewel het een aanvulling was op wat ze zelf had gezegd. 'Tja, nou ja, jij bent zestien, ja toch, liefje? En zij is de uiterste verkoopdatum toch al een stukje gepasseerd.'
'Jonathan was ouder dan zij.'
'Hij is een man. Dat is anders. Hij is die nacht niet blijven slapen, wed ik.'
Ze verwerkte de eerste opmerking die hij gemaakt had. Dit was een gezichtspunt waaraan ze nog niet had gedacht en ze vond het zeer onbevredigend. 'Hij ging ongeveer een halfuur later terug naar Shrove en Matt en hij vertrokken de volgende dag. Ik dacht dat hij nooit meer terug zou komen, maar dat deed hij wel.'
'Nou en of, en die Matt kwam met hem mee. Het was eind augustus. Matt kwam naar me toe en was een en al glimlach, alsof hij me opslag zou gaan geven. Het was tien minuten voor ik weg zou gaan en ik gebruikte dat beetje tijd om de pruimen uit te dunnen. Er hingen zo veel pruimen aan die rotboom dat de takken afbraken. Op een toontje alsof hij m'n baas was zei hij: "Holford, na het weekeind zullen we je diensten niet meer nodig hebben, hartelijk bedankt." Het was toen woensdag en hij zei dat hij mijn diensten na het weekeinde niet meer nodig zou hebben. Ik zei: "Noem je dit een fatsoenlijke manier van iemand opzeggen?" Hij bleef lachen. "Bekijk het maar," zei hij tegen me. "Je krijgt tot vrijdagmiddag betaald." En toen liep hij weg.'

Liza had Sean die woensdagavond niet gezien, dus hoorde ze het nieuws over zijn ontslag uit de tweede hand. Ze was bijna buiten zichzelf toen ze het hoorde. Ze waren niet in het poorthuis, maar in het grote huis. Het kwam maar zelden voor dat Eve en zij in het huis werden uitgenodigd als Jonathan er was en daarom had ze al het gevoel dat er iets vreselijks zou gebeuren.
Jonathan was om een uur of vier naar het poorthuis gekomen. Eve en zij waren binnen, het was een tamelijk kille dag voor eind augustus, en Jonathan had door het raam tegen hen staan praten. Hij kwam niet binnen. Hij zei alleen maar: 'Kom om zes uur wat drinken, ik heb jullie iets te vertellen.'
Eve leed. Ze maakte een ruzieachtige, chagrijnige indruk. Liza was waarschijnlijk de enige die begreep dat ze eenvoudig leed aan een gebroken hart. 'Om ons wat te vertellen?' vroeg ze.
Hij antwoordde niet. 'Ik neem jullie daarna allebei mee uit eten, als je wilt,' zei hij.
Waarschijnlijk stelde Eve zich allerlei verschrikkelijke dingen voor – maar niet zo verschrikkelijk als de waarheid. Jonathan ontving hen, heel officieel, in de salon. Ze zaten in een van de zitjes van donkerrood met goud die in elke hoek van de kamer waren opgesteld rond een marmeren of bronzen tafel. Een groot deel van het decorum ging verloren toen Matt op zijn laarzen binnen kwam klossen met een blad met glazen en een zakje pinda's. Matts haar hing los over zijn schouder. Hij was grijs geworden en had bovendien een dikke buik gekregen, zodat Liza zich niet voor kon stellen welke vrouw er ook maar over zou piekeren met hem te trouwen. Ze had nog nooit iemand gezien die dronken was en ook het woord dat Jonathan gebruikte nog nooit gehoord. Ze zou het erop gehouden hebben dat Matt ziek was als Eve het haar later niet had uitgelegd.
'Hoe durf je hier bezopen binnen te komen? Doe die rotpinda's in een schaaltje en verdwijn.'
Jonathan had ook gedronken, ze rook het aan zijn adem toen hij zich naar haar toe boog en vroeg of ze een glas wijn wilde.
'Ik heb net Matt die jongeman van je eruit laten gooien,' zei hij tegen Eve.

'Welke jongeman van mij?'
'De tuinman.'
'Heb je hem ontslagen? Waarom?'
Liza kon de opluchting in Eve's stem horen. Zij was verbijsterd, maar Eve was opgelucht omdat zij iets veel ergers had verwacht. Dus dat was alles waarvoor Jonathan hen had laten komen, dacht Eve ongetwijfeld. Hij wilde alleen maar vertellen dat hij Sean Holford eruit heeft gegooid om plaats te maken voor Matt en zijn vrouw, en nu wil hij dat ik mevrouw Cooper ontsla.
En wat moet ik nou? dacht Liza koortsachtig. Stel je voor dat hij weg is, stel je voor dat hij nooit meer terugkomt, stel je voor dat ik hem nooit meer zie?
'Ik zei je al dat ik je iets te vertellen had, Eve. En dat was niet dat ik de tuinman had ontslagen. En niet dat Matt het werk overneemt. Niemand zal het overnemen. Het is namelijk zo dat ik het huis zal moeten verkopen. Shrove House zal verkocht moeten worden.'

Liza hield haar hart vast. Ze draaide zich langzaam om en keek naar haar moeder. Eve was als een standbeeld. Ze was wit geworden en zag er plotseling vreselijk oud uit, geen achtendertig, maar achtenzestig, een oude vrouw met een gegroefd gezicht en een ingevallen mond.
'Kijk niet zo, Evie,' zei Jonathan. 'Je denkt toch niet dat ik het leuk vind? Ik heb geen keus. Ik heb je over m'n financiële moeilijkheden verteld. Ik heb meer in Lloyd's moeten stoppen dan ik voor mogelijk had gehouden, het was een verschrikkelijke schok voor me. Maar je weet toch wat er gebeurd is, het heeft dagenlang in de kranten gestaan – ach nee, ik vergat dat jullie geen kranten lezen. Het is zo dat ik ergens een miljoen vandaan moet halen en dat kan ik niet op tafel leggen zonder Shrove te verkopen. Als ik vijftigduizend krijg voor het huis van m'n moeder in Frankrijk mag ik blij zijn, dat is meer dan ik kan hopen. Dertigduizend is waarschijnlijker. Ik probeer het al twee jaar te verkopen. Ik wou bijna zeggen dat je weet wat er met de onroerendgoedmarkt aan de hand is, maar dat zul je wel niet weten. Ik

moet Shrove verkopen om m'n hoofd boven water te houden.'

Eve staarde hem aan. Het was voor het eerst dat Liza wijn dronk en ze had het gevoel dat het hielp. Ze hield haar glas omhoog en Jonathan schonk haar gedachteloos bij.

'In godsnaam, Eve, zeg iets.' Het was ongelooflijk, maar hij probeerde ook nog grappig te zijn. 'Zeg iets, al was het alleen maar vaarwel.'

Liza zag hoe ze haar lippen naar binnen zoog en haar schouders optrok, alsof ze pijn had. Toen ze eindelijk haar stem liet horen klonk die ademloos en zwak.

'Je kan Ullswater verkopen.'

'Het huis in Ullswater is nu van Victoria – weet je wel?'

'Waarom ben je toch zo krankzinnig geweest om met haar te trouwen?'

'Je begrijpt toch wel dat ik mezelf dat al honderd keer heb afgevraagd?'

'Jonathan,' zei Eve, haar handen stijf in elkaar geslagen, 'Jonathan, je kunt Shrove niet verkopen, dat is ondenkbaar, er moet een alternatief zijn.' Ze probeerde iets te bedenken. 'Je kunt het huis in Londen verkopen.'

'En waar moet ik dan wonen?'

De trek op haar moeders gezicht en haar glazige, bijna waanzinnige blik bevielen Liza helemaal niet. Ze schoof ongemakkelijk op haar stoel heen en weer. 'Je kunt hier wonen,' zei Eve.

'Nee, dat kan niet.' Jonathan raakte geïrriteerd. 'Ik wil hier niet wonen. Het is allemaal al erg genoeg zonder dat ik in een huis moet wonen waar ik een hekel aan heb.' Hij klonk nu als een humeurig kind. 'Goed, ik heb je nooit verteld dat ik niet van dit huis houd, maar het is zo. Ik heb er nooit van gehouden. Het ligt geïsoleerd, overal kilometers vandaan en bovendien is het vochtig, ook al heb jij dat misschien nooit gemerkt. Dat kan ook niet anders, in een vallei vlak bij die rotrivier. Victoria heeft hier fibrositis opgelopen.'

'Naar de hel met Victoria,' zei Eve op een toon waarvan Liza hevig schrok.

Maar Jonathan liet zich niet uit het veld slaan. 'Oké. Prima. Ik wou dat ze in de hel zat. Ik weet dat ik meer van haar te lijden heb gehad dan jij, meer dan je je kunt voorstellen. Maar zij doet er helemaal niet toe. Ik moet dit huis verkopen, ik heb het miljoen dat het op zal brengen nodig.'

'Je zult het niet kunnen verkopen. Dat weet ik zelfs. Ik leef dan misschien in een andere wereld, maar ik heb een radio, ik weet wat er gaande is. De huizenmarkt is nog nooit zo slecht geweest. Je zult geen koper kunnen vinden. Niet voor die prijs tenminste.'

Jonathan vulde Eve's glas opnieuw uit de fles met droge sherry. Ze keek hem aan terwijl ze het glas ophief. Even dacht Liza dat ze de inhoud van het glas naar hem toe zou gooien, maar dat deed ze niet. Maar ze dronk er ook niet van.

'Ik heb al een koper gevonden,' zei Jonathan kalm.

Eve kreunde zacht.

'Een hotelketen. Ze zijn bezig met een project dat ze Country Heritage Hotels noemen. Shrove wordt hun vlaggenschip, zoals zij het noemen.'

'Ik geloof je niet.'

'Toe nou, Evie, natuurlijk geloof je me. Waarom zou ik dit zeggen als het niet waar was?'

'Is de koop of het contract of wat ook, ik weet niets over dat soort dingen – is dat al gesloten?'

'Nog niet. Ze hebben een bod gedaan en ik heb laten weten dat we geïnteresseerd zijn. Verder zijn we nog niet. Jij bent de eerste aan wie ik het vertel.'

'Dat zal wel,' zei Eve smalend.

'Natuurlijk vertel ik het jou het eerste, Evie.'

'En wat moet er van mij, van ons worden? Heb je daaraan gedacht?'

Jonathan begon te zeggen dat hij een huis voor haar zou zoeken. Matt en zijn vrouw zouden op Shrove blijven tot het door Country Heritage gekocht was en dan zouden ze een ander huis moeten vinden. Hij had iets in zijn hoofd als twee huisjes onder één dak of zo. Aan de andere kant van de vallei misschien. Hij noemde het dorp waar Bruno bijna een huis had gekocht. Er

stonden overal huizen te koop en veel gingen voor een appel en een ei van de hand.
Er was geen sprake van dat hij Eve in de steek zou laten. Hij kende zijn verantwoordelijkheden ten opzichte van haar. Helaas wilde de hotelketen het poorthuis als receptie gaan gebruiken. Ze hadden dat nadrukkelijk bij hun bod vermeld.
'Ik ga hier nooit weg,' zei Eve vlak.
'Dat kun je nou wel zeggen, maar ik ben bang dat je wel moet. Denk je dat ik het leuk vind je dit te moeten vertellen? Dat ik het leuk vind om de helft van m'n bezit te moeten verkopen? Mijn grootvader zou zich omdraaien in zijn graf als hij het wist, dat weet ik wel.'
'Hij draait zich niet om in z'n graf,' zei Eve. 'Hij ligt te rotten in de hel.'
'Ik begrijp niet waarom je zoiets zegt. Daar schieten we niets mee op.'
'Ik ga hier nooit weg. Ze zullen me met geweld weg moeten slepen.'
Het was een voorspelling die spoedig in vervulling zou gaan.

De volgende dag, na een slapeloze nacht waarin ze niet eens naar bed ging, ging Eve naar Shrove om nog eens met Jonathan te praten. Liza was het nieuws al aan Sean gaan vertellen en Sean drong erop aan dat ze bij haar moeder en van Shrove weg zou gaan en bij hem zou komen wonen. Ze was oud genoeg, volgens de wet mocht het.
Toen Liza terugkwam liep ze Matt tegen het lijf. Hij stond op het pleintje bij de stallen met een dikke vrouw van middelbare leeftijd en met een schort voor. De aanwezigheid van zijn vrouw weerhield hem er niet van om Liza op een wellustige manier van top tot teen te bekijken – net zoals hij Eve jaren geleden bekeken had – en tegen haar te zeggen dat ze een mooi meisje geworden was en dat alle jongens haar binnenkort wel achterna zouden zitten.
Eve kwam terug met Jonathan en ze bleven de hele dag ruziemaken. Eve nu eens smekend, dan weer schreeuwend en soms

huilend. Voorzover Liza wist was dat de hele dag zo doorgegaan. Om vier uur ging ze weg naar Sean, en ze kwam pas tegen tienen thuis. Eve zei niets, er kwam geen verwijt over haar lippen. Liza kon haar ogen nauwelijks geloven toen ze zag dat Jonathan zijn armen om Eve heen sloeg, haar van de bank tilde en haar naar haar slaapkamer bracht. Ze gingen samen naar binnen en hij deed de deur achter hen dicht.
Buiten begon het geknal en flitsten van lichten zoals gebruikelijk: Matt was weer op de konijnenjacht. Liza trok haar gordijnen dicht. Ze ging op bed zitten en dacht aan Sean. Hij zou nooit meer op Shrove komen werken. In de Discovery-boomgaarden, een eindje naar het noorden, was de appelpluk al begonnen. Hij zou binnen een week vertrekken om zoveel mogelijk te kunnen verdienen met appels plukken, van 's morgens vroeg tot zonsondergang, de hele maand september. Hoe konden twee mensen contact met elkaar houden als geen van beiden een telefoon had? Sean had zelfs geen adres om post heen te sturen.
Hij zei dat ze elkaar maandag zouden ontmoeten in het kleine bos. Waarom in het kleine bos, had ze gevraagd, en hij had gezegd omdat dat romantisch was. Hij had ook gezegd dat ze hem dan moest zeggen of ze bij hem kwam. Hield ze niet genoeg van hem om bij hem te komen wonen?
In de geruststellende zekerheid van haar liefde en kameraadschap nu, zei Sean, haar verhaal onderbrekend: 'Ik begrijp nog altijd niet waarom je me zo lang aan het lijntje moest houden.'
'Dat heb ik je vaak genoeg verteld. Ik was bang. Ik was nooit weg geweest. Voorzover ik me kon herinneren had ik nooit ergens anders geslapen dan in mijn eigen bed in het poorthuis.'
Hij klopte met zijn hand op het bed waarop ze zaten. 'En we slapen wat af, hè, liefje?'
'Jonathan woonde dat weekend zo'n beetje in het poorthuis,' zei Liza. 'Ze konden niet van elkaar afblijven, ik had ze nog nooit zo gezien. Eve was nooit erg demonstratief als er mensen bij waren. Misschien kon het haar niet schelen dat ik erbij was, ik weet het niet. Ze knuffelden en kusten elkaar waar ik bij zat, maar

ondanks dat kreeg Eve Jonathan niet zover dat hij zei dat hij Shrove niet zou verkopen. Ze smeekte en vleide en kuste hem, maar het eind van het liedje was steeds weer dat hij zei: "Ik moet Shrove verkopen".'

Toen gaf Eve het op. Op zondagavond hoorde Liza haar zeggen: 'Wat moet dat moet.'

Ze pakte Jonathans hand en hield die lang vast. Jonathan keek haar aan en Liza, die nu op de hoogte was van dat soort dingen, vond dat het met een blik vol liefde was.

'We zullen een leuk huis vinden voor jou en Liza, je kunt op het land blijven wonen, hier in de buurt...'

Jonathan bleef slapen, maar vertrok al vroeg in de ochtend, nog voor Liza op was. Toen ze beneden kwam zat Eve aan de ontbijttafel. Haar ogen glinsterden, ze was opgewonden en kon haar energie nauwelijks onderdrukken. Ze sloeg steeds opnieuw haar handen in elkaar en liet ze weer los.

'Hij gaat Shrove verkopen, hij is absoluut vastbesloten.'

'Dat weet ik,' zei Liza.

De klank in Eve's stem veranderde, werd dromerig bij de herinnering. 'Hij heeft me ten huwelijk gevraagd.'

'Nee toch?'

'De ironie, Lizzie, de ironie! Natuurlijk heb ik nee gezegd. "Nee, dank je wel," zei ik, "je bent te laat." Wat heeft het nou voor zin om met hem te trouwen als hij Shrove niet meer heeft?'

Alleen om Shrove had ze hem willen hebben. Als hij een jaar geleden met haar getrouwd was had hij Shrove op haar naam kunnen zetten en het huis op die manier veilig kunnen stellen tegenover zijn schuldeisers. Ze lachte even, niet hysterisch maar waanzinniger, een manische lach. Toch kon Liza niet geloven dat ze zo kortaf tegen Jonathan geweest was als ze deed voorkomen, want hij kwam later in de ochtend weer naar het poorthuis.

Toen ze Eve hoorde zeggen dat ze later met hem zou gaan duiven schieten begon het Liza te duizelen. Eve maakte nooit vogels of andere dieren dood. Nu zei ze dat de duiven de groenten die ze kweekte vernielden en dat er wat aan gedaan moest wor-

den. Jonathan leek het heel leuk te vinden om haar te leren schieten met de vier-tien, het geweer, bedacht Liza, dat ze had gebruikt om op de man met de baard te schieten. Jonathan had daar natuurlijk geen flauwe notie van.
Geen van beiden leek zich te storen aan het feit dat Shrove over een maand of twee verkocht zou worden, dat Eve uit het poorthuis weg zou gaan en dat het er dus nauwelijks meer toe deed of de groenten het wel of niet overleefden.
's Middags ging Liza naar het kleine bos om Sean te ontmoeten. Toen ze de plek afspraken had ze ervoor gezorgd dat ze op een behoorlijke afstand zouden blijven van de plek waar Bruno's lijk lag. Ze vrijden op een bedje van zacht, droog gras, omgeven door meidoorn. Toen Sean haar erna in zijn armen hield werd hij ernstig. Hij moest werken om zijn brood te verdienen, hij wilde niet zijn hand ophouden bij de sociale dienst. De twee komende dagen had hij een klus, het schoonmaken van een meubelpakhuis voor een winkelier in de stad, maar daarna zou hij verder moeten trekken, naar de appelpluk. Hij wilde dat ze meeging. Ging ze mee?
Hij kon niet eeuwig blijven wachten, donderdag was echt de uiterste dag. En hoe zouden ze daarna contact met elkaar houden? Ze had het niet prettig gevonden dat hij niet wilde wachten. In de romantische toneelstukken en boeken die ze had gelezen was de minnaar altijd bereid geweest eindeloos te wachten en had nooit voorwaarden gesteld of dreigementen geuit. Ze kreeg hem zover dat hij aanstaande zaterdag om dezelfde tijd op dezelfde plek zou komen. Tegen die tijd, beloofde ze hem, zou ze haar besluit genomen hebben. Ze zou zichzelf van haar moeder hebben losgemaakt en bij hem komen wonen of anders zou ze thuisblijven. Verbeeldde ze het zich dat hij ietwat onwillig leek? Hij reageerde nogal aarzelend. Hij zou zijn best doen er te zijn, het hing ervan af waar hij was.
Toen ze hem nakeek terwijl hij wegliep naar zn auto een eind verder langs het weggetje, toen ze een laatste glimp van hem had opgevangen voor hij tussen de bomen verdween, sprongen de tranen in haar ogen en begon ze te huilen. Het waren tranen van

frustratie, van onmacht, en medelijden met zichzelf vanwege haar eigen besluiteloosheid. Ze wreef haar tranen weg met de rug van haar hand en toen met haar vuisten, als een klein kind. Ze wandelde langzaam terug langs dezelfde weg als waarlangs ze gekomen was.

Het was bijna zes uur, berekende ze. De zon stond nog hoog aan de hemel maar was minder heet geworden. Sean en zij waren drie uur samen geweest, maar het had nog geen drie minuten geleken. Ze dacht voor de zoveelste keer na over haar dilemma, zich afvragend of er een middenweg gevonden kon worden, een compromis waarbij ze hier, bij Eve kon blijven en toch dicht bij Sean kon zijn. Toen hoorde ze het eerste schot.

Als er ergens op het terrein geschoten werd, maakte Liza zich instinctief zo ver mogelijk uit de voeten en bedekte ze haar oren. Ze was bang dat ze echt een vogel op de grond zou zien vallen, een bloederig klompje met rondstuivende veren, of een konijn dat op zijn vlucht naar een veilige plek tuimelde. Maar deze keer wist ze niet precies waar het schot vandaan kwam. In elk geval kwam het niet uit dit bos en zou het ook wel niet uit hun achtertuin komen.

Eerst zag ze Matt. Hoewel ze wist dat Jonathan duiven wilde gaan schieten dacht ze, toen ze Matt in de verte zag, vlak bij Shrove House, dat hij degene was die achter de vogels aanzat. Toen zag ze Jonathan en Eve samen tussen de grote ceder, de blauwe *Atlantica glauca*, en het groepje nieuwe, jonge bomen staan. Ze stonden niet ver bij haar vandaan, nog geen honderd meter, dichtbij genoeg om te zien dat ze maar één geweer bij zich hadden.

Jonathan had Eve iets gedemonstreerd en legde het geweer nu in Eve's handen. Ze hield het heel behoedzaam vast en hief de loop onhandig op. Het leek haar moeite te kosten. Hij keek haar vriendelijk aan en gebaarde dat ze haar handen iets verder uit elkaar moest houden terwijl ze het geweer vasthield. Hun schaduwen werden steeds langer in de ondergaande zon en bewogen zich dun en donker over het gras. Toen Jonathan in zijn handen klapte om de duiven te laten opvliegen, wendde Liza haar ogen

af. Ze deed het hek open en liep de tuin van het poorthuis in.
Ze had vergeten haar oren te bedekken. Het geweer ging af, één keer, twee keer, drie keer. Er klonk een kreet die geen vogel zou kunnen uitbrengen, een hoge, schrille kreet die duidelijk te horen was op de plek waar ze liep. Ze bleef staan. Even was ze weer een klein kind en zag ze voor haar geestesoog de stervende man met de baard in de schemering op het gras.
Bijna zonder het te beseffen had ze haar handen over haar oren geslagen. Maar er werd niet meer geschoten. Ze haalde haar handen weg, draaide zich om en zag Matt met zijn armen zwaaiend over het gras rennen.
Tussen de bomen, op een ogen plek waar zon en schaduw elkaar afwisselden, lag Jonathan. Op zijn rug. Eve had het geweer laten vallen en stond naar hem te kijken met haar handen onder haar kin gevouwen. Liza vloog het huis in.

21

'Ze had hem neergeschoten,' zei Liza. 'Ik wist onmiddellijk dat het opzet was. Als hij dood was zou hij Shrove niet kunnen verkopen en zou het naar zijn neef gaan, David Cosby, die dol was op het huis en er niet over zou piekeren het te verkopen. Het was de enige manier om er zeker van te zijn dat zij er zou kunnen blijven. Met hem trouwen zou niets uitgehaald hebben, hij zou het evengoed verkocht hebben.

Het kwam door de manier waarop ze naar me keek, het stond allemaal op haar gezicht te lezen. Het probleem was Matt. Wie weet wat ze gedaan had als Matt er niet geweest was? Misschien had ze dan wel net gedaan alsof ze Jonathan die avond of de volgende dag dood had aangetroffen en zou ze de mensen wijsgemaakt hebben dat hij in z'n eentje op duiven was gaan schieten. Maar Matt had het gezien. Ik bedoel niet dat hij haar had zien schieten, hij had gezien dat ze samen op de duiven schoten.

Eve zei tegen me: "Zeg maar tegen de politie dat je niets gezien hebt. Zeg maar dat je hier niet woont, dat je alleen maar op bezoek was." En toen zei ze: "Waarom zou je ze eigenlijk iets vertellen? Je bent hier helemaal niet. Matt heeft je niet gezien." Dus ging ik in het kasteeltje zitten en kwamen ze helemaal niet te weten dat ik er was. Ik denk dat het toen tot me doordrong dat ze het in haar eentje wilde opknappen.

De politie verdacht haar ervan dat ze Jonathan gedood had, maar ze konden het niet bewijzen. Niemand had het zien gebeuren, snap je. Ik heb er sinds het proces begonnen is heel vaak over nagedacht en ik ben tot de volgende conclusie gekomen. Toen ze haar er eenmaal van verdachten dat ze Jonathan gedood had, herinnerden ze zich dat Bruno vermist werd en begonnen ze ook te denken over de man die Trevor Hughes heette. Ze hadden haar ook over hem ondervraagd en zij had ontkend dat ze

hem ooit gezien had, maar zij hadden er een rapport over, ze waren het niet vergeten. Ik denk dat het zo gebeurd is.
Toen ze het poorthuis doorzochten hebben ze Bruno's oorringetjes niet gevonden omdat zij ze droeg. Ze droeg ze de avond voor ik wegging, dus ik ben er vrijwel zeker van dat ze die de volgende ochtend nog in had. Ze vonden wel de trouwring van Trevor Hughes met aan de binnenkant de initialen van hem en z'n vrouw.
Ze moeten Matt gevraagd hebben of hij iets wist over Trevor Hughes. Of anders is Matt misschien uit eigen beweging naar ze toegegaan en heeft hij hun verteld wat hij zich herinnerde van die ochtend, toen de honden zich zo vreemd gedroegen. Ze vroegen zich af wat ze gedaan had met het lijk, als ze hem inderdaad vermoord had, en begonnen uiteindelijk te graven.
Ik ben ervan overtuigd dat ze haar hadden willen aanklagen wegens het neerschieten van Jonathan, maar dat ze bang waren dat ze vrijgesproken zou worden. En ze hadden geen spoor van Bruno. Maar toen ze de botten van Trevor Hughes vonden, vonden ze ook een kogel die uit hetzelfde geweer kwam als waarmee Jonathan haar op duiven had leren schieten. En ze moeten ook zijn horloge gevonden hebben. Aan de hand daarvan kon zijn vrouw hem identificeren. Ik denk dat het nog weken geduurd heeft na haar arrestatie. Ik zou echt graag willen weten hoe ze dat voor elkaar gekregen hebben – ik bedoel, hebben ze haar de moord op Jonathan ten laste gelegd, dat laten vallen en haar toen wegens doodslag aangeklaagd, alleen maar om haar vast te kunnen houden? En wanneer dachten ze dat ze bewijs genoeg hadden om er zeker van te zijn dat ze veroordeeld zou worden wegens moord op Hughes?'
Sean zat haar ongelovig aan te kijken. Liza lachte naar hem. 'Ik heb je toch gezegd dat ik jurist wilde worden. Ik ben geïnteresseerd in de rechtspraak.'
'Je bent een slim meisje. Je zou iets anders moeten doen dan schoonmaken voor dat ouwe mens.'
Liza haalde haar schouders op. Dat was niet belangrijk, dat was maar tijdelijk. Ze haalde de lege bakjes van hun avondeten van tafel. 'Wil je een kopje thee?'

'Zo dadelijk,' zei hij. 'Ik moet je eerst iets vertellen. Nu is het mijn beurt. Ik heb iets aan jou te vertellen.'
Ze vulde de ketel en stak het gas aan, maar zette het laag toen ze de uitdrukking op zijn gezicht zag. 'Wat dan?'
'Ik ben aangenomen voor die managementcursus.'
Ze had haar niet bepaald enthousiaste woorden nog niet uitgesproken of ze had er spijt van, besefte dat ze hem had moeten feliciteren. Maar ze had het al gezegd: 'Nou, je wist toch dat dat zou gebeuren.'
Er vloog een schaduw over zijn gezicht. 'Zo eenvoudig was het nou ook weer niet. Eigenlijk was het een dubbeltje op z'n kant. Ze hebben maar vijf van de tweehonderd sollicitanten aangenomen.'
'En jij bent een van die vijf? Dat is mooi.'
Haar stem moest vriendelijk maar onverschillig geklonken hebben, een beetje moederlijk toegeeflijk misschien. 'Luister eens naar me, Liza,' zei hij. 'Kom eens naast me zitten.'
Ze zuchtte hoorbaar maar ging naast hem zitten.
'De cursus begint in het nieuwe jaar, maar ze willen dat ik daar volgende week al ben. Het is in Schotland, ergens in de buurt van Glasgow. Ze wilden me in een flat zetten met de vier anderen, zo regelen ze dat, maar ik heb jou bij me, dus ik zei dat ik wel voor m'n eigen onderdak zou zorgen. Ik heb niets over de caravan gezegd, ik heb ze niet al m'n persoonlijke omstandigheden verteld.'
'Glasgow?' zei ze. 'Dat is een eind bij Eve vandaan, waar ze dan ook mag zijn. Maar het zal toch niet voor lang zijn? Had je het niet over zes maanden?'
'Ik hoop dat dit alleen maar een begin is, Liza. Je snapt het niet. Dit is een nieuwe manier van leven. Ze doen geweldige dingen voor je als je die cursus hebt gedaan. Het is bijvoorbeeld de bedoeling dat je een van hun filialen gaat leiden en ze bouwen de hele tijd nieuwe. Ze zijn nu bezig met eentje aan de M3. Ik hoop dat ik volgend jaar om deze tijd assistent-manager ben in een van die vestigingen. Ze helpen je ook met een hypotheek op een flat.'
Hij zag blijkbaar dat ze niet begreep wat hij bedoelde. Terwijl hij

haar uitlegde wat een hypotheek was werd ze ongedurig. Plotseling verlangde ze meer naar een kop thee dan ooit, maar ze wilde niet opstaan om thee te zetten. Hij pakte haar hand en hield die vast.
'Het is een geweldige kans voor me. Daardoor ga ik mezelf op een andere manier zien, alsof ik beter ben dan ik dacht, ik kan voor mezelf zorgen, een verantwoordelijk man worden met een echte carrière.'
Ja, dacht ze, je praat zelfs beter, je drukt je duidelijker uit, je brengt je gedachten beter onder woorden. Toen bezorgde hij haar een grote schok.
'Er is nog iets anders wat ik je wil zeggen, liefste. Ik wil dat je met me trouwt, ik wil dat we trouwen.'
'Trouwen?' Ze kon verder geen woord uitbrengen.
'Ik wist wel dat het een verrassing voor je zou zijn.' Hij boog zich naar haar toe en gaf haar een snelle kus op haar wang. Teder zei hij: 'Gekke meid, je bloost helemaal. Als dat vanwege je moeder is, weet dan dat dat me niet kan schelen. Het is voor mij hetzelfde als wanneer je uit een normaal gezin kwam.'
'Sean...' begon ze, maar hij reageerde niet.
'Ik word betaald tijdens de opleiding, dat is ook zo fantastisch. Hopelijk hoef jij niet meer te werken. Ik zou trouwens helemaal niet willen dat mijn vrouw ergens ging schoonmaken. En als er kinderen komen zul je thuis willen zijn...'
Deze keer schreeuwde ze bijna om zijn woordenvloed te stuiten.
'Ik ben nog niet eens zeventien!'
'Dat maakt niet uit. Je moet boven de zestien zijn om te kunnen trouwen, niet boven de zeventien. Je moet zeventien zijn voor je rijbewijs.'
Ze barstte in lachen uit. Het werd haar te veel. Hoewel het helemaal niets voor hem was, dacht ze dat hij een grap maakte. Het duurde even voor ze aan zijn gekwetste gezicht zag dat hij doodernstig was. 'O Sean, kijk niet zo, doe niet zo dwaas.'
'Dwaas!'
'Natuurlijk is het dwaas om te praten over trouwen en kinderen krijgen en dingen als, hoe noemde je dat nou, een hypotheek.

We moeten eerst van het leven genieten. Ik ben nog niet eens echt volwassen. Volgens de wet mag ik geen contract ondertekenen of een testament of zoiets opstellen.'
'Sodemieter op met je wetten, wil je?'
Ze knipperde even met haar ogen, stond op en liep naar de kachel. 'Ik wil thee, jij ook?' zei ze met een kille stem, met Eve's stem. Hij was zo stuurs als ze hem nooit gezien had. Plotseling besefte ze dat ze hem nooit gedwarsboomd had, dat alles tot deze avond plezierig voor hem was verlopen, maar dat de sultan nu naar haar hoofd keek en zijn zwaard scherpte.
'Ik wil best mee naar Schotland,' zei ze op verzoenende toon. 'Ik vind het best leuk om een tijdje ergens anders te zijn. We kunnen het proberen. Misschien vind je de cursus wel niet leuk.'
Hij pakte zijn thee aan zonder haar te bedanken. 'Luister goed, Liza. Heb je er wel eens aan gedacht waar je zonder mij zou zijn? Je zou helemaal nergens zijn. Door de manier waarop die heks je heeft grootgebracht kun je nog geen vijf minuten op eigen benen staan. Je weet niet eens wat een hypotheek is! Je wist helemaal niet wat de pil was! Jij kunt alleen maar schoonmaken of appels plukken om de kost te verdienen. Je weet niets, behalve dan al die onzin uit boeken. Ze heeft je voor je leven invalide gemaakt en je zult mij nodig hebben om te overleven.'
Het was een echo van Bruno's woorden bij het oude station. Ze bracht het theekopje naar haar lippen maar de thee leek nergens naar te smaken.
'Ik zal je man zijn, ik zal voor je zorgen. Sommige mensen vragen zich misschien af waar ik aan begin, als je bedenkt wie en wat je moeder is. Je denkt toch niet dat ik liever in dit oude, gammele wrak van een caravan woon dan in een fatsoenlijke flat? Ik zou het prima vinden om samen met die jongens een flat te delen, maar ik ben verantwoordelijk voor je, dat weet ik, en ik zal vrijdag de caravan met de auto naar Glasgow rijden. Ik zal niet zeggen dat ik daarheen ga, of je meekomt of niet, want je moet wel mee. Je hebt geen keus.'
'Natuurlijk heb ik een keus.'
'Nee, dat heb je niet. Je moet wel mee omdat je niet kunt

achterblijven, je hebt geen plek om te wonen, geen familie en geen vrienden, en – dat zul je onder ogen moeten zien, schat – je kunt helemaal niets. De waarheid is dat je eerder zes lijkt dan zestien. Je kunt er niets aan doen, maar zo is het nu eenmaal.'

Ze zei niets. Hij vatte haar stilzwijgen op als berusting en zette de televisie aan. Ze vond dat hij nogal tevreden leek met zichzelf. Hij had dezelfde trek op zijn gezicht als Bruno toen die dacht dat hij Eve had overgehaald om met hem in dat huis te gaan wonen. Even later maakte hij een blikje bier open. Hij nam een slok en moest haar blik hebben gevoeld, want hij draaide zich om, grijnsde en stak zijn duim op, ongetwijfeld met de bedoeling haar gerust te stellen. Ze pakte het boek dat meneer Spurdell haar geleend had, *First Steps in English Law*, en zocht de pagina op waar ze de vorige dag gebleven was.

Dit was de eerste avond met ruzie sinds ze het bed deelde met Sean en ook bijna de eerste keer dat ze niet hadden gevrijd. Ze lag eraan te denken hoeveel ze van hem had gehouden en vroeg zich af hoe dat had kunnen veranderen. Hoe kon je zulke hartstochtelijke gevoelens hebben voor iemand en dan, ineens, totaal geen interesse meer hebben? Een paar woorden, een lomp gebaar, ongevoelige aanmatiging, en alles was weg. Was het zo gegaan met Eve en Bruno?

Ze zwierf de hele zaterdag in haar eentje over de velden, maar zondag regende het en lag ze in bed te lezen. Toen ze weigerde om op te staan en op te ruimen, de matten te kloppen en hem te helpen water te halen, zei hij dat ze niet zo humeurig moest zijn.

De volgende ochtend gingen ze allebei aan het werk en ze ontmoetten elkaar, zoals gewoonlijk, om vijf uur. Het was donker, pikdonker, toen ze bij de caravan kwamen. En er was geen water. Ze waren vergeten water te halen voor ze weggingen. Liza pakte de emmer en een zaklantaarn.

Gek eigenlijk, dacht ze, dat het giet van de regen en dat we toch geen water hebben. Ze hield de emmer onder de pijp die uit de helling van de heuvel stak, vulde de emmer en ging terug. Toen ze weer terug was in de caravan maakte ze een blikje cola open.

Pas toen zag ze wat hij met de boeken gedaan had. Op tafel lag een stuk boekomslag, een afgescheurde driehoek met rode letters op een zwarte achtergrond. Het was alsof een verstikkende hand zich om haar keel sloot. Ze hadden geen vuilnisemmer, alleen een plastic zak onder de gootsteen. Ze kreeg een duizelig gevoel toen ze de inhoud zag. Sean keek niet naar haar, hij zat televisie te kijken met een blikje bier naast zich en een brandende sigaret in zijn linkerhand. Ze kreeg de indruk dat hij opzettelijk niet naar haar keek en zijn ogen expres strak op het scherm gericht hield.
Het was makkelijker om te kijken welke boeken er over waren dan in de afvalzak te gaan rommelen. *Mary Wollstonecraft* was weg en *De Goddelijke Komedie* en de *Metamorfosen* waren weg. *Middlemarch* was weg. Terwijl ze de woede in zich op voelde komen zag ze dat hij *First Steps in English Law* en de twee romans van Hardy gespaard had. Die waren van meneer Spurdell, dat wist hij. Sean was altijd gezagsgetrouw. Hij zou nooit eigendommen 'van andere mensen' vernietigen. Zij telde niet als een 'ander mens', zij was van hem.
Ze liep naar de televisie en zette hem af. Hij sprong op en even dacht ze dat hij haar zou slaan. Maar daarin had ze hem verkeerd beoordeeld. Sean zou nooit een vrouw slaan.
'Waarom?' vroeg ze alleen maar.
'Toe nou, liefje, je weet best waarom. Je moet dat nu allemaal achter je laten. Jij bent uit dat huis weggegaan, zij is weg, je bent nu in de werkelijke wereld. Die boeken waren alleen maar een manier om je te verstoppen voor het echte leven. Ik hoop dat je ze in de toekomst niet meer nodig zal hebben. We hebben onze toekomst voor ons. Dat heb je toch zelf gezegd?'
Had ze dat gezegd? Niet in die context, daar was ze zeker van. Hij triomfeerde, hij was de baas. Ze voelde zich net zo kwaad als ze vermoedde dat Eve soms geweest was.
'Dat waren mijn boeken.'
'Dat waren onze boeken, schat. Daar hebben we het al eerder over gehad. Oké, je hebt ze gekocht met geld dat jij verdiend hebt. Hoe zou jij het vinden als ik tegen je zei dat die cola die je

nu drinkt van mij was omdat hij met mijn geld betaald is? Dat is precies hetzelfde.'

Het was onlogisch en Eve had haar geleerd om logisch te denken, om redelijk te zijn. Eve moest zich net zo gevoeld hebben toen Bruno met een verhaal over sociaal bewustzijn aankwam om zijn behoefte om haar totaal te bezitten te verhullen. Ze moest zich net zo gevoeld hebben toen Jonathan haar na zeventien jaar van hoop en vernedering eindelijk had gevraagd om met hem te trouwen.

Liza voelde zich machteloos, ze wist niet wat ze moest zeggen, ze kon alleen maar bedenken hoe hij haar woorden zou verdraaien als ze wat zei. Ze zette hun eten op tafel, maakte thee en deed de televisie weer aan. Hij beloonde haar door haar hand te pakken en die stevig te drukken. Ze keken samen naar een aflevering van een Amerikaanse miniserie. Of liever gezegd, Sean keek ernaar terwijl zij haar ogen op het scherm gericht hield, maar met haar gedachten heel ergens anders was.

Zij kon huizen schoonmaken en water uit een bron halen en boeken lezen, maar het was waar wat hij zei, in andere opzichten leek ze eerder zes dan zestien. Ze kon zich niet redden in haar eentje. Zelfs als ze acht uur per dag voor mevrouw Spurdell of wie dan ook werkte, zou ze nog maar honderdtwintig pond per week verdienen, en ze betwijfelde of ze eigenlijk wel acht uur per dag huizen kon schoonmaken. Waar moest ze wonen? Hoe zou ze moeten leven?

Was er iemand in de wereld die haar zou betalen om Latijn in het Engels te vertalen? Ze wist er niets van, maar ze betwijfelde het. Bovendien wist ze uit haar onderzoek in meneer Spurdells werkkamer dat je diploma's en dat soort dingen moest hebben als je tegen betaling andere dingen wilde doen dan huizen schoonmaken of schappen vullen in een supermarkt.

Ze had geen plek om te wonen. Jonathan Tobias zou haar daarmee misschien hebben willen helpen, maar hij was dood. Ze had geen vader, behalve dan die ene van de drie mannen die niet eens van haar bestaan wist. Eve scheen zich niet om haar te bekommeren. Eve wist niet waar ze was of wat er met haar gebeurd was, maar misschien zou ze zich, als ze in Eve's schoenen had gestaan, ook niet om iemand bekommerd hebben. Of misschien was Eve wel erg bezorgd en was ze doodongerust geworden toen ze erachter was gekomen, en dat was ze ongetwijfeld, dat Liza nooit bij Heather was aangekomen. Maar niemand was naar haar gaan zoeken, niemand had oproepen gedaan in de krant of op de televisie. Liza wist dat Sean de enige was die voor haar zorgde. Alleen Sean was er.

Hij hield haar hand vast. Al gauw zat hij met zijn arm om haar heen. Ze was vervuld van een kil gevoel van afkeer jegens hem. Op de een of andere manier wist ze dat dat na een nachtje slapen niet méér zou zijn dan een simpele irritatie. Als hij haar nu maar met rust liet. Als hij haar maar de gelegenheid gaf het op haar eigen manier te verwerken. Dat moest ze tenslotte toch. Ze moest zien er het beste van te maken, want zonder hem was ze nutteloos en hulpeloos.

Alleen zou hij haar niet met rust laten. Hij moest toch gemerkt hebben hoe vijandig ze was, hij moest haar weerzin tegen zijn aanraking toch gevoeld hebben? Er moest toch iets tot hem doorgedrongen zijn door de manier waarop ze zijn hand van haar been haalde toen hij haar dij begon te strelen? Ze zouden in hetzelfde bed moeten liggen, daar berustte ze in, maar toen ze besefte dat hij van plan was met haar te gaan vrijen zei ze heel beslist: 'Nee!' En toen: 'Nee, alsjeblieft, ik heb geen zin.'

Maar het werd helemaal geen vrijpartij. Ze had hem ooit gevraagd of hij haar ooit zou dwingen en hij had die vraag belachelijk gevonden. Maar hij trok er zich niets van aan nu ze tegen hem zei dat ze geen zin had. Hij bracht haar tot zwijgen door zijn mond om de hare te sluiten. Hij hield haar handen naar beneden gedrukt en probeerde haar dijen met zijn knie te spreiden. Toen dat niet lukte deed hij het met zijn voet. Om zichzelf te rechtvaardigen deed hij alsof ze voor de grap tegenstribbelde. Hij lachte in haar mond terwijl hij zijn penis hard in haar stootte en haar uitgespreide armen op het bed in bedwang hield. Ze was machteloos. Het deed pijn, meer pijn nog dan de eerste keer. Toen het voorbij was en hij tegen haar fluisterde dat hij wist dat ze het heerlijk had gevonden, dat hij altijd kon merken of een meisje het fijn vond, dacht ze aan Eve en Trevor Hughes. Eve had een paar honden kunnen roepen, maar zij had niets. Hij viel onmiddellijk in slaap. Zij lag stilletjes te huilen. Het was zwak en dwaas, ze voelde zich net een baby, maar ze kon er niet mee stoppen.

Eve zou een dergelijke behandeling nooit getolereerd hebben. Eve kon dat niet verdragen, niet na wat er gebeurd was op de terugweg van het vliegveld. Natuurlijk had Eve veel erger geleden dan zij nu, maar het was al erg genoeg en misschien wel een voorproefje van de toekomst. Eve had wraak genomen op drie mannen voor wat drie mannen haar hadden aangedaan. Daarom had ze die dingen gedaan, meer uit wraak dan uit angst of om redenen van veiligheid of gewin. Meer uit wraak dan om Shrove.

Zou dit haar eigen leven worden? Vrijen als ze zin had en ook vrijen als ze geen zin had? Ze dacht dat ze nooit meer zin zou hebben na wat er gebeurd was. Ze herinnerde zich de trouwdag van Jonathan Tobias en de manier waarop Eve de gelegenheid had aangegrepen voor een les, zoals ze dat dikwijls deed. Ze had Liza van alles verteld over het huwelijk en huwelijksgebruiken, maar ze had niet gezegd dat je moest doen wat een man wilde als jij het niet wilde, dat mannen hun zin kregen omdat ze sterker waren, dat je voor hen moest werken en op hen moest wachten en je moest onderwerpen aan hun recht om jou te zeggen wat je moest doen.

Misschien had ze dat niet gedaan omdat Liza toen nog maar een kind was. Het leek een leven geleden en zij was geen kind meer. Maar weer verkeerde ze in een positie dat ze niet weg kon lopen. En het was erger dan de vorige keer, toen ze er alleen maar moed voor nodig had. Nu had ze geen plek waar ze heen kon.

Maar Eve had ook nog iets anders voor haar gedaan naast alle, volgens Sean nutteloze, dingen die ze haar had bijgebracht: ze had haar geleerd het te rooien. Haar leven was nooit makkelijk geweest. Met een minimum aan hulp, zonder speelgoed, zonder televisie, zonder video's of cd-spelers, zonder hulp vanbuiten af,

hadden ze voor hun eigen genoegens gezorgd. Na jaren hadden ze eindelijk een badkamer gekregen. In het poorthuis hadden een oude koelkast en een nog ouder fornuis gestaan, maar boven was geen verwarming en er waren ook geen donzen dekbedden of elektrische dekens zoals ze die in het huis van de Spurdells gezien had, geen nieuwe kleren – de spijkerbroeken en het gewatteerde jack waren de enige kledingstukken die ze bezat die niet door Eve waren gemaakt en die niet tweedehands waren gekocht – ze hadden nooit het soort afhaaleten waaraan ze bij Sean gewend was geraakt, maar dat ze nooit echt vertrouwde. In het poorthuis bakten ze hun eigen brood, kweekten ze hun eigen groenten, maakten ze hun eigen jam en zelfs roomkaas. En ze moesten altijd overal lopend naartoe toen Bruno weg was.
Haar moeder had haar een soort uithoudingsvermogen bezorgd, een soort taaiheid, maar wat had je daaraan in de wereld van Spurdell en Superway? Je hoefde niet taai te zijn, je had certificaten en diploma's nodig, familie en relaties, een dak boven je hoofd en een vervoermiddel, je moest vaardigheden en geld hebben. Nou, zij had duizend pond.
Ze zag het buiktasje op tafel liggen waar hij het neergelegd had toen hij haar had uitgekleed. Als hij te weten kwam dat ze dat geld had, zou hij het willen hebben en zou hij het nemen. Hij zou zeggen dat wat van haar was van hen samen was en daarom van hem. Ze stond op, waste al zijn sporen van haar lijf, trok een legging aan en de blauw met rode trui voor de warmte. Ze rolde het tasje zo strak mogelijk op en stopte het in een van haar laarzen. Ze ging op de uiterste rand van het bed liggen, zo ver mogelijk bij hem vandaan, en ging slapen.

22

Mevrouw Spurdell liet Liza trots haar doos met kerstversieringen zien, allemaal bij Harrods vandaan, maar ze zei dat het nog te vroeg was om de boom op te tuigen. Anderzijds had het geen zin om het kopen van een boom uit te stellen tot later, als de beste weg zouden zijn. Philippa en haar kinderen zouden komen met de kerst. Jane ook. Mevrouw Spurdell had ooit Philippa's voornaam genoemd tegen Liza, maar sindsdien altijd over haar gesproken als over mevrouw Page, terwijl Jane 'mijn jongste dochter' was.
Het was de eerste kerstboom die Liza ooit gezien had. Het was eigenlijk ook voor het eerst dat ze over een kerstboom hoorde en het ontging haar volkomen waarom mensen een dennenboom uitgroeven en er vervolgens opzichtige gouden en zilveren slingers omheen drapeerden en glazen ballen in hingen. Wat christelijke gebruiken betreft had Eve haar niet meer over het christendom verteld dan over het boeddhisme, het jodendom en de islam.
Ze hoorde meneer Spurdell boven in zijn werkkamer rondlopen. Zijn school had kerstvakantie. Als ze allebei thuis waren kon ze geen bad nemen. Ze boende de badkuip uit en strooide soda in de toiletpot. Terwijl ze aan het schoonmaken was bedacht ze dat ze wel eens in het medicijnkastje kon kijken. Tussen de tabletten voor het reinigen van kunstgebitten, de Dampo en een middel tegen eksterogen vond ze een potje waarop stond: 'Mevrouw Spurdell, Amytal, één tablet voor de nacht'. Ze wist niet wat de eigenschappen waren van dit medicijn, behalve dat je er kennelijk van in slaap viel. Ze stopte het potje in haar zak.
Als ze haar geld niet in haar vingers had voor ze haar baantje opzegde, zou mevrouw Spurdell waarschijnlijk weigeren haar te betalen, dacht Liza. Terwijl ze de overloop aan het stofzuigen was bedacht ze diverse strategieën. Ze was vastbesloten om eer-

lijk te zijn en geen smoezen op te hangen en klopte op de deur van de studeerkamer.

'Wil je hier aan de gang, Liza?' zei meneer Spurdell, zijn hoofd om de deur stekend. 'Ik ben zo klaar.'

'Ik kan uw kamer ook het laatst doen als u wilt,' zei ze. 'Ik heb al uw boeken mee teruggebracht.'

'Mooi zo. Je mag er gerust meer lenen. Ik heb er geen bezwaar tegen m'n dierbare, oude vrienden uit te lenen aan een zinnig mens die weet hoe ze ermee om moet gaan. Een goed boek, weet je, Liza, "is het kostbare hartenbloed van een grote geest".'

'Ja,' zei Liza, 'maar ik wil geen boeken meer lenen. Mag ik u iets vragen?'

Ongetwijfeld verwachtte hij dat ze zou vragen wie dat gezegd had over een goed boek, maar ze wist al dat dat Milton was geweest en ook dat het uit *Areopagitica* kwam. En dat was waarschijnlijk meer dan hij wist. Hij was één en al glimlach, volgaarne bereid haar in zijn geestelijke rijkdom te laten delen.

'Hoe kan ik erachter komen waar iemand gevangenzit?'

'Pardon?' De glimlach verdween als sneeuw voor de zon.

Nu moest ze eerlijk zijn. 'Mijn moeder zit in de gevangenis en ik wil weten waar ze is.'

'Je moeder? Lieve hemel. Je maakt toch geen grapje, hè, Liza? Meen je dit serieus?'

Hij begon haar de keel uit te hangen. 'Ik wil alleen maar weten naar wie ik moet schrijven of bellen om erachter te komen waar ze haar heen hebben gebracht. Ik wil haar schrijven, ik wil naar haar toe, ik wil haar bezoeken.'

'Lieve hemel. Dit is werkelijk een schok voor me.' Hij deed een stap naar voren, wierp een blik over de trapleuning en zei zachtjes: 'Laat mevrouw Spurdell het maar niet horen.'

'Waarom zou ik het haar vertellen?' Liza maakte een ongeduldig gebaar met haar handen. 'Is er iets waar ik naartoe kan bellen? Een kantoor, bedoel ik, een hoofdbureau van politie of zoiets?' Ze had vage herinneringen aan Amerikaanse politieseries.

'O hemel, ik denk dat je bij Binnenlandse Zaken moet zijn.'

'Wat is Binnenlandse Zaken?'

Verzoeken om informatie deden hem altijd plezier. Hij liet zijn uitleg voorafgaan door 'Je weet niet wat Binnenlandse Zaken is?' en gaf een korte uiteenzetting over politie, gevangenissen, immigratie en de minister van Binnenlandse Zaken. Liza nam in zich op wat ze nodig had.
Ze haalde diep adem en vatte moed. Ze moesten denken aan wat Sean gezegd had, dat ze eerder zes leek dan zestien, dat ze hulpeloos was. 'Mag ik alstublieft van uw telefoon gebruik maken? En mag ik eerst in het telefoonboek kijken?'
Hij was niet langer de welwillende pedagoog die ervan genoot om kennis over te dragen. Er verscheen een frons op zijn voorhoofd en er kwam een gemelijk trekje om zijn mond. 'Nee, ik ben bang dat je dat niet mag. Geen van beide. Ik wil dat soort dingen niet. Bovendien is het de duurste tijd. Weet je wel wat het kost om om elf uur 's ochtends naar Londen te bellen?'
'Ik zal het betalen.'
'Nee, het spijt me. Het gaat niet alleen om het geld. Mevrouw Spurdell en ik willen niet bij dit soort dingen betrokken worden. Het spijt me, maar nee, dat gebeurt niet.'
Ze schudde even met haar hoofd en zette onmiddellijk de stofzuiger weer aan. Toen de slaapkamers gedaan waren ging ze weer naar de studeerkamer. Hij was weg. Snel zocht ze Binnenlandse Zaken op in het telefoonboek. Er stonden meerdere nummers bij. Ze schreef er drie op. Ze wist dat ze Immigratie, Nationaliteiten of Telecommunicatie niet nodig had.
Het huis was schoon en netjes en haar tijd was op. Het leek moeilijker dan ooit om de twaalf pond van mevrouw Spurdell los te krijgen. Het laatste pond kreeg ze in de vorm van vijftien munten. Liza bedankte haar en zei dat ze wegging, dat ze niet meer zou komen. Mevrouw Spurdell deed alsof ze haar oren niet kon geloven. Toen ze ervan overtuigd was dat Liza het meende, stelde ze de retorische vraag hoe ze het dan moest redden met de kerst. Liza zei niets, maar stak het geld in haar zak en trok haar jas aan.
'Ik vind dat je heel ondankbaar bent,' zei mevrouw Spurdell. 'En heel dwaas, als je bedenkt hoe moeilijk het is om werk te krijgen.'

Liza liep de voordeur uit en trok hem dicht. Ze verwachtte elk moment dat ze het op een lopen zou moeten zetten omdat een van hen haar achternakwam, maar dat gebeurde niet. Als de manager van het Duke's Head die haar zo bewonderde dienst had gehad, zou ze hem gevraagd hebben of ze daar mocht bellen, maar er stond een vrouw achter de balie van de receptie. Terwijl zij bezig was met de computer wandelde Liza naar boven om een bad te nemen.
Ze wachtte niet op Sean om mee naar huis te rijden, maar nam de bus. Ze ging op de voorste bank boven zitten en bedacht dat ze het voor een zesjarige niet gek gedaan had. Ze was toch zeker heel vindingrijk geweest? Ze had een slaapmiddel te pakken gekregen, ze had ontdekt hoe ze haar moeder moest vinden, ze had zelfs het telefoonnummer gevonden, ze had ontslag genomen, en een bad, en had zichzelf bij gebrek aan handdoeken afgedroogd aan de gordijnen in de badkamer van het hotel.
Zou ze het er beter afgebracht hebben als ze in een straat in Londen was opgegroeid en naar kostschool was geweest?

Sean was klaar bij Superway. Hij had zijn laatste doos cornflakes en zijn laatste doos met ingeblikte tomaten uitgepakt. Hij was nog wel een beetje anders dan anders tegen haar, maar niet echt kwaad meer en vertelde hoe de manager hem de hand geschud en hem succes gewenst had.
'Weet iemand van mijn bestaan?' vroeg Liza hem. 'Ik bedoel van de mensen op je werk? Weten ze dat je een vriendin hebt die bij je woont en wie ik ben en zo?'
'Nee, dat weten ze niet. Ik houd m'n persoonlijke zaken voor mezelf. Voorzover ze weten woon ik alleen.'
'Ga je met de auto naar Schotland?'
'Natuurlijk, wat dacht je dan? Eerste klas met de trein en een overnachting in een luxueus hotel? Je moet nog een heleboel leren over geld, liefje.'
Hij begon te zeuren over een nieuwe wet die bepaalde dat caravans alleen maar ergens mochten staan als de eigenaar van de grond nadrukkelijk toestemming had gegeven. Hoe eerder ze

weg waren, hoe beter. Zou de wet in Schotland anders zijn? Hij had gehoord dat dat soms het geval was. Liza wist er meer over dan hij, ze had erover gelezen in de krant van meneer Spurdell. Ze wist bijvoorbeeld dat de plaatselijke autoriteiten verplicht waren je onderdak te verschaffen als je caravan van een stuk land werd verwijderd en je geen toestemming kreeg om hem ergens anders neer te zetten. Het zou dan wel geen echt huis of een flat zijn, misschien zouden ze je alleen maar een kamer geven, misschien zelfs een hotelkamer, maar je kreeg in elk geval ergens onderdak. Ze was niet van plan dit tegen Sean te zeggen, ze zou toch alleen maar spottende opmerkingen over haar slimheid en haar ambities te horen krijgen.

In de tijd dat ze bij Sean was had ze de caravan altijd heel schoon gehouden. Reinheid was er bij haar ingebakken, daar had Eve wel voor gezorgd. Ze liet haar huis niet vuil worden, net zomin als ze zou vergeten zich te wassen. Maar ja, het was een armoedig onderkomen, alles was sjofel, versleten, verveloos, gehavend, afgetrapt, kapot en provisorisch hersteld. Maar het poorthuis was ook armoedig geweest. Zou ze zoiets willen als het 'monsterlijke' huis dat Bruno had uitgekozen, of een huis zoals de Spurdells hadden, zij, die zo verwend was door de nabijheid van Shrove?

De caravan en de auto, een huis en een vervoermiddel. Met die twee dingen zou ze kunnen leven, zou er een soort toekomst denkbaar zijn. Ze keek peinzend naar Sean. Een Spartaans leven was niet het enige wat Eve haar geleerd had.

Niemand had geweten waar Bruno was en het had ook niemand wat kunnen schelen, behalve een gemakkelijk af te schepen makelaar. Trevor Hughes had een vrouw gehad die van hem vervreemd was en die blij geweest was dat hij vertrok. Niemand wist dat Sean niet alleen woonde. Haar bestaan, haar aanwezigheid in zijn leven, had hij geheim gehouden. Hij was weg bij Superway en in dit filiaal zouden ze niet meer aan hem denken, waren ze hem ongetwijfeld nu al vergeten.

In Glasgow verwachtten ze dat hij maandag op de cursus zou verschijnen. Als hij niet kwam opdagen zouden ze heus de politie niet inschakelen, maar denken dat hij van gedachten veranderd was. Ze wist maar weinig over het leven, maar de ervaringen die ze had opgedaan waren van heel bijzondere aard. Er konden maar weinig mensen op zo'n levensgeschiedenis terugkijken. Ze wist uit ervaring, na de verdwijning van Trevor Hughes en Bruno Drummond, dat de politie niet erg actief was bij het zoeken naar mannen die onder dat soort omstandigheden vermist werden. In dit geval was het zelfs onwaarschijnlijk dat de afwezige man als vermist zou worden opgegeven.

Seans moeder had haar belangstelling voor hem allang verloren. Zijn broers en zusters woonden overal verspreid en onderhielden allang geen contact meer. De kettingrokende grootvader was te oud om zich nog zorgen te maken. De mensen die hij vrienden noemde waren kennissen uit het café en buren op kampeerplaatsen, zoals Kevin.

Terwijl Sean televisie zat te kijken, bekeek zij zichzelf heel lang in de spiegel, een gebarsten stuk glas van tien bij twintig centimeter waarin Sean en zij ten minste hun gezicht konden zien. Voor haar leek het alsof Eve nooit was veranderd. De vrouw bij wie ze honderd dagen en honderd nachten geleden was weggelopen, was in haar ogen nog altijd dezelfde vrouw, die er nog altijd hetzelfde uitzag als de moeder die haar, toen ze vier jaar oud was, naar Shrove had gebracht. Voor Liza was ze niet ouder, niet dikker, niet minder fris geworden. Maar nu ze naar haar eigen gezicht keek zag ze een jonge Eve, een andere vrouw dan de huidige Eve, een Eve die ze was vergeten maar die nu terugkwam in haarzelf. Het was zoals Jonathan ooit had gezegd, zoals Bruno ooit had gezegd: zij was een kloon van Eve, ze was vaderloos, ze was de dubbelgangster van haar moeder, zij was een nieuwe versie van haar moeder.

Met de methoden van haar moeder en met de instincten van haar moeder. Wat zou Eve gedaan hebben? Zij zou het niet gepikt hebben. Zij zou nooit toegegeven hebben. Eve zou geprotesteerd en geredeneerd hebben – zoals Liza gedaan had – en als ze daar niets mee bereikte, deed ze alsof ze er zich bij neerlegde.

Liza trok zich terug in de keukenhoek, waar hij haar niet kon zien, en las nog eens de gebruiksaanwijzing op het potje Amytal. Hij zou daar blijkbaar van in slaap vallen. Met twee tabletten zou hij zeker in een heel diepe slaap vallen. En terwijl hij sliep? Hij had haar dikwijls genoeg verweten dat ze niet fijngevoelig genoeg was, dat ze niet terugschrok voor geweld en bloed en dood.

Er was haar nooit een afschuw van dit soort dingen bijgebracht. In tegenstelling tot kinderen die naar school gaan, kinderen met broers en zusjes, vriendjes en vriendinnetjes en onderwijzers, was zij nooit zo geconditioneerd geraakt. Als ze al afschuw voelde bij bepaalde aspecten van de dood dan was dat bij haar eigen zwakheid, bij het feit dat ze moest braken toen ze Bruno's lijk had gevonden. Maar Eve had haar nooit geleerd om terug te deinzen bij het zien van bloed, ze had haar de behoefte aangeleerd om een perfectionist te zijn, om alles wat ze deed goed te doen. Ze zou dit goed doen, schoon en netjes en zonder wroeging.

'Hoe laat vertrekken we morgenochtend?' vroeg ze hem.

'Zo vroeg mogelijk. Ik hoop dat we tegen achten op weg zijn.'

'In elk geval regent het niet meer.'

'Volgens het weerbericht krijgen we een hogedrukgebied. Het wordt koud, koud en helder.'

'Is het niet verstandig om de caravan vanavond nog aan de trekhaak te koppelen?'

'Christus,' zei hij. 'Dat was ik vergeten.'

Ze betwijfelde of ze het zelf kon. In het verleden had ze niet de moeite genomen om te kijken als hij het deed. Vanavond keek ze natuurlijk heel goed naar wat hij deed. Ze hielp hem zoveel mogelijk, net zoals ze gedaan had in de dagen dat ze zo verliefd op hem was.

Misschien was je, als je zestien was, nooit lang op dezelfde persoon verliefd. Het was heftig en intens, maar van korte duur. Vroegen leraren als meneer Spurdell of mensen als Eve zich ooit af of Julia verliefd zou zijn gebleven op Romeo?

Sean werkte bij het licht van een olielamp en een zaklantaarn. Zij zat in het dikke, gewatteerde jack op het trapje van de caravan in de stilte en de duisternis. Voor het eerst waardeerde ze hoe stil het hier was en hoe afgelegen. Net als Shrove. Deze plek had de voordelen van Shrove. In de wijde omtrek van heuvelland en weiden was niet het kleinste lichtpuntje te zien. Het zwarte land strekte zich uit tot waar het de bijna zwarte lucht ontmoette. Als ze heel goed luisterde kon ze net het vriendelijke gekabbel van de beek horen.

Boven haar hoofd werden de sterren zichtbaar, de bleke Grote Beer en de heldere, sterke Orion. De witte planeet die stil en helder aan de hemel stond was Venus. De lucht had iets glinsterends, er was iets als onzichtbare vorst in de atmosfeer. Nu en dan verbrak de klank van metaal op metaal de stilte terwijl Sean aan het werk was en soms hoorde je de zachte, spookachtige kreet van een uil in een onzichtbare boom.

Ze haakte haar duimen in het buiktasje en voelde hoe dik het was. Hoe kwam het dat ze wist dat Sean, als ze hem in leven zou laten en met hem naar het noorden zou gaan, er vroeg of laat achter zou komen dat ze geld had en dat hij het dan zou opeisen? Ze wist het. Ze kon zich de scène zelfs heel goed voor de geest halen: zij tegen hem zeggend dat het van haar was omdat het geld van haar moeder was, en Sean die zei dat ze niet met geld om kon gaan, dat hij het wel zou bewaren bij het geld voor het huis dat ze gingen kopen.

Hij was klaar met het vastkoppelen van de caravan. Ze gingen weer naar binnen en hij waste zijn handen. Het was al laat, over elven, en ze moesten vroeg op, zoals hij maar bleef zeggen.

'Maak jij je maar geen zorgen, ik maak je wel wakker,' zei hij. 'Je weet hoe je bent, je ligt gewoon in coma als je slaapt.'

Ze ging er niet op in. Ze had haar weigerachtige rol opgegeven en was nu een en al berusting. Eve had Bruno zijn zin gegeven over het huis en Jonathan over de verkoop van Shrove. Misschien had ze 'Ja, goed,' tegen Trevor Hughes gefluisterd voor ze in zijn hand beet. Je gaf toe, je glimlachte en zei lief: 'Jij je zin.' Je suste hen en liet hen geloven dat zij gewonnen hadden.

'Maak me maar om zeven uur wakker, dan zet ik thee voor je.'

Het was niet ongebruikelijk dat ze dat zei, ze zei het vaak en ze deed het ook vaak. Ze zette het potje met pillen achter de suikerpot, trok de la open waarin hun bestek lag, de stompe messen en de vorken met de kromme tanden, en bekeek het enige scherpe mes dat ze hadden, het vleesmes. Het was goed dat ze niet terugschrok voor wapens en voor de gevolgen van het gebruik ervan.

Hij lag al in bed. Haar keel voelde droog aan en haar maagspieren waren net zo gespannen als de vorige nacht en de nacht daarvoor. In geen van die nachten had hij haar aangeraakt. Gisteravond had hij haar zelfs niet gekust. Maar ze was toch bang, voor zijn kracht en haar eigen zwakheid, omdat ze nu iets wist wat ze nooit beseft had: dat een vrouw, hoe jong en sterk ook, machteloos is tegenover een man die vastbesloten is.

Toen ze in bed stapte en het licht uitdeed, verbeeldde ze zich dat ze in het donker zijn ogen op zich gericht voelde. Langzaam, zoals altijd, raakte ze gewend aan het duister. Het was niet zo totaal donker, de nacht was eerder grijs dan zwart. De maan was opgekomen, of liever gezegd, de halvemaan, en verspreidde een bleek licht dat dunnetjes door de rolgordijntjes naar binnen sijpelde.

Zijn ogen waren op haar gericht en zijn lippen raakten aarzelend haar wang aan. Hij moest gevoeld hebben dat ze onmiddellijk verstrakte, want hij zuchtte zacht. Er golfde een enorm gevoel van opluchting door haar lichaam toen hij van haar wegrolde en op zijn zij ging liggen, met zijn rug naar haar toe. Ze ging helemaal aan de zijkant van het bed liggen om de afstand tussen hen zo groot mogelijk te maken.

Ze zou nu gaan slapen en morgenochtend zou ze hem doden.

23

Ze droomde dat ze zichzelf was maar toch ook weer niet. Ze was ook Eve. Ze keek neer op haar handen, het waren Eve's handen, kleiner dan de hare, met langere nagels. Ze was gekrompen tot Eve's lengte.

Toch was ze in de caravan, waar Eve nooit geweest was. Ze wist dat ze droomde en kon op de een of andere manier, door na te denken, door zich te concentreren, weer zichzelf worden. Het was donker. Ze kon maar net de omtrekken onderscheiden van de slapende Sean en van een bobbel in het beddengoed naast hem, alsof er nog een lichaam lag, haar lichaam. Ze was uit haar lichaam getreden zoals Ka volgens de oude Egyptenaren deed. Maar ze voelde zichzelf concreet, ze kreeg een prikkelig gevoel in haar hand toen ze een nagel in de handpalm drukte. Ze was niet meer Eve, want Eve was binnengekomen en stond aan het voeteneind van het bed.

Ze keken elkaar zwijgend aan. Eve's handen waren geboeid, ze was uit de gevangenis gekomen en Liza wist dat ze daar weer naar terug moest. Ondanks de pijnlijke boeien strekte Eve met grote moeite haar hand uit en pakte het geweer van de wand van de caravan. Er was geen geweer, maar ze strekte haar hand uit en pakte het van de wand. Er glansde een streepje maanlicht op het metaal. Lang geleden, jaren en jaren geleden, had haar moeder het geweer van de muur gepakt, wist Liza, maar ze had het haar nooit zien doen.

Eve kwam naar haar toe met het geweer in haar gekluisterde handen. Ze zei niets, maar haar boodschap droeg zichzelf op Liza over. Het zou makkelijk zijn. Alleen de eerste keer was moeilijk. Ze zou evengoed kunnen slapen en ze zou evengoed gemoedsrust en tevredenheid kennen. Er zouden lange dagen voorbijgaan zonder dat ze eraan dacht. Eve glimlachte. Ze begon vertrouwelijk op fluistertoon te vertellen hoe ze zich in een

laken gehuld had, een keukenmes had gepakt en naar boven was geslopen, naar de slapende Bruno.
Op dat moment schreeuwde Liza het uit. Ze strekte haar handen uit naar Sean, naar het bed, naar haar eigen lichaam en keerde er weer in terug. Het leek om haar heen te groeien terwijl zij wakker werd. Ze was met één sprong het bed uit en kroop zo ver mogelijk weg in een hoekje. De maan scheen nog steeds en het groenige licht kwam door de spleten tussen de rolgordijntjes de caravan binnen. Het was ijzig koud.
Door de kou was ze even later weer helemaal wakker. Vreemd, de droom was heel warm geweest. Ze zocht in het halfdonker, eerst naar het potje met pillen van mevrouw Spurdell en toen naar de trui die Eve had gebreid. Terwijl ze die over haar hoofd trok kwam het beangstigende gevoel in haar op dat ze, als ze haar ogen weer open zou doen, Eve zou zien staan, geboeid, glimlachend, raad gevend.
Ze deed haar ogen open. Ze waren alleen, Sean en zij. Ze vond het heel vreemd, bijna ongelooflijk, dat ze van plan was geweest hem te doden.
Er zou nog meer kou naar binnen komen, maar ze deed toch de deur van de caravan open. De treetjes van het trapje glinsterden van de vorst. Ze maakte het potje open en gooide de pillen in het lange, natte gras in de greppel. De vrieskou brandde op haar blote voeten.
Het was alsof de wanhoop op haar had zitten wachten in de caravan. Er was wanhoop in de koude duisternis, in de geur van lichamen en voedselresten. De wereld was niet ingestort toen Eve haar gezegd had dat ze weg moest. Dat gebeurde nu, de ene onwrikbare rots na de andere wankelde en verdween in de aardverschuiving, Eve, Sean, zijzelf. De grond onder haar voeten zou nu snel splijten en haar opslokken. Ze slaakte een kreet, en verscheurd door verdriet en eenzaamheid wierp ze zich voorover op het bed en brak in snikken uit.
Sean werd wakker en deed het licht aan. Hij vroeg niet wat er aan de hand was maar nam haar in zijn armen, hield zijn armen stevig om haar heen en trok haar dicht tegen zich aan onder de

warme dekens. Hij mompelde iets over haar ijskoude handen en klemde ze tegen zijn warme lijf.
'Niet huilen, liefste.'
'Ik kan er niets aan doen, ik kan niet ophouden.'
'Jawel, dat kan je wel. Zo dadelijk kan je ophouden. Ik weet waarom je huilt.'
'Dat kan niet, dat kun je niet weten.' Omdat ik je niet kan doden, omdat ik nooit iemand zal kunnen doden, omdat ik niet Eve ben.
'Ik weet het wel, Liza. Je huilt om wat ik die avond gedaan heb, is het niet? Op dat moment leek het een grap, maar toen moest ik denken aan wat je tegen me had gezegd toen we het voor het eerst gedaan hadden, van de zomer. Dat ik je toch nooit zou dwingen als je niet wilde, en ik zei toen dat ik dat nooit zou doen. Ik schaam me, ik haat mezelf.'
'Echt waar?' fluisterde ze. 'Is dat echt zo?'
'Ik wist niet hoe ik het moest zeggen. Ik was gewoon verlegen. Toen het licht was, overdag, ik weet het niet, ik kon het niet zeggen. Ik ben niet zoals jij, ik kan me niet zo goed uitdrukken als jij. Ik had ook het gevoel dat jij eigenlijk in alles beter was dan ik. Misschien wist jij dat helemaal niet, maar ik had dat gevoel wel.'
'Maar dat ben ik niet, echt niet.'
'Wat is het koud hier. Ik ga het gas aansteken. We zullen toch niet meer kunnen slapen. Het is bijna zes uur.'
Ze veegde haar natte gezicht droog met het laken, keek hoe hij opstond, zijn kleren aantrok en toen met een lucifer de oven aanstak. Haar ogen deden pijn van het huilen en ze voelde zich een beetje misselijk.
Over het volgende wat hij zei was ze zo verbaasd dat ze met een ruk rechtop in bed ging zitten.
'Je wilt niet met me mee, hè?'
'Wát?'
Hij kwam terug naar het bed en duwde haar weer onder de dekens. Hij omhelsde haar en hield haar hoofd tegen zijn schouder. Zijn handen waren altijd warm. Dat had ze vroeger eigen-

lijk nooit gemerkt, of ze had het vanzelfsprekend gevonden. Ze herinnerde zich de zonnige zomerdagen en hoe ze naar hem had gekeken, die eerste keer tussen de bomen op Shrove. Ze herinnerde zich de verwarde blik waarmee hij in haar richting had gekeken zonder haar te zien.

Hij zei het weer. 'Je wilt niet met me mee,' maar deze keer niet in de vorm van een vraag.

Ze schudde haar hoofd onder de dekens, besefte toen dat die beweging hem niets duidelijk maakte en fluisterde kleintjes: 'Nee.'

'Is het omdat ik – omdat ik je dwong?'

'Nee.

'Ik zal het nooit weer doen. Ik heb m'n les geleerd.'

'Het is niet daarom.'

'Nee, ik weet het.' Hij zuchtte. Ze voelde zijn borst bewegen bij die zucht en voelde zijn hart kloppen onder haar wang. 'Het is omdat we niet hetzelfde soort mensen zijn,' zei hij. 'Ik ben een gewone – nou ja, ik kom uit een arbeidersgezin, en jij – je bent dan misschien wel op een idiote manier opgevoed, maar je bent – je staat lichtjaren boven me.'

'Nee, nee, Sean. Nee.'

'Je hoeft alleen maar te luisteren naar de manier waarop we praten. Ik weet dat ik woorden verkeerd gebruik en dat ik de grammatica niet goed ken. Ik hoop dat dat zal veranderen als ik bedrijfsleider word. Ik zou kunnen zeggen dat jij het mij kan leren, maar zo werkt het niet. Op een vreemde manier wist ik dat het niet zou werken toen we er van de zomer mee begonnen, alleen wilde ik het niet toegeven, ook niet tegenover mezelf. Ik denk dat ik verliefd was – ach nee, ik wíst dat ik verliefd was. Ik ben nooit eerder verliefd geweest.'

'Ik ook niet.'

'Nee, daar zul je wel nooit de kans voor gekregen hebben. Ik had die kans wel, maar ik was toch nooit verliefd voor ik jou tegenkwam. Alleen, liefste, hoe moet je het redden in je eentje?'

'Dat lukt wel.'

'Ik houd echt van je, Liza. Het was niet alleen voor de seks. Ik heb van je gehouden sinds het eerste moment dat ik je zag.'

Ze hief haar gezicht naar hem op en zocht met haar mond de zijne. De aanraking van zijn lippen en het gevoel van zijn tong tegen de hare versnelden het ontdooien van haar lichaam. Ze voelde de snelle, bekende golf van verlangen. Hij zuchtte van tevredenheid en opluchting. Half aangekleed vrijden ze, bedolven onder de stapel dekens, zijn handen warm, de hare nog steeds koud, terwijl het blauwe gas brandde en het condenswater langs de ramen stroomde.
Het was acht uur toen ze wakker werden, veel later dan hij van plan geweest was. In het gewatteerde jack gehuld ging ze thee zetten. Toen zei hij: 'Ik zal je zeggen wat ik doe, ik laat de kar hier voor jou.'
Ze draaide zich om. 'De caravan?'
Hij dacht dat ze hem weer eens verbeterde. 'Oké, juf, de caravan. Jij weet het altijd beter, hè? Je zou geen dokter of advocaat moeten worden, maar schooljuffrouw.'
'Bedoelde je echt dat je de caravan hier laat?'
'Zeker wel. Je moet het zo zien: ik zou de wagen meenemen vanwege jou, maar als je niet meegaat kan ik beter een flat nemen met die jongens, dat is veel makkelijker.'
'Je zou hem kunnen verkopen.'
'Welnee, dat ouwe wrak. Wie zou dat nou kopen?'
Haar aarzeling duurde maar even. 'Ik heb wat geld,' zei ze. 'Dat heb ik gevonden toen ik naar Shrove ben geweest. Het was van Eve, maar het was zeker haar bedoeling dat ik het kreeg.'
'Dat heb je me nooit verteld. Waarom heb je dat nooit verteld?'
'Omdat ik slecht ben – of omdat ik dacht dat jij slecht was. Word daar nu maar niet boos over. Het is veel, het is meer dan duizend pond.'
Ze schaamde zich omdat ze gedacht had dat hij het geld zou inpikken zodra hij de kans kreeg en nu stond hij zijn hoofd te schudden.
'Ik heb altijd gezegd dat ik niet op de zak van m'n vriendin wilde teren en dat blijft zo. Zelfs,' hij glimlachte een beetje spijtig, 'als je m'n vriendin niet meer bent. Jij zult het nodig hebben, liefje, wat je ook gaat doen. Ik zou contact opnemen met die

Heather als ik jou was. Hopelijk heeft ze zich afgevraagd waar je gebleven bent. Het zal een opluchting zijn voor haar. En dan kan je misschien samen met haar bij je moeder op bezoek gaan.'
Liza gaf hem zijn thee. 'Ik zal je vertellen wat ik ga doen, Sean. Ik ga een uitgebreid ontbijt voor ons klaarmaken, met eieren en spek en gebakken aardappelen en toast. Het zal de caravan wel uitstinken, maar wie kan dat wat schelen?'
'We komen elkaar op een dag weer tegen, denk je niet?' zei hij toen hij aan zijn eerste ei begon. 'Je weet maar nooit, misschien zijn we dan allebei anders.'
'Natuurlijk komen we elkaar weer tegen.'
Ze wist dat dat nooit zou gebeuren. Wat er ook van hem mocht worden, zij zou in elk geval onherkenbaar veranderd zijn.
'Je hebt iemand nodig om voor je te zorgen.' Hij raakte een beetje geïrriteerd terwijl hij zijn tassen inpakte. Het waren plastic tassen van Superway, andere tassen had hij niet. Schuldgevoel ten opzichte van haar zat hem dwars. 'Jij neemt toch contact op met Heather, hè? Dat geld wat je hebt is nou ook weer niet zoveel. Weet je wat, ik rijd je naar de stad, die richting moet ik toch uit. Dan kun je haar daar bellen.'
'Oké.'
'Dat is een pak van m'n hart, liefje.'
In plaats van de pest in te hebben over de nieuwe situatie voelde hij zich een beetje opgelucht, dat zag ze in zijn ogen. Morgen zou het meer zijn dan een beetje, dan zou hij zijn geluk niet op kunnen. Op dit moment dwong hij zich te doen alsof hij treurig was.
'Ik zal me zorgen maken over je.'
'Schrijf op waar je heen gaat,' zei ze, 'dan zal ik je schrijven en je vertellen wat er met me gebeurd is. Ik beloof het je.'
Hij wierp haar een zijdelingse blik toe. 'Gebruik niet al te veel moeilijke woorden.'
De twee telefooncellen op het marktplein waren allebei leeg. Sean parkeerde er vlak voor. Hij tastte in een zak van zijn jack en gaf haar al het kleingeld dat hij had: munten om Heather te bellen en munten om Binnenlandse Zaken te bellen. Eerst, zei hij,

moest ze inlichtingen bellen voor het nummer van Heather. Ze had het adres toch nog wel?
'Maar misschien kun je toch eigenlijk beter met me meegaan, liefje. Al was het alleen maar voor een week of twee, tot we een plek gevonden hebben waar je heen kunt, tot je een afspraak hebt gemaakt met die Heather.'
Ze schudde haar hoofd. 'Je hebt de kar hier gelaten, weet je wel? Je hebt de kar voor mij laten staan.'
Hij was dankbaar dat ze zijn terminologie overnam, dat zag ze in zijn ogen. Ze leken vol liefde, net zoals vroeger, in de tijd van het appelplukken op de warme, zonnige velden. Ze hief haar gezicht op en kuste hem. Het was een lange, tedere, ongepassioneerde kus. Het zat haar dwars, en zou haar altijd dwarszitten, dat ze erover gedacht had hem te doden. Misschien was het geen serieus plan geweest, misschien was het alleen maar een uit spanningen en herinneringen voortgekomen fantasie, maar het zou haar altijd bijblijven. Meer dan iets anders zou dit liefde of kameraadschap of zelfs contact tussen hen verder onmogelijk maken.
'Rijd maar weg,' zei ze. 'Niet zwaaien. Het komt wel goed met me. Het beste.'
Maar ze kon er niets aan doen, ze bleef de auto nakijken. En zij zwaaide, en hij wierp haar een kushandje toe. Daar stond ze op het koude marktplein met allemaal winkelende mensen om zich heen.
De telefooncellen waren nu bezet. In de ene stond een vrouw en in de andere een jongen. Ze ging op het lage, stenen muurtje rond een bloembed zitten. Het bloembed was kaal en de aarde was dun met rijp besprenkeld. Het maakte haar niet uit hoeveel mensen er wilden opbellen, al werd het een rij van vijftig mensen, al zou iemand de cellen kapotmaken, zoals ze gedaan hadden met de cel die voor Superway stond, al zouden ze de toestellen uit de muur rukken, het maakte haar niet uit, omdat ze niet van plan was iemand te bellen. Wat haar nu te doen stond was bedenken hoe ze erachter kon komen waar een bepaalde straat was.
Ze dacht erover na. Als ze zich niet op praktische dingen con-

centreerde zou het besef hoe volstrekt alleen ze was haar doodsbang maken. Vroeg of laat zou ze dat onder ogen moeten zien, maar niet nu. Er doemde een beeld voor haar op van haarzelf als een dwaas, onnozel meisje dat op een stenen muurtje zat te huilen en ze besloot dat beeld geen werkelijkheid te laten worden. Ze zou een winkel ingaan en het vragen.

Ze wisten het niet. De winkel was vol kleine dingetjes waarvan Liza dacht dat ze souvenirs heetten: broches en sleutelringen en kleine doosjes, pluizige dieren en plastic poppetjes en porseleinen kommen. Ze kon zich niet voorstellen dat iemand zoiets zou willen bezitten. De mensen die hier werkten kwamen allemaal van buiten de stad. 'Je zou op een kaart kunnen kijken,' zei een van hen. 'Hoe kom ik daaraan?' vroeg ze. Ze keken haar misschien een beetje bevreemd aan, maar zeiden toch: 'In een kantoorboekhandel, ja, daar heb je de meeste kans, er is er eentje een paar huizen verder.'

Dat was zo. En ze hadden een stadskaart. Ze schenen het helemaal niet gek te vinden dat ze erom vroeg. De straat die ze zocht was ver weg, een kilometer of drie, berekende ze aan de hand van de kaart.

Onderweg kwam ze langs zwervers die de hele nacht op straat waren geweest, of in een portiek als ze geboft hadden. Ze moest denken aan wat Sean eens gezegd had over 'arme donders die buiten moesten slapen'. Zou ze ook een zwerfster worden? Het was niet onmogelijk. Duizend pond was niet zo'n groot fortuin als ze gedacht had toen ze het geld uit het ijzeren kistje pakte. Het leek niet veel als je bedacht dat je een twintigste deel ervan moest neertellen voor het paar schoenen dat ze in een etalage zag staan waar ze langsliep.

Vlak daarna hielden de winkels op. Ze kwam bij een gebouw waar bij de open deuren een rode brandweerauto stond. Daarnaast lag een groot, imposant gebouw met een blauwe lamp boven de deur en informatieborden aan weerszijden van de ingang. Door de blauwe lamp boven de deur en de blauwe lamp op de auto wist ze, al voor ze het bord gelezen had, dat dit het politiebureau was.

Ze bleef staan en keek naar de poster op het informatiebord. Het vreemde was dat ze het schilderij erop herkende als een schilderij van Bruno vóór ze in de gaten had dat het haar eigen portret was. De grove trekken, de felle kleuren, dat waren nooit haar trekken en haar kleuren geweest. Niemand die langskwam zou haar erin herkennen. Niemand zou de bruine en gele klodders op de poster met haar in verband brengen.
Ongetwijfeld kon de politie niet meer doen. Het schilderij was alles wat ze hadden. Waarschijnlijk hadden ze nog nooit te maken gekregen met een vermist persoon van wie nooit een foto was genomen. Op de poster stond: *Hebt u dit meisje gezien?* Er stond verder op dat ze vermist was, hoe ze heette en hoe oud ze was, haar lengte, haar gewicht en de kleur van haar ogen. Er stond ook dat iedereen die iets over haar wist contact met de politie moest opnemen.
Liza draaide zich om. Ze voelde zich een enorm stuk vrolijker, ze was vol hoop. Eve was haar niet vergeten, Eve had haar nodig. Als niemand haar gevonden had, kwam dat omdat het vreemde geklieder van Bruno de enige afbeelding was die van haar bestond. Ze begon snel de straat met kleine, rode huisjes door te lopen. Ze stonden in een lange rij aan elkaar vast, met allemaal dezelfde daken en schoorstenen. Voor elk huisje was een klein tuintje en stond een auto geparkeerd. Ze begon warm te worden en voelde het bloed naar haar wangen stromen.
Het huis waar ze naar op weg was zou er niet zo uitzien als deze huizen, had ze bedacht, maar zoals het huis van meneer en mevrouw Spurdell of anders zoals het huis dat Bruno bijna had gekocht, of een mengeling van die twee.
Shrove Road lag aan de rand van de stad. Nummer zesenzeventig was helemaal niet zoals ze verwacht had, maar een huis dat eruitzag alsof het was overgebleven uit lang vervlogen tijden, toen hier geen andere gebouwen hadden gestaan dan de kerk en het huis van de burgemeester en de boerderijen.
Plotseling was ze bang dat er niemand thuis zou zijn, dat ze het allemaal fout had bedacht, dat ze langs de zwervers terug zou moeten lopen naar de bushalte. De bel aan de voordeur klingel-

de niet zoals de bel in Aspen Close en ook niet zoals de deurbel op Shrove. Hij zoemde. Ze trok haar vinger weg alsof een insect haar gestoken had, maar verzamelde moed en drukte nog eens.
Jane Spurdell herkende haar niet, merkte Liza. Ze kreeg ineens een idee: ze pakte een pluk haar en trok die naar de achterkant van haar hoofd.
'Ik weet het al. Je bent, even denken... Liza Holford. Kom binnen. Je zult het wel koud hebben.' Een blik naar buiten had haar verteld dat Liza was komen lopen. Waarvandaan? 'Ik woon kilometers van alles vandaan.'
'Ik ben gewend om overal kilometers vandaan te wonen,' zei Liza, en dat was het begin van haar verhaal. Niet het hele verhaal, niet het verhaal van honderd nachten, maar alleen de belangrijke dingen en een overzicht van haar huidige situatie.
Jane Spurdell maakte koffie. Ze zaten in de woonkamer waar het een bende was, maar een gezellige bende, met boeken op planken en in stapels op tafeltjes en zelfs op de grond.
'Ik wil rechten gaan studeren, maar daar ben ik nog lang niet aan toe, dat weet ik. Ik moet eerst, nou ja, eerst toelatingsexamen of zo doen. En ik wil mijn moeder vinden en bij haar op bezoek gaan. Ik heb duizend pond en een caravan om in te wonen.'
'Dat rechten studeren lijkt me een goed idee. Waarom niet?' zei Jane Spurdell. 'Je kan mijn telefoon gebruiken als je je moeder wilt bellen.' Ze keek een beetje bezorgd. 'Wat de caravan betreft weet ik het niet zeker, ik bedoel, als je me wilde vragen of je hem hier mag neerzetten. Daar moet ik over nadenken.'
'Nee, hij staat nu op een plek waar hij weg moet en als ik nergens anders heen kan moeten zij een plek vinden waar ik kan wonen. Dat zijn ze verplicht.' Liza dronk haar koffie op. Ze had het nu lekker warm en voelde zich sterk. 'Ik kwam je één ding vragen waarvan ik weet dat je het voor me kunt doen.'
'Ja?'
Liza wilde er niet bij stilstaan dat Jane even net zo had geklonken als meneer Spurdell. Haastig zei ze: 'Kun je alsjeblieft voor me regelen dat ik naar school kan?'

Jane voelde zich opgelucht, merkte Liza. Wat ze ook verwacht mocht hebben, dat niet. Ze had misschien gedacht dat Liza was komen bedelen, dat ze kwam vragen om geld, tijd, aandacht – misschien zelfs genegenheid.

'Ja, natuurlijk kan ik dat,' zei ze. De opluchting straalde door in haar glimlach. 'Dat is makkelijk genoeg. Dat is geen probleem. Je kunt ergens in januari beginnen. Ik wou dat er meer mensen waren zoals jij. Is dat alles?'

Liza slaakte een diepe zucht. Het zou allemaal goedkomen, en ze was niet van plan om opgelucht in tranen uit te barsten. Er zouden goede tijden aanbreken en ze zou zich als een stoïcijn gedragen.

'Dat is alles wat ik wil. Naar school.' Ze hield haar kopje bij. 'En mag ik alsjeblieft nog een kopje koffie?'

Lees ook van A.W. Bruna Uitgevers B.V.

Ruth Rendell

Dubbelleven

In een rustige wijk in Londen drijft Inez Ferry een antiekwinkel. Boven haar zaak verhuurt ze appartementen. De huurders hebben ieder zo hun eigenaardigheden.
Wanneer de buurt wordt opgeschrikt door een aantal brute moorden op jonge vrouwen, komt de politie bij Inez en haar medebewoners langs. En dan blijkt dat deze niet zo onschuldig en naïef zijn als Inez altijd had gedacht…

ISBN 978 90 229 8755 7

Lees ook van A.W. Bruna Uitgevers B.V.

Ruth Rendell

Terugzien in duisternis

Vera Hillyard en haar knappe zusje Eden leiden tijdens de oorlogsjaren een harmonieus en zorgeloos leven in een dorpje in East-Anglia. Althans, zo lijkt het voor de buitenwereld. Maar binnen de vier muren van hun cottage woedt een hevige, jaloerse strijd tussen de zussen. Een strijd die met de jaren steeds heviger wordt een uiteindelijk uitmondt in moord...

ISBN 978 90 461 1291 5

Lees ook van A.W. Bruna Uitgevers B.V.

Ruth Rendell

Het tweede levenslicht

De knappe Anita Margolis verdwijnt zonder een spoor achter te laten. Volgens Wexfords superieuren is er geen sprake van moord, maar de inspecteur heeft zijn twijfels. De enige aanwijzingen die hij heeft is de naam 'Smith' en een gouden aansteker met de inscriptie *Voor Ann, mijn tweede levenslicht.*

ISBN 978 90 461 1264 9